옛길스토리텔링아카데미운영지원사업 작품집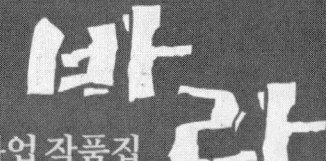

옛길스토리텔링아카데미운영지원사업 편집위원회

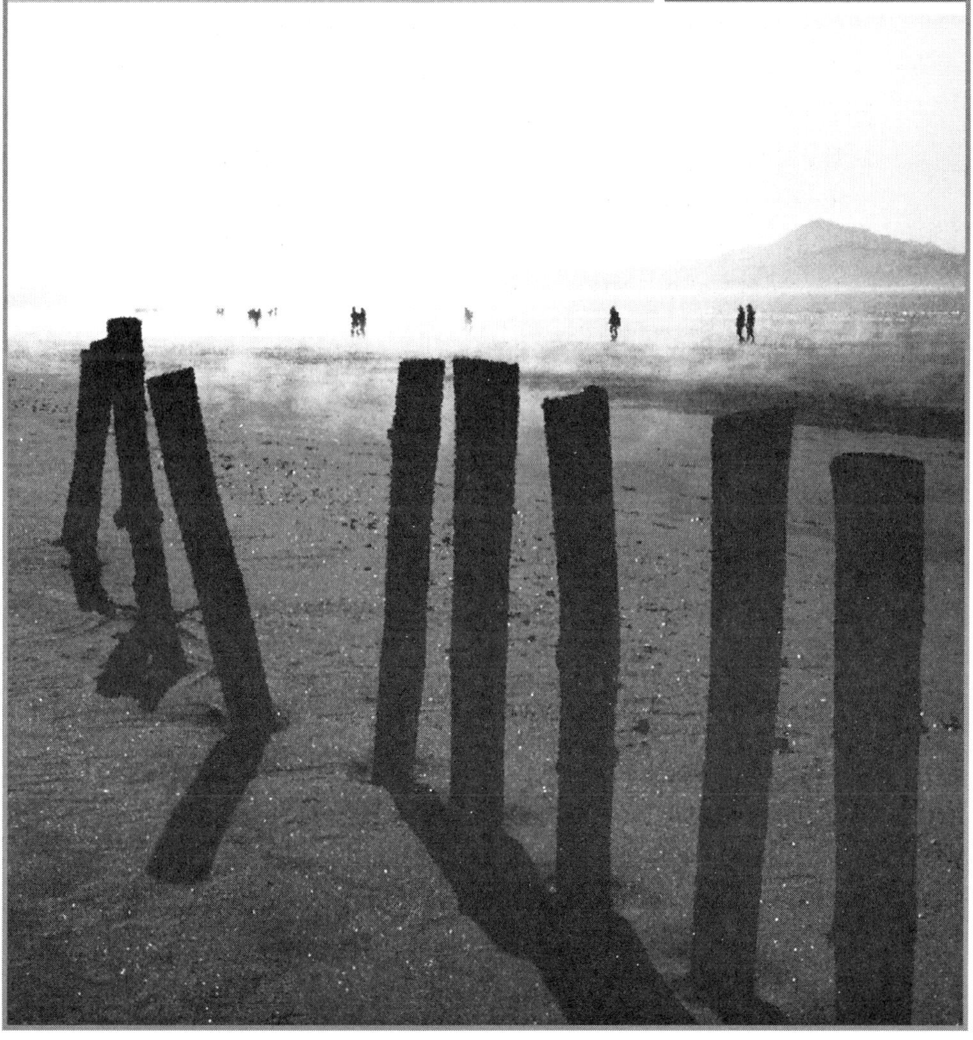

스토리텔링의 힘으로 되살아날 옛길을 꿈꾸며

러시아의 문호 안톤 체홉이 사할린으로의 여행을 계획했을 때, 그의 친구 수보린은 "그곳은 누구에게도 쓸모가 없으며 누구도 흥미를 느끼지 않는다"고 말했습니다. 하지만 체홉은 과감하게 여행을 감행했고, 어느 누구도 돌보지 않던 길을 온몸으로 받아들입니다. 그가 체험했던 길은 단순한 자연이 아니었습니다. 그의 초기 대표작 『사할린 섬』에 기록된 것처럼, 길은 그대로 인생이었고, 문화였으며, 굽이굽이 이어지는 거대한 역사였습니다. 이후 체홉이 만들어내는 이야기는 바로 길의 체험에서 비롯됩니다. 이처럼 길은 우리에게 이야기를 창작하는 힘을 전해줍니다.

하지만 입장을 바꿔 생각해보면, 이야기를 통해서 길이 새로운 의미를 부여받은 것인지도 모르겠습니다. 체홉이란 작가가 옛길을 걷지 않았다면, 그래서 그에 대한 이야기를 남기지 않았다면, 사할린은 아직도 누구의 관심도 받지 못하는 버려진 땅으로 남았을 것입니다. 그러니 이야기는 길을 되살리는 힘이 되기도 합니다.

길은 이야기를 만들고, 이야기는 길을 만듭니다.

이러한 선순환 관계야말로 '옛길 스토리텔링'이 필요한 이유이자 충청남도와 충남문화산업진흥원이 지원을 하고 단국대학교가 주관했던 〈옛길 스토리텔링 아카데미 운영 지원 사업〉의 목적이기도 합니다.

우리 사업은 미래의 스토리텔러를 발굴하고 육성하며, 충남지역의 옛길

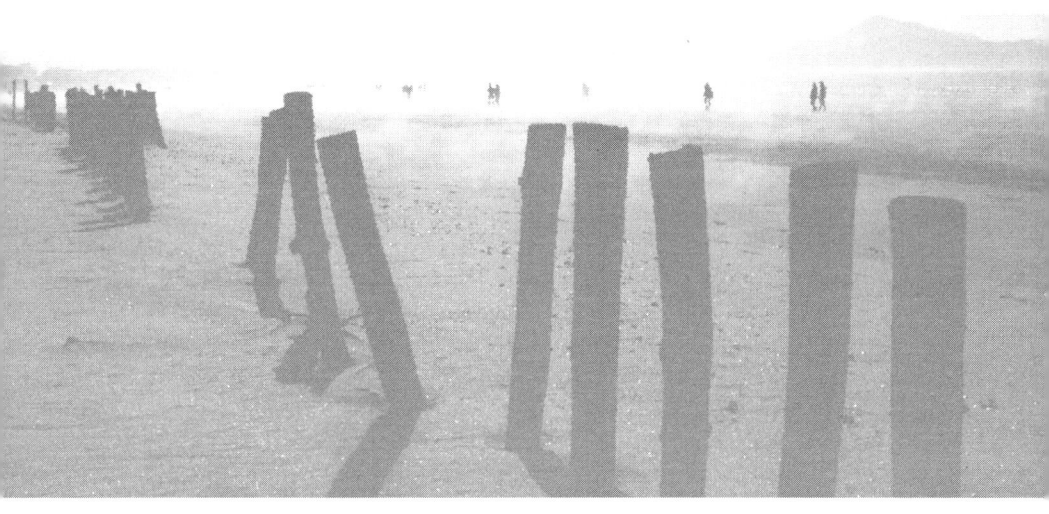

을 활용한 도보여행코스인 '충남연가'의 스토리를 구축하기 위해 기획되었습니다. 이를 위해 전문가과정과 기초과정으로 나누어 수준별 이론강의와 창작실습, 워크숍을 진행했습니다. 현역 작가 및 대학원생을 교육대상으로 한 전문가과정은 중견작가들의 이론강의와 창작워크숍을 통해 새로운 창작소재를 제공하고, 전문성을 갖춘 지역 스토리텔링의 토대를 마련하는데 기여했습니다. 기초과정은 대학생 이상을 대상으로 운영되었습니다. 충청남도 소재 대학교의 교수·강사·작가들의 이론강의를 통해 교육생들의 문화콘텐츠산업에 대한 안목을 넓히고, 창작워크숍을 실시해서 충남 옛길의 생태적·문화적 가치를 체험할 수 있는 기회를 제공했습니다. 또 실제 이야기를 창작하는 과정에서는 대학원 석·박사과정 학생들로 구성된 멘토들의 개별적인 맞춤형 지도로 작품의 수준을 높이고자 노력했습니다.

이 창작집은 우리 사업의 실질적이고도 가시적인 결과물인 동시에 교육생부터 전문가 선생님, 멘토에 이르는 모든 사람이 쉬지 않고 달려온 흔적입니다. 가능하면 많은 작품을 싣고자 했습니다만, 지면 관계상 일부 작품만을 선발해야 했던 점을 이해해 주시기 바랍니다. 작품의 완성도, 장르 문법의 충실한 표현, 발전 가능성 등을 기준으로 정하고 세 차례에 걸친 심사를 진행하여 작품을 선발했습니다. 아쉽게도 이번 작품집에 수록되지 못한 분들은 보다 정진하시어 다음 기회를 노려주시기 바랍니다.

이제 모든 교육과정이 끝났습니다. 그러나 우리가 함께 걸었던 '태안 바ᄅ길'을 비롯한 '충남연가'의 스토리텔링은 이제 막 시작되었습니다. 이 창작집에 담긴 이야기들을 통해 우리 지역의 옛길이 다시 주목받을 수 있기를, 그리하여 다시 좋은 이야기를 만들어내는 원천이 되기를 희망합니다.

옛길 스토리텔링 아카데미 운영 지원 사업 편집위원회
공동위원장 설기환 · 최수웅

2 소설

3 수필

4 아동문학

| 동시 |
| 동화 |

5 드라마

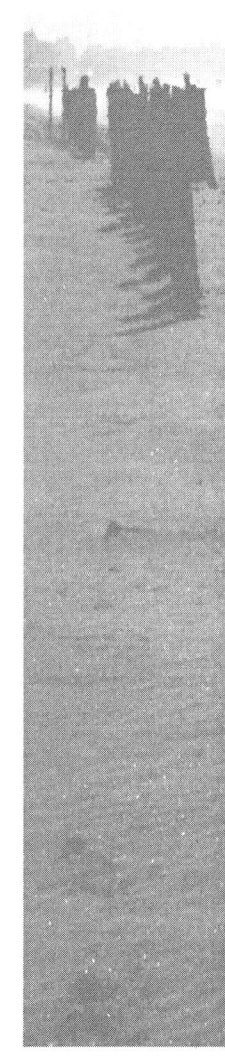

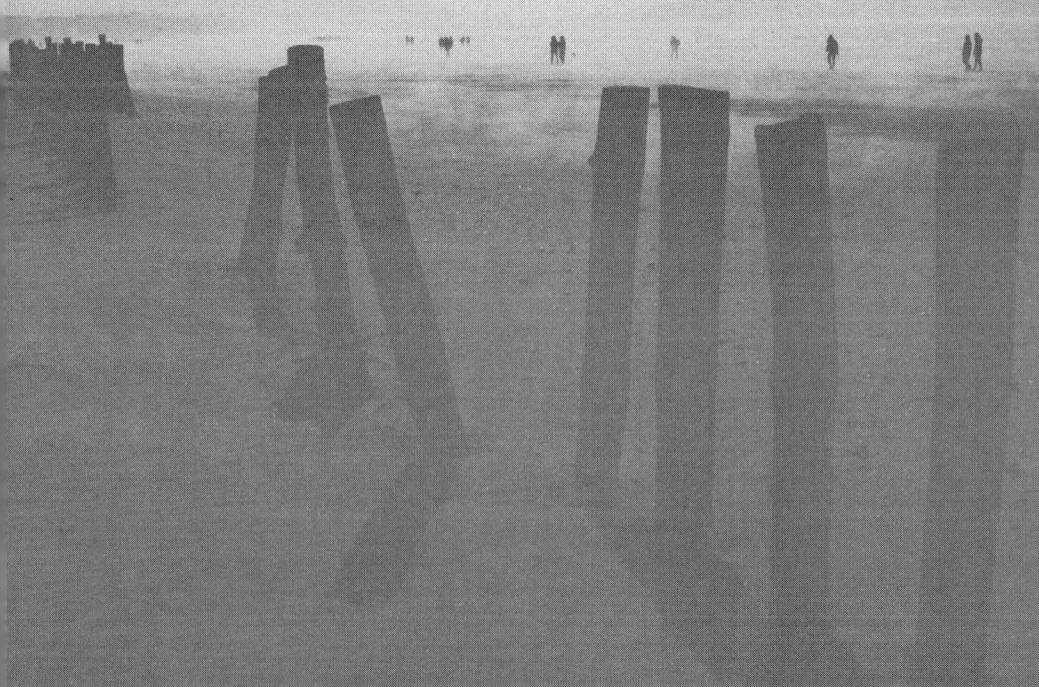

제 1 부 _ 시

너에게로 가는 길

－신두리 사구를 다녀와

강봉희

가늘게 떨면서 바다로 흘러가는
바람을 따라가다 보면
사막의 풍경처럼 나타난 모래언덕
물안개에 젖은 심연의 바다
안개에 헤엄쳐 오는 그리운 뼈들
얼마나 많은 세월 바람이 불어왔기에
이리도 겹겹이 모래가 쌓여 무늬지울까

직립한 지난 억새 끝에 모래 맺히고
한 방울 수분으로 번진 신기루 속에 갇혀도
저만치 물이 빠진 해변에 얼룩말 무늬
선명한 연흔(漣痕)은 그리도 끝이 없으리라

일정하게 불어오는 바람으로
낮은 구름 모양으로 쌓인 지형 언덕을 오르기까지
얼마나 많은 아픔의 시간이 흘러갔을까
해변과 사구의 경계점에 쌓인 모래
나지막한 구릉에서 바람의 흔적을 찾아보지만
주변 난개발로 시간의 가치 쉽게 파괴하는 욕망에 찬 인간들

이제 알겠다
파르르 떨고 있는 해당화 무리들의 눈물
찬란한 슬픔의 의미를
닫힌 마음과 열린 마음 사이에서 그대를 끌어안았던 길
너에 대한 가뭄같은 갈증과 슬픈 바람을 지니고 끊없이 걸어도
너에게 닿지 못하는 상처받은 영혼을 위하여
모래 위에서 모래가
모래 아래서 마른 억새에 안겨
모래 위에 묻을 너에게로 가겠다.

신두리 사구

고윤미

바다는
서성이는 바람도 낚아채어
파도를 만들고
파도는
바윗돌을 되새김질하여
하얀 모래를 뱉어
모래무덤을 만든다.

태양은
바닷물을 긴 혀로 핥아
안개를 만들고
안개는 멈춰버린 시간의 흔적들을
슬며시 밀어내고
흔적들은 안개꽃 같은 이야기를 피어낸다.

해안사구에 나를 묻다

구혜숙

해안사구에 나를 묻다

태안 신두리 드넓은 모래톱
다 담을 수 없는 천리포 만리포
속울음 피멍든 입술
언덕에 부비며
해당화 피다

바다 2

김민규

바다는 말이 없다.
갈매기 노래 소리에
흥겨운지 그저 춤만 춘다.

바다는 색이 없다.
하늘이 보내준 빛이
좋은지 그저 따라 비춰준다.

하지만 바다는 소리가 있다.
쓰라린 마음을 달래는 소리
아이에게 들려 줄 자장가 소리

하지만 바다는 옷이 있다.
해를 마중하고 배웅하는 옷
연인들을 보고 발그레 웃는 옷

해무

김보경

빗물향기 머금고 먹먹해진 시야
무엇하나 또렷하질 않아
내 앞에 뿌연 이것은
나를 망설이게 하는 울렁임

걸어가 잡아보아도
달려가다 뛰어올라보아도

무심코 주저앉아
피어오르는 뿌연 입김이
앞을 가득 채워버리네

저 앞에 가는 이들
무얼 잡으려 하는 걸까……
난 무얼 잡으려 하는 걸까……

먹먹해진 시야 속으로
그렇게
걸어가고 있을 뿐이지

각시바위 이야기

김수빈

신두리 해변을 철썩철썩 적시는
울음소리를 알고 있다
밀물로 차오르는 서러움에 발을 담그면
저 산기슭, 바위로 굳은 어린 각시의 사연이
귓가에 짭조롬한 파도로 밀려든다

그 각시 남편얼굴도 모르고 시집왔지
뒷간냄새보다 고약한 시집살이 달래주는 것은 저 바닷소리,
매일 샛별로 떠오르는 어미가 눈에 맺혀
반짝, 각시의 볼을 타고 떨어지면
바닷물보다 짠 그리움 위로 출렁출렁 떠오르는 눈동자,
태양보다 먼저 고개 내밀고 하늘을 붉게 물들였지
충혈된 해의 실핏줄은 구석구석 뿌리를 내려
몸을 죄고 숨통을 틀어막아
각시는 그만 돌이 되고 말았다는데,
각시가 울던 산기슭에 뉘인 바위 시신을 건드린 사람은
그 한이 옮아 시름시름 앓다 죽고 만다는 것인데

굳어버린 각시의 곁에 앉아
조곤조곤 몸을 쓸어주고 싶다

시집살이로 굳은 어린 손마디 어디쯤을 찾아
가만가만 잡아주고 싶다
울컥, 울컥 밀려오다 포말이 된 각시의 한숨을
쏴아− 내 손으로 걷어내고 싶다

지금도 각시의 눈 속에 떠오르는 샛별은 툭,
툭 떨어져 모래알이 되고
나는 그 푸슬푸슬한 마른 눈물방울 위를 맨발로 걷는다
소라 껍데기에 각시 울음소리를 덜어
간간히 귀 기울이면
바람으로 떨리던 그 어깨,
잔잔해질 수 있을까

* 각시 바위는 원북면 신두리 3구 백사장 쪽으로 들어가는 입구의 산기슭에 있다. 이 바위
를 건드린 사람은 물론 그의 측근까지도 화를 입는다는 이야기가 전해져 내려온다.

| 시 |

안녕, 구름고래

김영락

온 몸이 발바닥 같은 날엔 구름포에 가자. 마른 장작처럼 단단해진 껍데기는 아무렇게나 버려두고, 수면을 향해 커다란 몸뚱이 내던지는 고래처럼, 구름을 향해 사정없이 내리치자. 튀어오르는 물보라에 힘줄이 선다. 뒤통수에 돋아난 숨구멍으로 구름 한 가득 뿜어 올리며, 나는 손 흔들어야지. 벗어놓은 껍데기를 향해. 만리를 걷고 천리를 걷는 것도 모자라 백리 십리 등 떠미는 도둑갈매기들을 향해, 손바닥 활짝 펴 보여야지. 무겁던 미간은 이제 구름 속에 꼭꼭 숨겨버려도 좋으련. 여기는 구름마저 발바닥 까뒤집고 더 이상 가지 않는 구름포. 해안선 따라 이어지던 발자국이 수평선을 향해 몸 비트는 구름고래의 출항지니까. 그러므로 온 몸이 발바닥 같은 날에는 구름포 간다. 딱딱해진 발목은 벗어버리고 배밀이해서 간다. 허물어진 경계선들이 커다란 몸뚱이에 그어지고, Breaching!

고래가 깊다.

| 시 |

달의 항구

김지은

　어머니가 출근을 서두른다 그곳의 물은 채워질 때도 비워질 때도 있으므로 출근 시간은 언제나 달이 정해 주었다 어머니는 까만색 우주복에 자신을 채웠다 주름지고 흐느적거리는 몸이 그 안에 들어가면 터질 것처럼 탱탱해졌다 파도치는 바람을 뚫고 따라나서는 내 손등에 오소소 비늘이 솟았다 바다가 바라보여 바라길이라 부르는 길에 서면 세상에서 가장 큰 직장에 도착한 어머니가 바라보였다

　어머니는 발목부터 우주에 담그고 정수리 숨구멍이 막힐 때까지 걸음을 멈추지 않았다 땅에 길이 있는 것처럼 물속에도 물길이 있는겨 암만. 어머니는 그 길을 따라 걸으며 호미로 바위에 깃들어 사는 별을 땄다 어머니가 어둠 속으로 완전히 사라지고 나면 나는 손등에 솟은 비늘을 하나 베어 잘근잘근 씹어댔다 씹으면 씹을수록 물질 전에 밥을 뜨지 않던 어머니의 속처럼 헛헛증이 났다 바라길은 나를 앉혀놓고 우주의 시간은 느리게 흘러간다 얘기해줬다 우주정거장처럼 둥둥 떠 있는 하얀 태왁이 출렁거리면 호오이, 호오이 어머니가 숨을 몰아쉬며 우주 밖으로 고개를 내밀었다 달이 차오르기 시작한 모항항 어머니가 축축한 내 손을 잡고 퇴근길을 서두른다 별똥별이라도 쏟아지는 날이었는지 어머니 등에 업힌 별들이 달그락거린다.

＊　태왁 : 해녀가 수면에서 몸을 의지하거나 헤엄쳐 이동할 때 사용하는 부유도구.

바다이야기

박선우

하늘빛 닮은 태안 바다에
검은 구름 가득하던 날
바위틈에 숨었던 작은 꽃게들
거품을 뱉으며 울고 또 울었다

수많은 손길 급히 모아 모아
검은 기름 걷어내고
바윗돌 구석까지 씻고 또 씻어내니
다시 갈매기 날고 조개가 숨 쉰다.

숨이 막혀 당장 죽을 것 같던
그 넓은 바다 우리의 삶터
어부는 어구를 챙겨 돛을 올리고
바다를 먹고 사는 생물들 다시 모인다.

절망 앞에서 바다를 덮은 따뜻한 손길들
세상 사람들 모두 놀라 박수를 주었다
우리는 그날의 기억을 잊지 말아야지
모든 생물 검게 숨어 눈물 흘렸던 기억
지우지 말아야지

제트기 35호

박성규

　어은돌 해수욕장에 가면 추락한 제트기가 한 대 있다 마치 어선인 냥 밧줄까지 동여매고 묶여있다 유난히도 많은 발자국들이 선착장을 오고갔지만 누구도 그것이 제트기35호라는 것을 알지 못했다 모두가 기름 떼를 퍼나를 때 혼자만 파도 속에서 연료를 보충하고 있었다

　오복횟집에서 집어등을 두어 개 든 사내가 나온다 고향만 어은돌이라던 사내는 몇 년 전 서울에서 추락했다고 들었다 제트기 35호와 바다에 던져진 사내는 이쑤시개처럼 아직까지 상인들 입을 들쑤시고 있는데, 한 번도 파도에 그물을 던진 적이 없었다는 것이다

　35번 선착장에서 사내가 제트기 시동을 켜고 있나 유난히 모터소리가 시끄러운 제트기는 옆에 있는 제우스보다 예열을 15분 더 해야 한다 그때 사내는 갑오징어처럼 두꺼운 우주복을 입는다 언제부턴가 활주로가 시커멓게 변했지만 덕분에 다른 어선들이 사내의 우주에 침범하지 않는다

　사내는 아직도 주머니에 메탄올을 챙긴 채로 이륙을 한다 연료게이지가 가득 차면 불을 붙인 채로 날아 가버릴 것이다

태안 앞바다

선유진

바다와의 경계선을 그으며
뻗어있는 방파제
휠체어를 탄 노인에게
회색빛 좁은 길을 내어준다
뼈마디 굵고 뭉툭한 손을 뻗어
손가락 사이에 바다를 담는 노인
물결마다 드러난 빛을 어루만진다
방파제 사이로 부딪혀 흔들리는 물살
5년 전, 검은 파도 위로 흩어진
전복의 빛바랜 등껍질을 뒤집어본다
노인이 걸쳐놓은 미역줄기를 따라
자라오던 전복들
검은 그림자를 남기고 사라지더니
끝내 돌아오지 않았다
해가 지고 물결이 몸을 낮출 때까지
한참 바다를 살피던 노인
휠체어 등받이에 등을 붙이고
뒤로 보이는 바다에 기대더니
그래도 이제 됐다 이제는 됐어
라며 바다를 다독인다.

배롱나무 집

신선화

밀러 당신이 거기 앉아 있네요
햇빛이 공기마냥 들어찬 대청마루
그곳에
위로 길게 뻗은 자미(紫薇)
찻잔을 들고 있는 주름진 손
사이사이 검게 끼어있을

쓰다듬었지
마디가 굵게 튀어나온 손가락
백일향이 흐드러지게 간지러워
참지 못했을 웃음
하늘을 가르던 바람의 손짓

오래도록 안아주고파.

구름 한 점 없는 하루
길게 진 영침(影針)
밀려오는 배롱나무

밀러 당신 거기 앉아 있네요

시작(詩作)

신재연

궁지에 몰릴 때면 궁지를 가지러 간다
끝없는 터널을 지나 찾아온 이곳
긴 해안사구의 길이만큼
시침의 속도를 닮은 발걸음

한 걸음 두 걸음
모래사장에 발을 내딛을 때마다 찍히는 욕망
욕망을 찍고 그 욕망을 감추기 위해 또 욕망을 찍고
얼마나 더 걸어야 하나

섬광같은 모래
한 알 두 알
담아내고 싶은 오늘
시작해야 하는데
오늘은 시가 잘 써지려나

바위의 일생을 통과해온
부드러운 피의 숨결이 들린다
글썽이는 건 바다의 습성일테지만
소라껍질 안에 가득 찬 울음

언제부터 바위가 깎여왔을지
언제부터 시를 써왔을지는 기억해낼 수 없는 일

그러하기에 날마다 나는 다시 시작해야 한다
낯선 이에게 수줍게 건네는 첫인사처럼

지금, 빈 노트처럼 햇빛 한 장이 펼쳐지고
이제 나는, 시작한다.

낮잠

심지현

너는 왜 내 온몸 구석마다 쫓아왔는가.
손바닥 크게 들어 가슴을 두드렸지만
고작 그렇게 털어질 사람이었으면
아침마다 부서지고 있는 도시의 시체 속에
백번은 더 묻을 수 있었다.

바닷바람 홀렁이는 작은 사막 한가운데서
버티지도 못하는 주제에 기어코 업었던
낡아빠진 추억을 풀어놓고
매일 내 입을 막고 찾아오던 침묵의 저녁과 엮어
바다 끝까지 떠나가라.
힘차게 밀어버린다

학암포 바위 위 곧게 선 그 학의
가벼운 날개에도 이것저것 태워버리고
추억들을 지독하게 쏟아내고서
이제 조금 가벼워진 몸을 모래 틈에 눕힌다.
누군가도 나처럼 기억을 토했을 것이다.
그날들까지 섞인 바람이 불어 억지로 눈감으며
버린 것들이 운반되는 쓰레기차 소리에 집중하다 보니

아, 어쩌자고 그렇게 긴 낮잠을 잤는지.

낙지 2

엄혜림

매끈한 피부 자랑하며
퉁퉁 불어난다

바다보다 얕은 육수 속에서
뭉툭한 혀를 만나게 될 줄 몰랐을 것
사람들이 젓가락을 총 삼아
사격을 준비하고 있었음을 몰랐을 것
조각조각 베여진 몸들이
얄팍한 그릇에 담길 줄 몰랐을 것

물을 뿜고
물에 불어나는 네 탓일 것이다
조개를 잡아먹고
누구에게 잡아먹히는 네 탓일 것이다

김이 모락 피어나고
조개를 겸상하여 먹는 저녁밥상

언덕 위 산책

원예림

갈대 너머
짠 내음을 머금은 바람이
언덕 위
몸을 비틀며 눕는다
모래는 바람에 선을 따라
물결을 그리며 흩날린다

조심스레 그 위에
발 지문을 찍어대며
속안에 울음을 게워낸다.

창문을 두들기는
눅눅한 바람이
방안에 모래를 옮겨 놓는다

너와 부딪치던
둥그렇던 발톱이 간질거린다.

파도리 해수욕장

윤동현

바닷물의 냄새는
초등학교 교문을 나서는
나의 어엿한 일곱 살,
파묻힌 기억을 꺼내는
파도리 초등학교 앞에서부터
끌어당겼다

창백한 손
바위 위에 내려치는 바다.
발밑을 꾸욱
누르는 자갈을 보고
무릎을 굽혔다
바쩍바쩍 갈라질 듯
마른 자갈이 안쓰럽다
쓸어 내본다.
아래엔
짜잘하게 흘린
바위의 흔적이.

눈을 뜬다

형광등 켜진 방에서
바짝 마른 눈을 끔뻑인다
창백한 손

그립다
하는 순간
자갈이 되어 무너져 내렸다
촉촉한 자갈이 되어.

풍화

윤서빈

장애물이 없는 평지는 연갈색으로 깔렸다
갈색 그 작은 틈으로 모래알이 보인다
걸음마다 구두굽이 모래 안으로 끌려들어 간다

사구의 허리부터 시작되는 길은
양옆이 풀밭으로 가려져 단 하나뿐이다
걷고 또, 걷는다
몸을 틀어 갈대 사이로 나를 밀어낸다
누운 풀을 울타리 삼아 또 하나의 길이 생겼다

사무실 열쇠를 꺼낸다
아직 온기가 남은 열쇠를 모래 속에 떨어뜨린다
열쇠가 순간 부서진다
구두를 벗고 맨발로 모래 위에 섰다
조금 축축한 모래가 발가락 사이사이로 스며든다.

모항항

윤슬기찬

찬 겨울, 항구 뒤편으로
횟집이 즐비하다
푹 삶은 낙지탕 냄새
가게 뒤편에서
모락모락 피어난 연기
사람 냄새 흐른다

언 바람과 산풍이
작은 항구 마을에 갈마들고
출항을 준비하는
고깃배 후미
부르르 떤다

노란 끈으로 매듭진 통발
한 쪽 편에 쌓여
겨울햇볕에 천천히
마른다

여행자들은
사람 냄새 쫓으러

모항항에 들어오고
어부들은
언 바다에서 몸을 푼다

모항항 그루

윤영인

모항항 그루
파도 한 송이
발목으로 스며든다

잘게 으깨어져 흩날리며
한 잎
가슴을 적신다
한 입
입술을 적신다

딜어내리다
파도 한 송이 너의 꽃이
내 가슴에 온기를 전한다
눈을 감고
가슴 안에서 마르기를
기다린다

파도리에서

윤효현

파도가 드세다고 해서 마을 이름이 파도리다
어부의 아들이라고 해서 아버지 이름은 어(魚)현이다

파도가 깎아놓은 둥근 돌들
그만큼의 세월동안 아버지는 고기를 잡았다

아버지와 해변에 앉아 술 마시던 날
돌을 한참이나 만지작대다
둥근 말 한 마디 꺼내신다

나도 안면도 한 번 가보고 싶다

배꼽이 깊다

이은선

내 나이 마흔하고도 열두 바퀴
올라본 사회가 아쉬움을 느낄 열정도 지난 일
아이들도 떠나간 공허한 가슴팍에는
어린 시절의 향수만 몰랑몰랑
매일 매일 그려보던 고향의 바다
어머니 젖 냄새 같은 바다 내음
동길아 하고 불러주는 어미의 파도소리
어머니 품안에서 장난질 치던 동길이도
그 옛날 그대로 나를 반겨주는데
왜 그 옛날 기분이 들지 않는 걸까
달라진 것은 흘러간 시간뿐인데
무엇이 달라진 걸까 몰라 고개를 갸우뚱
문득 가만 내려다보니 배꼽이 깊다
나의 배꼽이 정말 깊다

염화(鹽花)

임선주

바늘같은 빗줄기가 수평선을 끊는다
검푸른 망막에 가서 맺히는 바다
시린 눈 깜빡이면
함석지붕 위로 똑똑 빗물 떨어졌다

바닷바람 차다 말해 줄 이도 없는데
흰 원피스 풀럭이며 맨발로 선 여자
여섯 살에도 여섯 살
스물아홉에도 여섯 살
근 서른 해 동안 언제나 행복하기만 했다

생채기투성인 발로 걸으며
휘파람도 불어보고
이 백치 등신아! 꼬마들이 던진 돌에도 맞고
삼삼오오 모인 아낙들 혀 차는 소리도 듣고
제 또래들 보면서도 배시시 웃기만 했으니
오늘도 재미나게 보냈다

염전은 심장처럼 펄떡이며 작은 마을에 염분을 펌프질하고
그 혈맥 중간 즈음

천리포에서 만리포까지 길게 누운 아버지와
빽빽한 해송(海松) 사이로 숨바꼭질을 하는 클레-멘타인
풀썩 파도를 가로질러
늙은 딸아이 혼자 두고
영영 어디 가버린 아버지 찾는다

해안마을의 장마도 끝물이고
높은 파도 방파제를 뛰어넘을 때
함초 같이 삐죽삐죽 자라난 생도 함께 덮였다
잘린 부표가 되어
분냄새 흐르는 옷자락으로
영원히 수평선을 향해 간다

천리포 연가

임수진

바다를 사랑하는 것은 어려운 일
다가오지 말라면서
거품을 남긴다
젖는 것이 두려워 물러나고 마는
서툰 흥분
발끝에 걸리는 자갈만 치우며
살아온,
저 끝에 가고 싶다

철모르는 발이 차진 살에 닿는다
멀리 뭍닭섬을 등지고
울렁이며 위협한다
기세에 물러나 허연 눈물을 흩뿌린다
다닥다닥 조개가 되어 바위에 달라붙는다
껍질만 남은 사랑
알고 보면 천리길 모래사장도
구애했던 여인들의 정한이다
떠나지도 못하고 다가가지도 못한
바싹 말라 가루가 된 마음들

무엇을 겁냈던가
까짓 신발쯤은 벗어던져도 좋으리
저 멀리 환영 같은 섬에 현혹되지 않고
오직 넘실거리는 거품만 노려보며
찰박,
걸어 나간다

해무

임혜선

사막에 안개가 피어오른다
검은 물 때가 지나가고
끈질기게 살아남은 건
생의 수치

바다의 이마에 주름이 잡힌다
몇 번의 밀물과 썰물이
막을 수도 없게 지나는 사이

기억의 찌꺼기를 먹는
바다의 개미가 질곡의 틈새로 사라진다
그는 어둠 속에서 집게발을 들고
명사와 동사를 차례로 집어삼킨다

더 이상 둥지가 되어줄 수 없는
어머니의 남겨진 자궁은 점점 말을 잃는다

개포리 사구

정다은

지구는 대지를 꿈꾼다.

울란바토르 마을 어귀에는 초원으로 떠나는 이들이 있다.
그들은 새벽녘 이슬처럼 쉽게 진다.
나는 바다를 보며 대지를 꿈꿨다.
순비기나무가 흔들렸다. 표범장지뱀이 어슬렁거리며 초원의 왕으로 군
림한다.

나는 이슬처럼 쉽게 사그라지진 않겠다.

신두리 사구의 풀

조나영

발자국 따라 올라선
신두리 모래언덕 위
풀들이 중심을 못 잡고
휘청이고 있었다

온몸으로 달려드는
바람을 등지고 서서 나는
마른 생명들이 꺾일까
안절부절못했다

바람이 쿨럭일 때
나는 팔짱을 끼고 몸을 움츠렸다
나부끼는 머리카락을 쥐고
겨우 고개를 들었을 때
나는 보았다
유연하게 허리를 숙이는 풀잎을

풀이 생선의 등처럼 굽은 것은
바람에게 씹히지 않기 위함이었다

춘 수(春瘦)

조아라

나를 삼킨 바다는 수장 준비한다.
눈부신 삼월의 새파란 잎을 바다에 띄워놓고 우는 하늘.
붉은 꽃잎과 노란 꽃잎이 어우러져 파도 넘실거릴 때
내 영혼의 꽃상여를 띄우고 부르는 노래
안개 향(香)을 피워 올린 긴 해안
흰 조개껍질을 놓아두고 조용히 뒷걸음질 치는
모래 위에 손가락으로 쓰인 이름들을 읊으며
깊게 깊게 잠드는 신두리 해안사구

당신의 발자국이 모여 사막이 되었습니다.
춘수(春瘦)를 견딜 수 없던 장례식
나는 푸름을 삼키고 평화로운 잠을 잡니다.
결국 바다로 넘어질 것입니다

저물어가는 바다위에서
꽃상여가 붉게 타고 있다
지평선 뒤로 사라지고 있다

모항항

최윤영

발등에 툭 하고
희끄무레한 색의 돌이 차인다.
눈을 들어 앞을 보니
검은 색의 바다가 풍기는
퀴퀴한 냄새가 서서 나를 본다.
이곳의 물은 공장의 폐수보다 독하구나
누군가의 중얼거림이 가슴 깊숙이 파고드는 날

그 언젠가
마주했던 푸르렀던
한줄기의 바람이 그리운 날.
나는 그곳에 나아가
텅 빈 모항항을 한참동안 바라본다.

어부도
낚시꾼도
햇살도 떠나버린 나의 항구

내 아버지의 한숨만이 그 어딘가에 걸려
움직이지 못하는 배를 쓰다듬고 있는 저녁.

밀려오는 울음을 꾸역꾸역 삼키며
나를 안아오는 검은 바다의 팔에 몸을 맡긴다.

모항에 가면

하응수

해변은 걸어야한다
발꿈치로 딛고 발가락으로 박차면
뒤로 모래를 뿌려대는 단순한 작업
밟은 모래는 버려야한다
만리포 옆 모항에 닿을 때까지
아무도 뒤를 도는 법을 가르쳐주지 않았다
걸음마는 직진이었고
발자국은 일자가 이상적이었다
포구에 갈매기가 영리했다
갈매기를 보려거든
모래 대신 새우깡을 버려야했고
나중에는 갈매기마저 버려야했다
뒤를 돌아야 보이는 갈매기
모항에 닿아, 겨우 돌아보았다
바다는 앞도 뒤도 없었다

아침마당

황지원

신두리 해안사구 앞바다
낙서로 가득한 삶의 흔적
불규칙한 이동경로에도 하나 부딪힘 없이
생명을 지탱한다

파도는
이 끈질긴 생명에 고개를 저으며
저기 멀리 나가있다

꼬마 조개들의 낙서는 정점을 찍고
그들이 살아있음을 서 멀리서도
알아볼 수 있게 표식 되어진
그들의 삶에서
희망을 바라보고 부질없었음을 씻어낸다

저녁 무렵에는 낙서를 지우고
다시 파도의 품에 안기는
의리 또한 그들에게 배운다

제 2 부 _ 소설

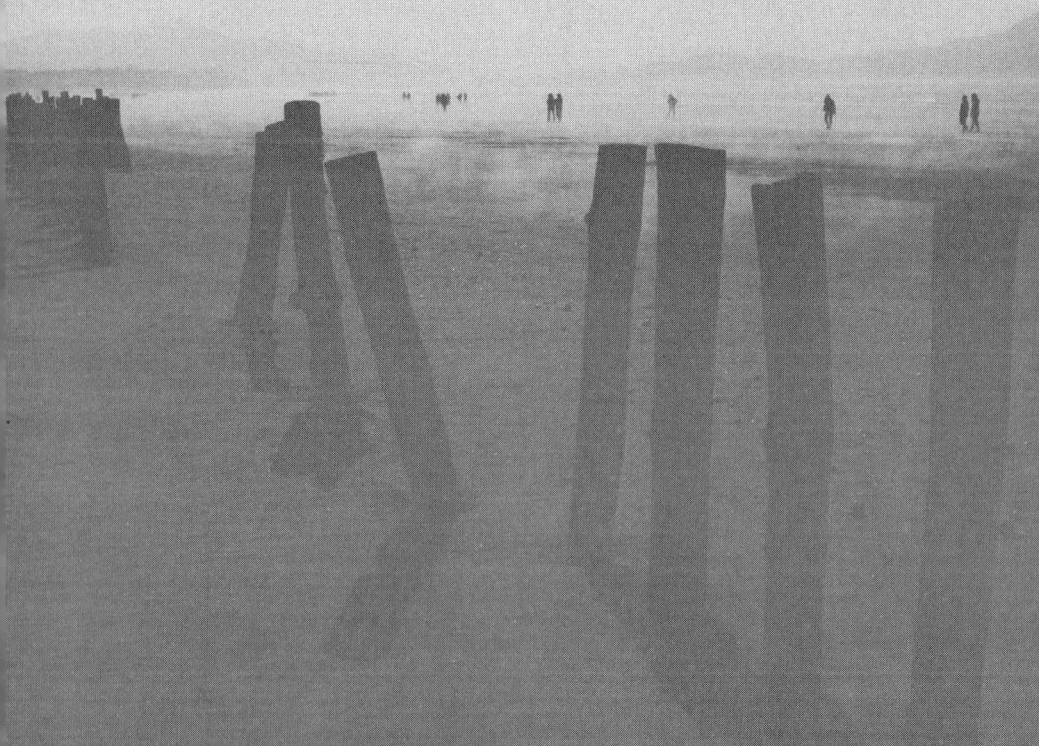

그렇게 꽃이 지다

고다현

해는 날이 갈수록 얼굴을 심하게 찌푸리며 온 몸에 힘을 쏟았다. 덕분에 기온이 부쩍 올라 마을 사람들의 입에서 하이고 더웁다, 라는 말이 심심찮게 들릴 정도였다. 물론, 막 5월에 접어든지라 겉옷 없이는 밤이 제법 쌀쌀할 때가 많기도 했지만, 아무튼 낮은 아주 '딱 좋게' 따뜻했다.

"오메, 드디어 제대로 된 봄이여!"

완연한 봄기운을 가장 반긴 사람은 우리 할머니였다. 삼월 말부터, 올해에는 이곳 태안에서 열리는 꽃 축제와 해양체험을 꼭 가겠다며 벼르고 벼르시던 분이었다. 그럴 때마다 나는 무심한 투로,

"평생을 여기서 살아놓고, 또 뭐 이상한 봄축제 같은 거 연다 하니까 그리 좋은겨? 나는 참 할머니가 이해가 되지를 않어."

라고 말하며 할머니의 흥분을 가라앉히려 했지만 그러나 내 이런 반응에도 그녀는 항상 싱글벙글할 뿐이었다.

할머니는 집에만 있기 갑갑하다고 했다. 날도 좋은데 집에만 박혀 있는 건 아름다운 봄날에 대한 예의가 아니랬다. 그렇게 한 달을 넘게 봄축제가 열리는 날만을 손꼽아 기다리는 그녀를 보며 마치 집나간 내 부모를 하릴없이 기다리던 어린 나의 모습을 떠올렸다.

하루가 멀다 하고 부모가 다투는 광경을 눈물로 바라봐야만 했던 어린

나날들. 결국 내가 아홉 살이 되던 해, 그러한 일상에 지칠 대로 지친 엄마는 어두운 밤에 불도 켜지 않은 채 큰 가방을 열어젖히고서는 옷가지들을 챙겨 넣었다. 그리고 그대로 말 한마디 없이 집을 나갔다. 잠이 덜 깬 내가 졸린 눈으로 그 모습을 바라보고 있었지만 끝내 엄마는 내게 눈길 한 번 주지 않은 채 사라졌다. 아빠는 엄마가 다시 돌아오지 않을 것이라 했다. 그럼에도 나는 몇 년을 기다렸다. 돌아오길 바라며 기다렸다. 그러나 기다림은 아버지마저 집을 나가는 결과를 가져왔다. 나는 결국 할머니 밑에서 자라야 했고 할머니는 아빠가 돌아오지 않을 것이라 했다. 그러나 나는 마냥 기다렸다. 그리고 그로부터 또 몇 년이 흘러 머리가 크고 나서야 조금씩, 기다릴 필요가 없다는 것을 알게 됐다. 돌아올 사람들이었으면 애초에 떠나지를 않았겠지. 이걸 이렇게 늦게 깨닫다니. 새삼 내가 멍청하다고 느꼈다.

나는 무언가를 기다리는 사람의 모습을 볼 때, 마치 돌아오지 않을 부모를 기다렸던 내 모습이 겹쳐 보여 싫었다. 그래서 봄축제를 기다리며 들떠 있는 할머니의 모습을 보는 것이 그리 달갑지만은 않은 게 사실이었다. 한편으로는 수십 년 동안 봐왔을 고향에서 축제가 열려봤자 뭐 얼마나 재밌고 신기할 것이라고 저렇게 기대를 하는지, 혹 기대한 만큼 실망도 크진 않을지 하고 걱정하는 마음도 들었다.

그런 마음으로 하루하루, 사흘나흘이 가고 그녀가 고대하던 '아름다운 봄날에 대한 예의'를 갖출 날이 코앞으로 다가왔다. 할머니는 평소 안 하던 화장까지 곱게 하고는 새 옷을 사러 나갈 것이라며 당최 알아듣지 못할 노랫말을 흥얼거렸다.

"할머니! 거 가면 뭐 해변체험 한다매? 그거 하면 손발 다 걷어붙이고 물에 들어가서 낙지니 해삼이니 꽃게 같은 거 잡아 건져야 돼. 뭘 그리 꾸미고 갈라는겨, 안 어울리게."

"꽃구경만 할 끼여, 꽃구경만. 사진도 찍고 꽃냄새도 맡고 맛난 것도 먹고 올란다. 니도 같이 갈거여?"

할머니는 해맑은 아이같이 웃어보였다. 난 됐으니까 할머니들끼리 다녀오라며 대화를 자르고 방으로 들어가 누워 잠을 청했다. 그 몇 시간 동안 나는 엄마, 아빠와의 재회를 앞두고 한껏 들뜬 마음으로 새 옷을 사러 나가는 꿈을 꿨다.

눈을 뜨니 어느새 어둑해져 있었다. 아직도 안 왔나, 중얼거리며 방문을 열고 나오다가 흠칫했다. 불도 켜지 않고 옷도 갈아입지 않은 채 쭈그리고 앉아있는 할머니의 뒷모습이 어렴풋이 보였기 때문이다. 그것은 그녀가 결코 좋은 하루를 보내지 못했다고 말하고 있었다. 처음으로 할머니가 한없이 작고 여리게만 느껴졌다. 선뜻 입을 열기가 힘들었다. 순간 할머니에게서 작지만 깊은 한숨 소리가 새어나왔다. 마음에 드는 옷이 없었나. 아니면 친구 분들이 갑자기 약속을 어기셨나.

할머니는 태안 봄 축제가 연기되었다고 말했다. 어제 밤, 태안 앞바다에서 유조선과 해상 크레인이 충돌하여 지금까지 계속해서 대량의 기름이 유출되고 있다고 했다. 그녀는 잠긴 목소리로 천천히 얘기했다.

"이쁜 옷도 샀는디……."

그토록 밝았던 아침의 그녀는 온데간데없었다.

"거 봐. 그러게 뭘 그렇게 기대를 했던 거여? 대충 하면 하고 말면 말지. 유난을 떨더라니만. 밥은 먹은 거?"

무뚝뚝하게 쏘아붙이는 나의 말에 할머니는 답하지 않았다. 그렇게 한참을 더 쭈그리고 앉아 있다가 말없이 방에 들어가 잠이 든 듯 했다.

나는 곧 물에 만 밥을 숟가락으로 크게 떠 한 입 가득 집어넣고 티비를 켰다. 이미 매스컴에서는 난리였다. 사고 발생 후 기름 확산을 막아야 할 방제정이 높은 파도와 강풍 속에서 제 기능을 하지 못하였고, 오일펜스를 제때 설치하지도 못하는 등 초기 대응에 실패하여 해양오염이 더욱 확산될 것이라 했다. 뉴스의 기자가, 사실상 이번 태안 봄축제는 '연기'가 아닌 '취소'일 것이라고 전망했다. 굳게 닫힌 할머니의 방문을 지그시 바라봤다. 그 어느 때보다 정적인 분위기를 풍기고 있는 듯했다.

사실 나는 알고 있었다. 할머니에게 태안 앞바다라는 곳이 얼마나 큰 의미가 있는지를.

정확히 오 년 전, 이곳에서 할아버지가 돌아가셨다. 하나밖에 없는 아들의 가정불화에 대한 걱정과 아들에게 빌려준 돈 때문에 빚쟁이에게 시달리던 그는 결국, 알코올중독이라는 병을 안은 채 그렇게 바다로 도망치듯 떠나버렸다. 알고 있었다. 그 뒤로 할머니는 몇 달 동안을 매일같이 태안 바닷길만을 걸어 다니셨다. 붉음이 떠오르는 시각부터 하여 어둠이 어깨 위로 내려앉는 순간까지. 처음 며칠은 눈물범벅인 채로, 나머지 며칠은 표정이 없는 채로. 알고 있었다. 그 곳에서 일어나는 모든 크고 작은 사건들은 그대로 그녀에게 행복이거나 절망이었던 것이다. 가뜩이나 행복을 앞둔 상태에서 맞이한 절망을, 그녀가 한순간에 받아들이기에는 무리인 것이 당연했다.

"할머니, 밥 먹자."

아침이 밝고, 나는 꽤 일찍 일어나 밥상을 준비했다. 항상 내가 밥상을 받는 입장이었지만 오늘만큼은 내가 할머니에게 주고 싶었다.

"할머니. 자는 겨?"

아침잠도 없으면서 아직까지 자나, 하며 방문을 열었다.

"그만 자고 밥 먹자니까?"

할머니의 거친 숨소리가 방 안에 진동했다. 할머니는 신음하고 있었다. 가까이 가 보니 식은땀마저 흘리고 있었다.

"할머니!"

당장에 들쳐 업고 가까운 병원을 향해 뛰기 시작했다. 밤새 무슨 일이 있었던 걸까. 덥지 않은 날씨였음에도 불구하고 땀이 비처럼 흘렀다. 할머니의 신음 소리가 웅웅거리며 점점 크게 내 귓속을 휘감았다.

"헉, 헉……."

눈알을 굴려 재빠르게 '응급실'이라는 세 글자를 찾았다.

일주일 후, 공식적으로 기름유출사건의 심각성과 더불어 태안 주민들의 피해, 정부의 대책 마련 등과 더불어 봄축제가 취소되었다는 소식이 매스컴을 장악했고, 단순히 몸의 쇠약과 가벼운 스트레스 때문에 잠시 정신을 잃은 것이라던 의사의 말과는 달리 할머니의 건강 또한 급격히 악화되어 가고 있었다.

어찌어찌 고등학교는 졸업하였으나 딱히 잘하는 것이 없음과 동시에 하고 싶은 것이 있다 해도 경제적인 어려움이라는 장벽 앞에 나는 이도저도 아닌 사람으로 전락하고 말았다. 이런 환경에서 내가 할머니를 위해 해줄 수 있는 일이라곤, 그저 그녀가 빨리 낫기를 마음속으로 바라는 일뿐이었다. 이제는 정부 지원금으로도 입원비를 충당하기 힘든 지경에 이르렀다. 할머니의 친구 분들이나 친척들도 입에 발린 말로 걱정만을 할 뿐, 실제적인 도움은 주지 못했다. 모든 것을 한 순간에 잃은 듯한 기분이었다. 할머니는 가끔은 의식이 있었지만 또 가끔은 하루 종일 잠만 잤다.

입원비를 내기 위해 그동안 꼭꼭 숨겨왔던 비상금을 꺼내려 오랜만에 집에 들른 날이었다. 예상했던 위치에 없어서 이 서랍, 저 서랍을 뒤지다가 꼬깃한 누런 종이 하나를 발견했다. 작게 접혀진 종이 위로는 '당신께' 라는 석 자가 적혀 있었다. 내가 쓴 것이 아니니 할머니의 것이 분명했다.

'읽어봐도 되는 걸까?' 라는 생각은 이미 종이를 펴고 있는 내 손가락보다 한 발 늦었다.

—당신이 저 세상으로 간 지도 거의 오 년이 다 돼가네유……. 처음에는 마냥 저 징그러운 바다가 당신을 집어 삼켰다고만 생각돼서 종일 화만 잔뜩 났었는디……. 지금 다시 찬찬히 생각해본께 아무래도 나는 저 바다한테 고마운 거유……. 저 바다 아니었으면 당신은 여태까지도 이리저리 쫓기고 죽을 둥 말 둥 하며 살았을 거 아니유? 오늘 옆집 정희언니가 말해준 거유, 아니 글쎄 다음 달에 태안 앞바다서 봄맞이 축제가 열린다구유. 나는 그 소릴 들은께 참 좋네유……. 당신 살아 생전에 이런 거 구경이나 해본적 없을틴디 이번 기회에 실컷 즐기십시다, 나도 우리 연애할 때처럼 아주 그냥 이쁘게하구 갈라유. 사는 게 힘들 때마다 참 많이두 보고 싶네유…….

목이 메었다. 왜 하필 이런 타이밍에 이 글을 읽게 된 건지. 입도 잘 열지 않고 대부분의 시간을 눈 감은 채로 보내고 있는 우리 할머니는 어쩌면, 내가 예상하는 것보다 훨씬 많이 봄축제를 기다렸던 건지도 몰랐다. 할아버지가 돌아가신 뒤 처음으로 열리는 축제였으니 더더욱. 아마 그녀에게 있어서 봄축제에 참여한다는 것의 의미는 단순히 꽃을 구경하고 해양생물을 잡거나 하는 것을 넘어 할아버지와의 재회를 뜻하는 건지도 모르겠다는 생각이 들었다. 태안 앞바다가 그녀에겐 할아버지 그 자체일 수도 있겠다는 생각. 부모와의 재회 따위를 저리 기대해 본 적이 없었다. 그래서 그동안 할머니의 들뜸을 이해할 수 없었던 것인지도 모른다. 할머니는 어디가 얼마나 아픈 걸까. 왜 이렇게까지 앓게 된 걸까. 이 모든 과정을 감히 '한순간'이라 치부할 수 있는 걸까. 그동안 쭉 아파왔던 것은 아닐까.

막 잠 들려는 찰나, 전화벨이 귀를 찢듯 울렸다.

나는 황급히 겉옷을 집어 들고 혼이 나간 사람처럼 냅다 달리기 시작했다. 검은 하늘과 검은 바다 속에서 할아버지를 보았다. 할아버지가 검디검은 바다에서 할머니에게 손짓을 했다. 나는 세찬 바닷바람보다 더 빨리 뛰었다.

할머니는 간신히 한 줄기의 숨을 쉬고 있었지만, 여전히 눈을 감고 있었다. 잠을 자고 있는 것이라면, 부디 꿈속에서 할아버지와 함께 태안 바다의 아름다움을 누비시기를 바랐다.

셀 수 없을 만큼의 많은 자원봉사자들이 기름때를 제거해보겠다며 매일같이 우리 지역을 찾았고 그 덕에 태안 앞바다의 상태는 나날이 회복되어가고 있었지만, 아직 할머니는 꿈속의 태안이 더 좋은 것인지 당최 일어날 생각이 없어 보였다.

—눈 이외의 모든 구멍이 막힌다. 코가 막혀 아무 냄새 맡아지지 않고, 귀가 막혀 아무 소리 들리지 않으며, 입마저 막혀 아무 말 할 수 없다. 축제를 맞아 제 몸을 치장하던 꽃들도 이미 검게 죽어있다. 점점 뿌옇다. 앞을 제대로 볼 수 없다. 액이 차오르는 듯도 하고 흰 천을 뒤집어 쓴 것 같기도 하다. 이렇게 눈까지 감긴다. 이렇게, 나는 당신에게 잠긴다.

짧은 일기를 쓰다가 잠이 들었다.

꿈속의 우리 가족은 행복하게 웃으며 드넓은 태안 바닷길을 한없이 걷고 있었다.

| 소설 |

노다지로 가는 길

김수인

　노다지는 도처에 존재한다. 하지만 노다지는 세상 어느 곳에도 존재하지 않는다. 누구든 가질 수 있지만 또한 누구도 가질 수 없다. 노다지는 귀중한 것이기도, 하찮은 것이기도 하다. 어느 것이 진실인지는 모른다. 알수도 없을 뿐더러 궁금하지 않다. 그저 우리는 살기 위해 그것을 얻고자 한다는 것만 어렴풋이 느낄 뿐이다. 그러나 가끔은 의심이 들 때가 있다. 살기 위해 그것을 얻는 삶인지, 아니면 그것을 얻기 위해 사는 삶인지.

　태안바라길을 걸으며 생각한다. 의심에 대한 답은 내릴 수 없다. 다만 이곳을 걸을 때마다 확실히 깨닫는 건, 넋을 놓은 채 걷다가도 파도리해수욕장에만 도착하면 우뚝 멈춘단 사실이었다. 여느 때처럼 신발과 양말을 벗고 해수욕장 위에 선다. 둥근 자갈들과 바닷물이 발바닥 사이를 비집고 들어온다. 이곳은 지긋지긋한 금광산에서 벗어나 자리 잡은 곳이다. 처갓집의 도움을 받아 펜션을 연 곳이기도 하다. 어렵게 자리를 잡았으면서도 정착할 수 없었던 건 무엇 때문이었을까. 이곳에 임신한 진주를 두고 나 혼자 금광으로 돌아가던 날, 그런 의문이 들었다. 파도 때문이라고 나는 생각했다. 사람들은 너무 드센 이곳 파도를 부담스러워 했다. 그래서 의항해수욕장이나 만리포해수욕장 같이, 비교적 파도가 잔잔한 곳에서 숙박을 알아보는 거였다. 우리 부부가 운영하는 펜션에 우리 부부만 숙박하게 되는 것도 모두 그 때문이었다. 그때 내가 할 수 있었던 일은 금광산 아래서 매번 반복되던 그 고된 노동뿐이 없었다. 배운 게 도둑질이라잖아, 하고 진주에게 너스레를 떨었다. 그러면서 속으로는 간절히 바랐다. 돈을 어느 정도 모아 다시 돌아왔을 땐, 이곳의 파도가 조금은 잠잠해져 있기를. 이 곳에서 두어 시간 떨어진 금광산으로 짐을 옮기던 날에도 파도는 사나웠다. 파도는 바위를, 드센 바람은 내 뺨을 내리치고 있었다.

그러니까 따지고 보면 다시 돌아온 이번이 두 번째 정착이었다. 이곳으로 다시 돌아오기 까지는 정말이지 많은 일들이 있었다. 생각해보면 그렇게 '많은' 일까지는 아니었는데, 어쨌든 여러 사람의 인생을 송두리 째 바꿔놓아서 인지 그렇게만 느껴졌다. 그곳에서의 일상은 너무도 지루했다. 그래서 무언가 특별한 일이 일어나면 좋겠다고 생각한 게 잘못이라면 잘못이었을 것이다. 그 엄청난 일이 일어난 곳은 사실, 그 엄청난 일에게 미안해질 정도로 따분한 곳이었으니까. 그날 역시 발파작업으로 하루를 시작했다.

버튼을 눌렀다. 돌에 구멍을 뚫어 미리 설치해 두었던 다이너마이트가 산 속 저편에서 터졌다. 광산 전체에 무수한 진동이 흘렀다. 돌 벽에 기대고 있던 등으로 수천마리의 벌레가 기어가는 듯했다. 저편에 커다란 괴물이 있는 것만 같았다. 으르렁 거리며 포효한 그 괴물이 돌덩이들을 토해 놓았을 거였다. 그곳으로 되돌아가 인부들과 함께 돌무더기를 건지는 게 니의 일이었디. 그러니 발파기 된 후에도 한참을 기다려야 했다. 산 속이 무너져 내리면서 뱉어 놓은 먼지 때문에 한치 앞도 볼 수 없을 것이 분명했다. 누구도 접근할 수 없었다. 괴물의 분노가 가라앉은 후에야 우리는 리프트에 몸을 실을 수 있었다.

지상으로 향하는 리프트 한 구석에선 늘 짐짝처럼 구겨졌다. 여전히 적응되지 않는 덜컹거림이 발바닥을 통하여 온몸에 퍼졌다. 추락해 버릴 것만 같은 두려움을 떨칠 수가 없었다. 눈을 감으면 완전한 암흑이었다. 눈꺼풀에 덮인 동공은 작업장에 설치된 어렴풋한 조명 불빛 따윈 인식하지 못했다. 하지만 비단 동공뿐만이 아니었다. 산 속에선 모든 것이 무기력해졌다. 우리에게 산 속이라는 것은 등산객들이 인식하는 개념과 달랐다. 우리의 일터는 지상으로부터 약 120m 아래에 있었고, 산은 우리를 고래처럼 집어삼켰다. 그 뱃속에서 우리는 그를 파괴했다. 우리는 산 속에서 피폐하게 변해 가는데, 정작 내벽이 한 구석씩 무너져 내리는 그것은 꿈쩍도 하지 않았다. 그것이 가끔은, 우릴 허무하게 만들기도 했다.

지상에 거의 다다르자 밝은 기운이 돌기 시작했다. 햇빛이 불현듯 눈 속으로 쏟아져 절로 힘이 들어간 눈꺼풀이 파르르 떨렸다. 같이 들어왔던 김 형이 내 어깨를 두어 번 두드리며 도착했다는 것을 말해주었다. 김 형의 손짓에 실눈을 뜨고 리프트에서 내렸지만 다시 눈을 감았다. 나는 그 눈부심이 좋았다. 종류가 무엇이든 간에 알에서 방금 깨어난 새끼가 된 기분이 들었다. 금광에서 일하며 얻을 수 있는 가장 큰 것이 바로 빛과 공기의 소중함이었다. 그래서 막 부화한 생명체 마냥 코로 깊은 숨을 쉬어보았다.

우리는 금을 얻기 위해 산 속으로 들어갔지만, 정작 우리 손에 들어오는 금은 없었다. 다만 우리가 채광한 금광석 속에 금의 성분이 조금 포함되어 있을 뿐이었다. 채광한 십 톤가량의 금광석엔 고작 한두 돈의 금이 있었다. 운이 좋은 날에도 크게 달라지는 것은 없었다. 때문에 진정한 노다지란 금이 아닌, 바로 빛과 공기의 소중함에 대한 깨달음이라고 생각한 적이 있었다. 하지만 그 생각은 이내 접었다. 빛과 공기가 오로지 나에게만 주어진다면 장사라도 할 텐데 아쉽게도 그것은 아니었으니까. 그렇다면 나는 그 노다지를 가지고 무엇을 할 수 있지? 물음에 내릴 수 있는 답은 확실했다. 아무것도 없다. 내가 어떠한 깨달음을 가지고 밥벌이를 하는 고고한 계층이 아니기 때문이었다. 나뿐만이 아니라, 그건 모든 인부들이 마찬가지였다. 하지만 딱 한 명 예외가 있었다. 그건 바로 따리 형님이었다.

'따리'라는 별명은 내 입에서 처음 나왔다. '이야기보따리'에서 비롯돼 지어준 거였다. 금광 일을 막 시작한 내게 따리 형님이 이런저런 이야기를 많이 들려주어서였다. 비단 일에만 관련된 이야기는 아니었는데, 그 중 대부분이 그가 태어나고 자랐던 중국에 대한 얘기였다. 상하이의 어느 탑에는 지상에서 350m나 되는 높이에 전망대가 있다. 또한 중국의 수돗물은 그냥 먹으면 반드시 배탈이 난다고 했다. 내가 가장 기겁을 한 이야기는 단연 화장실에 관한 거였다. 아닌 곳도 있지만 그곳의 공중 화장실 대부분엔 변기 앞의 문이 없다고 했다. 더하면 변기와 변기 사이의 칸막이도. 이 야기를 듣고 나는 오만상을 찌푸렸다. 끝이 보이지 않게 줄을 선 사람들이 하나씩 민망한 곳을 흘끗거리는 상상을 하게 되었다.

그때 나는 문득 파도리해수욕장과 금광산을 떠올렸다. 누구도 훼손할 수 없을 듯 넓게 펼쳐진 바다도, 자신의 몸 안에 내 더러운 발을 품을 때마다 수치감을 느낄까. 누구도 무너뜨릴 수 없을 듯 기세 좋게 서 있는 산도, 내부에서 다이너마이트가 터질 때마다 치부가 드러나는 듯한 기분을 느낄까. 그렇다면 난 엉덩이를 흘끗거리는 사람들에 속하게 되었다. 하지만 곧 합리화를 하기 시작했다. 길게 줄을 서 있는 사람들은 화장실에 들어가 볼일을 보기 위함이지 남의 엉덩이를 훔쳐보기 위함이 아니다. 그러니 내가 위로받기 위하여 바다에 발을 담구고, 먹고 살기 위하여 산을 파괴하는 행위 역시 정당한 것이다. 하지만 어느 가을날, 그러한 자기위로가 부끄럽게 느껴지면서 그간 갖고 있던 신념이 한 순간에 무너져 내렸다. 마치 다이너마이트가 박힌 광산 같았지만 붕괴의 잔해에선 슬프게도, 얻을 게 없었다.

"제수씨가 동생 나오면 같이 오랬어. 동생 혼자 사는 데 와서 즘심 준비해 노다고. 펜션 예약 손님이 하나도 없대. 산에 있어서 나안테 연락했다고 그래서."

집으로 가는 큰 길 앞에서 따리 형님이 어눌하게 말했다. 인부들 사이에 서 있는 그는 누가 봐도 한국 사람이지만 아직 중국 교포의 말씨가 남아 있있다. 따리 형님의 퉁퉁한 눈이 기대로 가득 차 유독 부어 보였다. 아내가 준비해 둔 것이 해산물이라는 사실을 덧붙이며 형님은 매우 들뜬 표정을 했다. 그것은 다른 인부들도 마찬가지였다. 산 아래서 많은 시간을 보내는 우리에게 해산물은 보약과도 같은 것이기 때문이었다.

그러나 나를 설레게 만든 건 해산물이 아니었다. 진주를 볼 수 있게 되었다. 아이는 얼마나 더 자랐을까. 진주의 부어오른 배가 눈앞에 어른거렸다. 인부들이 이런 내 마음을 눈치 챌까 봐, 쑥스러운 마음을 감추려 괜스레 길가에 들쑥날쑥 나 있는 코스모스 한 송이를 꺾었다. 살살한 그것을 이마보다 조금 높게 치켜들고 걸었다. 진한 자주색 꽃잎들이 시퍼런 가을 하늘 위에 놓았다. 하지만 꽤나 강렬했던 가을바람에 꽃잎이 하나둘 떨어졌다. 하필 꺾은 게 핀지 얼마 되지도 않은 거였다. 유난히 작고 노란 꽃술, 그것에 볼품없이 달린 몇 개의 꽃잎 너머로 허름한 슬레이트 지붕이 보였다.

진주보다 먼저 보인 것은 좁은 마당 이곳저곳에 튀어 얼룩진 기름 자국들이었다. 이리저리 갈라진 시멘트 바닥을 내려다보는데 눈앞으로 그림자가 드리워졌다. 부어오른 진주의 배가 만든 그늘이었다. 그 음영 밑에는 진주의 낡은 슬리퍼가 놓여 있었다. 왔어요, 하는 진주의 목소리가 들렸다. 하늘색 임부복의 치맛자락이 바람에 아무렇게나 흩날렸다. 하늘하늘하니 가벼운 움직임이지만 앙증맞다는 느낌은 주지 않았다. 갈라지고 때묻은 끝자락, 그리고 천에서 비죽이 흘려 내려온 몇 가닥의 실밥 때문이었다. 옷을 좀 갈아입는 게 어떠냐고 말하려다 입을 앙다물었다. 몇 개월 만에 본 아내에게 건넬 첫마디를 그토록 무뚝뚝한 말로 대신할 수는 없었다. 또한 그것이 진주에게 있는 유일한 임부복이었다.

해진 치맛자락을 한참 쳐다보고 있는 내게로 진주의 시선이 떨어지는 게 느껴졌다. 천천히 고개를 들면 진주의 매섭게 올라간 눈, 민둥민둥한 콧대가 나를 향해 있었다. 사나운 인상이었지만 나는 그 속의 부드러움을 느낀지 오래였다. 때문에 미안하다는 말은 그날도 아꼈다. 낮게 묶인 진주의 긴 머리카락 중 몇 가닥이 제멋대로 바람결을 탔다. 그 너머로 인부들이 커다란 상 주변에 둘러앉는 게 보였다. 가볍게 웃어 보인 진주가 인부들이 앉아 있는 곳으로 향했다. 상 옆의 작은 화덕에서 구워지고 있던 음식들을 진주가 접시에 옮겨 담았다. 허름한 나무판 위로 잘 익은 새우와 조개 등이 오를 때까지 서 있던 나는 급하게 진주에게로 뛰어갔다. 재빨리 진주의 손에서 접시를 뺏어들며 나는 말했다.

"이런 게 있음 너나 먹지 그래. 홀몸도 아닌 사람이."

"남편 기 살려주는 것도 못하나, 뭐. 인원 수 맞게 나무젓가락 좀 놔줘요."

말을 마친 진주가 작게 숨을 몰아쉬었다. 너무나도 미세한 순간이었다. 나는 그걸 놓치지 않은 채 기어코 싫은 소리를 했다. 것 보라고, 무리하지 말라 했지 않느냐고 윽박지르며 미간을 찌푸리자 진주가 그런 날 지그시 쳐다보았다. 나는 헛기침을 하며 나무젓가락을 찾았다. 방금 전 그 표정의 여운은 오랫동안 지속되었다. 나는 가끔씩 진주가 짓는 그 부드러운 표정이 무서웠다. 그 두려움은 진주와 사는 세월이 길어질수록 깊어지는 듯했다.

"따리 아저씨 많이 드세요"

진주가 따리 형님 앞에 노릇하게 구워진 조기 한 마리를 놓으며 말했다. 다른 인부들은 너무한다며 진주에게 장난스런 야유를 보냈다. 아랑곳 하지 않은 채, 진주와 따리 형님이 농을 주고받았다. 진주가 형님과 부쩍 친해지게 된 계기는 그때로부터 몇 달 전의 대화 때문이었다. 또한 그날의 그 대화로 인하여 내 안의 모든 게 무너지기도 했다.

세계일주.

그것이 평생의 꿈이라던 형님의 말에 눈을 빛내던 진주를 나는 잊을 수가 없다. 이전엔 미처 알지 못한 사실이었다. 서울에서 온 진주는, 몇 평 되지 않는 구멍가게의 주인집 딸이었다. 하늘 높은 줄 모르고 뻗어있던 계단의 양 옆으로는 쓰러져 가는 판잣집들이 비좁게 붙어 있었다고 했다. 그 중간쯤에 위치하던 진주 슈퍼. 손바닥만 한 가게 안에서 진주는 세계를 꿈꿔왔을 것이다. 하지만 진주는 내게 한 번도 꿈 이야기를 한 적이 없었다. 있다 해도 그것을 이루게 도와줄 능력이 없다는 걸 알아서였을까. 평소엔 미안한 마음은 숨기며 뻔뻔하고 당연하게 진주의 얼굴을 보아왔지만 그때 처음으로, 내가 진주의 남편인 것은 어쩌면 당연한 것이 아닐지도 모른다는 생각이 들었다.

상에 음식 전부가 놓인 것을 확인하고 철문으로 발걸음을 향했다. 대체이 많은 건 어디서 구한 거냐고 진주에게 묻는 인부들의 왁자지껄한 음성이 멀어져갔다. 신발 밑창이 찍찍 끌리는 소리 너머로 어딜 가느냐는 진주의 물음이 귀에 박혔다. 고개를 돌리고 대충 손을 한 번 들어 보였다. 철문 밖까지 나온 나는 담벼락에 기대었다. 고개에 힘을 빼고 떨어뜨리며 한숨을 쉬었다. 발 근처로 떨어진 시선의 끝엔 들어올 때 내가 버렸던 코스모스가 볼썽사납게 누워 있었다. 작은 코스모스를 괜스레 짓밟았다. 꽃에서 나온 진물이 시멘트 바닥에 묻었다. 그것을 보며 쪼그려 앉아 무릎을 감싸고 몸을 옹송그렸다. 저 꽃술처럼 어리고 여렸던 시절은 망그러지고 뒤틀렸지만, 아직은 젊은 인생을 산다는 것에 위안을 삼았다. 아이가 태어날 때쯤이면 나의 모든 것이 바뀔 것이라고 생각했다. 비록 바닥부터일지라도 바다에서, 그곳 내 꿈의 공간에서 진주와 함께할 수 있을 거라고 믿어 의심치 않았다. 아이가 태어날 시기가 되면, 나와 진주의 아이만 태어난다면, 그래 그럴 줄 알았다.

이곳의 파도는 여전했다. 실제로 그 엄청난 파도 때문에 파도리가 되었다고, 언젠가 진주에게 들은 기억이 있다. 어둠처럼 몰려왔다 천둥처럼 으르렁거리는 파도를 보고 있자니 그날 생각이 났다. 그날, 광산의 갱도에도 파도가 쳤다. 파도리의 파도가 유려한 물결이었다면 다만 그곳의 파도는 소름끼치는 소리로 된 것이었을 뿐이다.

작업이 한창 진행되던 중이었다. 크악, 하고 어디서 맹수의 것 같은 비명소리가 들렸다. 소리의 근원을 쉽게 찾을 수 없었다. 주변의 인부들은 바짝 긴장한 채 고요에 휩겼다. 비명이 한 번으로 끊겼는가 싶더니 곧 우우 하는 울음소리로 이어졌다. 뒤이어 따리 형님을 부르는 박 형의 다급한 목소리가 들렸다. 금광은 탄광과 달리 수직으로 깊게 내려가 다시 수평으로 갱도를 만들어 작업을 하기에 언제 어떤 일이 일어날지 모르는 곳이었다. 미로 같은 갱도 중에서 따리 형님과 박 형이 작업을 하던 곳으로 향했다. 머릿속에서는 불길한 장면들이 시끄럽게 자리다툼을 하고 있었다.

박 형이 울 듯한 목소리를 내며 따리 형님을 일으켜 세우려 하고 있었다. 함부로 건들이다가 더 큰일이 나는 수가 있다고 누군가 소리 질렀다. 그 소리에 박 형은 멈칫했다. 모두의 시선이 따리 형님의 허리에 눌러앉은 돌덩이로 향했다. 부석제거 작업이 잘못된 모양이었다. 발파 작업이 끝나고 낙석을 예방하기 위해 천장에 붙어 있는 작은 돌을 처리하는 작업이었다. 아니 실은 그 작업이 잘 되었다고 해도 애초부터 안전한 것은 아니었다. 우선 이것부터 치우자며 웅얼거린 박 형이 형님 허리 위에 기세 좋게 누워있는 돌덩이로 손을 뻗었다. 인부들 몇몇이 달려들어 박 형을 거들었다. 나는 119를 부르고 오겠다며 형님과 인부들을 뒤로하고 갱도를 걸어 나갔다. 따리 형님의 신음소리와 인부들의 웅성거림이 멀리서 메아리쳤다. 동시에 그동안 형님이 내게 해주었던 재미난 이야기도 귓가에 어른거렸다.

따리 형님이 들려준 이야기에는 단 한 번도 의심을 가져본 적이 없었다. 내가 어설프고 흐리멍덩하게 알고 있는 서울의 이야기도 형님의 이야기보 따리에선 정확하고 또렷하게 튀어나왔다. 이따금 형님에게서 들은 이야기를 진주에게 전하면 그녀는 깜짝 놀라곤 했다. 서울에 잠깐씩 머물렀던 사람 치고는 그곳에 대한 지식이 꽤나 꼼꼼하고 섬세하다는 거였다.

어눌한 말씨로 이야기를 늘어놓던 따리 형님을 다른 인부들은 무시했다. 내게 가보지도 않은 나라나 도시 이야기를 철썩같이 믿는다며, 나 같은 놈은 사기를 쳐먹기에 딱 좋은 인간이라고 비아냥거렸다. 허나 그들이 따리 형님의 이야기를 믿지 못하는 것은 가보지 못한 곳에 대한 막연함 때문이 아니었다. 그것은 형님의 말이기 때문이었다. 단지 그였기 때문에, 조선족 노동자의 이야기였기 때문이었다. 언제 한 번은 인부들의 조롱이 심하게 드러났던 적이 있다. 그때 나는 인부들의 뒤에서 형님을 다독였다. 무시하라고. 외국 갈 상상은 한 적도 없고 하지도 못하는 사람들이라 괜히 샘을 내는 것이라고. 그랬더니 형님은 빙그레 웃으며 이야기 하나를 들려주었다. 그것은 '어린 왕자'란 외국 책의 내용 중 일부였다.

소설 속에서 터키의 한 천문학자는 집 한 채보다 클까 말까한 소혹성 B-612호를 발견한다. 그는 1909년, 국제천문학회에 그 사실을 발표하지만 그가 입은 허름한 터키식 옷 때문에 발표는 묵살당한다. 그리고 그는 1920년, 같은 내용을 재발표한다. 세상에 다시금 드러난 그의 발견은 모두에게 받아들여진다. 그때의 그는 유럽식의 근사한 옷을 입고 있었다. 따리 형님의 처지와 기가 막히게 맞았다. 딱 작업복을 입은 따리 형님의 이야기였다.

리프트가 멈추자마자 밖으로 뛰쳐나온 나는 휴대폰부터 꺼냈다. 하지만 플립을 열고 번호를 누르려는데 머릿속이 새하얘졌다. 어디로 전화를 걸어야 하나. 평소엔 당연히 알고 있던 사실인데 막상 위급한 상황에 닥치니 아무것도 할 수가 없었다. 119를 부른다고 정말 숫자 세 개만 누르자니 어색했다. 그렇다고 지역번호를 붙이자니 그건 또 아닌 것 같았다. 그런데 어디선가 사이렌이 울려왔다. 거짓말처럼 나타난 그 소리를 찾기 위해서 일단 큰길로 나갔다. 멀리서 달려오는 응급차가 보였다. 그것을 멈추게 해야 한다는 일념에 두 팔을 머리 위로 들어 마구 흔들었다. 빠른 속도로 달려오던 응급차가 브레이크 잡는 소리를 요란하게 내며 날 지나쳤다. 차가 멈춘 곳으로 달려가 뒤꽁무니를 마구 두들겼다. 문이 세게 열리고, 무슨 일이냐고 묻는 응급대원이 보였다. 나는 본능적으로 내부를 살폈다. 텔레비전에서나 보았던 의료 기계 앞에 배가 부른 누군가가 누워 있었다. 그 주변으로 주황색 옷을 입은 구급대원 몇몇이 둘러앉은 채였다. 심장 박동을 알려주는 기계에 불규칙 적인 직선들이 그려졌다. 그리고 그 직선들 앞에 낯익은 사람이 누워 있었다. 응급차 바닥에 드문드문 떨어져 있는 핏방울. 설마 저것이 진주와 아이의 것은 아니겠지. 그럴 리가 없다고 생각했다. 진주는 지금쯤 파도리의 진주펜션에 있어야 한다. 하지만 그 역시 그럴 리가 없었다. 그 전날 해산물을 바리바리 싸들고 온 뒤, 진주는 나의 자취방에서 하룻밤을 묵었다.

"무슨 일인지 빨리 말하세요. 여기 하혈하는 산모 안 보입니까?"

구급대원 중 한명이 말했다. 그러나 아무 말도 할 수가 없었다. 문 바로 앞에 있던 대원이 내게 용건이 없으면 빨리 비켜달라고 다급하게 말했다. 나중에라도 응급차를 부를 일이 생기면 119만 누르면 되는 것이냐고, 어물거리며 내가 물었다. 대답도 하지 않은 대원이 응급차 문을 닫았다. 이내 응급차가 멀어져갔다. 그리고 나는 그것을 바라보고 서 있었다. 차가 서서히 작은 점이 되고, 완전히 사라져갈 때까지 나는 그렇게 서 있기만 했다. 그것의 여운마저 소멸되었을 때 나는 휴대폰을 꺼냈다. 119, 세 글자를 누르고 통화 버튼을 눌렀다. 통화가 연결되자 나는 그곳의 장소와 사고를 읊었다. 또렷한 정신은 아니었다. 말다툼의 끝에서 홧김에 내리친 단단한 것으로 상대의 머리를 깨트린 누군가, 그래서 흐려져 가는 생명을 내려다보고 있는 그 누군가가 있다면, 나는 아마 딱 그와 같았을 것이다.

나는 기다렸다. 진주가 들어가 있는 분만실 앞에서 앉아 있지도, 서 있지도, 그렇다고 서성이지도 못하며 그렇게 기다리고 있었다. 무엇을 기다리는 것인지는 알 수 없었다. 진주의 의식, 아이의 울음소리, 혹은 따리 형님이 무사하다는 연락……. 어떤 소식이든 내게 전해지면 좋겠다는 생각을 하던 중에 간호사 한 명이 내 앞에 섰다.

"산모는 무사해요."

간호사가 말했다. 그럼 나는 되묻고 싶어졌다. 산모는 무사하면 무엇은 무사하지 않죠? 하지만 입이 떨어지지 않았다. 아이의 울음소리가 들리기도 전에 간호사가 나타났다. 그 사실만으로도 이미 결론은 나버린 이야기였다.

분만실 문이 열림과 동시에 바퀴 굴러가는 소리가 들렸다. 진주가 누워 있는 간이침대가 내 쪽으로 다가왔다. 진주의 얼굴을 손으로 쓸어보았다. 일반병실로 옮길 것이라는 누군가의 말이 얼핏 들렸다. 진주를 데리고 나온 사람들이 침대를 끌며 엘리베이터로 향했다. 마취에서 깨지 않아 정신이 없는 진주는 침대가 이동할 때마다 이리저리 흔들렸다.

엘리베이터 문이 열리고 침대가 그 속에 들어갈 때였다. 왼쪽 허벅다리에서 진동이 느껴졌다. 주머니 깊은 곳에 들어 있던 휴대폰이 손바닥 안에서 요동쳤다. 외부 액정에 '박 형' 두 글자가 나타났다. 진주의 병실부터 가야했다. 플립을 열고 종료 버튼에 손을 가져다 댔다. 하지만 멀어지던 응급차가 어른거렸다. 빨갛게 빛나는 종료버튼이 내게 금지의 의미를 알려주는 것만 같았다. 나도 모르게 초록색 통화 버튼으로 엄지손가락을 옮겼다. 응급차의 꼭대기에 달린 것과 같이 푸르게 빛나고 있었다. 돌아보니 문을 잡고 있던 간호사의 짜증스런 얼굴이 보였다. 몇 호실로 가는 것인지 간호사에게 물었다. 508호요, 간호사가 새침하게 내답했나. 금방 내려가겠다며 미안한 표정을 지어보이곤 통화 버튼을 눌러 귓가에 댔다.

예, 박 형. 대답하며 엘리베이터 옆에 난 비상계단으로 발을 옮겼다. 색시는 좀 어떠냐는 박 형의 물음에 그 얘긴 나중에 하자고 얼버무렸다. 침묵이 소름끼치게 흘렀다. 층계 한쪽으로 'F'라는 글자가 붙어 있는 게 보였다. 계단을 오르는 것이 워낙 오랜만이라 점점 숨이 벅차올랐다. 수화기 저편에서도 박 형의 한숨소리가 들렸다. 내 것과 똑같이 거칠었지만, 무게만은 비교할 수가 없었다. 따리 형님에게 무슨 일이 있는 것이냐고 묻고 싶은데 차마 그러지를 못했다. 침묵의 깊이가 깊어질수록 계단 오르는 게 힘겨워졌다.

"허리를…… 더는 못 쓴다고 그려."

5층으로 통하는 문이 보이기 시작했을 때 박 형이 입을 열었다. 그리고 문까지 네 계단 남았을 때, 축 늘어지던 박 형의 말은 끝났다. 무슨 부연설명이 있을 것이라 기대했던 것이 무색하게 박 형은 연신 '더는'이란 단어만 중얼거렸다. 계단에 볼품없이 주저앉았다. 산 아래 습기로 눅눅해진 입술에 '세계 일주'라는 네 음절의 말이 담기던 때가 떠올랐다. 어머니와 통화하며 알 수 없는 중국말을 하던, 그리고 가족에게 자신이 번 돈을 입금한 날마다 통장을 내보이며 함박웃음을 짓던 따리 형님도 생각났다. 언젠가 형님의 지갑 속을 곁눈질 했을 때 보았던 그의 아내도, 그를 닮은 딸도…….

별안간 들려온 발걸음 소리에 뒤를 돌아본다. 진주가 나의 뒤에 서 있다. 무슨 생각을 그렇게 해요, 부드럽게 물어온다. 이것저것, 하고 대충 얼버무린 내게 진주가 캔 커피를 하나 내민다. 진주의 손에 들린 캔 커피를 받아든다. 캔을 따고 나는 그것을 다시 진주에게 건넨다. 진주가 의아한 얼굴을 한다. 나는 그런 진주에게 커피를 쥐어준다. 그리고는 진주의 반대쪽 손에 들린 새 커피를 내가 가져온다. 진주는 비로소 알겠다는 표정을 한다. 고마워요, 커피를 한 모금 마시고 진주가 말한다. 커피를 가져온 건 오히려 진주인데, 그런 진주가 내게 고맙단 인사를 한다. 진주는 아무렇지 않게 커피를 홀짝이며 내게 말한다.

"얼마 전에 책을 보다가 좋은 구절을 읽게 됐어요. 타협을 시작한 요새는 함락된 것과 같다. 어때요? 왠지 근사하죠."

진주에게, 아니 그 말을 내뱉은 이에게 따지고 싶어진다. 그런 말을 내뱉은 달변가는 이미 대중과 타협한 것이다. 그들의 환심을 사기 위해, 달변가의 혀는 그들과 타협했다. 그렇다면 그 사람의 요새도 함락된 것이나 다름없다. 그 말을 내뱉기 훨씬 이전부터, 이미 무너져 내렸다고 할 수 있다. 하지만 아무 말도 할 수가 없다. 그녀의 얼굴에 낮게 걸린 미소가 이미 내게 무언가를 말하고 있어서다.

박 형과의 전화를 끊어버리고, 다리에 힘을 주어 몸을 일으켰다. 뜻대로 되진 않지만 내가 낼 수 있는 최대한의 기력을 내어 계단을 올랐다. 기어코 5층으로 향하는 문에 손을 뻗어 차가운 손잡이를 돌렸다. 문이 열리자 복도의 빛이 층계로 들어왔다. 눈이 부신 것, 또는 갑자기 닥친 암전에 적응하는 것쯤은 아주 익숙했다.

508호의 문을 열고 진주에게 다가가 보호자용 침대에 걸터앉으니 얼마 되지 않아 여의사가 들어왔다. 몸을 일으켜 가운에 손을 찔러 넣고 선 의사와 마주했다. 의사가 입을 열기도 전에 원인부터 물었다. 그러자 정확한 이유는 찾기 힘들지만 여러 가지가 있을 수 있다고 답했다. 탐탁찮은 내 표정을 읽은 의사가 대답에 살을 붙였다. 환경적 요인일 수도, 염색체 이상일 수도, 혹은 아이의 상태가 원래 나빴던 것일 수도 있다고. 무엇보다 우선은 안정을 취하는 게 먼저라고. 나는 억지로 고개를 끄덕였다. 부쩍 야윈 진주는 힘겨운 숨을 뱉고 있었다. 자세한 얘기는 피검사를 해본 뒤에 하자며 의사가 목례를 하고 나갔다.

간호사가 스테인리스 쟁반을 받치며 들어왔다. 쟁반에 놓인 주사 바늘을 쥐고 진주의 왼손을 잡았다. 진주의 손등을 자세히 들여다보며 혈관을 찾던 간호사가 알코올이 묻은 솜으로 어느 한 곳을 문질렀다. 곧 바늘이 진주의 손등을 통과했다. 하지만 무엇이 잘못된 것인지 간호사가 미간을 조금 찌푸리곤 바늘을 빼냈다. 쟁반에 놓인 수액과 기다란 호스에 눈을 돌린 사이, 바늘은 두 번째로 피부를 뚫었다. 간호사가 바늘을 이리저리 움직였다.

"혈관을 못 찾겠음 다른 간호사를 부르란 말이야!"

간호사가 신경질적으로 바늘을 뽑으며 역성을 낸 나를 흘겼다. 진주의 손등에 피가 맺혔다. 나는 간호사의 손에서 진주의 손을 거칠게 잡아채 맺힌 피를 소매로 닦았다. 간호사가 쿵쾅거리는 발걸음으로 병실을 나섰다. 나는 침대 옆에 놓여 있는 휴지통을 발로 차버렸다.

"바늘 하나 제대로 못 꽂는 병신 같은 년. 누구는 돌산에 다이너마이트를 꽂는데!"

나는 그렇게 소리 질렀다. 제 일도 못하는 간호사를 향해 울분을 터뜨렸다. 건너편 침대에 걸터앉아 있던 남자가 자리에서 일어났다. 안정을 취해야 할 사람이 있으니 좀 조용히 해달라며 남자가 공격적인 얼굴을 했다.

남자 옆의 침대에 누워있던 여자가 남자의 팔을 잡으며 말렸다. 안정을 취해야 할 사람이 어디 네 놈 아내뿐이냐고 윽박지르고 싶었지만 참았다. 마취만 아니었어도 진주는 나를 말렸을 거였다. 핼쑥한 진주의 얼굴을 한 번, 남자의 붉어진 얼굴을 한 번 번갈아보고는 병실에서 나왔다.

해수욕장 근처를 비롯한 바라길 일대를 눈으로 훑는다. 여름의 늦은 저녁임에도 사람들이 종종 보인다. 수조에 물을 끼얹으며 손님이 오는 길목에 선 횟집 주인은 김 형, 함께 서 있는 연인에게 예쁜 모양의 자갈을 건넨 남자는 박 형, 그 남자를 기웃거리던 젊은 여자들 중 한 명은 최 형, 손님이 없어 부채질만 하는 해수용품 대여점 사장은 유 형, 저 사람은 오 형, 또 저 사람은 이 형……. 바라길 위의 모든 사람이 내가 있던 금광산의 인부들로 보인다. 그들은 모두 각자의 시간을 보내고 있다.

진주.

나는 문득, 바라길 위를 지나가던 자동차 뒤꽁무니의 빛이 진주알이 아닐까 생각한다. 그동안 진주조개의 껍데기가 나였던 것은 아니었을까. 그토록 처절하고 필사적이게 단단한 것과 부딪쳐 왔던 나의 모든 목적은 진주를 지키는 것뿐이었을지 모른다. 그 속에서 진주는 말하고 있었다. 무너져 내린 요새의 잔재들을 가지고서라도 파도를 막아보라고. 그것도 안 되면 온몸이라도 던져 방어하라고. 함락된 요새를 가지고, 내 안의 국가를 굳건히 지켜보라고. 그것을 이전엔 몰랐던 나는 처음 보던 그 순간부터 지금까지 진주를 불편하고 두려워했다. 물론 진주를 내 전부처럼 사랑하고 아껴왔지만 그것과는 다른 의미였다. 진주는 꿈꾸는 것을 즐거워했고 나는 두려워했다. 그래서 진주는 세계를 꿈 꿀 수 있었지만 내가 꾼 꿈은 고작 서울이란 도시가 전부였다. 그마저도 나는 매우 귀찮아하고 지겨워했다. 진주와 아이, 내 가족을 위한 꿈이 나만의 것인 줄 알았기 때문이었다.

떠나기 전, 따리 형님이 누워 있는 침대에 기대어 흐느꼈다. 미안하다고, 내가 잘못했다고 빌면서 숨이 넘어갈 듯 울었다. 내 어깨를 토닥이는 형님의 손길이 느껴졌다. 형님이 조심스레 내 어깨를 움켜쥐며 말했다. 괜찮아, 괜찮아, 네가 뭘 미안해, 하고. 하지만 형님은 몰랐다. 내가 진주를 위해 응급차를 그냥 보냈다는 것을. 형님의 신경이 수명을 다하는 동안, 나는 그저 멀어져가던 응급차를 바라만 보았다는 것을. 형님을 붙잡고 물었다. 그의 다리를 붙잡고 대상 없는 원망을 했다. 우리 딸은 어떡하면 좋으냐고. 나와 진주는 이제 어떻게 해야 하냐고. 내 울음이 그칠 때쯤에 그가 말했다.

"거봐. 난 정말 괜찮은 거잖아. 내겐 딸이 아직 남아 있으니까. 그러니 미안해하지 마, 동생. 구급차가 빨리 왔어도 달라지는 것은 없었을 거야. 어서 제수씨에게 가 봐."

그는 응급차가 왜 늦게 도착했는지를 몰랐다. 나는 고백하려 했다. 굳게 마음먹고 고개를 들어 그와 마주했다. 하지만 결국 입도 못 열고 병실을 뛰쳐나왔다. 괜찮아 보였다. 꿈과 생계를 잃은 그의 얼굴이 정말로 괜찮아 보였다. 그래서 아무 말도 할 수 없었다. 위로를 받아야 하는 것은 오직 나와 진주뿐인 것 같았으니까.

그래서 지금 이 순간, 진주의 손을 잡은 채 파도리에 발을 담그고 생각한다. 노다지는 도처에 존재한다. 하지만 노다지는 세상 어느 곳에도 존재하지 않는다. 누구든 가질 수 있지만 또한 누구도 가질 수 없다. 노다지는 귀중한 것이기도, 하찮은 것이기도 하다. 어느 것이 진실인지는 모른다. 그것은 아주 교활하고 간사해서 제 멋대로 모양을 바꾸기 때문이다. 우리는 살기 위해 그것을 얻고자 한다고 생각하지만 사실 그것은 아니다. 그것이 있기 때문에 우리가 살아나가는 것이다. 하지만 그걸 모르는 우리는 가끔 의심할 때가 있다. 살기 위해 그것을 얻는 삶인시, 아니면 그것을 얻기 위해 사는 삶인지.

누군가의 신발 밑에서 뭉개진, 길가에 핀 자줏빛 코스모스 한 송이와 같다. 십 톤이 넘는 돌덩이에서 살아남은 한두 돈의 금과 같다. 또한 영양 상태가 나쁜 산모가 남에게 대접한 영양가 있는 음식과도 같다. 절박한 누군가가 그냥 보내버린 응급차와도, 바위에 부딪히는 파도와도, 비록 투숙객이 아무도 찾아오지 않지만 누군가의 이름으로 세워진 펜션 한 채와도 같다. 다른 어떤 의미도 이유도 가치도 없다. 오직 그 뿐이다. 노다지란 그런 것이다.

나비

김초희

　태안의 바다는 찼다. 언젠가 파란 바다의 전체를 감쌌던 검은 띠는 사라지고 이제 하얀 파도만이 이만큼 다가왔다 멀어지고 있었다. 그 앞에 영숙이 서 있다. 그녀는 흐릿한 눈으로 저 너머의 수평선만을 바라보고 있었다. 영숙의 그늘진 얼굴에 풀이 죽었는지 기세등등하게 달려오던 파도도 그녀의 발 앞에서는 맥없이 부서지고 말았다. 마찬가지로 영숙은 5년 전의 일들 앞에서 때때로 무너지곤 했다.

　작고 조용한 마을이었던 태안을 검은 무리가 덮쳤다. 그것들은 끈적거리고 미끄러운 점액질로 파도를 잠재웠고 고약한 냄새로 공기를 무겁게 하였다. 더불어 사람들도 불러왔다. 점잖은 서울 말씨를 사용하는 그들은 모든 것을 이해한다는 듯 측은한 얼굴을 하고 있었다. 하루아침에 우리는 재난민이 되었다. 영숙의 얼굴에 그늘이 처음 찾아 든 날이었다.

　많은 사람들의 발길로 검은 띠는 사라졌지만 그녀의 마음을 덮은 검은 띠는 누가 닦아줄 것인가. 영숙은 지난 세월 동안 조각난 마음을 붙여보려 숱한 노력을 해왔다. 태안이라는 작은 둥지를 사랑한 주민으로써 할 수 있는 일은 모두 하고자 하였다. TV방송에 나가 슬픔을 하소연하며 도움을 구걸하기도 했고 관광지로의 탈환을 위해 태안의 아름다움은 여전히 건재하다며 아등바등거렸다. 확실히 상황은 많이 좋아졌다. 진정으로 관광을 하기 위한 목적인지 안쓰러움이 이끈 발걸음인지는 모르겠으나 관광객도 보다 늘었고 형편도 나아졌다. 무엇보다 태안 본성의 소박한 아름다움이 점차 본래 자리를 찾아갔다. 그럼에도 그녀의 마음 속 상처는 쉽게 아물지 않았다. 그녀의 마음까지 덮었던 짙고 새까만 기름들은 마치 물로만 대충 씻어 내린 듯, 여전히 그 잔재들이 남아있던 것이다.

파도 소리에 공허해진 마음을 애써 추스르고 집으로 향하던 때였다. 노란 나비가 있었다. 넓은 담벼락을 가득 채울 정도로 큰 나비였다. 그 거대한 나비 그림 앞에 영숙은 한동안 멈춰 서 있었다. 넘의 집 담벼락에 대체 언놈이 그린 것이여. 영숙은 미간을 구기며 눈을 유심히 떴다. 군데군데 뭉그러진 노란 크레파스가 눈에 띄었다. 서툰 색칠은 곳곳에 작은 손자국까지 남겨 여간 지저분해 보이는 것이 아니었다. 영숙은 뭉툭한 손끝을 날개에 가져다 대었다. 담벼락의 차가운 한기가 손가락을 타고 얽혀왔다. 동네 꼬마 녀석들의 짓이거나, 관광객들의 작품인 듯 했다. 얼추 짐작 가는 꼬마 악동 몇 놈이 있었다. 그놈들을 불러 혼구녕이라도 내줄까 생각하던 그녀는 그만 두기로 했다. 벽의 낙서를 손수 지워야 할 것을 생각하면 골이 아팠지만 처음 한 번이야 그러려니 넘어가는 게 나을 성 싶었다. 생각해보면 그녀도 그 나이 때 담벼락에 낙서하는 재미를 보지 않았던가. 영숙은 어쩔 수 없다는 듯 큰 한숨을 내쉬고는 걸레를 가지러 집으로 들어갔다.

나비는 또 다시 날아와 담벼락에 안착했다. 늘그믹에 읻은 딸아이를 유치원에 보내놓고 마당으로 나왔을 때다. 영숙의 눈에 보인 것은 전날 그녀가 열심히 지웠던 노란 나비였다. 이 녀석들이 나를 놀리는 건가. 영숙은 어제와 같이 뭉그러진 노란 크레파스를 보며 몇 명의 아이들을 용의선상에 올렸다. 아랫마을에 사는 영진이, 석환이 동생 석준이. 그리고 옆집에 사는 정수 네가 물망에 오른 아이들이었다.

"정수 엄마, 안에 있는가?"

하얀 얼굴에 넉넉한 얼굴을 한 정수 네가 영숙을 반겼다. 다짜고짜 정수를 찾으니 어리둥절한 모양이었다.

"정수랑 영진이, 석준이 셋이 만날 같이 다니자녀. 아들 집에 없어?"

"무신 소리. 동네 사내놈들 단체로 캠핑 보낸 지가 언젠디. 다음 주나 되어야 와. 무슨 일 있는겨?"

뜻밖의 소식을 전해들은 영숙은 해가 저물고 나서야 돌아왔다. 동네 녀석들의 장난이라고 철썩 같이 믿어왔건만, 녀석들에게 크게 한 방 맞은 기분이었다. 영숙은 문제의 나비 그림에 대해 정수 네에게 모두 털어놓았다. 그러자 정수 네가 한 말이 너무 섬뜩하여 영숙은 집에 돌아와서도 불안함을 느꼈다.

"성님, 요새 도둑놈들이 지가 노린 집 대문짝에다 그림 같은 걸 그려다가 표시해 둔디야. 혹시 모릉께 성님도 조심해야거쓰!"

이 산골짜기 시골 바닥에 가져갈 것이 뭐가 있어 도둑이 들까 생각했지만 혹시나 하는 불안감은 영숙에게 잠조차 이루지 못하게 했다. 결국 영숙은 때 아닌 한밤중에 담벼락으로 나가야 했다.

"대체 언놈이여…… 잡히기만 혀. 내 아주 박살을 내버릴랑게."

그러나 당찬 그녀의 말과는 달리 영숙을 벽을 지우다가도 작은 인기척이 들리면 화들짝 놀라곤 했다. 물론 인기척의 주인은 길고양이거나 지나가던 쥐새끼로 끝나곤 했다.

이튿날, 오후가 되자 다시 노란 나비가 나타났다. 상황이 이렇게 치닫자 이제 그녀는 나비가 두렵기 시작했다. 서둘러 남편에게 전화를 걸었으나 공교롭게도 야간 근무라고 하였다. 자초지종을 설명하며 일찍 들어오길 바랐으나 남편이란 작자는 콧방귀만 뀔 뿐이었다. 요즘 세상에 어떤 도둑이 나비 그림을 그리며 쳐들어오겠냐는 말이었다. 그녀만이 죽을상이었다. 새파랗게 어린 딸아이를 데리고 어떻게 험한 도둑을 막는단 말인가. 영숙은 불안한 기색을 감추지 못하고 정신없이 걸레를 빨았다. 처음엔 하얀색이었던 걸레가 어느덧 염색이라도 한듯 노랗게 변해 있었다.

서른 살에 태안으로 시집 온 뒤로 단 한 번, 이곳을 떠나고 싶었던 기억이 있었다. 어쩌면 그 기억 탓에 밤잠을 설친 것일지도 몰랐다. 태안이란 그녀에게 고향과도 같은 곳이었으나 단 한 번의 열병을 앓은 후로는 맘이 온전치 못했다. 동네를 집어 삼킨 짙은 기름때와 어두운 그림자가 그것이었다. 마치 그 날과 같은 그림자가 점차 그녀를 따라오는 것 같은 착각이 일었다. 그때와 비슷한 불안감이 엄습해왔고 촉박해지기 시작했다. 세월은 흘러갔고 사람들 역시 본래 자리로 돌아갔다. 자신만이 과거에서 헤어나오지 못하는 듯해 억울하기도 했다. 그녀가 까무룩 잠이 들었을 때였다. 순간 나비 그림이 그녀의 꿈속에 등장했다. 나비는 도둑이 들지도 모른다는 불안감 이상의 괴기한 모습으로 변해갔다. 날개가 찢어졌고 그 틈 사이로 검은 기름이 침노했다. 노란 나비는 바닥으로 추락했고 찢긴 날개를 퍼덕거렸지만 검은 액체의 무거운 점액질이 그를 가만 놔두지 않았다. 나비를 조금씩 좀먹기 시작하더니 끝내는 완전히 해치워 나비가 잠식당하고만 것이다. 결국 그녀는 뜬 눈으로 밤을 지새우고 말았다.

날이 밝자마자 영숙은 담벼락으로 나갔다. 불행 중 다행으로 담벽락에는 나비가 없었다. 간밤의 불청객도 없었다. 그러나 영숙은 여전히 불안함에서 온전하지 못했다. 그녀는 하루가 다르게 피폐해지는 자신을 느낄 수 있었다. 이제는 나비가 환영처럼 보일 지경이었다. 영숙은 힘없는 발걸음을 옮겼다. 지리멸렬한 생각들을 없애기 위해 집안일을 강행할 참이었다. 먼저 딸아이의 방을 치우기 위해 작은 방으로 향했다. 최근 들어 집안일을 소홀히 한 탓인지 아이의 방은 어지러웠다. 제멋대로 벗어놓은 옷가지이며 그림을 그렸는지 색색의 크레파스들이 널려있었다. 차마 서있을 힘이 없어 주저앉은 채로 손을 뻗는데 영숙은 순간 이상한 점을 발견할 수 있었다. 크레파스가 바로 그것이었다. 헌것과 새것을 구분 않고 모두 열려져 있었다. 이싱한 짐이 한 가지 더 있다면, 노란색 크레파스 자리가 모두 비어있다는 것이었다. 그때 돌연 마당 쪽에서 딸애의 울음소리가 들렸다. 영숙은 서둘러 마당으로 뛰어나갔다.

딸아이는 담벽락 앞에 서 있었다. 며칠 전부터 영숙을 힘들게 했던 노란 나비의 담이었다. 아이는 누군가에게 맞기라도 한 듯 서럽게 울부짖었다. 영숙은 무슨 일이느냐고 묻기도 전에 서늘한 기운을 느꼈다. 담벽락에 반쯤 그려진 나비 때문이었다. 덕분에 말문이 막힌 영숙 대신 아이가 먼저 입을 열었다. 아이의 손가락은 담벽락을 향해 있었다.

"엄마, 나비가 자꾸 날아가. 그려도, 그려도 항상 사라지기만 해. 엄마가 나비 좀 잡아줘."

영숙은 그제야 아이의 작은 손톱 사이에 낀 노란 때를 발견할 수 있었다. 그동안 얼마나 노란 크레파스와 함께 씨름을 해왔던 것인지 양 손톱에 가득이었다. 아이의 눈물은 끊이질 않았고 나비는 태안에 다가왔다가 차마 완전히 안착하지 못하고 반 쯤 그려진 그대로 남아있었다. 영숙은 힘없이 주저앉았다.

아이는 한껏 눈물을 터뜨리더니 지쳐 잠들고 말았다. 그녀는 퉁퉁 부은 아이의 눈가를 조심스레 쓸어주곤 밖으로 향했다. 그녀의 발길이 향한 곳은 만리포 백사장의 한가운데였다. 영숙은 한동안 가만히 그 위를 서성이다가 천천히 신발을 벗었다. 맨발바닥에 부드럽지만 거친 만리포 백사장의 모래가 닿았다. 그 느낌은 마치 나비의 마른 날개를 제 발로 짓누른 것만 같아 썩 유쾌하지 못했다. 어쩌면 나비는 언제나 태안을 찾아왔던 것일지도 모른다. 그 작은 날개로 푸른 바다를 넘고 태안에 조심스레 새겨지려 했던 것이다. 검은 띠로 덮였던 작은 마을을. 그의 날개를 찢고 넘어뜨렸던 것은 바로 그녀 자신이었다. 자신도 모르게 옹졸하고 좁게만 써왔던 마음들이 나비의 날갯짓을 잡았던 것이다. 거친 파도가 힘차게 달려왔다가 그녀의 발끝에서 부서지고 부드럽게 되돌아갔다. 부서졌던 나비의 날개깃은 파도와 함께 휩쓸렸다가 발가락 사이로 번졌다. 거칠었던 모래들은 매끄럽게 빛났다.

영숙의 입가에 옅은 미소가 번졌다. 노란색 크레파스가 그녀의 마음을 밝혔다.

검은 팔손이나무

박상호

탕.

소금기 가득한 바람이 창틀 가득 스며드는 초봄이었다. 평일은 연속적으로 들려오는 낡은 철문의 비명을 외면했다. 이미 녹이 슬어 손잡이만 잡아도 누런 녹이 묻어나오는 철문을 지치지도 않는지 계속해서 두드리던 소리도 몇 분이 지나자 멎어들었다. 이윽고 낮은 콘크리트 담장 위로 날카롭게 불어오는 바람소리에 가래 섞인 남자의 목소리가 실려 왔다.

"평일아! 아라애비야⋯⋯. 오늘이 마지막이라고 안했나. 정신 좀 추스르고 나와 봐라 좀. 몇 달째 이러고 있노."

사내의 완곡한 애원에도 철문 안의 사내, 평일은 미동조차 하지 않았다. 하지만 중년사내는 이미 익숙한 일인듯 몇 번 평일의 이름을 외치더니 고개를 푹 숙였다. 종이부스러기가 떨어질 만큼 구겨진 종이를 움켜진 사내는 녹물이 스며들어 누렇게 변해버린 콘크리트 문 바닥에 종이를 쑤셔 넣었다.

"내도 계속해서 여기 못 온다. 도망간 년은 도망간 거고 남은 사람은 남은 거 추스르고 살아야 하는 거 아이가? 내도 이제 지쳐서 못 온다. 내는 오늘이 마지막이라고 분명히 말했다. 안에서 죽을 끓이든 죽어버리든 알아서 해라."

사내는 작은 미동이라도 들려오길 기대했는지 소리를 지르고 난 뒤 한참동안 문 앞을 서성였다. 하지만 들려오는 소리라곤 갈라진 콘크리트 벽 사이로 들어오는 바람소리뿐이었다. 몇 분 더 서성이던 그는 문 너머에서 나지막한 욕지기가 들려오는 것을 듣고서 흠칫했다. 어느 날부터 평일과 함께 지내는 광조가 틀림없었다. 한참을 더 머뭇거리던 사내는 한숨을 내쉬고선 발을 돌렸다. 오지랖인 걸까 이웃의 직감인 걸까. 사내는 오늘 평일이 절대 나오지 않을 것이라고 생각했다. 아니 확신했다.

　평일은 신두리에서 꽤나 유명한 청년이었다. 5년 전 서산에서 결혼을 하고서 샐러리맨 생활을 청산하고 과감하게 양식 사업으로 뛰어든 것부터 괴팍하기로 소문난 주왕이네 양식장에서 2년 동안 군말 없이 일하며 돈을 모은 것 까지, 사람들은 평일의 이름만 나오면 결혼만 안했다면 사위삼고 싶다며 혀를 차기도 했다.
　평일은 이제껏 일하면서 모아두었던 비자금과 아내의 친가에서 빌린 돈으로 3년 전 작은 양식장을 열었다. 3년 동안 자신의 괴팍한 성격을 견디며 일했던 평일이 대견했는지 주왕이네 양식장을 하는 장호는 신두리에서 가장 목 좋은 곳에 평일의 양식장을 마련할 수 있게 해주었다. 성실한 청년이라는 이미지가 적적하던 태안 양식장에 활기를 불어넣어주었는지 마을 사람들은 평일에게 도움을 아끼지 않았다.
　평일의 아내 또한 조신하기로 소문난 여자였다. 서산에서 원예업을 하던 아버지의 손을 물려받아 아내 또한 원예에 소질이 있었다. 그래서 항상 다른 양식장보다 평일네 양식장은 짜디짠 바닷바람뿐만 아니라 은은한 난초들의 향기도 흘렀다. 특히 평일의 아내가 키우는 팔손이나무 화분은 마을 회관에서 돈을 주고 사갈만큼 관상에도 좋았다. 아내도 특히 팔손이나무에 정성을 들여 키워 항상 평일의 집 대문을 열면 콘크리트 벽 밑에는 규칙적으로 팔손이나무 화분이 있었다.
　평일의 작은 양식장은 순조롭게 출발하는 듯했다. 연 초가 되어 겨울바람이 더 추워지기 전 양식망을 설치하기 위해 양식조합 사람들과 함께 양식망을 설치했던 날. 2007년 12월 6일이었다.

다음 날 양식조합 건물의 스피커는 아침부터 쉴 새 없이 울었다. 7시부터 울리는 스피커는 마치 바다 끝에서부터 파도를 타고 엄습해오는 검은 기름띠를 경고라도 하는 듯 섬뜩하게 울었다. 노곤한 몸을 이끌고 기절하듯 잠들었던 평일네도 예외는 아니었다. 이제 바닷사람이 다 된 평일에게 마치 그 울림은 필연적인 비극을 예고하는 알람 같았다. 평일은 허겁지겁 가족들을 이끌고 자신의 양식장으로 향했다. 선명한 평일의 기억은 여기까지였다.

조합 사람들과 함께 소주 이야기를 하며 깊숙이 박아 넣었던 양식망에 흉물스럽게 걸쳐있는 타르 볼을 본 순간 평일은 아무 말도 하지 못하고 주저앉았다. 바람에 실려 오는 짠 내는 끈적한 기름내와 함께 양식장을 뒤덮었다. 은은하고 청아했던 난초들의 향기는 묻힌 지 오래였다.

평일은 그 사건 이후 정신을 놓았다. 마을 사람들은 딱하다며 그의 집을 몇 번 찾아왔지만 자신들의 생계를 챙기느라 급급해 어느새 평일의 집은 마을사람들에게서 잊혀져갔다. 그 이후 평일네의 녹색 철문은 굳게 잠겼다. 하나 뿐인 외동딸 아라와 아내가 말도 없이 도망간 이후로 그 문은 열리는 일이 없었다. 광조가 나타나기 전까진 말이다.

광조는 평일의 아내가 집을 떠난 후 일주일 쯤 후에 평일의 집으로 찾아왔다. 마치 평일의 분노를 자신이 받아주겠다는 듯 말도 없는 평일의 옆에서 떨어지지 않았다. 광조는 나쁜 사람은 아니었다. 양식 입자에게 주어지는 작은 위로금에 눈독을 들이고 평일에게 접근한 파렴치한도 아니었다. 이후 평일의 보호자는 광조가 되었다.

광조는 분노조절에 꽤 문제가 있는 자였다. 무엇이 그리 억울한지 입에선 욕이 끊이질 않았고 애꿎은 사람들에게도 손을 들기 일쑤였다. 하지만 마을사람들은 광조를 탓할 수 없었다. 어찌 보면 광조는 그 기름띠가 마을 사람들의 양식 그물에 진을 친 이후 그들의 분노와 절망을 대변해주는 사람이었다. 무전유죄 유전무죄라는 말을 실감하게 해주는 일들이 연달아 일어났다. 위로금이나 피해복구 작업을 위한 성금도 그들의 손이 아닌 저 하늘 위 누군가의 손에서 강탈당했기 때문이다. 말 그대로 마른하늘에서

벼락이 떨어졌다. 하늘에서 떨어진 벼락을 원망할 수도 없고 하늘을 원망할 수도 없다.

그는 때때로 봉사활동을 오는 사람들에게 행패를 부렸다. 이미지 관리를 위해 봉사를 명목으로 사진을 찍으러 온 연예인의 옷에 기름찌꺼기를 뿌리기도 했다. 가끔 봉사활동 점수를 위해 얼굴을 잔뜩 찌푸리고 찾아온 학생들에게도 욕지거리를 던지기도 했다. 마을사람들은 그를 탓하지 않았다. 광조는 그들이 속으로 담아두는 말을 사방에 울려 퍼지게 하는 일종의 신문고 같은 남자였다. 마을 사람들은 그를 탓하지 않았다.

광조는 문 밖에서 서성이는 이웃 사내의 발걸음이 멀어지는 것을 느꼈다. 광조는 평일 대신 사내가 대문 밑에 끼워 넣은 종이를 꺼내러 나갔다.

평일은 여전히 문 밖을 나서지 않았고 광조의 분노 또한 수그러졌다. 광조도 문밖을 나가는 빈도가 줄어들기 시작했다. 마을 사람들의 분노 또한 시간이 흐르면서 사라져가면서 광조의 분노도 사라진 것 같았다.

평일은 아침이 되면 항상 대문 앞을 서성였다. 마치 아라와 아내가 돌아올 것처럼. 그럴 때마다 광조는 평일에게 덜떨어진 놈이라며 욕을 내뱉었고 평일은 아랑곳 않고 아내가 놓고 간 팔손이나무 화분을 가꾸었다. 광조는 양식장에서 키우던 팔손이나무와 다른 난초들도 찾아오자며 평일을 재촉해보았지만 평일은 무슨 일이 있어도 문 밖을 나서지 않을 것처럼 보였다. 문 밑에 끼워진 종이를 광조가 크게 읽기 전까진 말이다.

"바라길? 네놈 양식장 터에 길을 텄데. 굴 키워서 돈벌이가 안 되니까 발악을 하는구면."

광조는 비아냥거리며 종이를 방구석으로 던져버렸다. 그 종이를 다시 집어든 것은 바로 평일이었다. 종이를 한동안 뚫어지게 쳐다보던 평일은 무릎 위로 종이를 내려놓으며 읊조렸다.

"팔손이나무를 찾아와야겠어. 그렇게 길을 만들어버리면 아무도 관리를 못 해주잖아."

너무나도 뻔히 티가 나는 서투른 변명이었지만 광조는 아무 말도 하지 않았다. 그저 자신의 발로 일어서 녹슨 대문 손잡이를 잡으러 가는 평일의 뒤를 따랐다. 누구보다 평일이 녹슨 철문 밖으로 직접 나가는 것을 보고 싶었던 것은 광조였기 때문이다. 저항도 원망도 슬픔도 느끼지 않고서 멍하게 시간을 버리고 있는 평일, 너무나도 압도적인 슬픔에 오히려 그 슬픔조차 못 느끼는 평일을 대신해 분노한 것이 바로 광조였기 때문이다.

바라길은 매끄럽게 잘 닦인 길이 아니었다. 거센 바람은 여전했고 모래 사구들은 변함없이 황량했다. 사람들의 발자국에 자연스럽게 만들어진 갈대밭 길은 사이사이 바람이 지나가는 소리로 날카롭게 흔들렸다. 멍하니 그 길을 둘러보던 평일은 갈대들 사이에서 유난히 녹빛을 띄고 있는 식물을 발견했다. 다름 아닌 팔손이나무였다. 그것도 아내가 가장 귀한 품종이라며 신주단지 모시듯 했던 청록무늬 팔손이나무였다. 평일은 자신도 모르게 발을 놀렸다. 오랜만의 외출에 몇 번을 휘청거리며 사구를 기어올랐다. 광조는 연신 소리를 질러대었지만 평일은 아랑곳 않고 기어 올라갔다. 팔손이나무는 아예 화분 째 묻힌 듯 반쯤 모래 속에 박힌 화분이 보였다. 팔손이나무는 그 생명력을 거의 다 잃어갔다. 원래 바다나 민물에서 자라는 식물이긴 하지만 모래사장에서 자라기엔 팔손이나무의 생명력은 너무 약했다. 선명하던 청록무늬가 누렇게 바랜 그 모습을 보자 평일은 무언가 울컥하는 기분이 들었다.

평일은 관리를 하지 않은 긴 손톱 사이로 모래가 잔뜩 끼도록 화분 주위를 파냈다. 두 손 가득 화분을 가지고 내려오는 평일의 표정은 텅 빈 평소의 표정이 아니었다. 굳게 닫힌 입술과 경직된 눈썹은 그가 분노했다는 것을 보여주었다. 광조는 말없이 그런 평일을 불렀다. 하지만 광조의 목소리보다 더 크게 울리는 목소리가 평일을 뒤돌아 세웠다.

평일은 그 목소리의 주인공을 보고선 눈을 부릅떴다. 아내와 함께 말도 없이 사라져버린 열 살배기 딸 아라와 너무나도 닮은 소녀였기 때문이다.

"그 나무 다시 옮겨 심어도 살리지는 못해요. 아저씨 대신 양식장 관리해주시던 주왕이네 아저씨가 그 화분 관리하는 건 까먹으셨나 보네요."

주왕이네 아저씨는 매일 평일의 집에 찾아와 평일의 안부를 묻던 바로 그 사내였다. 자신 밑에서 온갖 궂은일은 다하며 자신의 양식장을 꾸린 평일을 사내는 남다른 애착을 가지고 응원해 왔었다. 사내 또한 만만치 않은 피해를 입었지만 초장부터 기름을 뒤집어쓴 평일의 절망을 그는 백분 이해했다. 사내는 매일같이 평일을 찾아왔다. 평일 또한 그것을 기억했다. 대답은 하지 않았지만 사내가 부르는 목소리는 너무 절박하고 무언가 망설임이 느껴져 자신도 모르게 대답할 뻔 했던 것이 한두 번이 아니었었다.

평일은 모래언덕에서 미끄러져 갈대밭을 헤치고 뻘을 향해 걸어갔다. 자신의 양식장이 있던 자리를 향해 걸어갔다. 축 늘어진 그물망들의 잔해가 눈에 들어왔다. 물이 다 빠져 그 잔해는 뻘들의 숨구멍에서부터 몸을 드러내 축 늘어져 있었다. 평일은 바다를 향해 천천히 걸어갔다. 바람에 실려오는 모래들을 모으기 위해 쳐놓은 시커먼 막이 예전 자신의 양식장 옆 주왕이네 양식장을 함께 쭉 드리우고 있었다. 예의상 막아놓은 막은 이미 없었다.

평일은 아무 말도 하지 않았다. 물이 들어오고 망들이 물 위에 둥둥 뜨면 그 경계는 명확하게 사라질 것이라는 걸 그는 알아차렸다. 3년간 평일이 칩거한 그 시간동안 그의 양식장은 어느새 주왕이네 양식장이 되어버린 것이다. 평일은 왜 그 사내가 자신을 부르는 목소리에서 묘한 죄책감, 조바심을 느꼈는지 알았다. 사내의 행동은 죄책감, 애착과 동정심이었다. 평일은 허탈한 웃음이 흘러나왔다. 원망할 대상이 없었다.

아라와 너무나 닮은 그 아이는 자박자박 평일에게 걸어왔다. 그 아이의 이름은 현야라고 했다. 광조는 어느 순간부터 아무 말도 없었다. 현야는 평일의 옷깃을 잡아끌며 바다로 향했다.

"아저씨네 그물망 가지러 가요. 언제인지는 몰라도 다시 쳐야 하잖아요."

평일은 이미 다 색이 바랜 팔손이나무를 손에 쥐었다. 푸석하게 마른 뿌리가 바람에 부서졌다. 그럴수록 평일은 팔손이나무를 꼭 쥐었다.

평일과 현야는 하얀 거품을 뱉으며 슬슬 차기 시작하는 파도 위에 발을 얹었다. 까끌한 모래가 발가락 사이를 유영했다. 물이 차면서 주황색 노끈이 바다 위에 둥실 떠올랐다. 평일의 양식장에서 쓰던 양식망이었다. 버려진 것처럼 이리저리 떠돌아다닌 건지 이미 망이라는 구실은 하지 못하고 있었다. 현야가 먼저 발을 내딛었다. 그리고 평일도 뒤따라 발을 내딛었다. 점점 물이 차올랐다. 현야는 어느새 그물망을 손에 잡고 있었다. 평일도 발걸음을 재촉했다. 발목에서 무릎까지 물이 점점 차올랐다. 광조는 말이 없었다. 그저 현야와 평일의 뒤를 묵묵히 따랐다.

주왕이네 양식장의 주인. 매일 평일의 집 앞에서 서성이던 그 사내는 해가 중천에 뜰 때서야 자신의 양식장에 발걸음을 옮겼다. 사내는 평일의 양식장과 자신의 양식장의 경계 부분에 숨구멍들이 온통 파헤쳐진 것을 발견했다. 서서히 물이 들어오는 것을 보니 자신의 양식망과 방치해 두었던 평일의 양식망이 엉켜 있는 것을 보았다. 사내는 재빨리 발을 놀렸다. 동네 아이들이 어지럽힌 것 같지는 않았다. 사구부터 뻘까지 길게 이어진 하나의 발자국은 성인 남자의 발자국이었다.

그 긴 발자국 한 줄은 오직 바다를 향해서만 찍혀 있었다.

해옥

박솔이

경찰서 안에서 아이가 조사를 받고 있다.

"해주야. 괜찮아. 다 말해도 돼."

하얀 얼굴에 큰 눈을 굴리며 아이가 여경을 바라본다. 통통한 볼에 머리를 하나로 질끈 묶은 여 경찰은 입은 웃고 있지만 눈에는 생기가 없다. 여경찰은 펜으로 조사서를 탁탁 치며 아이의 눈을 똑바로 바라본다. 아이는 여 경찰의 눈을 바라보다가 아래로 내리 깔고 만다. 여 경찰이 짧은 손가락을 굴리다가 아이의 동그란 머리를 쓰다듬는다. 아이는 여 경찰의 손길에 몸을 부르르 떨며 머리를 움찔거린다. 여 경찰은 여기저기 튼 입술을 벌려 한숨을 뱉는다. 녹슨 쇠문이 열리며 긴 검은 생머리에 마른 여인이 들어온다. 여인은 아이를 바라본다. 여인의 깊은 눈동자가 떨려오며 바싹 마른 입술을 열다가 이내 다문다. 아이는 쇠문 소리에 황급히 뒤를 돌아본다. 여인의 모습을 발견한 아이의 얼굴이 웃음으로 가득하다. 하지만 여인의 불안한 눈동자를 바라보고는 이내 다시 고개를 숙이고 만다. 여 경찰은 미간을 찌푸리며 아이의 모습을 바라보다가 아이에게 말을 건넨다.

"해주야. 음 힘들겠지만 해주가 말을 하지 않으면 엄마가 힘들어져. 엄마는 인정했는데 알고 있니?"

여경의 말에 아이가 고개를 든다. 아이의 눈이 커진다. 줄무늬 원피스를 입은 아이는 짤막한 다리를 휘젓는다. 아이가 눈을 내리 깔며 두툼한 입술을 연다.

"네. 봤어요."

아이의 말을 듣자 마자 여 경찰은 빠르게 타자를 치기 시작한다. 그리고 무미건조한 웃음을 지으며 여인을 바라본다. 여인은 베이지색 코트를 만지작거리며 아이에게 손짓한다. 아이는 울상을 지으며 여인에게 뛰어간다. 경찰서 밖을 아이와 여인이 빠르게 빠져나온다. 아이는 여인의 손을 꼭 잡고 눈을 감는다. 여러 가지의 소음이 아이의 귀를 스쳐 지나간다. 경찰서 밖을 나온 아이와 여인 앞으로 차들이 지나친다. 아이와 여인은 도로 한 쪽을 걷기 시작한다.

"엄마. 엄마. 아빠는 어디 있어?"

아이의 말에 여인의 표정이 굳는다. 햇빛이 내리쬐며 여인의 반질거리는 이마를 비춘다. 여인은 아이의 손을 꽉 잡으며 버스정류장에 선다. 버스를 탄 여인은 아이를 앉히고는 조용히 밖을 바라본다. 시간이 한참동안 흐르고 이윽고 태안의 바닷가가 여인의 눈동자에 담긴다. 여인은 멍하니 바닷가를 바라보다가 벨을 누른다. 여인과 아이가 버스에서 내린다. 버스에서 내린 여인은 아이와 눈높이를 맞춘다.

"해주야. 여기는 말이지. 아빠가 가장 좋아하는 곳이야."

아이는 여인의 말에 해맑게 웃어 보인다. 하얀 이를 내보이며 주머니에서 돌 하나를 꺼낸다. 아이의 조그마한 손바닥에 주황색 돌이 놓여있다. 여인은 아이의 얼굴을 보며 어색한 듯 웃어 보인다.

"알아. 아빠한테 들었어. 늘 할아버지가 아빠 데리고 갔다고 했어."

"응. 아빠가 그랬지. 아빠는 어릴 때 그런 할아버지의 행동을 이해를 못했대. 평생 동안 태안에서 살았으면서 언제든지 볼 수 있는 곳을 왜 그렇게 데리고 오는지."

여인은 아이에게 말을 하며 무릎을 피고는 일어선다. 아이는 여인의 말에 귀를 기울이다 같이 걷기 시작한다. 도로를 따라 쭉 걷는다. 도로 옆에는 여러 개의 펜션들이 보이고, 흙길이 나온다. 여인과 아이는 흙길을 묵묵히 걷는다. 여인의 검은색 단화에 흙들이 묻는다. 아이의 핑크색 구두에도 흙이 묻고, 바람이 아이의 머리카락을 지나간다. 여인의 검은 머리카락이 휘날리고 찬 기운이 몸을 뒤덮는다. 얼마쯤 걷자 표지판 하나가 여인과 아이 앞에 나타난다. 여인은 허공에 눈을 둔다. 아이가 여인의 손을 흔들며 재촉한다. 여인과 아이는 철조망이 쳐지지 않은 사이에 있는 길로 들어간다. 조금 지나자 갯벌이 나온다. 약간의 물기가 여인의 단화를 적신다. 아이는 스펀지 같은 갯벌을 걸으며 신나한다. 점점 더 축축해지며 아이가 더욱 통통 발을 구른다. 들어갈 듯하면서도 아이의 발이 빠지지는 않는다. 저 멀리 하얗게 부스러지는 파도가 보인다. 여인이 아이를 부른다.

"해주야."

아이는 거품처럼 사라지는 파도를 바라보느라 여인의 목소리를 듣지 못한다. 여인은 다시 아이를 부른다.

"해주야."

"응?"

"바다가 좋아? 갯벌이 좋아?"

"바다"

"왜?"

"음. 바다가 더 예뻐. 사람들은 바다를 보러 오는거잖아."

여인의 말에 아이가 바다를 보며 말한다. 오물거리며 말하는 아이의 볼이 빨갛다. 여인은 자신의 단화를 바라본다. 물기가 있지만 흙이 많이 묻지는 않았다. 여인과 아이가 조금 더 바다 가까이로 가자 소라가 만든 무늬들이 보인다. 작은 소라들이 돌처럼 수없이 깔려있다. 소라들이 지나간 길들이 무늬를 만들며 어지럽게 갯벌을 휘젓는다. 여인은 잠시 무늬를 바라본다. 여인과 아이가 다시 파도 가까이로 다가간다. 소라가 줄어들고 파도가 만들어낸 무늬가 보인다. 물결무늬로 논밭처럼 굴곡져 있다. 아이가 그 굴곡진 무늬를 바라본다.

"엄마. 여기 봐. 여기 물결이 있어."

"응. 보여."

"할아버지가 항상 아빠한테 얘기 했었대. 동해는 맑고 깨끗해서 속이 보여서 좋지만 갯벌이 많이 없어서 싫다고 그러셨대. 바다 안이 보이지만 그만큼 너무 보여서 가끔씩 무서워서 싫다고 하셨대. 하지만 여기 태안은 바다 안이 맑지도 않고, 잘 보이지도 않지만 그만큼 무언가 바다만의 신비함이 느껴져서 좋다고 하셨대. 그리고 갯벌. 이곳의 갯벌은 보기에는 푹푹 빠져서 빠져나오기 힘들 것 같지만 실제론 발을 대면 스펀지처럼 발이 빠지지 않는다고 하시면서 무언가 어떤 일을 도전하기 힘들 때면 이 갯벌을 걸으라고 하셨대. 도전하기 전에는 실패할 것 같지만 실제론 겪기 전에는 알 수 없는 거라고 말씀하셨대."

여인은 담담하게 아이에게 말을 한다. 아이는 듣는 둥 마는 둥 물결무늬를 바라본다. 손을 내밀어 무늬를 쓸어본다. 여인이 아이를 바라보다가 같이 쪼그려 앉는다. 파도가 밀려오지만 여인이 있는 곳까지 밀려오지는 않는다. 여인이 물결무늬를 쓰다듬다가 일어선다. 다시 파도가 밀려오고 여인의 눈에 파도와 함께 어제의 일이 담긴다.

파란색 지붕귀퉁이가 깨져 있다. 그 집 앞에 작은 소형차 한 대가 선다. 그 차 안에서 정장을 입은 남자가 내린다. 남자는 무표정하게 대문을 두드린다. 대문에서 소리가 울리고, 세 번 두드리자 잠옷 차림의 남자가 나온다. 정장을 입은 남자의 등장에 상대편 남자는 깜짝 놀란다. 정장 차림의 남자가 들어가고, 방에 불이 켜진다. 작은 단칸방에는 아이와 여인이 있다. 정장차림의 남자와 잠옷차림의 남자가 들어가자 여인이 아이의 손을 잡고 나온다. 여인은 정장차림의 남자를 보고는 표정이 굳는다. 아이가 졸린 눈을 비비며 여인을 바라본다. 여인은 이이를 꽉 끌어 안는다. 방 안에 정장차림의 남자가 봉투를 건넨다.

"이장님. 부탁입니다. 주민들 좀 설득해 주십시오."

정장차림의 남자의 말에 상대편 남자는 표정이 어두워진다. 그리고 이내 그 봉투를 멍하니 바라본다. 잠옷 차림의 남자 까슬까슬한 수염을 쓰다듬며 고개를 젓는다.

"말 한 마디면 됩니다. 걱정 마십시오. 그리 어려운 부탁도 아니지 않습니까."

잠옷 차림의 남자가 난처하다는 표정을 짓는다. 그러다가 벽에 걸린 딸아이의 그림을 본다. 아파트에서 살고 싶다고 적은 소원의 글과 웃고 있는 가족의 모습이 보인다. 잠옷 차림의 남자가 좁은 단칸방을 한참을 바라본다. 눅눅하게 곰팡이가 스며든 벽지, 바람이 새어드는 미닫이문이 보인다. 잠옷 차림의 남자가 조용히 봉투를 집어 든다. 정장 차림의 남자가 미닫이문을 열고 나오고, 여인이 심각하게 그 모습을 바라본다.

태안 주민들이 기름유출 사건에 대한 일로 회관에 모여 있다. 표정이 모두들 어둡다. 미간을 찌푸린 채 망연하게 앞을 보고 있다. 어제 잠옷을 입었던 남자가 깔끔한 옷을 입고 서있다. 남자가 주민들에게 진지하게 말을 한다.

"우리가 아무리 애써도 피해 금을 완전히 돌려받기는 힘들어요. 그러니까 여기에 싸인하면 거의 다 돌려준대요. 저도 여기 싸인 하고 거의 다 돌려받았어요."

남자의 말에 주민들이 동요하기 시작한다. 몇 달째 사람들이 관심을 가져주기는 하지만 소송은 진전될 기미가 보이지 않는다. 주민들이 매일 밖에 나가서 기름을 닦고 있지만 한계가 있다. 봉사 활동하는 사람들도 기름을 닦아주지만 바닷가가 회복된다고 이미 손해 본 금액을 메꾸기는 힘들다. 바다가 깨끗하게 회복하는 것도 중요한 문제지만 손해 본 금액을 돌려받는 일도 시급하다. 남자가 점점 말을 할수록 주민들은 고개를 끄덕이기 시작한다. 남자가 종이를 돌린다. 사람들이 점점 싸인 하기 시작한다. 싸인 하는 용지에는 소송취하라고 되어 있다. 남자는 그 종이를 돌리면서도 불안감을 감추지 못한다. 남자의 이마에 땀이 맺힌다. 주름진 손가락들이 둘 곳을 잃은 채 서로의 손가락을 붙잡는다. 주민들이 정신없이 서명을 하고 나가자 남자가 허무하게 홀로 앉아 있다. 남자는 주머니에 손을 넣는다. 까만 손바닥 위에 주황색 돌이 있다. 남자는 그 돌을 쥔 손을 부르르 떤다.

다음날 주민들은 다시 모이기 시작한다. 남자의 모습은 보이지 않는다. 남자의 집 앞에 경찰차가 선다. 남자의 집 안에는 여인이 홀로 대문 앞에 서 있다. 여인의 눈에 초점이 보이지 않는다. 퉁퉁 부은 눈이 탈진 상태의 여인을 보여준다. 마른 손을 들어 여인이 경찰에게 손짓을 한다. 여인이 가리킨 곳은 단칸방이다. 뚱뚱한 경찰과 여경찰이 단칸방 안으로 들어선다. 여인은 망연자실하게 서 있다. 아이의 모습은 보이지 않는다. 주민들은 남자의 소식과 함께 자신이 쓴 싸인 용지의 숨은 뜻을 알게 된다.

아이가 여인의 회상을 깨운다. 여인의 눈에 다시 파도가 부스러지는 모습이 담긴다. 아이가 여인의 손바닥에 주황색 돌을 놓아준다. 여인은 주황색 돌을 보며 아이에게 말한다.

"이 주황색 돌은 할아버지 유품이야. 마지막까지 태안 바다를 사랑하신 분이지. 할아버지가 아빠한테 이 주황색 돌을 주면서 이렇게 말씀하셨대. 민식아, 정직하게 살아라. 맑고 깨끗하지 않아도 많은 생물이 사는 태안바다처럼 속이 보이지 않아도 네가 정직하단 것을 모두가 믿는 사람이 되거라."

아이는 무슨 말인지 몰라서 갸우뚱 거린다. 여인의 눈에 눈물이 고인다.

"그래서 아빠가 여행을 떠나신 거야. 할아버지가 사랑하신 태안바다를 망칠 수가 없어서 이 주황색 돌을 버릴 수가 없어서 말야."

여인이 다시 아이에게 주황색 돌을 쥐어준다. 아이는 고사리 같은 손을 들어 그 돌을 쥔다. 여인의 눈물에 아이가 울상을 진다. 여인의 마른 손이 차갑게 식고, 다시 말을 한다.

"해주야. 너도 이 주황색 돌을 보면서 정직하게 살아. 평범한 돌이지만 아빠에게는 삶의 지표 같은 거였으니까. 그리고 이곳을 사랑해야 된다."

여인의 말에 아이가 고개를 끄덕인다.

"사랑하민 되는 *서시?*"

아이의 말에 여인이 고개를 끄덕인다. 여인이 아이의 손을 잡고 파도 바로 앞까지 간다. 파도가 여인의 발 근처까지 다가온다. 하얗게 부서지는 파도 소리에 여인이 눈을 감는다. 조용히 검은색 단화를 벗는다. 아이의 신발을 벗겨주고는 파도에 발을 적신다. 아이가 부서지는 파도 위를 뛰어다닌다. 여인이 아이를 바라보고 남자가 떠나기 전날을 생각한다.

남자가 홀로 앉아 있는 주민 회관에 여인이 들어선다. 여인은 고개를 숙이고 있는 남자의 어깨를 잡는다. 부르르 떠는 남자의 모습에 여인이 놀라며 남자의 눈을 바라본다. 남자도 고개를 들어 여인을 본다.

"왜 그래요?"

여인은 모르겠다는 표정으로 묻는다.

"나 말야. 언제부터 이 주황색 돌을 버린 걸까?"

"무슨 소리예요. 이건 그냥 돌이잖아요. 바닷가에 가면 널려 있는 거예요. 주우면 되요."

"그래. 어디든 있지. 근데 이건 없어. 여기 안에는 어디서도 얻을 수 없는 것들이 있거든. 내가 버린 거지."

남자의 말에 여자가 할 말을 잃는다.

"아무리 생각해도 나는 이 돌을 버릴 수 없어. 아버지가 사랑한 곳을 버릴 수 없어."

언제든 울 것 같은 얼굴

백승연

　엄마는 머리칼을 다시 곱게 쓸어 넘겼다. 앉은뱅이책상에 앉아 비스듬히 세워놓은 거울 속 자신을 똑바로 응시하면서 헝클어진 머리를 정리했다. 화장 솜으로 터진 아랫입술을 꼭 누를 때 살짝 한쪽 눈을 찡그리긴 했지만 아무 소리도 내지 않았다. 오른쪽 볼에 난 상처도 마데카솔을 눈꼽만큼 짜서 바르는 게 다였다. 그리고 나서야 엄마는 삼일동안 입었던 검은색 상복을 벗었다. 나도 엄마를 따라 상복을 벗었다. 축 늘어졌던 몸이 날아갈 듯 가벼워졌다. 개운한 게 어쩐지 미안해지려 하고 있었다. 엄마는 엉덩이가 축 흘러내릴 것 같은 추리닝을 입고 말했다.

　"살 것 같다."

　이 말에 나는 피식 웃었다. 엄마는 곧바로 핸드백에서 돈뭉치를 꺼냈다. 네 아비 자릿세 내고도 이만큼이나 남았다. 그래도 밖에서까지 나쁜 놈은 아니었나 봐. 엄마는 머리 위로 돈을 흔들며 먹고 싶은 걸 물어왔다. 나는 고개를 절레절레 흔들었다. 삼 일간 밥을 제대로 먹지 않아 배고픈 건 사실이었지만 딱히 먹고 싶은 것도 없었다. 엄마도 마찬가지인 것 같았다. 그래서 우리의 저녁은 3분 카레로 간단하게 해결되었다.

　6시간도 안되었을 것이다. 엄마가 장례식장에서 아줌마와 머리채를 잡고 싸운 건. 엄마와 욕설을 나누고 간 아줌마는 장례식 첫날부터 찾아와 가족처럼 우리를 도왔다. 테이블마다 비닐도 깔고 음식도 날랐다. 누구냐는 나의 물음에 엄마는 아빠 친구라고 짧게 대답했다. 나는 그래서 아줌마가 진짜 아빠 친구일 거라고만 생각했다. 하지만 장례식이 막바지에 이르던 날, 엄마의 귀에 그 아줌마가 아빠의 전 애인이라는 소식이 들어왔다. 술이 거나하게 취한 아빠 지인들의 입이 풀려버린 것이었다. 그 말을 듣자마자 엄마는 곧바로 아줌마의 뒤통수를 휘어잡았고 약 십오 분 가량의 짧고 굵은 싸움이 시작되었다. 오분은 욕으로, 오분은 손으로, 마지막 오분은 손톱으로 싸웠다. 그만 돌아가라는 엄마의 호통에 아줌마는 그럼 지금까지 일한 값을 내놓으라고 받아쳤다. 엄마는 아줌마에게 한 푼도 내어주지 않았다. 대신 아빠가 모아뒀던 낚싯대 전부를 아줌마 앞에 쏟아냈다. 씩씩거리던 아줌마는 알아들을 수 없는 욕을 웅얼거리며 그것들을 모조리 집어갔다. 나는 그제야 아빠가 죽는 순간 엄마의 전화번호만을 남겨 놓은 이유를 알 것 같았다.

배가 기분 좋게 불렀다. 엄마와 나는 따뜻하게 데워진 장판 위에 누워 천장을 바라보았다. 천장 한쪽 구석엔 쥐 오줌 같은 누런 빗물이 새어나와 있었다. 엄마가 끄어억하고 시원하게 트림을 했다. 그 소리가 왠지 듣기 좋아서 저절로 미소가 지어졌다. 나는 부른 배를 천천히 쓰다듬으며 눈을 감았다. 삼일이 하루처럼 지나갔다. 다가오는 잠의 끈을 붙잡으려는 찰나, 엄마가 나지막이 말했다.

"바다 보고 싶지 않니?"

눈을 번쩍 뜨자 눈앞에 보이는 쥐 오줌 같은 빗물이 문득 모래사장으로 보였다. 하얀 파도가 넘실거리는 바다가 떠올랐다. 귓가에 바다 소리도 들리는 것 같았다. 벽지 속 불규칙한 회색무늬는 때맞춰 갈매기들로 둔갑했다. 바다라면 어디로 갈지 알 것 같았다. 아빠가 살던 그곳, 태안이었다.

아빠에 대해서 딱히 말할 건 없다. 아빠는 내가 유치원에 들어갔을 때 처음 직장을 얻었다. 이름 모를 작은 회사였지만 대학 졸업 후 줄곧 놀기만 했던 아빠라면 취직에 분명 감사해야했다. 하지만 아빠는 일 년도 안 돼서 그곳을 나왔다. "남자라면 큰물에서 놀아야지. 여긴 내가 있을 곳이 아니야." 그 다음 시작한 건 낮엔 커피를 팔고 밤엔 술을 파는 다방도 술집도 아닌 어정쩡한 가게였다. 가게 운영은 처음이었고, 모든 것이 미흡했다. 오로지 아빠의 자신감 하나로 벌어진 일들이었다. 당시 공장에서 옷을 만들던 엄마는 일도 관두고 가게로 달려갔다. 종일 일했지만 수입은 그다지 좋지 않았다. 아빠가 아는 친구와 그 친구의 친구들만 예의상 들러주는 정도였다. 가게 또한 일 년을 넘기지 못하고 문을 닫았다.

"그렇게 마음에 안 들면 내가 살림할게. 대신 돈은 이제 네가 벌어와!"

아빠는 엄마에게 새로운 가게를 내자는 제안을 거절당한 뒤, 몇 달을 집에만 있었다. 엄마는 다시 공장에 나가기 시작했지만 살림은 전혀 나아지지 않았다. 그 사이 나는 초등학교에 들어갔다. 꼬질꼬질한 실내화가 창피해 어디서든 빨리빨리 걷기 시작했다. 아빠는 종일 러닝셔츠만 입고 벽에 등을 기댄 채 텔레비전만 봤다. 주로 낚시를 소개해주는 채널이었다. 어디에도 진득하니 발을 들여놓지 못했던 아빠가 유일하게 오랫동안 기다릴 수 있었던 건 낚시뿐이었다. 일이 잘 안 풀릴 때면 성암 저수지니 대호만이니 가족들은 빼놓고 잘도 돌아다녔다. 언제 잡힐지도 모르는 걸 잘도 참고 기다리는 게 신기했다. 공장에서 실 먼지를 한 움큼 마시고 온 엄마는 걸걸해진 목소리로 아빠에게 소리쳤다.

"꼴좋다. 네가 돈을 안 버는 거냐? 못 버는 거지."

아빠는 엄마를 쳐다보지도 않았다. 또는, 못했다. 며칠 뒤 아빠는 낚시 전문 잡지와 떡밥과 지렁이를 사왔다. 아빠가 쓰던 싸구려 낚싯대는 오래 전에 망가졌다. 새 낚싯대는 아빠의 능력으론 살 수 없었다. 며칠을 또 벽에 등을 기대고 낚시 전문 채널만 바라보았다. 이따금씩 설거지를 하는 엄마의 뒷모습을 훔쳐봤지만 도저히 입이 떨어지지 않았던 것 같다. 결국 두 달이 지나고, 아빠는 자리에서 일어났다. 그리고 며칠 간 어딘가에서 돈을 벌어왔다. 뭘 하고 왔는지 아무리 물어도 대답이 없었다. 그러나 양쪽 어깨에 파스를 붙이고 이틀 간 앓아누운 것으로 보아 엄마와 나는 아빠가 막노동을 했을 것이라 짐작만 했다. 아빠는 결국 낚싯대를 사고야 말았다. 낚시 전문 잡지에 빨간색으로 두세 겹씩 동그라미를 쳐놓은 그 제품으로. 오랜만에 아빠는 원하는 걸 얻게 되었다.

"대물을 잡아올 거다."

아빠는 이 말을 남기고 떡밥과 지렁이를 챙겨서 떠났다. 아빠는 정말 큰 물에서 놀 생각이었던 것 같았다. 아무도 말리지 않았다. 엄마는 코딱지만 한 성취라도 자꾸만 해봐야 사람이 달라진다고 했다. 그래서 나는 아빠가 하루 빨리 대물을 잡아오길 바랐다. 대물이 아빠의 낚싯줄을 꽉 물어주었으면 좋겠다고 기도했다. 그러면 자꾸만 집에서 텔레비전만 보지 않을 거고 밤마다 술 냄새를 풍기지도 않을 테니까.

엄마와 나는 말이 끊어지기 무섭게 다시 옷을 갈아입었다. 우리가 사는 곳에서 태안까지는 고작 두 시간 정도가 걸렸다. 처음 연락을 받았을 때도 생각보다 너무 가까운 곳이라 의아했었다. 대물을 찾아 간 곳이 고작 바로 아랫동네야? 엄마는 코웃음을 치며 버스에 올랐다. 그리고 십분도 지나지 않아 잠에 빠져버렸다. 나는 신발 앞코로 톡톡 바닥을 두드리며 시간을 보냈다. 이따금씩 엄마 오른쪽 볼에 난 상처를 만져보기도 했다. 엄마는 한쪽 눈을 찡그린 채 입 꼬리를 아래쪽으로 내린 표정을 하고 있었다. 나는 이 표정을 언제든 울 것 같은 얼굴이라고 이름 지었다. 물론 엄마는 알지 못한다. 엄마가 아빠와 이혼한 지도 벌써 육년이 지나가고 있었다. 사실 장례식장에 찾아온 아줌마도 따지고 보면 큰 잘못도 없었다. 아빠는 이미 혼자가 된 것이었으니까. 그래서 엄마가 아줌마랑 싸울 때, 나는 어쩌면 엄마가 아빠를 많이 그리워했을지도 모른다고 생각했다. 어쩌면 지금도 그럴지도 모른다. 내가 순순히 바다를 따라가는 것도 같은 이유였다.

터미널 역에 도착하자마자 우리는 곧장 만리포로 향했다. 엄마는 어쨌든 바다를 보러 온 게 맞으니까 바다부터 보자고 했다. 그래놓고 버스에 오르자마자 또 잠에 빠졌다. 삼년 전 수학여행 때 강릉 바다를 보러간 것을 빼면 정말 오랜만에 바다를 보러 가는 것이었다. 오랜만이라는 말은 정말 두근거리는 말이었다. 버스 창가에 앉아 꾸벅꾸벅 졸다 깨니 창속에 바다가 가득 담겨있었다. 청록색의 바다위에는 수만 개의 물고기 비늘이 흩뿌려진 것 같았다. 어제 떴던 별들이 모조리 바다로 떨어진 것 같기도 했다. 파도의 육중한 움직임은 모래사장 위에 하얀 거품을 뱉어내고 집어삼켰다. 시원한 사이다 거품이 생각났다. 나는 자는 엄마를 흔들어 깨웠다. 엄마는 버스에 내리자마자 가는 눈을 번쩍 뜨고 소리쳤다.

"바다다!"

우리는 바다를 향해 무작정 달렸다. 엄마는 어린 애처럼 소리를 지르며 달렸다. 이럴 때 보면 엄마와 나는 정말 친구사이 같았다. 바다 쪽에서 불어오는 바람이 머리를 기분 좋게 쓸어 넘겨주자 잠이 다 달아났다. 모래사장의 고운 모래알이 발바닥을 가볍게 감싸주었다. 폭신했다. 계속 달리고 싶었지만 가져온 여분의 옷이 없었다. 엄마와 나는 젖은 모래 바로 뒤에 앉아 바다를 바라보았다. 아무 것도 걸리는 것이 없는 전경에 눈이 다 시원해졌다. 바다와 하늘 사이에는 자로 잰 듯 깔끔한 직선이 펼쳐져 있었다. 바닷물은 장난꾸러기 소년처럼 발끝에 닿을 듯 말듯하게 다가왔다가 물러났다. 수줍은 첫사랑처럼 발끝만 적시고 도망가기도 했다. 파도는 항상 바람과 손을 잡고 나타났다. 아직 초봄이라 쌀쌀하긴 했지만 가슴 한가운데가 시원해서 숨이 크게 쉬어졌다. 엄마는 모래사장에 그대로 누워 만리포사랑을 불렀다.

"똑딱선 기적 소리 젊은 꿈을 싣고서 갈매기 노래하는 만리포라 내 사랑!"

나는 가사를 잘 몰라 엄마 옆에 누워 콧노래만 흥얼거렸다. 손끝으로 고운 모래알을 비비며 엄마의 노래를 들었다. 하늘에는 갈매기 떼가 날아갔다. 이찌나 기운이 센지 구름까지 몰고 가는 것 같았다. 모래밭 위에서 따뜻한 햇살을 내려쬐니 나는 우리가 꼭 튀김가루를 입은 새우처럼 느껴졌다. 혼자 피식거리며 웃었다. 엄마도 기분이 좋아졌는지 웬일로 아빠 얘기를 했다. 처음 있는 일이었다.

엄마가 아빠를 만난 건 병원 수납창구 앞이었다. 당시 이십대 초반이었던 엄마는 동네 병원에서 간호사로 근무했다. 접수처에 앉아 대기환자의 이름을 부를 때면 많은 남자들의 시선이 엄마에게로 쏠렸다. 엄마 말에 따르면 자신이 당시 동네에서 꽤나 미인으로 통했다고 한다. 아빠는 항상 감기에 걸려 병원에 왔다. 신체 건강한 남자가 한 달에 세 번씩 감기로 병원에 오는 건 어딘가 의심쩍은 구석이 있었다. 엄마도 그걸 잘 알았지만 언제나 처음 보는 사람처럼 새침하게 대했다. 하지만 아빠는 꾸준한 병원 나들이를 끝내지 않았고 결국 석 달이나 엄마와 첫 데이트에 성공했다. 나는 엄마에게 첫 데이트가 어땠냐고 물었다. 엄마는 피식 웃으면서 말했다. 너 재건 데이트라고 아냐? 오랜만에 엄마와의 세대 차를 느끼는 순간이었다. 빵집이나 커피숍 갈 돈도 없는 커플들이 여기저기 걷기만 하는 데이트라고 했다. 풀빵 한 봉지 사들고 하나씩 나눠먹으면서 공원도 가고 골목길 사이도 걷고, 걷고 걷고 또 걷는 이상한 데이트였다. 지금은 상상도 할 수 없지만 그때는 그런 데이트를 많이 했다고 한다. 걷다가 가끔씩 손끼리 부딪히기도 하고 일단 부딪힌 김에 손이라도 잡읍시다, 뭐 이런 다들 알만한 순서. 엄마는 그래도 꽤 달콤했을지도 모르는 기억을 물기를 싹 걷어낸 모래처럼 담담하게 말했다. 나는 재미없다고 고개를 흔들었다. 엄마와 나는 잠시 동안 바다를 보면서 웃었다. 웃음이 멈추고 잠시 뒤, 엄마가 나지막이 말했다.

"좋은 데서 살았네."

나는 조용히 고개를 끄덕였다. 정말 좋은 데서 살다갔다. 아빠는. 이것도 다행이라면 다행인 것이다.

아빠는 결국 대물을 잡아오지 못했다. 어딜 갔다 온 건지도 모르겠고 그냥 허탕 쳤다는 말만 하고 돌아왔다. 떡밥은 모조리 다 퍼다 쓰고, 지렁이는 플라스틱 통 벽에 붙어 말라 죽었는데 아무것도 잡은 게 없었다. 아빠는 오히려 빚에 묶여 왔다. 낚시 여행이라기보다는 친구와 사업 구상을 하러 갔던 모양이었다. 곧 죽어도 남 밑에서 일하는 건 싫다면서 이제 평생을 남의 돈을 갚으며 살게 되었다. 안 되는 사람은 뭘 해도 안 되는 것인가, 초등학교 이학년생이 된 나는 이게 정말 궁금했다. 엄마는 아빠 인생은 처음부터 다 정해져 있었다고 했다. 그걸 못 피한 내가 잘못이라고 가슴 한가운데를 여러 번 쳤다.

이혼 얘기를 먼저 꺼낸 건 아빠였다. 말은 위장 이혼이었다. 하나 남은 아파트라도 지키자. 이제 정신 차릴게, 정말. 정말? 엄마는 더 이상 아빠를 믿지 않았다. 기다리는 것도 지긋지긋하다고 엄마는 조금의 고민도 없이 이혼 도장을 찍었다. 이혼 뒤에도 아빠는 몇 달을 더 우리와 살았다. 함께 밥을 먹고 함께 텔레비전을 봤다. 숨 막히는 정적만 제외하면 외관상으로는 아직 가족이었다. 그러니까 우리의 어정쩡한 사이를 카메라로 찍는다면, 아직까진 가족 비스무리하게 찍힐 것이란 자신감은 있었다. 그런데 아빠는 카메라 셔터를 누르기도 전에 떠났다. 위장 이혼이 진짜 이혼이 되기까지는 그리 오랜 시간이 걸리지 않았다. 아빠가 말한 대물은 사업에서 여자로 넘어갔던 것 같다. 그것마저 실패한 게 이젠 놀랍지도 않았다. 아빠가 떠나가고 남은 것은 거실 한쪽 벽에 스며든 누런 땀자국뿐이었다. 한여름에 러닝셔츠 하나만 입고 벽에 기댄 아빠. 아빠가 만들어낸 누런 흔적. 무기력과 무능함이 덕지덕지 붙은 한쪽 벽면. 집 안에 조화 한 송이도 사놓은 적 없었던 엄마는 곧바로 벽지부터 새로 했다. 말로는 물론 집 분위기를 바꾸고 싶었다고 했다. 이 모든 과정을 엄마는 언제든 울 것 같은 얼굴을 하고 끝냈다. 엄마는 언제나 그렇듯 씩씩했다. 그래서 나도 엄마처럼 씩씩해지기로 했다. 수학 여행비를 제때 못 내도 반에서 혼자 우유 값을 내지 않아도 담임선생님께 교사용 문제집을 받아다 풀어도 다, 괜찮았다.

벌써 저녁식사 시간이 되었다. 3분 카레가 다 소화된 지 오래였다. 엄마와 나는 근처 식당을 둘러보았다. 광어회, 매운탕, 해물 칼국수 뭐든 좋았다. 근처 횟집으로 들이가 언포탕을 시켰다. 산 낙지가 부글부글 끓은 물속으로 들어가자 사정없이 다리를 꿈틀거렸다. 아무 소리도 나지 않는 것에 비해 필사적인 몸부림이었다. 먹는 사람 입장에선 조용히 가주는 게 감사하긴 했다. 엄마는 소주 뚜껑을 따고 아줌마에게 소주잔 두 개를 달라고 했다. 한잔을 따라 내 앞에 놓았다. 나는 한숨을 쉬고 말했다.
"엄마 나 아직 중학생이야."
"하는 짓 보면 먹을 때 됐어."
사실 마셔본 적이 없다는 건 거짓말이었다. 엄마가 이 사실을 알고 있는 것 같아서 뜨끔했다. 소주잔과 소주잔이 맞부딪치는 소리는 언제나 듣기 좋았다. 창밖에서 어느새 노을이 지고 있었다. 주황빛으로 물든 해가 바다로 퐁당 빠져들어 가고 있었다. 시간은 흘러가는데 엄마는 아직도 아빠가 살던 집에 가자는 말을 하지 않고 있었다. 술기운에 몸속이 살짝 따뜻해져 갔다. 나는 소주잔을 비우고 말했다.

"오늘 그 아줌마랑 왜 싸운 거야. 어차피 엄마랑 아빠 남 된지가 언젠 데."

엄마는 나를 뚫어지게 쳐다봤다. 나도 엄마를 뚫어지게 쳐다봤다. 엄마는 소주를 마시고 빈 잔으로 내 머리통을 콕 찍었다. 눈물이 핑 돌다 말았다.

"그땐 아직 내가 해준 밥 먹고 살 때였어. 짜식아."

아픈데 왜 자꾸 웃음이 나는 걸까. 피식피식 거리는 나를 보며 엄마도 큰 소리를 내며 웃었다. 그렇게 우리 모녀는 낙지의 다리를 잘근잘근 씹어 먹으며 소주 한 병을 다 비워냈다.

횟집을 나와 엄마는 핸드백 속에서 메모지를 꺼냈다. 아빠가 살던 집 위치가 그려져 있었다. 아마 장례식 장으로 아빠의 낚싯대 꾸러미를 보내준 아저씨에게서 온 것 같았다. 태안에서 민박집을 하던 아저씨는 엄마에게 전화를 걸어 아빠의 소식을 제일 먼저 알려주었다. 대물을 찾아 떠돌던 아빠는 태안에 있는 작은 민박집에 장기 투숙객이 되었다. 아빠는 태안 마을에서 우유 배달로 근근이 살아갔다고 했다. 아저씨에게 낚싯배도 빌리고 낚시 용품도 많이 사갔다고 했다. 집세를 못 낼 때면 잡아온 물고기를 들이밀기도 하고 다짜고짜 매운탕을 끓여 와서 아저씨와 술 한 잔을 기울이기도 했다.

"찾아오는 친구들도 발길이 뜸해지고, 그 아저씨 가기 전에는 진짜 외로워 보이더라고요. 다리가 편치 않아 못 가는 게 죄송하네."

엄마는 침착하게 통화를 이어갔다.

"거기 위치를 알 수 있을까요. 폐 끼친 게 있을까봐서요. 뭐라도 보상을 해드려야죠."

"찾아오기나 하세요. 아직 못 치운 물건들이 많으니까."

엄마와 나는 깨진 시멘트 길을 걸었다. 발바닥이 저벅저벅한 게 그다지 신이 나지 않았다. 메모지에 그려진 지도를 봐도 어딘지 알 수가 없었다.

아까 본 마을 회관을 두 번째 만났다. 태안에 삼사십 년을 거주한 아저씨라면 눈감고도 찾겠지만 우리 모녀에겐 아무래도 무리였다. 마을에 집은 듬성듬성 있었으나 펜션도 너무 많았고 비슷하게 생긴 민박집도 너무 많았다. 주황색 슬레이트 지붕과 파란색 슬레이트 지붕이 키 재는 꼬맹이들처럼 들쑥날쑥 했다. 엄마와 나는 걷다 지쳐 마을 사람에게 물어보기로 했다. 주위를 둘러보다가 골목에 나와 담배를 피우고 있던 할머니에게로 다가갔다. 할머니는 허름한 점집에 기대 담배 연기를 불어내고 있었다. 왠지 길만 물어도 복채를 내야 할 것 같은 기분이 들었다. 엄마의 물음에 할머니는 말없이 반대쪽 골목길을 가리켰다. 수상쩍었지만 일단 예의상 걸어가 보기로 했다. 중간 중간 엄마는 허리를 두드렸다. 나는 힘들어하는 엄마에게 말했다.

"엄마 지금 우리도 재건 데이트 하는 거야?"

엄마는 얼굴을 찡그리고 전혀 웃지 않았다. 괜히 민망해진 나는 열심히 걷는 데만 집중했다. 도착한 곳은 작은 초등학교였다. 이미 어둑어둑해진 초등학교 운동장은 휑하니 비어있었다. 모두가 떠난 운동장을 보니 괜히 울적해졌다. 오늘 아빠를 찾을 수 있는 건가. 아니 아빠가 살던 곳. 나는 아빠가 우리만 모르는 곳에 숨어 어디선가 우리를 지켜보고 있는 것만 같았다. 가로수 뒤에 숨어 아니면 돌담 뒤에 숨어 머리만 빼꼼히 내밀고 우리 뒷모습을 바라보고 있을 것만 같았다. 말도 안 되는 생각이어서 나는 주위를 둘러보는 내신 신고 있는 신발을 내려다봤다.

엄마가 했던 말을 빌려 말하자면, 아빠가 아직 엄마가 해주던 밥을 먹고 살 때의 일이었다. 당시 나는 방과 후 수업으로 리코더 반에 들었다. 저녁 여섯 시까지 남아서 친구들과 리코더를 부는 수업이었다. 엄마는 늦게까지 공장에서 일을 하고 아빠야 종일 텔레비전만 볼 뿐 나와 놀아주지 않아서 들은 수업이었다. 리코더 반에는 리코더를 지지리도 못 부는 남자애가 하나 있었다. 같이 합주를 할 때면 꼭 삑삑, 튀는 소리를 내는 아이였고 그때마다 뒤통수를 긁적이며 얼굴을 붉혔다. 별로 친하지도 않은데 집이 같은 쪽이라 가끔씩 어색하게 떨어져 걸을 때가 있었다. 키도 나보다 작고 얼굴도 까매서 별로 관심이 없었다.

어느 날 방과 후 수업이 끝나고 실내화를 신발로 갈아 신으려는데 신발장에 내 신발 한쪽이 없어졌다. 발목까지 올라오는 갈색 털 부츠였다. 두쪽도 아니고 한쪽이 없어졌으니 도둑질이 아니라 장난인 게 분명했다. 하지만 안타깝게도 나는 그걸 장난으로 받아들이지 않고 곧장 선생님에게 일렀다. 겨울에 신을 수 있는 유일한 신발이었기 때문이다. 겁이라도 주면 금세 범인이 나올 것 같았다. 하지만 아이들은 늦었다며 집으로 가버렸고 범인은 끝내 나타나지 않았다. 할 수 없이 선생님은 집에 전화를 걸었다. 얼마 뒤 창문 밖에서 아빠가 터벅터벅 운동장을 가로질러 오는 것이 보였다. 나는 선생님에게 아빠를 보이고 싶지 않아 빠르게 교실을 뛰쳐나왔다. 가까이서 보니 아빠는 색이 바랜 러닝셔츠 위에 오리털 파카만 걸치고 나온 채였다. 검지와 중지에 여름용 슬리퍼를 끼고 한껏 미소를 지었다. 나는 그냥 실내화를 신고 가겠다고 했다. 털 부츠 말고 내일부터 뭘 신고 학교에 가야 할지가 걱정이었다. 아빠는 호탕한 척 웃으며 말했다. 담임선생이랑 통화해 보니까 너 좋아하는 남자애도 있다며? 걔가 가져간 거 아냐? 누구야 내가 혼내줄게. 나는 대답도 없이 빠르게 걸어 나갔다. 그때 아빠가 달려와 내 손을 꼭 잡고 말했다.

"시장에 가자. 신발 새로 사야지 뭐."

아빠와 나는 곧장 시장에 있는 신발가게로 들어갔다. 빨간색 에나멜 구두, 요술공주가 그려진 분홍색 운동화, 털가죽 부츠, 메이커 로고를 흉내낸 운동화들. 나는 어떤 걸 사야 할지 망설였다. 이 중에서 딱 하나만 사야 했으니까. 눈이 다 반짝거렸다. 고심 끝에 요술공주가 그려진 분홍색 운동화를 골랐다. 새 신발을 신고 집에 가는 길은 정말 신났다. 날이 어둑어둑해지니 발등에 붙은 야광이 번쩍번쩍 빛을 냈다. 발걸음도 씩씩해지고 붙잡고 있던 아빠 손도 부드럽고 따뜻하게 느껴졌다. 아빠 손을 그렇게 오랫동안 잡아본 건 아마 그때가 처음이었을 것이다. 그리고 그때가 마지막이었을 것이다.

아주 가끔씩 얼굴이 까맸던 그 남자아이의 얼굴이 떠올랐다. 남자아이는 그 뒤로 리코더 반에 나오지 않았다. 합주를 방해하던 삑삑 소리가 괜히 그리웠다. 그래서 어쩌면, 내가 그때 선생님에게 곧바로 이르지 않고 조금만 더 기다렸다면 남자아이가 내 부츠를 들고 짠! 하고 나타났지 않았을까 하는 생각이 들었다. 선생님이 전화를 걸고 아빠가 나를 찾아올 때까지 남자아이는 떨면서 숨어있진 않았을까. 언제 사과를 해야 하나 지금이라도 나가야하나 틈만 노리면서. 아직까지도 그 아이가 운동장 한쪽 구석에서 숨어 있을 것만 같았다.

"저기네. 안 오고 뭐해?"

엄마가 멀리서 나를 불렀다. 아빠가 살던 '초록민박' 간판이 보였다. 예상보다도 더 조그맣고 허름해서 찾기가 어려웠던 것 같았다. 민박집 벽은 살색 페인트가 군데군데 벗겨져 시멘트 색이 그대로 드러났다. 녹이 슨 초록색 철문을 열자 끼이익 하는 소리가 귓속을 간질였다. 한쪽 다리를 절뚝거리는 아저씨가 무슨 일이냐며 다가왔다. 엄마는 아빠의 방을 물었다. 아저씨는 뒤통수를 긁적이며 말했다.

"봤던 아줌마가 아니네. 저기 혹시, 두 번째여?"

엄마는 단호하게 대답했다.

"제가 첫 번째예요."

대화는 여기서 끊겼다. 아저씨는 아빠의 방문을 조심스럽게 가리키고 돌아갔다. 엄마는 선뜻 문고리에 손을 올리지 않았다. 아주 잠깐이었지만 느껴졌다. 내가 문고리에 손을 올리려고 하자 엄마가 문을 열었다. 그렇게 조금씩 아빠의 방이 열렸다.

문을 열자 쿰쿰한 땀 냄새가 제일 먼저 났다. 그 다음에 보이는 건 조그만 텔레비전이 올려져 있는 탁자 반대편 벽에 스민 아빠의 땀자국이었다. 익숙한 그것은 우리 집 회색 무늬 벽지 속에도 남아 있을 그것이었다. 한자리에 앉아 종일 텔레비전만 보던 아빠의 모습이 아른거렸다. 방에는 별다른 게 없었다. 사각 티슈 하나와 아무것도 채워지지 않은 달력, 솜이 다 꺼진 이불 몇 장. 나는 벽 쪽으로 다가가 누런 벽지 위를 손끝으로 쓰다듬었다. 매끈했다. 엄마는 한껏 얼굴을 찡그렸다. 벽에 박힌 못에 소매가 새까만 외투가 하나 걸려있었다. 오래 전에 봤던 오리털 점퍼였다. 오리털은 이미 대부분 빠져나가고 얇을 대로 얇아져있었다. 엄마는 가져온 쇼핑백에 외투를 쑤셔 넣었다. 가져갈 것도 없네. 태워야 하니까 챙기는 거야. 그리고 곧바로 방에서 나왔다. 이 모든 것이 너무 짧은 시간에 일어났다. 아저씨가 조심이 물어왔다.

"왜 벌써 가요. 다 챙긴 거야?"

"네. 남은 것들은 버려주시면 안 될까요."

엄마는 아저씨의 손에 봉투를 쥐어주었다. 아저씨는 단호하게 거절했지만 엄마도 막무가내였다. 엄마는 한마디를 던지고 민박집을 나섰다.

"도배라도 새로 하세요."

민박집을 찾기까지 한 시간 남짓이 걸렸는데 방에 있던 시간은 오 분도 채 되지 않았다. 나는 말없이 엄마를 따랐다. 큰 보폭으로 성큼성큼 걷는 엄마를 힘겹게 따라나섰다. 골목길 어귀, 점집 앞에 앉은 할머니가 우리의 움직임을 천천히 눈으로 좇았다. 다리도 아프고 괜히 눈물이 핑 돌았다. 괜히 찾아 온 것만 같았다. 그때 아빠가 엄마에게 미안하다고 했으면 이렇게 되지는 않았을 것이다. 짠! 하고 나타나서 이제 정신 차렸다고 멋쩍게 웃어넘겼으면 정말 달라졌을지도 모른다. 그럼 적어도 이런 모습은 아닐 것이었다.

"미안해 딸."

엄마가 갑자기 멈춰 서서 말했다. 나는 입을 앙 다문 채 엄마를 바라봤다.

"나는 아직도 네 아빠가 미워."

나는 고개를 세차게 끄덕였다. 그럴 수도 있지 뭐. 미워할 수도 있지 뭐. 기억하고 싶지 않을 수도, 다 잊고 싶을 수도 있지 뭐.

늦은 저녁이 되자, 엄마는 너무 피곤해 보였다. 집으로 가는 버스가 한 시간 뒤에 있었지만 자고 가기로 했다. 우리는 바다가 보이는 펜션에 방을 얻었다. 엄마는 돈도 두둑하니 좋은 곳에서 자도 된다고 했다. 사실 방이 좋고 나쁘고는 상관이 없었다. 너무 피곤해서 우리 모녀는 방에 들어가자마자 기절하듯 잠에 빠졌다.

이날 밤, 나는 이상한 꿈을 꿨다. 꿈속에서 나는 점을 보러 갔다. 꽤나 유명한 점집이었는지 문 밖까지 많은 사람들이 줄을 서고 있었다. 날은 무척이나 더웠다. 내가 가장 싫어하는 여름이었다. 여름은 초록색이 너무 초록색이었고 파랑색이 너무 파랑색인 계절이었다. 게다가 눈부신 햇빛이 지나치게 친한 척을 해왔다. 이마를 타고 흐르는 땀을 연신 닦아내며 손톱자라는 속도만큼이나 느리게 줄어드는 앞줄을 바라만 보고 있었다.

정말 오랜 시간이 지나 겨우 점집으로 들어갔다. 시원한 에어컨 바람이 정신을 맑게 해주었다. 거의 다 왔다는 생각이 들었다. 생각대로 얼마 지나지 않아 내 차례가 왔다. 나는 심호흡을 하고 점술사 앞에 앉았다. 이때부터 꿈이라는 것이 실감나기 시작했는데, 이유는 내가 아무런 거리낌 없이 처음 보는 사람에게 모든 상처를 털어놓았기 때문이었다. 그런데 내가 무슨 말을 했는지는 기억이 나지 않았다. 꽤 오랜 시간 떠들어댔던 것 같은데 점술사는 인자한 할머니처럼 내 말을 다 들어주었다. 적절한 때에 어깨를 토닥여주고 고개를 끄덕였으며 가끔 미소도 보여줬다. 지금 생각하면 그 점술사가 정말 할머니였는지 아니면 젊은 여자였는지도 확실하지가 않았다. 그러나 내 인생의 고민들을 모조리 들어주었던 점술사가 마지막으로 한 말은 또렷이 기억난다.

"인생은 다 그런 거야. 원래 다 그런 거야."

유행가 가사처럼 너무나 통속적이고 진부한 대답이었다. 내가 꿈에서 깬 뒤에도 이 말을 기억하는 이유는 어이가 없어서였다. 꿈속에서 나는 곧바로 울어버렸다. 얼마나 오랜 시간을 들여서 줄을 섰는데. 땀을 줄줄 흘려가며 기다렸는데. 나오는 대답이 고작 원래 다 그런 거라니. 억울해서 참을 수가 없었다. 그래서 펑펑 울었다. 자고 일어나니 속눈썹이 촉촉해져 있었다. 아무리 생각해도 바보 같은 꿈이었다.

엄마는 베란다로 나가 멍하니 서 있었다. 파도소리가 고요하게 들려왔다. 새벽바람을 타고 짠 바다 냄새가 콧속으로 밀려들어왔다. 나는 엄마에게 다가가 엄마의 팔을 꼭 껴안았다. 저 멀리 바다 끝을 바라보며 엄마 손등에 마른 지렁이처럼 올라온 상처를 검지로 훑었다. 육 년이 지나도 상처는 쉽게 사라지지 않았다. 단지 아주 조금, 쪼그라들었을 뿐이었다. 저 멀리 모래 언덕에서 낚시를 하고 있는 누군가의 실루엣이 보였다. 낚시꾼은 멍하니 서서 낚싯대를 들고 동상처럼 멈춰 있었다. 날도 추운데 미동도 없어 보였다. 엄마가 말했다.

"여기도 낚시를 하네."

"당연하지."

"에이, 그런 여자한테 낚싯대 주는 게 아니었는데. 하나라도 남겨둘 걸."

"낚시도 해본 적 없으면서."

"그래도. 한참 담가 놓으면 뭐라도 건져지지 않을까?"

"이미 늦었는데 뭘."

"그렇지? 아무래도."

엄마와 나는 말없이 새벽바다만 보았다. 쏴아 쏴 하는 파도 소리가 듣기 좋았다. 바다 앞에서는 무엇이든지 해도 될 것 같았다. 미친 척 노래를 불러도 죽을 것처럼 울어도 바다는 다 받아 줄 것 같았다. 바람도 다 괜찮다고 머리카락을 쓸어주었다. 나는 엄마의 팔을 더 꼭 껴안았다. 바다 저 끝엔 무엇이 있는지, 상상하기도 벅찼지만 궁금했다. 저 끝엔 정말 대물이 있을까. 큰물로 간 아빠는 정말 대물을 잡았을까. 나는 엄마의 얼굴을 바라봤다. 입 꼬리가 축 처진 엄마는 오늘따라 더 늙어 있었다. 나는 이게 다 울음의 무게 때문인 것 같았다. 흘러나오지 못한 눈물들이 엄마의 얼굴을 축축 늘어뜨리는 것 같았다. 엄마가 한번쯤 크게 울었으면 좋겠다. 아이처럼 엉엉 울어서 다시 젊어졌으면 좋겠다.

"똑딱선 기적 소리 젊은 꿈을 싣고서 갈매기 노래하는 만리포라 내 사랑."

모래사장 위로 커플이 노래를 부르며 걸어가고 있었다. 중간 중간 맥주 캔을 부딪치며 뭐가 그렇게 재밌는지 큰소리로 웃어댔다. 이 시간에도 바다를 보는 사람이 있었다. 팔짱을 꼭 끼고 있는 둘은 자세히 보지 않아도 이미 한껏 취한 것 같았다. 둘은 맥주를 한 모금 들이켜고 신나게 노래를 이어 불렀다. 나는 안 듣는 척하면서 귀를 기울였다.

"그립고 안타까운 울던 밤아 안녕히 희망의 꽃구름도 둥실둥실 춤춘다."

쏴아 쏴아 파도가 반주를 맞춰줬다. 울적했던 기분이 조금 나아지는 것 같았다. 나는 기다리기로 했다. 언제든 울 것 같은 얼굴로 한 번도 울지 않앉던 엄마를. 언젠가 내 앞에서 눈물을 보일 때, 인생은 다 그런 거라고 뻔뻔하게 얘기해줄 순 없지만 이렇게 엄마 옆에서 가만히 서 있어 줄 수는 있으니까. 내가 이런 생각을 할 정도로 자랐다는 게 뿌듯하면서도 팔뚝에 오소소 닭살이 오르는 것 같기도 했다. 하긴 엄마도 빨리 남자친구를 만들어야지 내가 언제까지 애늙은이 역할을 할 수도 없는 노릇이다. 나는 씩씩하게 걸어가는 커플들을 눈으로 쫓으며 어떻게 말을 꺼내면 좋을까 입술을 만지작거렸다.

독살

오현경

　머리가 도마 위에서 힘차게 잘려나갔다. 초점을 잃은 우럭의 눈과 마주
쳤다. 피가 흥건한 살인의 현장에서 나는 숨죽여 지켜보기로 했다. 잘 갈
린 칼날이 예리하게 빛이 났다. 녀석의 몸은 갈기갈기 찢겨서 가지런히 접
시 위에 놓였다.

　－서울서 오셨나봐유?

　그렇다고 했다. 자주 놀러오라며 서비스로 개불을 몇 점 얹어줬다. 고작
젓가락에 집힐 녀석들이 살겠다고 바닷물을 토한다. 날름 집어 삼키면 그
들은 죽음에 순응할 수밖에 없다. 살점이 차져서 맛있다. 감탄하고 있을
때 주인은 금세 다른 사람들이 잡아온 횟감의 머리를 치고 있다. 뒤로 길
게 늘어진 줄을 보고, 칼날을 더 능숙하게 내리쳤다. 우럭을 곱씹으면서
그들의 행색을 봤다. 파란 모자를 푹 눌러쓰거나 이상한 캐릭터 티셔츠를
입은 사내도 있다. 나와 큰 차이가 없다. 같은 관광버스를 타고 서울에서
내려온 사람들이다. 쓰고 온 검은 모자를 푹 눌러쓰고 회를 음미했다. 가
래 맛이 난다. 바다 깊은 곳에서 축적된 오줌 같다. 나의 오랜 기억이다.

*

별주부 마을은 나의 고향이었다. 수 해 전까지만 해도 부모와 함께 마을 언저리에 살았다. 바다는 놀이터였고 마을 앞 논밭은 일터였다. **뼛속까지** 아릴 정도로 밭일을 하면 멀리서 동네 아이들이 하나, 둘 모이기 시작했다. 텔레비전을 보면 아이들은 웃고 떠드느라 정신이 없는데, 우리는 왜 여기 태어나 일만 하는 걸까. 푸념을 놓으면서 슬금슬금 바다로 향했다. 해송 숲을 따라 걷다 보면 멀리 지평선이 보인다. 그리고 마을 어른들이 미리 쳐놓은 대발(竹簾)이 걸려 있다. 물때만 잘 맞으면 고기 잡고, 진흙탕을 휘저을 텐데. 하필 만조라 내려가지도 못하고 언덕에서 바라본다. 한참 턱을 괴고 앉아 있으면, 옆에 있던 친구가 일어나 오줌을 갈겼다. 녀석을 따라 대여섯이 언덕에 섰다. 오늘은 생선 먹기 글렀다. 속에서 끓는 가래를 뱉으면 바다에 흥미를 잃고 숨바꼭질을 했다. 녀석은 그 중에 하나였다. 어수룩한 내게 먼저 말을 걸었다.

―이 마을은 지긋지긋해.

동조한 나는 몇 해를 지나고 보니 그와 단짝이 되어 있었다. 대부분 마을을 벗어나는 꿈을 이야기했다. 그가 서울에 간다는 것은 예견된 일이었다. 늘 사신의 꿈은 서울에 상경해서 물질 없이 고기를 먹는 일이라고 했다. 독살 덕분에 잡은 물고기로 근근이 끼니를 채우기도 하지만 어린애 뱃속을 감당하기엔 어림없는 입맛이라고 말했다.

―서울에 가면 온갖 고기를 갈아서 비닐에 말아 놓은 것도 있대. 사촌 집에 갔는데 로봇 같은 건물이 잔뜩이더라. 서울에 가면…….

서울을 늘어놓을 때의 눈은 싱싱했다. 독살에서 막 건져 올린 물고기처럼 침을 튀겼다. 조금씩 짐을 꾸리더니 결국 사촌을 따라 서울로 상경해버렸다. 동네사람들이 가지 말라고 성화를 부려도 꿈쩍하지 않았다. 그는 계획한 날짜에, 미리 싸놓은 짐을 들고 떠나가 버렸다. 연락처도 남기지 않고 가버린 그가 미웠다. 독을 품고 부모님을 도와 논밭일과 독살의 대발 치는 일을 할 적이다. 흔적 없던 그에게 연락이 왔다. 잘 지내. 멋쩍은 웃음이 전화기로 들렸다. 세월이 무색하게 가감 없는 말이 나왔다. 건넛마을 아이 소식까지 전하고 나자 나지막이 말을 꺼냈다.

－너, 서울 올래?

서울에 오니까 으리으리하다. 전에 말했던 로봇 같은 건물에서 살고 있어, 이게 다 우리 사촌형 덕분이지. 일자리가 있다고 나를 불렀거든. 어떻게 간도 빼줄 친구를 잊겠냐! 마침 서울에 일자리가 있는데 해볼래? 그냥 올라오라며 연락처를 불러줬다. 미처 준비 못한 종이와 펜을 찾느라 정신이 없었다. 토씨라도 틀릴까봐 두 번이나 물었다. 수화기 너머로 그를 찾는 소리가 들리면서 우리의 통화는 끊겼다.

밭일을 하는데 그물을 들고 온 내게 아버지는 정신 차리라고 했다. 그와 통화한 지 수 일이 지났음에도 연락처는 가슴팍 주머니에 고이 들어있다. 그가 이야기해준 서울의 정취를 떠올렸다. 밭일이고 뭐고, 이깟 거. 호미를 내팽개치고 바다가 보이는 언덕에 앉았다. 한껏 치켜세운 턱 아래로, 대발을 치고 있는 동네사람들이 보인다. 장정 여럿이서 겨우겨우 힘을 모아 갯벌에 돌을 날랐다. 금방 만조가 될세라 분주하다. 그냥 들어가도 푹 꺼지는 갯벌에 무거운 돌까지 들고 있어서 발이 쉽게 빠지지 않는 모양이다. 이를 본 마을사람은 뛰어와 그를 구한다. 질척이는 땅을 탓하며 바다를 빠져나가는 동네사람들을 따라 바닷물이 들어온다. 차츰차츰 차오르면 고기떼가 가득하겠지. 간조가 되면 손으로, 작은 그물로 움켜잡기 쉽다. 그러기 위해선 대발을 치는 과정이 중요하다. 대발은 말 그대로 어마어마한 그물이다. 물이 빠질 때 돌을 쌓아 둑을 만든다. 크기가 집채만 해서 혼자 힘으로는 절대 할 수 없다. 아버지의 오랜 아버지부터 마을행사가 된 일이기 때문에 이 고장의 사내는 누구나 한번쯤은 대발을 세워야 한다. 여간 귀찮은 일이 아니다. 혹시 쓰러질까 번번이 확인해야 한다. 만조가 되기 전에 대발이 쓰러지면 마을이 기운다는 흉흉한 소문이 돌아서 마을 어르신까지 나와서 지켜봤다. 그때마다 모진 소리를 듣는 것은 나의 몫이었다. 젊은 놈이 꼼꼼하게 세울 수 없냐며 역정낸다. 쌓여왔던 독기가 그의 전화 한통으로 탈출구를 찾았다. 대발을 피해 넓은 바다로 뻗어가는 물고기를 보고 있던 참이다. 그의 연락처를 꺼내 전화를 걸었다.

서울은 그가 말했던 대로 환상적이었다. 물때를 기다릴 필요 없이 원하면 물고기를 쉽게 먹을 수 있었다. 다만, 돈이 필요할 뿐. 그는 돈을 벌게 해주겠다고 했다. 살 집 마련할 돈은 가져왔냐고 쉽게 묻는 그에게 고개를 저었다. 내게 핸드폰을 주었다. 태안 집 전화번호를 눌렀다. 부모님께 사정하고 달래서 오천만 원을 마련했다. 그는 소개비 명목으로 몇백만 원을 떼고 집으로 데려갔다. 집은 네모반듯하다. 다리를 펴고 누워 세 바퀴만 돌아도 어깨가 벽에 닿았다. 가스레인지 놓을 자리도 없는 집구석에 선물이라며 가스버너를 줬다. 수돗물이 나오지만 수도관이 오래되어 녹물이 나와서 먹을 수 없으니 집 앞 슈퍼에서 생수를 사먹어야 한다고 얘기해줬다. 실망스런 나의 표정을 읽은 그가 말했다. 이제 일 시작했는데 처음부터 좋은 집에 살 수 없잖아. 오늘은 우리 집에 가자. 하고 내 손목을 잡고 집을 나왔다. 굽이 굽은 계단을 한참 내려와 차에 탔다. BMW 글자가 선명하게 앞을 장식했다. 의지 쿠션은 더할 수 없이 만족스럽다. 부드럽고 푹신한 가죽이 좋은 향이 났다. 언제쯤 이런 차에 탈 수 있을까. 어깨를 기대자 잠이 왔다. 눈을 떠보니, 종이상자를 쌓아놓은 것 같았던 조금 전의 집하고는 확연히 다른 집이었다. 아파트는 성벽을 이루며 웅장하게 다가왔다. 도시의 해송 숲이구나. 그의 집안을 들어갔을 때, 흥분은 절정에 달했다. 새것의 냄새가 물씬 넘쳤다. 새로운 장판, 가구, 벽지. 어느 것 하나 놀라지 않는 것이 없다. 출세했구나. 그를 따라 서울에 온 나도 이렇게 살려면 얼마나 걸릴지 손으로 꼽아 보았다. 그는 피식 웃으며 말했다.

—내가 말한 대로만 하면 금방이야.

아침 해가 밝아오기도 전에 양복을 다렸다. 맞선 볼 때 입을 거라 생각했던 옷을 이렇게 빨리 꺼낼 줄은 몰랐다. 거울로 흘낏 앞태, 뒤태를 보면 제법 인물이 난다. 침대에서 자다 깬 그가 나를 보고 웃었다. 낡은 양복은 어디서 구했냐. 일어나 옷장에서 수벌의 양복을 보여줬다. 은빛이 도는 재킷을 꺼냈다. 행커치프도 한 그는 알고 있던 어릴 적 모습이 아니었다. 날렵하고 탄탄한 몸맵시는 서울사람이었다. 쾌쾌한 바다냄새는 없고, 바다향이 나는 향수를 온몸에 뿌린다. 동경하는 그를 따라 첫 출근을 했다. 회사는 그의 말대로 규모가 엄청 났다. 빌딩을 몇 개나 가로질러서 도착한 곳은 높이가 대밭의 몇 배나 되는 건물이었다. 벽에 뚫린 쥐구멍 같은 입구로 들어갔다. 지나가는 사원이 그를 향해 깍듯이 인사를 했다. 사원을 헤치고 엘리베이터를 타고 위층으로 올라갔다. 그의 삼촌이 기다리고 있었다. 턱살이 두텁게 늘어졌고, 풍채 있는 모습이 누가 봐도 중견사원이다. 비서를 불러 커피 세잔을 시켰다. 삼촌은 자랑스럽게,

—서울에서 우리 회사 이름만 대도 다 알아준다니까. 너는 좋은 친구 둔 거야.

괴상한 웃음소리로 방을 가득 메웠다. 그도 따라 웃었다. 나 역시 웃지 않을 수 없었다. 흥겨운 분위기에서 회사 계약서를 읽어보지도 못하고 사인을 했다. 그리고 지하로 갔다. 음습한 공기로 꽉 막힌 곳이다. 미간을 찌푸려야 앞이 제대로 보이는 어두운 복도를 지나서 어느 방 앞에 섰다. 책상과 컴퓨터와 의욕 없는 사람들 틈바구니에 내자리가 있다고 한다. 네가 열심히 하는 만큼 올라갈 수 있는 회사야. 나를 봐, 너를 안 봤던 시간동안 이만큼 성장했잖아. 나는 삼촌 아래층 방에서 근무하니까 무슨 일 있으면 연락하라고 말하며 올라갔다.

막상 일을 하려니 생소한 일이 많았다. 몇 번이나 그에게 찾아갔는지 모른다. 근무시간보다 오르내리는 엘리베이터에서 보낸 시간이 더 많을지도

모른다. 손에 익을수록 그를 찾아가는 일은 줄었다. 며칠을 보지 않은 적도 있다. 그는 일감을 줄 때만 얼굴을 비췄다. 개인 비서가 있음에도 말단인 내게 군이 내려와서 서류들을 주었다. 자주 내려오지 못해 미안하다며, 산더미 같은 일을 주고 갔다. 그래봤자 문서를 정리하고 분류하는 단순작업이기 때문에 어렵지는 않았다. 손톱이 무르도록 컴퓨터 자판을 누르면 출력된 인쇄물을 분류명이 없는 파일 철에 차곡차곡 꽂았다. 여러 권이 완성되면 친구는 내려와 수거하고 새로운 일감을 주었다. 그렇게 한달을 지나 첫 월급을 받았다. 제법 묵직한 돈이었다. 고향에서 논밭일하는 것은 푼돈이다. 첫 월급으로 부모님께 내복과 용돈을 챙겨드리고, 집 월세를 내고 나니 약간의 돈이 남았다. 퇴근하는 길에 백화점을 갔다. 그가 입고 있던 양복과 비슷한 옷이 유리관에 진열되어 있었다. 고대하던 양복을 손에 쥔 날이 아직도 생생하다.

몇 달이 지났다. 일은 눈에 익어간다. 비슷한 일을 반복을 하다 보니 모르는 글자도 알게 되었다. 쉽다고 생각했던 일은 결코 쉬운 일이 아니었다. 왜, 그는 멀리 서울까지 불렀을까, 직접 일을 가져오지? 지하 골방에서 침묵하는 건가. 끊임없는 질문이 오갔다. 수상한 문서들이다. 출처는 어디고 보관은 어디로 되었던 걸까. 답은 알고 있지만 섣불리 꺼낼 수가 없었다. 나는 이미 깊게 관여하고 있었다. 어떤 일을 하는지에 대해 모르고 시작했다는 밀은 변명이 되있다. 몇 개월 동안 여러 장의 서류를 복제했있고, 그의 권유로 곳곳에 서명을 했다. 서명된 문서는 그의 손을 통해 누군가, 혹은 어떤 단체에게 흘렀을 거다. 이 건물에 상주하고 있는 회사의 문서들에 대해서. 그가 직접 가져왔기 때문에, 내게 일을 준 자가 그라는 걸 회사사람들은 아무도 모른다. 어렴풋이 친구가 얘기한 적 있다. 삼촌의 일을 도우는 거라고 했다. 하지만 그의 삼촌 역시 모르는 일이다. 서류에는 그들의 이름이 어디에도 적혀 있지 않았다. 부정을 저질렀다는 사실이 믿기지 않았다. 일을 멈추고 그가 내려오기를 기다렸다. 의자를 뒤로 젖히고 양손으로 얼굴을 쓸었다. 고향을 떠나기 전만 해도 서울을 상기하는 모습이 순수한 소년이었다. 우리가 되뇌었던 서울의 풍경은 퇴폐적이지 않다.

샹들리에가 번쩍이는 궁궐 같은 모습이다. 하지만 엘리베이터로 내려온 그의 모습이 말을 해줬다. 부자연스러운 사치로 휘감은 사내였다.

　－지금이라도 늦지 않았어. 돌아가자.

　수상한 문서더미를 가리켰다. 해왔던 일을 추궁했다. 하지만 그는 불편한 기색 없이,

　－계약서를 봐, 아직 남은 기간만큼은 일을 해야지. 갯벌 흙탕에 파고드는 발을 내 맘대로 할 수 없잖아. 어렵게 생각할 것 없어. 우리는 독살을 하는 거야. 이 일은 대발이었고, 너는 작은 그물망에서 일손을 봐주는 거지. 그리고 대발을 지탱하는 돌을 나르던 네가 진흙탕에 빠진 거고, 삼촌과 나는 앞으로 진흙에서 구해 주려는 거야.

　그의 재킷 주머니에서 현금이 나왔다.

　－네 몫을 더 떼 줄게. 지금은 갑작스런 상황이라 이것 밖에 없지만 앞으로 하는 일에 따라 크게 달라질 거야. 보너스라고 생각해.

　변명이지만 그 즈음 마을에 흉년이 들었다. 먹고 살기 힘들다던 부모님은 내게 용돈을 더 요구했고, 어쩔 수 없이 일을 해야 하는 상황이었다. 점점 수렁으로 빠져들었다. 그는 절대 들키지 않을 거라고 했다. 그 동안 해왔던 것처럼 일을 하고 돈만 받으면 돼. 몇 달 만에 엄청난 돈을 벌었다. 고향에서 밭일하는 것과 비교가 되지 않았다. 그를 따라 머리를 자르고 옷을 샀다. 조금 더 모아서 집도 이사를 가야겠다. 답답했던 도시생활은 활력을 찾아갔다. 온 도시에 들끓었던 향수가 몸에 달라붙었다. 가무잡잡한 피부도 벌은 돈으로 산 화장품으로 하얗게 물들었다. 하지만 입을 열면 사투리가 나올까봐 과묵해졌다. 술에 취한 여자들이 무슨 일을 하냐고 물으면 대답하지 않았다. 아무 말 없이 그녀를 탐했다. 서울은 나의 고향이 될 거다.

뭐, 별거 아니네. 고작 사무실에서 찍고 나르면 되는 일들. 그와 그의 삼촌이 직접 보내는 일이기 때문에 내가 떠들지 않으면 새어나갈 일이 없다. 좀 더 치밀하고 주의 깊게 한다면 문제될 일이 없다. 아니, 없다고 생각했었다.

사원들이 수군거리기 시작했다. 발단은 누구의 잘못인지 수상한 파일철이 건물 앞에 떨어져 있던 날부터였다. 회사에서 대대적인 감사가 시작됐다. 경쟁 부서끼리 의심하고, 서로 헐뜯고 비난하기 바빴다. 나는 골방에서 쭈그리고 앉아 사람들의 소리에 귀를 기울였다. 위층에서 시작한 비난의 소리가 아래층으로 들릴 때마다 가슴이 쪼그라들었다. 사람들의 냉기도 지하로 파고들었다. 친구는 감사가 시작하기 전에 미리 와서 걱정하지말라고 한 마디를 남긴 것이 마지막이었다. 다시 한 번 그의 입을 통해 괜찮을 거란 위로가 필요했다. 엘리베이터를 타고 위로 향했다. 때마침 방에 그와 삼촌이 대화를 하고 있었다.

―먼 곳에서 바보 같은 놈을 잘 골라왔어. 파일 철에 우리 이름은 없으니그 촌놈만 독박 쓰고 쫓겨나는 거지.

처음 만났을 때처럼 호탕하게 웃었다. 그도 따라 웃었다. 웃음의 소리만큼 얼굴은 달이올랐다. 물러디진 감처럼 인상이 흐물흐물해지면서 빙문을 열었다. 비로소 그들의 모습이 한 눈에 들어왔다. 음흉한 거북이 두 마리가 지들끼리 좋다고 낄낄댔다.

―들어버렸으니 어쩔 수 없네. 그동안 용궁구경 잘했으면 토끼 간을 내놓아야지?

*

녹이 스며든 물을 대야에 받아 목욕을 했다. 간이 탕에 엉덩이를 비집어

앉았다. 물에서 기분 나쁜 냄새가 났다. 지릿한 것이 바다가 보고 싶다. 생
각했던 것이 태안으로 이끌었다. 요즘은 지긋지긋하던 독살도 관광 상품
으로 개발되었다. 차마 부모님 댁엔 갈 수가 없어서 가명으로 독살 관광
신청서를 내고 정해진 시간에 버스를 올랐다. 버스 안의 사람은 흥분과 기
대로 가득 찼다. 며칠 저녁반찬으로 할 생선을 잔뜩 잡을 거라던 아주머니
도, 물고기가 집에서 먹던 생선이라는 사실을 모르는 아이도 물고기를 집
어 오르는 연습을 한다. 나는 허공에 추억을 집어 오르는 연습을 했다. 태
안에 도착하자, 마을 어귀에 모르는 사내가 이장완장을 차고 손짓을 하고
있었다. 마을 입구에는 못 봤던 비석이 있다. 익숙하지만 어색한 길을 따
라 갔다.

버스가 이른 시간에 도착해서 바다는 아직 대발을 감추고 있었다. 해송
을 걷다보면 금방 바다가 열릴 거라고 이장은 말했다. 그를 따라 산책로를
걸었다. 해가 솔에 가려서 시원한 바람을 내고 있다. 저만치서 동네아이들
이 놀고 있다. 그와 나의 모습이 서렸다. 껄껄대던 아이들의 목소리가 신
기루처럼 사라졌다. 군데군데 손때가 어렸다. 앞에 놓인 나무기둥을 피했
다. 늘 그 자리에서 넘어졌던 기억이 선명하다. 나무는 솔 향을 핑계로 추
억에 사무치게 했다.

동네 사람 하나가 멀리, 물때가 됐어유! 하고 소리쳤다. 서울에서 관광
온 사람들은 소리가 나는 쪽으로 고개를 돌렸다. 바다는 부끄럽게 벌거숭
이가 되어 있었다. 거멓게 드러난 갯벌은 얼굴에 난 여드름처럼 숭숭 구멍
이 뚫리기도, 빨갛게 달아오른 곳도 있다. 해안을 더 깊게 들어가면 무릎
만치 물이 차오를 적에 물고기가 한가롭게 떠들고 있다. 사람들은 희한한
광경에 탄성을 질렀다. 처음 보는 광경이 신기해서 어머니의 손을 꽉 잡은
아이도 보였다. 아이는 잡은 손을 놓고 소리쳤던 마을사람 쪽으로 뛰어갔
다. 눈치를 보던 어른들도 바다로 가도 된다는 이장의 신호가 떨어지자 우
르르 몰려들었다. 바다 인근에 목장갑과 작은 그물을 준비해뒀다. 자연스
럽게 줄을 서서 하나씩 손에 들었다. 원을 그리듯 빙 둘렀다. 가운데에 이

장이 그물을 치는 방법에 대해 설명을 한다.

─방법은 참 쉬워유. 눈에 뵈는 고기를 그물로 뜨면 되유.

이장을 보며 따라하던 아이가 소리쳤다. 고기다! 아이의 그물에 걸린 고기가 펄떡거린다. 옆에 있던 아이의 어머니도 좋아서 팔딱인다. 너도나도 없이 그물을 모아서 물고기를 잡는다. 나 역시 어린 시절 기억을 되살렸다. 함께 서울에서 온 사람이 많은 탓에 물고기를 잡다가 엉겨 붙어 이리치이고 저리 치였다. 결국 제대로 부딪히고 뒤를 봤더니 낯이 익다. 아이고, 죄송합니다. 라고 말한 사내는 나를 못 알아 본 눈치다. 녀석은 초록색대문 집에 살던 아저씨의 둘째 아들이었다. 나이는 달라도 종종 동네 골목에서 보던 아이였는데. 허리를 곧게 펴고 녀석을 바라보니 낯이 익은 이가 여럿 보였다. 함께 놀던 친구며, 아버지와 친했던 아저씨까지 독살을 하고 있었다. 서울에 생활하는 몇 년 동안 고향에 들린 적은 없지만 외모는 크게 변하지 않았다. 눈, 코, 입도 그 자리인데 나를 못 알아보는 것이 내심 섭섭하다. 바닷물에 비친 내 모습을 봤다. 흙탕물에 엉겨 잘 보이진 않았지만 모르는 사내가 서있었다. 검은 모자를 푹 눌러썼다. 내 마음처럼 바다가 일렁인다. 도태되었다. 관광 온 서울 사람 속에도, 고향 사람 속에도 끼지 못했다. 회사 지하실에 남겨졌던 것처럼 마을에서도 나를 반기지 않았다. 바다가 그림자를 흡수하는 것처럼 존재는 서울의 부징에 지워졌을지도 모르겠다. 나를 가리기 위해 썼던 모자가 부끄러워졌다. 덥수룩하게 길렀던 수염을 잘라서인가, 어쩌면 검은 모자를 푹 눌러써서 일지도. 하지만 변명에 불과했다. 혼란스러운 와중에 발을 간질이는 고기를 잡았다. 독살체험을 하면서 바로 먹을 수 있도록 한 켠에 회를 떠주고 있다. 잡은 우럭을 주자 건넛집에 살던 아주머니가 근사하게 회를 떠줬다. 서울사람이냐고 묻는 아주머니에게 차마 대답을 할 수 없었다. 마을 언저리에 살던 사람은 어디에도 없었다.

회 한 접시를 먹고 다시 바다로 나왔다. 이왕 이렇게 된 거 물고기나 잡

자. 그물을 호기 좋게 잡아 고기를 몰았다. 순식간에 여럿 잡았다. 주변에서도 제법 부러워하는 눈치다. 때마침 서울의 그에게 전화가 온다. 소리소문도 없이 휴가 계를 놓고 온 탓에 급하게 나를 찾는다. 핸드폰의 부재중 전화를 표시하는 숫자가 올라간다. 액정을 바라보다가 바지 주머니에 넣었다. 얼마 전 그의 삼촌이 했던 말 여운이 가시지 않았다. 문득 그의 연락을 받고 보니 그때 감정이 다시 솟아났다. 발길질을 해댄 탓에 주변의 물고기가 도망갔다. 물고기를 몰던 그물이 거칠어졌다. 조금 전까지 박력 있게 고기를 낚던 내가 아니게 되었다. 몇 분째 제자리만 빙빙 돈다. 물고기도 성난 것을 아는 지 내 주변을 피해간다. 무릎까지 차던 물이 점점 들어오면서 허벅지까지 차오르자 급해졌다. 물고기라도 잡아야 분이 풀릴 것 같은데 이것마저도 나를 도와주지 않는다. 황소처럼 거세게 달렸다. 마을사람들은 물이 들어오고 있으니 이제 나가자고 한다. 그때 눈앞에 물고기 한 마리가 한가롭게 거닐고 있다. 내 주변을 알짱거리는 것은 녀석뿐이다. 어림잡아 팔뚝만하다. 살이 통통하게 올라서 회를 발라도 매운탕 국물이 얼큰하게 녹아내릴 것 같다. 좋아, 한 마리만이다. 바지 주머니에서 다시 그의 전화가 울리면서 온 몸에 진동을 냈다. 하지만 그물을 고쳐 잡고 물고기를 잡는데 집중하기로 했다. 눈은 부리부리하게 뜨고 숨을 참았다. 고양이 발처럼 조심스럽게 움직였다. 이때다 싶어 물고기를 재빠르게 낚아챘다. 하늘을 향해 들어 올린 물고기가 그물에 걸려서 축 늘어졌다. 고놈, 힘도 좋아. 그물을 빠져나가려고 안간힘을 쓴다. 다행이 꼬리가 그물망에 걸려서 쉽게 도망치지 못한다. 당당하게 물고기를 손에 든 순간 마을사람들이 손짓을 한다. 뒤를 돌아 볼 세도 없이 누군가 나를 밀쳐서 바다에 빠졌다. 흙탕물 뒤범벅이다. 뿜어져 나오는 이산화탄소가 거품이 되어서 수면위로 올라간다. 그물을 놓치면서 잡았던 물고기가 나를 비웃으면서 유유히 시야에서 사라져간다. 양손을 버둥거렸지만 하필 돌부리에 걸려 쉽게 일어날 수가 없다. 쓰고 있던 모자는 엎어지면서 이미 날아가 버렸다. 허우적대던 손은 나뭇가지 같은 어떤 이의 손을 잡았다. 거친 소리를 내며 간신히 몸을 섰을 때 사내는 말했다.

―큰일 날 뻔 했시유.

　그의 뒤로 무너진 돌담이 보였다. 거세게 물고기를 몰았던 탓에 파도가
일렁여 돌을 무너뜨렸다. 돌에 묻혀서 크게 상처가 될 뻔한 일을 저 사내
덕분에 모면했다. 감사합니다. 하고 찬찬히 사내의 얼굴을 들여다보니 옆
집에 살던 녀석이다. 서울에 있는 그와 친해지기 전에 먼저 사귀었던 친구
다. 어릴 적 모습 그대로다. 까무잡잡한 피부는 더 까매졌고 호박처럼 큰
코가 인상이 깊다. 녀석은 빤히 나를 쳐다봤다.

―옆집에 살던 아, 아닌겨?

　고개를 끄덕였다. 흙탕물을 뒤집어 쓴 탓인지 하얗던 피부가 흙범벅이
되었다. 멀끔하게 입고 왔던 티셔츠가 엉망이 되고 모자는 날아갔지만 옛
날 뛰어놀던 소년 모습이었다. 그때는 옷이 냄새가 나는지도 모르고 흙탕
물에 뛰어들었다. 진흙범벅이 된 옷을 소나무 그늘에서 말렸다. 녀석과 오
랜만에 소나무 그늘로 갔다. 가는 내내 서로에게 말이 없었지만 불편하지
않았다. 바다를 지나 사람들이 몰린 해변가로 왔을 때 근처에 있던 마을사
람들에게 말을 했다.

―동네 인저리에 사는 아가 왔딩께, 싸게 아저씨 좀 불러줘유!
―참말인겨?

　이장은 반갑다고 인사했다. 자세히 보니 건넛마을 초록색대문에 살던
형이었다. 속일 수 없는 주름이 자글자글했다. 그래서 형을 내가 못 알아
봤다고 우스갯소리를 했다. 큰 소리로 웃다가 부모님을 불러 온다며 동네
로 향했다. 옆에서 지켜보던 녀석이 말을 걸었다.

―그 동안 어찌 지냈던겨? 와 소식이 없었던겨?
―미안, 일이 바빴어.

말이 끝나기 무섭게 동네사람들이 몰려들었다. 대추나무집 아저씨는 밭일을 하다 들고 온 호미를 쥐고 있었다. 서로 잘 지냈냐고 안부 묻기에 바빴다. 그리고 회를 떠줬던 건넛집 아주머니가 왔다.

－왔으면 왔다고 해야 되는거 아녀, 모자를 써서 몰랐당께.

바다를 헤매고 있던 모자를 건네주었다. 모자는 물에 잔뜩 절어서 쪼그라들었다. 양손으로 비틀어서 물기를 뺐다. 그리고 일어서서 바지 끝자락을 비틀었다. 물기를 짜내서 여전히 짠내가 몸을 에워쌌다. 한기가 돌아서 떨고 있는 와중에 바지주머니가 묵직했다. 핸드폰은 물에 젖어서 고장이 났다. 옆에서 함께 물기를 털던 옆집의 녀석이 물었다.

－핸드폰 아까워서 어쩐디유.
－괜찮아.

들고 있던 핸드폰을 바다로 던졌다. 물이 흥건했기 때문에 갖고 있어도 소용이 없다. 핸드폰은 포물선을 그리며 돌담을 넘어 먼 바다로 떠났다. 핸드폰이 멀리 떠내려 갈수록 바닷물은 해변으로 들어오고 있었다. 마을 사람들은 초조하게 무너진 돌담을 바라봤다. 내가 왔다는 소식을 듣고 몰려왔던 마을 어르신들이 혀를 찼다.

－무너진 저 대발을 어쩐디유.

이장은 우선 서울사람들을 안전한 해변으로 보냈다. 서로 잡아온 물고기를 자랑하고, 건넛집 아주머니가 썰어 놓은 회를 먹기 바쁘다. 마을 사람들은 장정을 모으기 시작했다. 물이 더 차기 전에 서둘러 돌담을 옮겨야 했다. 돌담이 다 무너진 것이 아니었기 때문에 어려운 일은 아니었다. 하지만 물때가 들어오는 시간이 다가오고 있다. 순식간에 차올라서 담을 세울 수 있을지 가늠이 되지 않았다. 급하게 꾸린 장정 몇 명이라도 바닷가로 향했다. 조금 전까지만 해도 허벅지까지 올랐던 수면이 허리를 향해 뻗어나고 있었다. 그들은 하나씩 쌓아올렸다. 금방 쌓아올릴 것 같았지만 물이 차면서 물길이 사나워졌다. 멀리 지켜보던 나는 물기가 말라가는 바지를 걷어 올렸다. 바다로 뛰어들었다. 대발을 쌓던 옆집의 녀석이,

　―들어오지 말랑께, 위험혀!

　다리에 힘을 주어 바다로 향했다. 솟구치는 파도가 허리를 간질였다. 잠깐 쉬었다고 지칠 기색 없이 양팔을 휘저으며 앞으로 향했다. 이 정도 일은 아무 것도 아니다. 과거, 물살에 휩쓸려 죽을 뻔한 적이 얼마나 많았던가. 손으로 꼽을 수도 없다. 돌부리에 걸려서 코가 깨진 적도 있었다. 장난치던 물고기한테 물려서 날이 새도록 울었다. 아직 허리까지 오는 물에 겁을 먹을 내가 아니었다. 그래, 거북이에게 간도 줄 뻔한 판에. 서울에서 지낸 날이 떠올랐다. 어수룩하게 무작정 그를 따라간 것이 잘못이었다. 세상에 쉬운 일은 없었다. 주는 만큼 내게 되돌아왔다. 나는 결국 떠날 수 없었다. 대발에 걸린 저 물고기들처럼,

　―나도 이 마을 사람이여.

　녀석과 함께 돌을 들어올렸다. 제법 무거웠다. 흩어진 돌을 찾기 위해 물을 먹었지만 그런 것보다도 서둘러야 했다. 한 번 물길을 타면 금방 휩쓸렸다. 마지막 돌을 올려놓고 바다를 뛰쳐나왔다. 거친 숨을 내몰았다. 녀석은 고생했다며 어깨를 쳤다. 내 소식을 마을사람들에게 듣고 기다리던 부모님은 양손으로 내 얼굴을 쓸어내렸다. 팔이며, 다리며 주물러 주었다.

두 번째 세계

우혜린

바로 오늘이었다. 내가 서울에 있었다면 아마 지금쯤 실기 시험을 마치고 막 학교를 떠나고 있을 텐데, 안타깝게도 나는 지금 태안이라는 먼 바다에 쫓겨 와 있다. 한 가지 위로가 되는 것은 이층 방 창문 너머로 비치는 바닷길이 너무나 예쁘다는 것 정도이다. 나는 오늘 하루 종일 바닷길을 바라보며 글을 써내려갔다. 그리고 글을 쓰며 생각했다. 아버지의 선택은 잘못된 것이라고. 아버지는 내가 실기시험을 보지 못하도록 하기 위해 날 이곳에 보냈지만, 나는 이곳에서도 글을 쓰고 책을 읽고 있다. 아직 읽지 않은 책들에 대해 궁금해 하고 쓰지 않은 글들에 대해 생각하고 또 생각하고 있다.

책상에 놓인 '기억의 습작'의 겉표지를 펼쳤다. 이걸로 스무 번째이다. 이 책을 처음 읽는 것처럼 가슴이 떨려왔다. 아버지 몰래 이 책을 숨겨 온 것이 참 잘한 일이라고 생각했다. 이 책이라도 없었으면 난 지금쯤 이곳에서 어떻게든 도망을 시도했을지도 모르는 일이다. 책상 앞에 앉아 '기억의 습작'을 읽었다. 주인공이 스무살 때의 기억을 회상하는 내용의 이 책은 첫 문장부터 나의 마음을 사로잡았다.

잊은 날보다 잃은 날이 먼저였다. 내가 미처 너를 잊기 전에 너는 나를 떠나고 말았다.

혹자는 이 책을 유치하고 뻔한 사랑이야기라 하지만 내 생각은 다르다. 책이 작가의 실화를 바탕으로 한 것이라는 것을 알았을 때 나는 더욱 이야기에 매료되었다. 작가는 지난날의 이야기라며 무덤덤하게 그녀에 대해 이야기 하지만, 나는 그가 아직도 마음아파 하고 있다는 것을 알고 있었다. 작가가 그녀에 대한 이야기를 쓰고 있다는 것 자체만으로도 충분한 증거가 되었다. 너무나 아름다운 일이다. 시시때때로 변하는 세상 속에서 그 자리 그대로 누군가를 기다린다는 것은. 나는 이 책을 접한 후로 이 작가에 대하여 더 많은 정보를 얻기 위해 노력했지만 번번이 실패하고 말았다. 인터넷을 뒤지고 출판사에 전화를 해보아도 작가에 대한 정보를 얻을 수 없었다. 내가 알 수 있는 것은 오직 '이석'이라는 이름 뿐이었다. 심지어 그가 낸 책은 이 '기억의 습작' 단 한 권뿐이었다. 몇 달 간 작가에 대해 알기 위해 고군분투하던 나는 모든 것을 포기하기로 했다. 작가가 이토록 자신을 숨기려 하는 데에는 다 이유가 있을 것이라는 생각이었다. 이대로 작가를 존경하며 책을 읽는 것만으로도 충분했다.

첫 문장을 읽기 시작한 나는 어느새 책의 마지막 부분에 접어들고 있었다. 나는 내가 등 뒤로 약하게 비치는 달빛에 의지해 책을 읽고 있었다는 것을 깨달았다. 스탠드를 켤까, 하다가 손을 거두었다. 이렇게 달이 밝은 것도 오랜만이었다. 나는 책상에서 일어나 반대편 창문가로 자리를 옮겼다. 창문을 열자 쏟아져 내린 달빛은 책을 읽기에 충분했다. 나는 문득 책의 마지막 부분을 소리 내어 읽고 싶다는 생각이 들었다. 책의 마지막은 첫 문장과 같은 문장으로 마무리 되었다.

"잊은 날보다 잃은 날이 먼저였다. 내가 미처 너를 잊기 전에 너는 나를 떠나고 말았다."

그리고 그때였다. 반대편 건물의 창문에서 누군가가 서 있는 것이 내 눈에 들어왔다. 나는 책을 덮으려던 손을 멈추고 그를 바라보았다. 건너편 건물은 모두 불이 꺼진 상태였지만 사람이 있다는 것은 확실히 알 수 있었다. 그리고 그 사람이 나를 향해 서 있다는 것 또한 알 수 있었다. 나는 어둠 속에서 그의 형체를 파악하려 애썼다.

"잊은 날보다 잃은 날이 먼저였다. 내가 미처 너를 잊기 전에 너는 나를 떠나고 말았다."

그였다. 책의 마지막 구절을 읽은 것은 내가 아닌 내 반대편에 있는 사람이었다. 그는 그리 높지도, 낮지도 않은, 아주 익숙한 목소리로 책의 마지막 구절을 읽었다. 나는 그 자리 그대로 몸이 굳어 버리고 말았다. 그리고 나를 더 놀라게 한 것은 그의 다음 말이었다.

"잊을 날이 언제인지 알지 못하여 오늘도 내일도 잊지 못하고 그저 이렇게 홀로 서 있다."

없다. 그가 말한 것과 같은 문장은 책 어디에도 없다. 하지만 그의 입 밖으로 내어진 문장은 책의 마지막에 오기에 너무나 완벽한 문장이었다. 나는 당장 그에게 달려가고 싶었다. 창문을 닫아야 한다는 생각도 하지 못하고 그대로 방을 나가려는데, 창틀에 있던 책이 창문 밖으로 떨어져 버린다. 창밖을 내다보았다. 책은 '철썩' 소리를 내며 바다에 잠긴다. 바닷물은 순식간에 내가 있는 이층까지 차올랐다. 방안의 가구며 종이며 옷가지들이 물에 휩쓸린다. 창틀을 꽉 붙잡고 물살에 떠밀려온 기억의 습작이 손에 닿으려는 순간, 방문이 벌컥 하고 열린다.

"환자분 괜찮으세요?"

파도의 하얀 거품이 벽이 되고, 바닥이 되고, 침대가 된다. 나는 온통 하얀 병실의 창문에 몸을 올리려 하고 있는 나를 발견한다. 간호사의 눈과 내 눈이 마주치는 순간 나는 그대로 바다에 몸을 던진다. '기억의 습작'을 잡기 위해서.

떠들썩하던 태안의 요양원은 오후가 되자 조용해졌다. 찬 복도엔 한 간호사의 전화 통화 소리만 들릴 뿐이었다.

"아니, 병실에서 요란한 소리가 자꾸 들렸대. 뭘 던지는 소리라 했던가? 그래서 김 간호사가 뛰어 가봤더니 눈을 한번 딱 마주치고는 바로 몸을 던졌다는 거야. 사람들 말로는 워낙에 그 사람이 스트레스를 많이 받았었대. 기억의 습작이 베스트셀러 되고 나서 엄청 부담감을 가졌다나. 그래서 약하고 글 쓰고 하다가 우리 병원으로 요양 온 건데. 사람들 말로는 계속 환각에 시달렸다나 봐. 하여튼 아까워 이석. 나도 그 책 읽고 많이 울었는데."

자갈

윤찬혜

보연은 다시 휴대폰을 꺼내 보았다. 빠르게 달려가는 버스 안에서는 사람이 왁자지껄하게 떠들고 있다. 보연은 창가자리에 앉아서 머리를 기댔다. 멀미가 심해 눈을 감고 있었지만 그 보다 마음이 더 어지러웠다. 조금만 더 참으면 휴게소에 들리려나. 보연은 가방에 넣어둔 검은 비닐봉지를 꺼낼까 말까 고민했다. 속이 더욱 더 매슥거렸다. 보연이 몸을 조금 뒤척였다.

맨 마지막으로 비틀거리면서 버스에서 내린 여자는 보연이었다. 어르스름한 새벽녘에 휴게소의 음식점 간판이 형형히 빛나고 있었다. 숨을 깊이 들이 쉬자 어지러움이 조금 가시는 것 같았다. 주변이 좀 더 선명하게 보였다. 보연은 자판기 앞 의자에 앉아 있다가 다시 다른 사람들과 함께 버스로 향했다. 버스에 오르기 직전 보연은 자신이 앉아 있던 벤치를 흘끗 바라보았다. 그녀가 쉬었던 자리에는 그 새 다른 사람이 앉아있었다. 모자를 푹 눌러써서 얼굴은 보이지 않지만, 체격으로 보아 남자인 듯싶었다. 그 모습이 진욱과 너무 닮아 있어서 보연은 잠시 그 남자에게 시선을 빼앗겼다.

"보연아, 안 타?"

친구인 누리가 보연의 어깨를 흔들었다. 보연이 얼른 고개를 돌리고 버스에 올랐다. 자리에 앉자마자 블라인드를 젖히고 벤치를 살폈지만 모자 쓴 남자는 사라지고 없었다. 버스가 출발한다. 휴게소가 점점 멀어져 갔다.

"이거 먹을래?"

보연은 간신히 고개를 들었다. 진욱이 다가와 보연의 손에 물병을 쥐어 주었다. 타과의 학생이었다. 보연은 선뜻 물을 들이켰다. 바닷바람이 시원하다. 물까지 마시고 나니 한결 기분이 나아졌다. 진욱은 돌아가지 않고 보연의 곁을 지켰다. 멀미는 좀 나아졌어? 그가 먼저 말을 걸었다. 보연은 어색하게 고개를 끄덕였다. 낯을 많이 가리는 그녀는 진욱과 간신히 대화를 이어나갔다. 그는 보연에게 자신이 그녀와 같은 대학교 학생이라는 것, 나이가 같다는 사실을 알려주었다. 그건 이미 알고 있는 사실이야. 보연은 마음속으로 그렇게 중얼거렸다. 그녀는 예전부터 그를 알고 있었다. 진욱과 이렇게 함께 대화를 나누는 자신을 수도 없이 상상하곤 했다. 보연와 진욱 사이로 가벼운 바람이 불었다. 보연의 눈에 비친 바다가 더 없이 아름다워 보인다. 엠티를 오길 정말 잘했다. 그런 생각을 하며 보연은 다시 물을 들이켰다.

저녁이 되서야 숙소에 도착했다. 보연은 가방만 내려놓고 벌렁 드러누웠다. 저녁을 먹지 않고 이대로 잠을 청 할 생각 이었다. 누리가 걱정스러운 표정으로 그녀에게 다가 왔다.

"징말 밥 안 믹어도 괜찮겠어?"

"괜찮다니까. 너나 얼른 가."

손을 저으며 쫓아내는 시늉을 하자 누리가 눈을 흘겼다. 여자들이 옷을 갈아입고 하나, 둘씩 식당으로 내려갔다. 누리가 마지못해 일어섰다.

"멀미 때문이야?"

"뭐?"

"진짜 멀미 때문에 밥 안 먹는 거냐고."

팔에 얼굴을 묻은 보연은 대답 하지 않았다. 누리의 시선이 느껴졌다. 곧 누리가 조심스럽게 걸음을 옮겼다. 보연은 눈을 감은 채 그대로 가만히 누워 있었다.

밤늦게 술판이 벌어졌다. 보연은 술을 잘 못했다. 눈치를 보다가 안주를 들고 사람들과 좀 떨어진 한 쪽 구석에 쪼그리고 앉았다. 한숨 자고 일어났더니 허기가 졌다. 보연이 과일 안주를 뒤적이는데 누리가 다가왔다. 얼굴이 홍당무처럼 붉다. 벌써 술을 꽤 마신 듯싶었다. 누리가 사과 한 조각을 입에 넣고 씹었다. 그녀는 안주를 몇 개 더 우물거린 후에, 보연을 불렀다.

"너 힘들지?"

"아니, 나 술도 별로 안 마셨어."

술을 많이 먹어서 힘드냐. 보연은 누리가 한 말은 그런 뜻이 아니라는 것을 잘 알면서도 괜히 말을 돌렸다. 누리는 보연과 진욱이 끝난 뒤부터, 조심스러워 했다. 금방이라도 깨질듯 금이 간 유리 컵처럼 보연을 대했다. 보연은 그런 배려가 마냥 좋지는 않았다. 오히려 부담스럽다. 하지만 누리는 눈치 없이 다시 이야기를 끄집어냈다.

"그래도 너희 진짜 오래 사귀었잖아. 난 너 여기 온다고 했을 때, 애가 자살하려고 오는 건가 싶어서 얼마나 걱정했는데."

누리가 심각한 어조로 말하니, 보연은 웃음이 터졌다. 확실히 살은 많이 빠졌다. 괜히 누리가 마음 쓰이게 만든 것 같아 미안했다.

"나 다 잊으려고 온 거야. 걱정 하지마."

누리가 다시 입을 벌렸지만 보연은 부산스럽게 자리에서 일어났다. 갑자기 평소에 입에 대지 않던 술이 고팠다. 보연은 얼른 사람들 틈에 끼어들었다.

진욱은 재미있는 남자였다. 보연은 진욱과 함께 있을 때, 눈물샘이 마를 날이 없었다. 몇 번이나 화장실에 가서 눈 화장을 다시 고칠 정도로. 그 때, 두 사람은 풋풋한 대학생이었다. 같이 교양 수업을 듣고 항상 붙어 다녔다. 보연은 진욱과 만날 때 자주 들렀던 카페 의자의 까슬한 감촉을 아직도 생생하게 기억할 수 있었다. 진욱은 뭐든 자주 잊어 버렸다. 보연은 그의 그런 점까지도 좋았다. 그는 커피를 마시고 테이블 위에 올려놓은 물건들을 잊은 채로 자주 나가고는 했다. 그것들을 챙기는 것은 보연의 몫이었다. mp3나 핸드폰, 지갑 등을 그녀가 챙기면, 나중에서야 그는 물건의 부

재를 깨달았다. 당황해서 몸 이리저리를 뒤적거리는 그 모습이 보연에게
는 귀엽게 느껴졌다. 다음에 또 만날 이유를 만들기 위해서 일부러 그의
물건을 돌려주지 않은 적도 있었다. 언젠가, 보연은 진욱의 담배를 자신의
주머니에 챙겼다가 돌려주는 것을 잊었다. 세탁기에서 옷 주머니를 살펴
보던 엄마에게 걸려 된통 혼이 난적이 있었다. 그 때, 보연은 억울하기보
다 웃음이 났었다. 자신과 진욱이 어느 새 가까워진 느낌이 들어서, 그래
서 웃음을 멈출 수 없었다.

보연은 뻐근한 어깨를 주물렀다. 늦게 까지 술을 마셨더니 머리가 어지
러웠다. 저녁을 먹고 바로 버스를 타고 돌아가야 하기 때문에 사람들은 바
쁘게 씻고 나갈 채비를 했다. 보연도 얼마 없는 짐을 챙겼다. 문득 보연은
몇 달 전, 기억을 더듬어 보았다. 검붉은 기름에 뒤덮여 있던 자갈들, 지친
표정의 사람들, 닦아도 끝이 없었다. 돌아오는 길에 보연은 뿌듯하기보다
마음이 더 괴로웠다. 비위가 약한 그녀였기에 더욱 그러했을 지도 몰랐다.
보연은 그 기억을 떠올리며 착잡한 심정이 되었다. 어재 끝까지 술을 퍼마
신 누리가 입을 벌리고 정신없이 자고 있었다. 보연이 누리를 흔들었다.
아직, 새벽이었다.

"밥 좀 먹자."

진욱은 보연의 얼굴을 보자마자 대뜸 말했다. 그 말은 곧, 밥을 사달라는
소리였다. 새삼스러울 것도 없이 보연과 진욱은 근처 식당에서 순두부찌
개를 시켰다. 진욱은 모자를 빗지도 않고 양손을 주머니에 푹 찔러 넣은
채였다. 늘어진 추리닝에 늘 쓰고 다니는 검은 모자. 데이트를 하고 있다
가도 뭐한 후줄근한 차림새로, 벌써 둘은 며칠 째 아침을 같이 먹고 있었
다. 그녀는 진욱에게 조잘거리며 말을 붙이다가도 단답하는 연인에게 지
쳐있었다. 더 이상 설렘도 새로움 모습도 서로에게 찾을 수 없었지만, 보
연은 그 속의 안정에 매달리고 있었다. 보연에게는 냄비가 아니라 마치 거
대한 섬이 둘 사이를 가로막고 있는 것처럼 느껴졌다. 그래서 진욱이 자신
에게 눈길조차 주지 않는 것이 아닐까. 보연은 하릴없이 물수건을 만지작
거렸다. 찌개가 끓는 시간이 너무나 길게 느껴졌다.

뺨을 맞았다. 누리가 흥분하며 당장 헤어지라고 고래고래 소리를 질렀

다. 귀가 따가웠다. 보연은 전화기를 조금 귀에서 떼고 누리가 진정하기를 기다렸다.

"개 미쳤대, 진짜? 바람도 핀 것도 용서해 줬더니 이제 네가 아주 만만해 보이나 보지?"

보연은 대꾸하지 않았다. 누리가 열변을 토했다. 그 놈 하는 짓이 맘에 안 든다. 넌 왜 안 때렸냐. 당장 신고 해라. 보연은 집에 들어가지 못하고 아파트 계단에 앉았다. 누리와 통화를 하면서도 머릿속은 온통 진욱의 생각으로 가득 차 있었다. 자신을 때릴 때, 그 눈빛이 너무나 무서웠다. 맞고 나서 그녀가 울면, 그는 진심으로 뉘우치는 듯 한 기색을 보였다. 며칠 동안 연락을 하지 않으면 핸드폰은 문자와 전화로 불이 날 지경이었다. 미안하다고, 용서를 구하며 진욱은 눈물까지 흘린 적도 있었는데. 그런데 오늘은 좀 달랐다. 그는 더 이상 그녀에게 손찌검 하는 것조차 질려 하는 것 같았다. 진욱의 집에서 보연은 집중하고 영화를 보았다. 그래서 진욱의 물음에 대답이 늦었다. 그 이유로 맞았다. 뺨을 올려붙이는 손길이 매섭지 않았다. 너 이제 좀 지겹다. 진욱이 말했다. 헤어지자. 보연은 그대로 가방을 챙겨 진욱의 집을 뛰쳐나왔다. 그 순간 많은 시간동안 힘겹게 쌓아 올리고 틈을 매꾸고, 무너지지 않도록 꼭 쥐고 있던 감정들이 무너져 버린 것 같았다. 보연은 계속 달렸다.

보연이 입을 떡하니 벌렸다. 다른 사람들도 마찬가지였다. 모두들 놀라서 할 말을 잃고 있었다. 그녀의 기억 속에 있던 태안의 모습은 자취를 감췄다. 몇 달 전과 달리, 지금의 태안은 훨씬 깨끗하고 아름다운 모습이었다. 보연의 발치에 굴러다니는 자갈에는 한 점의 기름도 보이지 않았다. 보연과 다른 사람들이 부족한 방제복 대신 챙겨온 우비를 입고 장갑을 꼈다. 수건 하나를 손에 쥐고 보연은 사람들 틈에 섞였다. 기름이 묻은 자갈이 보이자 사람들이 제각기 자갈을 하나씩 열심히 문지르기 시작했다. 해가 뜬 바다는 반짝거리고 아름다웠다. 보연도 자갈을 집어 들고 바닥에 엉덩이를 내려놓았다. 새하얀 수건이 금세 얼룩덜룩 기름으로 물들었다. 돌을 포대에 가득 담아가서 세척 작업을 하는 사람, 바위 틈 사이의 기름을 닦는 사람, 누워서 닦는 사람 등 가지각색 이였다. 보연은 돌을 닦으면서도 자꾸 주변을 살폈다. 바다는 전처럼 검붉지 않았고, 보연도 기름을 닦는 일이 막막하지 않았다. 누리가 옆에서 콧노래를 흥얼거렸다. 보연이 깨끗하게 닦은 자갈 하나를 주머니에 넣었다.

시간은 금방 갔다. 몸 이곳저곳 쑤시지 않는 곳이 없었다. 화장실에서 옷을 갈아 입고 씻을 시간이 없어서 곧바로 저녁을 먹었다. 누리의 카메라로 여러 장 사진도 찍었다. 보연은 한결 후련해진 기분으로 집에 돌아갈 수 있었다. 보연은 옷을 갈아입었다. 주머니를 뒤적거리는데 핸드폰 충전기와 낮에 그녀가 넣었던 예쁜 자갈 하나가 나왔다. 충전기는 아침에 누리가 잊을까 봐 보연이 챙긴 것이다. 지난 몇 년 동안, 보연은 남의 물건을 챙겨 담는 습관이 생겼다. 핸드폰이 울렸다. 보연이 전화를 열었다. 진욱이다. 진욱에게 전화가 와있었다. 연락처는 진작에 지웠지만 아직도 번호를 기억하고 있었다. 꼭 두 달만에 온 연락인데, 보연은 덤덤했다. 그녀가 전화하면 진욱은 틀림없이 부드러운 목소리로 한 번 만나자고 할 것 같았다. 그녀는 일주일 뒤에 진욱과 자주 찾던 식당에서 순두부찌개를 먹고 있을지도 몰랐다. 보연이 전화를 한다면. 다시 위태롭게 만남을 이어갈 수 있었다.

보연은 어제 새벽에 들렸던 휴게소를 떠올렸다. 거기서 그녀는 의자에 앉은 남자를 보고 진욱을 떠올렸다. 태안에 왔을 때도 진욱과 이곳에 엠티를 와서 처음 만난 추억을 되새겼다. 그녀의 몸 구석구석에 아직도 진욱과의 기억이 얼룩처럼 묻어 있다. 보연은 휴대폰을 꺼버렸다. 휴대폰처럼 까맣고 반짝거리는 자갈을 다시 세면대에서 씻었다. 샤워를 해야겠다. 보연은 생각했다. 얼마나 시간이 지나야 씻어낼 수 있을지는 모르겠지만, 오래 걸리지 않을 것이다. 보연은 샤워기를 틀었다. 기분 좋은 향기가 코끝에 맴돌았다. 잠시, 태안을 떠나기 전에 마지막으로 눈에 담았던 바다가 떠올랐다.

멀어지는 것들에 대하여

윤혜은

　지켜봐 주는 사람 하나 없는 겨울바다는 보고만 있어도 마음을 시리게 한다. 저 멀리 파도가 밀려오고 바람은 더욱 세차게 불어온다. 외로운 것이 비단 겨울바다 뿐만은 아니라고, 머리칼 사이로 지나가는 차디찬 바람의 투정어린 속삭임이 들리는 것 같다. 왜 사람들은 겨울바다만이 쓸쓸함을 간직한 채 시린 계절을 견디고 있다 여길까. 겨울바다는 그 한적함을 맛보기 위해 일부러 찾아오는 나그네라도 있다지만, 나는 잠시 생각을 멈추고 크게 숨을 들이쉰다. 사람들의 숨 냄새 대신 비린 바다 내음만이 외로운 공기를 위로하는 만리포를 온몸으로 껴안는 것만 같다. 매일 아침 봄 기운이 만연하다며 한껏 화사하게 차려입은 기상캐스터의 호들갑이 무색하게 느껴지는 순간이다. 다시 한 번 생각에 잠긴다. 꽃샘추위가 기승을 부리는 요즘, 누가 애써 봄 바다를 찾아오려나. 해변가의 망부석이 되어 발자국을 낙인처럼 새기는 내 걸음을 재촉하듯 바람은 멈출 줄은 모른다. 바위 틈 어딘가에 힘겹게 피어나 있을 가녀린 몸이 휘청거리지는 않을까 문득 안쓰러워진다.

　태안은 언제나 관광객들로 인산인해를 이루는 곳이지만 싸늘한 계절 탓인지 이동하는 내내 현지인으로 짐작되는 이 말고는 좀처럼 사람이 눈에 채이지 않았다. 집집마다 듬직하게 서 있는 개들의 울음소리를 따라 구불

구불한 길을 걸어갔다. 개들의 짖음이 잦아들 때쯤 파도소리가 거세게 내 귀를 점령했다. 나는 잠시 걸음을 멈추고 공기와 함께 밀려드는 소리에 집중했다. 초등학교를 가리키는 팻말이 파도처럼 흔들렸다. 바다 옆에 위치한 파도리초등학교. 나의 유년시절의 8할은 바다와 함께였다. 늘 두 뺨과 손등은 빨갛게 부르텄지만 나의 운동장은 흙먼지 일어나는 모래밭 대신 울퉁불퉁한 자갈밭이었다. 발걸음을 재촉할수록 백사장 옆으로 길게 늘어선 검은 갯바위가 점점 가까워졌다. 마치 누군가를 애타게 기다리다 속이 타버린 사람의 심장처럼 보였다. 수평선 너머로 덩그러니 떠 있는 이름 모를 섬에는 누군가 살고 있을까. 나지막하게 보이는 그 섬은 나만큼이나 작았고, 외로워 보였다. 남쪽은 서울보다 따뜻할 줄 알았는데. 옷깃을 여미고 괜히 머쓱해져 해옥[1] 두어 개를 주머니에 넣고 만지작거렸다. 보드랍고 차가운 감촉이 손끝을 울리는 것 같았다.

초등학교 동창 현수를 만나러 시내로 나왔다. 비교적 여유로웠던 우리 집과는 달리 중학교 때 공납금도 제때 내지 못하는 어려운 가정환경이었던 현수를 나는 많이 챙겨줬다. 늘 도시락을 내 양보다 많이 싸가 점심시간이면 수돗가로 달려 나가는 현수를 불러 함께 먹곤 했다. 현수는 돈을 많이 벌고 싶다고 했다. 그럴싸한 장래희망 하나 없이 그저 돈을 잘 버는 사람. 그뿐이었다. 그런 현수는 지금 태안에서 고기를 잡고 있다. 크지도, 작지도 않은 배 한척으로 생계를 유지하고 있는 현수는 이제 막 모항항에 도착해 새벽 내내 잡은 고기들을 내놓고 왔을 것이다. 40대가 되어서는 처음 보는 녀석이니. 거의 10년 만에 보는 얼굴이었다. 바닷바람에 검붉게 탄 얼굴이 나 보다 다섯 살은 더 들어보였다. 어쩐지 나는 녀석에게 선뜻 다가가지 못하고 바라만 보았다.

"임마, 왔으면 말을 하지 왜 멀뚱히 서 있냐 서 있기를. 야 우리 진짜 오랜만인데 넌 어쩜 그대로냐? 나는 어디가면 사람들이 벌써부터 오십 줄로 보는데 아주 죽겠다 죽겠어…… 아무튼 반갑다, 기선아!"

1 파옥 : 파도에 씻긴 작은 돌. 마을의 해옥 전시장에서 구입할 수 있다.

마주 잡은 현수의 손은 험한 바닷일을 해서 그런지 나무장작처럼 거칠었다. 현수는 저 거친 손으로 세 식구를 열심히 먹여 살리고, 그들이 추위에 떨고 있을 때는 포근히 감싸 안겠지. 반면, 기생오라비처럼 보드라운 내 손이 부끄러웠다. 이 나이 먹도록 이렇다 할 고생 한 번 하지 않고 자란 나를 단적으로 보여주는 내 손. 이 손으로는 제 몸 하나 건사하기도 힘들어보였다. 그러니 누군가를 든든히 지켜주고, 평생 잡은 두 손을 놓지 않고 산다는 건, 내겐 너무 힘든 일이었다. 하지만 40평생을 홀로 살아오면서 누군가를 책임져야한다는 부담감보다 견디기 힘들었던 건 외로움이었다.

　"파도리, 벌써 갔다 왔냐? 치사하게 혼자만 어머님 뵈러 가는 게 어딨냐?"

　"뭐 이쁜 얼굴이라고 데려가냐, 그냥 잠깐 눈도장만 찍고 왔다. 그나저나 초등학교, 많이 변했더라? 운동장은 여전히 작은데 뭔 놈의 놀이터가 그렇게 커졌냐. 부럽더라 야"

　"그렇게 공차자고 해도 생전 놀이터는 가지도 않던 놈이 다 늙어서 그런 게 눈에 들어오는 걸 보니 너도 이제야 슬슬 결혼할 맘이 생기는 건가 보다."

　내 나이에 결혼은 무슨. 피식 웃음이 흘러나왔다. 아무리 세상이 미쳐 돌아 딸 자식뻘 되는 여자와도 턱턱 살림을 차린다지만 나는 좀처럼 사랑과는 가까워질 수 없는 삶을 살아가고 있었다. 아마도 그건, 바다로부터 엄마를 빼앗겼을 때부터였을까? 1959년 3월 2일. 바다는 자신의 자식들을 데려가는 엄마를 단숨에 삼켜버렸다. 한없이 자상하기만 했던 바다가, 엄마의 자식들을 먹여 살리던 그 바다가, 엄마를 품어주던 그 바다가, 나의 놀이터였던 그 바다가, 한 순간에 엄마를 앗아가 버린 것이다. 그 후로 나는 기일이 아니면, 굳이 바다를 찾지 않았다. 내가 처음 사랑을 느꼈다면 그건 바로 엄마를 향한 마음이었을 텐데. 몇 번을 다시 태어나도 엄마만큼 사랑할 수 있는 누군가가 나타나지는 않을 것 같았다. 나는 엄마를 잃었는데, 바다는 무엇을 지키려 했던 것일까? 지금껏 나는 누군가의 특별한 도움 없이 매일 떠오르는 하루를 심심하게 살아가고 있지만 엄마 없는 삶을 항상 두려워하고 있었다. 바다를 찾으면 미역처럼 흐물흐물한 엄마가 떠오를까 봐 겁이 났다. 아버지의 만류에도 나는 엄마가 잡아다주는 전복이며, 멍게를 받는 것이 아이들과 뛰노는 것보다 즐거웠다. 그래서 아버지도 갖지 않았던 그 죄책감을 앓고 살아갔다. 뽀글뽀글 거품이 일면 짠하고 나타났던 엄마는 물거품처럼 사라져버렸으니까.

항구를 뛰어다니느라 발이 새카매진 흰둥이 두 마리가 사이좋게 나뭇가지를 물고 다가와 꼬리를 흔들었다. 바닷물에 엉킨 털은 생각보다 부드러웠다.

"세월 참 빠르다. 내가 너 찾으러 파도리에서 얼마나 많이 뛰어다녔냐. 파도리 해옥 하나하나 우리 발길 안 닿은 건 아마 한 개도 없을 거다."

그런 시절이 있었지. 엄마는 갓 잡아온 해산물로 밥을 짓고, 늘 배가 고팠던 현수는 어떻게든 나와 많은 시간을 보내려는 게 눈에 선했지. 사내자식답지 않게 사근사근하고 붙임성 좋은 현수를 엄마는 측은하게 여기기보다 딸처럼 생각했었던 것 같다. 문득 예전 돌잔치 때 봤던 현수네 딸이 생각났다. 자신을 쏙 빼닮은 영은이를 현수는 자신의 분신이라고 입버릇처럼 말했었다. 우리는 현수를 보고 팔불출도 아닌 못 말리는 딸바보라고 놀려댔었지. 욕을 먹고도 뭐가 좋은지 현수는 돌잡이를 할 때도 딸을 품에서 떼어 놓지 않았지만.

"아참, 영은이는 많이 컸나? 그때 봤을 때도 쪼그만 게 아주 똘망똘망 해가지고 나중에 뭐 하나 해도 크게 해 먹게 생겼던데, 고놈 만나면 용돈이라도 줘야겠구만."

"우리 꼬맹이? 해 지나면 이제 초등학교 입학한다, 기어 다니는 거 보면서 아빠소리 한 번 들을 라고 목이 빠졌던 때가 엊그제 같은데…… 진짜 우리 영은이 보고 있으면 세월 참 빠르다는 거 새삼 느낀다니까? 내가 백 번 말해 뭐하나, 결혼식 때 보고 처음 보지? 여기 머리 볶은 여자가 우리 마누라고, 애가 영은이다."

생선 비린내가 절은 패딩잠바 안주머니에서 낡은 지갑을 꺼낸 현수는 그 속에서 너무나도 해맑게 웃고 있는 자신의 가족사진을 보여주었다.

"내가 고생을 많이 시켜서 그래. 너도 그때 봐서 알겠지만 우리 마누라가 좀 예뻤냐. 영은이도 지 애미를 닮아야 되는데 어째 클수록 날 닮아 걱정이다 으허허."

애처럼 어리광을 피우는 현수의 목소리에는 은근한 자랑이 묻어있었다. 그러나 그런 소리는 귀에 들어오지도 않았다. 어느 허름한 시골 사진관에서 찍었을 법한, 군데군데 색이 바랜 사진. 촌스러운 자줏빛 배경을 등지고 더 촌스러운 옷을 입었지만 정작 현수네 가족은 하나도 촌스러워 보이지 않았다. 아내와 영은이의 어깨에 올린 굵고 투박한 현수의 손. 사진 속의 현수는 누가 뱃사람 아니랄까봐 지금과 같은 패딩잠바에 머리는 잘 정돈도 되어 있길 않았다. 하얀 치아를 드러내며 청명한 하늘처럼 투명하게 웃고 있는 현수네 가족. 그 사진에서 웃음소리가 들려오는 것 같았다.

내가 아는 현수는 그렇게 잘 웃는 사람이 아니었다. 오히려 늘 얼굴에 그늘이 드리워져 있었다고나 할까. 장남으로 태어나 모든 짐을 짊어지고 살아야 한다는 부담감에 현수는 늘 지쳐했고 자신이 없는 미래에 불안해했다. 그랬던 현수가 가정을 꾸리고 나서 가장 먼저 달라진 건 바로 얼굴표정이었다. 고된 일을 하면서도 언제나 웃는 현수를 보며 아직 신혼이라 그렇지, 몇 년만 더 지나봐라. 우리들은 비웃었다. 그러나 현수는 서해바다의 일출처럼 더욱 밝아져만 갔다.

어느덧 현수의 눈가에도 깊게 패어 있는 주름을 보며 일이 많이 힘들면 작은 횟집이라도 하나 차리는게 어떠냐고 물었다. 그런 나에게 현수는 임마 이게 다 웃느라 생긴 주름이라고, 아무리 힘들어도 집에 가면 마누라보다 먼저 달려와 품에 안기는 딸 때문에 웃음이 가시질 않는다고 말했다. 생각만으로도 흐뭇한지 눈이 보이지 않을 만큼 웃는 현수의 주름에서도 웃음소리가 들리는 것 같았다. 순간, 지난 시절 나의 모습이 초라하게 오그라들었다. 꿈도, 희망도 없이 되는 대로 걸어온 길의 끝에는 파도리를 좋아했던 작은 소년만이 쓸쓸하게 나를 마주하고 있었다. 얼마나 더 많은 발자국을 남겨야 나는 돌아갈 수 있을까. 잊혀지기엔 너무 아까운 날들, 사라져 가기엔 너무나 소중한 기억을 나는 조금씩 흘려가며 세월에 젖어

가고 있었다.

　가리비구이 두 접시와 소주 한 병 값을 계산하러 카운터로 걸어갔다. 뒷주머니에서 지갑을 꺼내 펼쳤다. 만 원짜리 두 장을 꺼내려는데 텅 비어있는 사진 꽂는 칸이 보였다. 비닐 안에 신줏단지 모시듯 고이 가족사진을 넣어둔 현수의 지갑과는 달리 내 지갑의 비닐 칸은 검은 내부를 그대로 비추고 있었다. 나는 거스름돈을 쑤셔 넣고 씁쓸하게 웃었다. 갈매기 울음소리가 파도에 부딪혀 공허하게 흩어졌다.

　우리는 오후 내내 빨래터에 앉아 수다 떠는 아낙들처럼 시답지 않는 수다를 떨었다. 싸늘한 바람을 뚫고 쨍쨍하게 내리쬐는 햇빛은 우리의 작은 어깨 뒤로 그림자를 길게 늘어트렸다. 맑은 술잔을 기울일수록 이상하게 정신은 또렷해지는 것만 같았다. 그날 밤, 현수네 집에서 묵었다. 술로만 채운 배는 쉽게 허기졌다. 영은이가 뛰어다니는 작은 발소리, 밥 짓는 포근한 냄새가 온 집안을 단단하게 감싸 안고 있는 것 같았다. 나는 잠시 밖으로 나와 공기를 들이켰다. 서늘하면서도 부드러운 엄마의 냄새가 섞여 있는 것도 같았다. 태안은 문을 열고 나오면 어느 곳이던 바다를 느낄 수 있는 곳이었다. 눈앞에 펼쳐진 하늘과 바다, 그 사이의 경계는 모호했다. 어디까지가 바다고, 어디부터가 하늘인지 가늠할 수 없었다. 가느다란 새 발자국만이 신두리 해변의 낙조를 배웅하고 있었다. 두 볼은 금세 얼얼해지고 손 등은 신즉에 살라져 버석거렸다. 쉴 새 없이 바람이 불고, 낙소는 느릿하게 저물어갔다. 나는 주머니에 찔러 놓은 두 손을 바삐 움직였다. 맞부딪히는 해옥이 힘겹게 넘어가는 태양을 재촉하는 것 같았다.

　밤은 아무렇지 않은 듯 나를 스쳐가고 있었다. 유난히 빛나는 두 개의 별 사이에 초승달이 살포시 놓여있어 마치 미소 짓는 것 같았다. 문득, 그 여인이 생각났다. 한숨이 바닷바람 같던 그녀. 기린처럼 뼈마디 하나하나가 가녀렸던 그녀. 신애을 보고 있으면 외딴 섬에 표류된 한 마리의 기린 같았다. 도무지 바다사람 같지 않던 그녀가 웃을 때면 모래가 반짝였고, 파도가 하얗게 부서졌다. 횟집 주방에서 일을 하던 신애의 손에는 늘 칼이 쥐어져 있었다. 당연한 풍경이거늘, 나는 그게 항상 어딘가 불안하고 못미더웠다. 꽃을 좋아했던 신애, 날이 선 그녀의 눈썹이 부드럽게 휘어질 수만 있다면 나는 백사장에서도 꽃을 피게 할 수 있을 것 같았다. 해변가에 새겨진 새 발자국처럼 그녀의 발자국은 작고 위태로워 보였다. 누군가를 보듬어 주고 싶다고 생각했던 건, 그녀가 마지막이 될지도 모른다. 아직도 그곳에 있을까. 나는 별안간 신애의 안부가 궁금해졌다.

"횟집 문 닫은 지 꽤 됐지? 너 서울로 올라가고 얼마 안돼서 신애도 올라갔다고 들었어. 걔가 대학교를 갔어야 했는데, 펜 대신 칼을 잡고 청춘을 보냈으니 그 심약한 애가 안 죽고 그만큼 버틴 게 용하지. 안 그냐?"

현수가 따르는 술이 물방울처럼 떨어졌다. 나를 대신하여 울어준 그 초록빛 물결들이 고마워 나는 자꾸만 병을 향해 꾸벅꾸벅 고개를 숙였다.

"그나저나, 너는 요즘 글 안 쓰냐? 나랑 신애랑 문예반이었을 때가 참 보기 좋았지. 역대 문예반 얼굴 중 가장 베스트 아니었냐. 솔직히 신애가 미인은 아니지만 어디 바다에서 자란 애 같았냐? 파리한 게 한 번 건드려 보고 싶던 남자애가 한 둘이 아니었을 거다 아마. 자고로 여자는 통통해가지고 방실방실 잘 웃는 사람이 좋은 거야 임마"

현수는 이어서 마누라의 자랑으로 한참을 홀로 떠들었다. 그 사이 나는 서너 잔의 술잔을 더 기울였고, 초록색 병이 점점 가벼워질수록 내 위는 무겁게 짓눌렀다. 아무리 기억을 더듬어보아도 나의 습작은 대학시절 어느 구석에 멈춰있었다. 대학교 입학 전 등단을 하겠다며 호기롭게 역사소설을 써내려간 열아홉의 윤기선은 더 이상 어느 곳에도 살아있지 않았다. 내 이마와, 눈가와, 손등에는 채워지길 바라는 노트의 줄처럼 잔주름들이 파도처럼 넘실거렸다. 신애는 어떤 모습으로 변해 있을까? 여기보다 더 나은 어딘가에 살고 있는 것일까. 새삼 어린 날, 신애의 생활을 걱정했던 내가 떠올라 웃음이 나왔다. 그 아이의 자존심이 다칠까봐 물질적인 도움은 어떤 것도 할 수 없었지만 단 한 번 마음을 표현했던 기억이 난다. 그래, 신애의 생일날 시집을 만들었었지. 언젠가는 신애의 목소리로, 그 작고 얇은 입술 사이로 내가 쓴 시가 흘러나오는 날을 상상하면서. 만약 내가 신애를 동정했다면, 그건 나의 결핍을 신애에게서도 보았기 때문이겠지.

유통기한이 44년이나 지난 요구르트를 먹고 쓰러졌다. 눈을 떴을 때 가족들은 주위에 없었고 나는 어디로 가는 지도 모르는 지프차에 몸을 맡긴 상태였다. 정신을 차릴 새도 없이 곧 살인에 가까운 햇볕이 내리쬐는 황량한 들판이 눈앞에 펼쳐졌고 그 가운데 쉴 새 없이 펌프질을 하는 아줌마가 보였다. 물이라도 한 잔 얻어먹을 생각으로 차에서 내려 다가갔지만 녹이 슬대로 슬어버린 펌프 앞에 놓인 노란색의 텅 빈 바가지를 보니 차마 입이 떨어지지 않았다. 내 목마름을 채울 수 없다는 아쉬움 보다는 언제부터 저렇게 무모한 펌프질을 하고 있었던 것일까 하는 안타까움이 더 컸다. 체념한 채 발걸음을 돌리는 순간 바싹 마른 손이 팔을 붙잡았다. 그 땡볕에 서 있었으면서도 나를 잡은 손에는 땀 한 방울 배어있지 않았다. 사람의 손이 아니라는 생각이 들었다. 그 손은 힘없이 떨어진 불씨하나에도 화르륵 타올라 흔적 없이 한 줌의 잿더미로 바스라질 것 같았다. 아줌마는 뭐라고 말을 걸었지만 전혀 알아들을 수 없었고 그 와중에도 다른 한 손으로는 여전히 쇳소리만 내는 펌프질을 멈추지 않았다. 펌프질은 내가 다시 지프차에 올라 아줌마의 모습이 보이지 않을 때까지도 계속 되었다.

다른 곳으로 이동하는 중에도 좀 전에 봤던 아줌마와 같은 모습의 여자들을 몇 명 더 볼 수 있었다. 무의미한 펌프질. 희미하게 들리는 삐걱거림. 뻥뻥 뚫려있는 도로와 달리 목을 조여 오는 것 같은 답답함이 나를 지치게 했다. 1초라도 빨리 이곳을 빗어나고 싶다고 소리쳤다. 그러자 나는 바로 외딴 집에 버려졌다.

지프차가 떠나고 주위를 둘러보자 쇠사슬에 온몸이 묶인 요크셔테리어가 꼬리를 흔들며 나를 반겼다. 그 작은 몸이 움직일 때 마다 쇠사슬은 저들끼리 부딪치면서 강아지를 더욱 옭아매는 것 같았다. 얼마 동안이나 사람의 발길이 닿지 않았던 것일까. 강아지는 필사적으로 앙앙거리며 애써 무거운 사슬을 견뎌보지만 그마저도 얼마 못가 주저앉아 버리고 만다. 내 힘으로는 도저히 손을 쓸 수 없는 사슬이 원망스러웠다. 엉킬 대로 엉켜버린 초췌한 털 사이에서 나를 향해 빛나는 커다란 눈동자를 외면하는 건 너무나 잔인하고 가슴 아픈 일이었다. 혹시나 하는 바람이 역시나 로 바뀌는 시간 동안 강아지는 얼마나 많은 기대를 걸고, 그 기대가 무너지는 순간 얼마나 큰 절망감을 느꼈을까. 그리고 이런 일들이 전에도 반복되지 않았으리라고는 장담할 수가 없기에 나는 더욱 강아지에게 미안한 마음이 들었다.

실망감이 역력한 강아지의 두 눈을 힘겹게 외면하고 몸을 돌리자 이번에는 울타리 없는 외양간에 홀로 서있는 소가 보였다. 놀란 나와 달리 소는 연신 눈만 껌뻑 거릴 뿐 나를 본체도 하지 않았다. 자신을 둘러싼 아무런 장애물이 없는데도 소는 상자 안에 갇힌 것처럼 행동했다. 극도로 제한된 움직임과 일정거리 이상을 움직이지 못하는 모습이 안쓰러웠다. 역시나 내가 할 수 있는 건 아무것도 없었다. 대체 왜 나를 이곳에 떨어트려 놓은 걸까. 갑자기 밀려오는 두려움에 눈물이 복받쳐 올랐다.

곧 지프차는 다시 나를 데리러왔다. 차를 타고 가는 도중에 맨 처음 아줌마가 있던 곳에 내렸다. 텅 빈 노란색 바가지는 여전히 그 자리에 있었지만 아줌마는 어디에도 보이질 않았다. 다만 거미줄이 잔뜩 쳐진 신발 한 켤레만이 황량한 들판 위 아줌마의 자리를 대신하고 있었다.

힘겹게 눈을 떴을 때 나는 교실에 있었다. 교실은 온통 주황빛으로 물들어 있었다. 책을 베개 삼아 포개놓은 두 손도, 창문에 비친 내 모습도 마찬가지였다. 노을이 깔린 운동장에는 아이들의 웃음소리 대신 흙먼지만 나풀거렸다. 신애에게 빌린 책은 희미한 비누 향이 배어있었다. 복도 끝에 위치한 1학년 5반 옆 교실은 방과 후면 문예반으로 사용되고 있었다. 현수 이 자식은 깨우지도 않고 가버리다니. 주섬주섬 가방을 챙기는데 문이 열리는 소리가 들렸다. 쿵쿵, 심장이 뛰었다. 벽을 두드리니 똑똑, 왜소한 뼈마디가 돌아왔다. 걸을 때마다 하얀 무릎을 간질이는 치마, 나는 차마 고개를 들지 못하고 하얀 실내화만 쳐다보았지. 먼지 없는 두 눈동자가 보고 싶었지만 비누방울은 손을 채 갖다 대기도 전에 터져버렸다.

나를 깨운 건 이불 위에서 바스락거리는 집게 벌레였다. 벌레는 퍽 위협적인 집게를 움직이며 나를 마주하고 있었다. 밀려오는 메스꺼움은 간밤에 비운 술잔 탓인가, 머릿속은 고장난 시계처럼 시침과 분침이 어지럽게 돌아가는 것 같았다. 바다 한 가운데에서 소용돌이치는 이 감정은 나를 언제고 쉽게 부서질 수 있는 얄팍한 껍질을 등에 얹은 벌레처럼 만들어 놓았다. 어디로 가는지도 모르고, 그저 부산스레 발을 움직이는 집게벌레. 힘없이 까딱거리는 집게는 차마 신애의 손을 잡을 수 없던 내 손처럼 쓸쓸해 보였다. 자고 일어나도 더 이상 기름이 돌지 않는 얼굴은 어둡고 건조했다. 세수를 하고 떨어지는 물기를 내버려둔 채 얼룩진 거울을 바라보았다. 설렘으로 가득 찼던 청춘이 지나간 자리는 어느새 자연스레 피곤함이 스며들어 있었다.

배꼽구멍

이은섭

"가슴이 너무 아파, 우리 그만 만나."

식당을 문을 열고 나가는 여자의 뒷모습을 보면서 나는 '기간이 만료됐구나.'라고 판단했다. 100년 만의 한파로 바람이 칼날처럼 날카롭던 2월 어느 날이었다. 식당 밖을 나서자 칼바람이 코트와 셔츠, 발열내복을 뚫고 몸을 관통했다. 정말 배에 구멍이 뚫린 것처럼 단전에서부터 냉기가 위아래로 퍼져갔다. 코트 허리끈을 강하게 졸라맸다.

오피스텔 앞 호프집에서 여태껏 나를 차갑게 관통했던 다섯 명의 여자들을 떠올렸다. 첫 여자는 얇고 빈번한 스킨십을 견디지 못하고 도망쳤다. 나는 유난히 추위를 많이 타는 체질이어서 껴안는 행위를 특히 좋아했다. 처음에는 '이 남자 귀엽네.' 이런 느낌이다가 나중에는 '조금 귀찮네.' 결국에는 '너 애새끼야?'라는 말을 남기고 떠났다. 어디까지나 첫 시도였고 첫 경험이었기 때문에 실수가 있기 마련이라고 판단했다. 두 번째, 세 번째 여자들은 유독 오리처럼 엉덩이가 큰 것들이었는데 심심하면 발톱을 깨무는 버릇을 보고 경악을 하며 달아났다. 네 번째 여자는 티라노사우루스처럼 생겼지만 나처럼 껴안는 행위를 좋아하고 이상한 버릇 따위는 개의치 않는 여자였다. 그러나 티라노사우루스는 내 변변찮은 섹스에 실증을 느끼고 작별을 고했다. 마지막 여자는 유난히 가슴이 크고 젖꼭지가 긴 여자였다. 나처럼 껴안은 행위도 좋아하고 이상한 버릇 따위는 개의치 않으며 엉덩이도 크고 성욕도 크지 않은 여자였다. 그러나 매번 잠자리에서 밤새도록 젖꼭지를 빨아대자 젖꼭지가 너무 아프다며 이별을 통보했다. 결국 다, 내가 여자들을 밀어냈다는 결론이다.

이별에 대한 마음가짐도 회가 거듭될수록 달라졌다. 첫 여자는 시행착오로 판단하고 의외로 담담하게 받아드렸고, 두 번째, 세 번째는 '이 정도 절차는 밟아야하는 게 아닐까?'라는 느낌으로 울며 매달리고 떼쓰고 쫓아다녔다. 네 번째는 '그래, 안녕. 잘 가.' 그리고 이제는 '암컷들이란.' 다 똑같다는 결론이다.

창밖의 사람들이 바람이 불 때마다 옷을 여미고 몸을 말았다. 봄이 빨리 와서 이제는 따뜻해졌으면 좋겠다고 생각했다.

분명 신문에서 본 적이 있다. 심각한 지구온난화로 인해 남극과 북극의 빙하가 녹고 있고 때문에 섬나라 일본은 점점 바닷물에 잠기고 있고, 한반도 또한 아열대 기후로 변하고 있어 소나무가 집단 고사하고 있다고.

확실히 지구는 지금 펄펄 끓고 있다고 한다. 냉장고 같은 집에서 새벽 외풍에 눈을 떴을 때, 문득 이런 생각이 들었다. '그런데 왜, 이놈의 집구석만 이렇게 추운거야.'

같은 오피스텔 건물에 거주하는 592세대의 주민들은 용케 이런 추위를 불평불만 없이 잘 견딘다. 혹시 592세내 중 유독 이집만 난방이 세대로 들어오지 않는지 관리실에 문의해보았다. 대답은 이상 없음.

종종 이 추운 집이 더욱 춥게 느껴지는 경우가 있다. 진동이 울리는데 손바닥만 한 핸드폰이 보이지 않을 때, 이불과 깔개 전기장판을 들춰가며 겨우 찾아 문자를 확인 했는데, '이브자리－고객님의 사랑에 늘 감사합니다. 세트 구입 시 패드가 공짜!'와 같은 문자가 찍혀있을 때, 손이 닿지 않는 곳이 가려워 벽에 등을 기대고 위아래로 움직일 때, 베란다 창문에 위아래로 움직이는 내 모습이 비칠 때. 그걸 보고 혼자 웃을 때.

'그래, 조금만 참으면 봄이 오겠지'라는 생각으로 버텼다. 추위를 견디는 시간이 하루 이틀 이어졌다. 체온을 올리기 위해 혼자 운동을 해보기도 했다. 트레이닝복에 오리털 패딩을 걸치고 근처 근린공원에서 조깅을 했다. 공원에는 배롱나무가 줄지어 심어져있었다. 아직 잎이 나지 않았다. 내 눈에는 배롱나무가 커다란 닭발 같아 보였다. 주민들은 모두 가벼운 복장이었다. 간혹 반팔차림도 있었다. 벌써 4월이구나. 그들에게는 봄이 왔다. 나에게는 오지 않았다. 아니다. 나에게만 오지 않았다. 그들의 배롱나무에는 새싹이 올라왔을지도 모른다. 홀로 빙하기에 살고 있는 공룡이 된 기분이었다. 1억 5,000년간 지구를 지배했던 공룡들도 빙하기에 추위를 견디지 못하고 멸종했다.

그날 이후, 내 활동 반경은 점점 좁아졌다. 일단 밖에 외출을 최대한 삼갔다. 모두들 온난화의 시대에 살고 있는데 혼자 빙하기에 살고 있다는 건 눈으로 확인할수록 비참해지는 일이었다. 거실로 나가는 일도 줄었다. 거실에는 전신거울과 베란다 창이 있다. 그곳에 비치는 내 모습은, 추위를 견디지 못해 서서히 죽어가는 한 마리의 공룡 같은 모습이었다. 나중에는 폭이 1m, 길이가 2m정도 되는 전기장판위에서만 활동을 하게 됐다. 전기장판에 배를 깔고 이불을 덮고 FM라디오를 들으며, 때가 되면 근처의 전기밥솥에서 밥을 꺼내 먹고, 잠이 들고 또 라디오를 듣다가 밥을 먹고, 잠이 들고. '공룡의 마지막 피난처가 전기장판이라니.'

그렇게 며칠을 표류하다 보니 몸이 가려웠다. 냄새도 나는 것 같았다. 용기를 내서 이불을 걷었다. 코끝과 발끝이 시렸다. 조심스럽게 발을 내딛어 샤워실 앞에 섰다. 오리털 패딩을 벗고, 트레이닝복 상의를 벗었다. 몸이 심하게 떨렸다. 견디지 못하고 다시 전기장판과 이불사이로 기어들어갔다. 잠시 몸을 녹이고 다시 샤워실로 향했다. 이번엔 바지를 벗고, 팬티를 내렸다. 몸이 더 심하게 떨렸다. 다시 견디지 못하고 전기장판과 이불 사이로 기어들어갔다. 알몸으로 그곳에 들어가 있으니, 암컷 오리가 품은 오리알이 된 기분이었다. 잠시 배꼽서부터 기어 올라오는 따뜻함을 느낄 수 있었다. 배롱나무에 새싹이 올라오는 영상이 잠시 떠올랐다. 그러나 전기장판이 가져다 준 봄은 오래가지 못했다. 같이 호흡할 수 있는 따뜻함이 필요했다.

샤워실에 들어가서야 이 정체모를 추위의 원인을 알았다. 거울에 비친 내 알몸은 흡사 겨울철 잎이 다 떨어진 배롱나무 같았다. 그리고 배꼽 부분에는 탁구공만한 구멍이 나 있었다. 그 구멍 사이로 숨 쉴 때마다 바람 빠져나가는 소리가 들렸다. 아버지 말로는 태어났을 때부터 있던 구멍이라는데, 크면서 거의 메워졌다. 그런데 이십년 만에 다시 구멍이 열린 것이다.

인체에서 배꼽은 티라노사우루스의 앞발처럼 필요가 없는 듯 보이지만 의외로 중요한 역할을 한다. 보통은 그저 탯줄의 흔적으로 알고 있지만 그것은 잘못된 상식이다. 사실 그곳은, 인체를 집에 비유하자면 대문과 같은 역할을 하는 곳이다. 지금 내 집에는 대문이 없다. 당연히 추울 수밖에.

돌이켜보면, 내 인생은 결국 추위와의 싸움이었다. 어릴 적, 나는 태안 황촌리라는 어촌마을에서 자랐다. 아버지는 일을 나가시면 어두워져서야 돌아오셨기 때문에 학교에 들어가기까지 대부분의 시간을 혼자 보냈다. 집에 혼자 있을 때면 배꼽 부분이 허전해서 항상 아버지의 바지를 안고 다녔다. 아버지의 바지에서는 바다 냄새가 났다. 나는 보통 아랫목에 배를 깔고 누워 시간을 보냈다. 그러면 추위가 조금은 덜했다. 그게 지루해지면 뒷집으로 산책을 갔다. 당시에 뒷집은 오리를 몇 마리 키우고 있었다. 암컷 오리들은 항상 엉덩이에 알을 품고 있었다. 오리알은 따뜻해보였다. 오리알을 지켜보고 있으면 배꼽구멍에서 바람 새는 소리가 들렸다. 나는 아버지 바지를 있는 힘껏 끌어안았다. 당시에 나는 고약한 비릇이 하나 있었다. 배꼽구멍에서 바람이 세기 시작하면 무언가를 잡아 물어뜯곤 했는데, 손톱이며 발톱이며 아버지의 바지며, 정말이지 가리지 않고 뜯어 댔다.

하루는 멍하니 암컷 오리 엉덩이를 구경하다가 축사까지 들어가게 됐다. 그리고 암컷오리의 품에 안긴 알들을 오랫동안 지켜보았다. 바람이 불었다. 코끝과 발끝이 시려왔다. 그래서 나는 오리의 목덜미를 물어뜯었다. 오리는 알을 버리고 축사 밖으로 나가려고 날개를 퍼덕거렸다. 나는 아버지 바지를 보따리 삼아 오리알 일곱 개를 모두 챙겼다. 그리고는 암컷오리에게 힘껏 돌을 던졌다. '암컷들이란' 오리는 엉덩이를 흔들며 도망갔다. 집으로 돌아와서 확인해 보니 오리알이 다섯 개만 남아 있었다. 하나는 도중에 떨어뜨렸고 또 하나는 내 품에서 터져버렸다. 아버지 바지에 끈끈한 점액이 흘렀다. 나머지 알들을 아랫목에 두고 조심히 품어보았다. 알들은 아직 따뜻했다. 그렇게 한참을 품고 있다가 그 자세로 깜박 잠이 들었다. 나는 오리가 될 수도 오리알이 될 수도 없었다. 아버지가 돌아오기 전에 냄비에 물을 끓였다. 그리고 품고 있던 알들을 모두 삶았다. 나는 삶은 알 다섯 개를 까서 물도 마시지 않고 입에 넣었다. 목이 메어 눈물이 났다.

아버지는 집에 오자마자 내 뺨을 때렸다. 아프지 않았다. '도둑질은 하면 안 된다.' 아버지의 입에서 술 냄새가 났다. 아버지의 몸이 겨울 배롱나무보다 더 말라보였다. 그래서 아버지가 나보다 훨씬 추울지도 모른다고 생각했다. 오리알을 품듯 아버지 오른쪽 허벅지를 조심스럽게 안았다. '냄새 밴다.' 아버지는 나를 밀어냈다. 나는 오리가 될 수도 오리알이 될 수도 없었다.

그날 이후 배꼽구멍은 좀 더 커졌고 그로인해 전보다 더한 혹한이 나를 덮쳤다. 옷을 여러 겹 입고 이불을 두르고 아랫목에 배를 깔아도 추위가 가시지 않았다. 나는 음경을 바닥에 비벼대며 추위를 견뎠다.

'닫힌 구멍이 왜 다시 열렸을까?' 나는 다시 폭이 1m, 길이가 2m 정도 되는 전기장판으로 기어들어가 원인을 따져봤다. 그러다가 자연스레 '열린 구멍이 어떻게 닫혔을까'를 고민하게 됐고 나중에는 '내 배에는 왜 구멍이 있을까?'로 생각이 번졌다.

중학생이 되어 탯줄, 태반이라는 용어를 이해하게 됐을 때, 아버지에게 물어본 적이 있다.

"나는 왜 배꼽이 없어요?"

"미안하구나."

"나는 어디서 태어났어요?"

"가까이 오지 마라, 냄새 밴다."

"나는 알에서 태어났어요?"

"미안하구나."

아버지는 미안하다는 대답만 할 뿐이었다. 정말, 중생대의 공룡들처럼 알에서 태어났을지도 모른다. 아니면 정말 공룡이거나.

'오리알 절도사건' 이후로는 뒷집에 가지 않았다. 대신 구례포길을 따라 해안가로 산책을 갔다. 사실 그때까지, 어촌 마을에 살고는 있지만 해안가로 나온 기억이 거의 없다. 일단 아버지가 나에게 바다를 보여주기 싫어했고 나 역시 파도소리가 싫었다. 아버지는 지독히 술에 취한 날이면 방에 들어가 혼자 이상한 소리로 흐느끼는데 그 소리가 마치 파도소리와 비슷했다. 당시 나에게 바다는 아버지의 거대한 울음소리였다. 그런데 '오리알 절도사건' 이후 바다가 보고 싶어졌다. 구례포 해변에 가까워질수록 아버지 울음소리가 높아졌다. 들고 있던 아버지의 바지를 더욱 세게 껴안았다. 바다가 보였다. 바다는 쉼 없이 하얀 거품을 밀어냈다. 멀리서 바다를 지켜봤다. 파도는 계속해서 나를 밀어냈다. 바닷바람의 냉기가 배꼽구멍을 관통했다. 단전에서부터 위아래로 혹한이 밀려왔다. 아버지는 한참 동안 울고 있었다.

아버지의 울음소리를 들으며 해변길을 따라 걸었다. 한걸음 내딛을 때마다 배꼽구멍이 벌어지는 기분이었다. 해안을 따라 발자국에 쫓기듯 앞만 보고 한참을 걸었다. 혹한의 추위가 소장, 췌장, 위, 간, 심장, 갑상선을 넘어 머리끝까지 닿았다. 귀에서 이명이 들렸다. 시야가 흐려졌다. 눈앞에 모래벽이 달려들었다. 얼굴에 까칠한 모래알갱이가 느껴졌다. 아버지 냄새가 났다. 그대로 꼬꾸라져 한참을 누워있었다. 빙하기, 모든 동족이 일어 죽고 홀로 최후를 기다리는 마지막 공룡처럼.

누군가 머리를 쓰다듬어 깨웠다. 처음엔 그것이 저승사자라고 생각했다. 그러나 말로만 듣던 저승사자랑은 모습이 좀 달랐다. 분명 검은 옷이긴 한데 뭔가 딱 달라붙는 스키니한 느낌의 옷에, 머리에는 삿갓 대신 엄청난 고글을 쓰고 있었다. 등에는 그물 같은 가방을 메고 있었고 그 안에는 공룡 화석 같은 돌멩이가 가득 담겨 있었다. 뭔가 '공룡들의 저승사자가 아닐까?'라는 추측을 하고 있는데 검은 물체가 양팔로 내 몸을 감싸 안았다. 따뜻했다. 단전에서부터 따뜻한 온기가 올라와 얼어붙은 소장, 췌장, 위, 간, 심장, 갑상선을 녹여주었다. 배꼽구멍에서 김이 올라왔다. 시야가 다시 흐려졌다. 검은 물체는 나를 안고 모닥불로 데려갔다.

검은 물체의 정체는 나이가 아버지뻘은 돼 보이는 잠수복을 입은 아줌마였다. 아줌마의 눈동자는 바다색이었다. 매일 바다를 보다 보니까 눈동자도 바다색으로 물들었다고 했다. 그리고 자신이 마을의 해녀라고도 했다. 해녀들은 이곳 황촌리 해안가 마을에 모여살고 있으며 바다에서 해산물을 캐서 먹고 살고 있다고 했다. 해녀가 커다란 그물에서 공룡 화석같이 생긴 돌멩이를 꺼냈다. 겉은 돌멩이인데 안에는 '배꼽처럼 생긴 커다란 민달팽이'가 들어 있었다. 돌멩이를 벗겨내고 쇠꼬챙이로 민달팽이를 꿰어서 받아 놓은 물에 깨끗이 씻은 후, 모닥불에 구웠다. 민달팽이는 노릇하게 구워졌다. 입김을 불어 민달팽이를 한참동안 식혔다.

"바다의 산삼이라고 하는 전복이란다. 먹어보렴."

"바다에서 나는 건 먹지 않아요."

"그래서 건강이 좋지 않구나, 몸도 야위고, 먹어보렴. 고기라고 생각하고."

해녀가 쇠꼬챙이를 손에 쥐어줬다. 고개를 좌우로 흔들었다.

"어쩔 수 없네, 후회하지 마라."

해녀는 다용도 칼로 노릇하게 구워진 전복을 알맞은 크기로 잘라 입에 넣었다. 씹을 때마다 육즙이 배어나오는 소리가 들렸다. 나도 모르게 침이 고였다. 이번엔 좀 더 크게 잘라 입에 넣었다. 육즙이 해녀의 입 밖으로 흘러 나왔다. 나도 모르게 침이 입 밖으로 흘렀다. 눈물이 날 것 같았다. 마지막 조각이 해녀의 입으로 들어가기 직전, 소리쳤다.

"나도 한 입만."

내 기억 속에 전복의 첫 느낌은 따뜻함이다. 따뜻한 육즙이 갑상선을 타고 흘러 얼어붙은 심장, 간. 위, 췌장, 소장을 데워줬다. 그날 이후 매일 마다 구례포 해변에서 시작하여 해안길을 따라 해녀마을까지 걸어갔다. 아버지 울음소리는 들리지 않았다. 파도도 나를 밀어내지 않았다. 전복을 비롯해서 바다에서 나는 모든 것들은 따뜻했다. 바다색 눈동자의 해녀 아줌마는 갈 때마다 망시리에서 전복을 꺼내줬다. 전복을 먹기 시작하면서 배꼽구멍은 조금씩 작아졌다. 추위는 점점 사그라졌다. 덕분에 국민학교와 중학교를 무탈하게 졸업했다. 아버지는 내가 서울에 있는 고등학교에 진학하길 원했다. 나는 잠실의 큰아버지에게 맡겨졌다.

해녀아줌마와의 마지막 기억은 없다. 세상의 모든 마지막이 애인과의 이별처럼 준비하고 통보하고 인식하고 기억하며 그렇게 끝나면 좋은데, 사실 대부분의 마지막은 준비 없이 통보 없이 그게 마지막이라는 것을 인식하지도 못한 체 끝나버리고 만다.

이불을 걷고 폭이 1m, 길이가 2m 정도 되는 전기장판에서 나와 짐을 챙겼다. 이대로 빙하기에 갇혀 얼어버리는 것보다 봄을 직접 찾아 나서 보겠다고 결심했다. 남부터미널에서 태안으로 가는 버스를 예약하고 매점에서 소주 한 병을 샀다. 아버지 망일 이후로 십 년 만에 찾는 태안이었다. 아버지 유골함을 바다에 던지며 다시는 태안으로 오지 않겠다고 결심했었다. 태안행 버스, 구례포로 가는 마을버스, 구례포 정류장, 구례포 길, 십년 동안 한 없이 멀어졌다고 여겼던 공간인데 생각보다 간단한 절차로 구례포 해안까지 도착했다.

구례포의 바다는 여전히 흰색거품을 밀어내고 있었다. 아버지 울음소리는 들리지 않았다. 아버지는 바다로 돌아가 봄을 찾은 것 같았다. 소주 한 병을 바다에 뿌렸다. '따뜻해 보이시네요.' '난 여기가 편하구나.'라고 대답하는 듯 했다.

해안을 따라 앞만 보고 한참을 걸었다. 배꼽구멍에 바람세는 소리가 들렸다. 다시 혹한의 추위가 소장, 췌장, 위, 간, 심장, 갑상선을 냉동하기 시작했다. 예전에 모닥불이 폈던 자리에는 식당과 함께 운영하는 민박집이 들어섰다. 해녀들은 보이지 않았다. 집주인은 자리를 비운 듯했다. 평상에 앉아서 누가 오기를 기다렸다. 이명이 들렸다. 배꼽구멍에서 시작한 추위가 갑상선을 넘어 뇌신경을 때렸다. 평상에 쓰러져서 누가 오기를 기다렸다.

누군가 머리를 쓰다듬어 깨웠다. 바다색 눈동자의 해녀였다. 해녀가 나를 안아주었다. 따뜻했다. 해녀는 그대로 나를 안고 집 안으로 들어가 방에 눕혔다. 배꼽구멍에서 김이 올라왔다. 시야가 흐려졌다.

아버지와 여자가 손을 잡고 해변길을 걷는다. 아버지는 젊고 건강하다. 아버지는, 크게 웃는다. 아버지가 웃는다. 어느 때보다 따뜻하게. 여자는 눈동자가 바다색이다. 아버지가 모닥불을 핀다. 따뜻하다. 여자는 공룡 알처럼 부푼 배를 쓰다듬는다. 기분이 좋아진다. 따뜻한 물속에서 여자와 아버지를 지켜본다. 배꼽에는 구멍대신 긴 줄이 연결되어 있다. 아버지가 쇠꼬챙이로 전복을 굽는다. 침이 고인다. 여자가 노릇하게 익은 전복을 한입 베어 먹는다. 육즙이 따뜻하다. 더 달라고 재촉한다. 여자는 웃으며 배를 쓰다듬는다. 아버지가 웃는다.

"빨리 만나고 싶어요."

"이제 한 달 뒤면 만날 수 있을 거야. 전복을 많이 먹어. 바다의 산삼이라고 하는 거야. 아이는 분명 건강할거야. 전복을 많이 먹었으니까."

"아이도 우리가 보고 싶은가 봐요."

'보고 있다.'

아버지가 여자를 껴안는다. 아버지와 여자사이에 끼인다. 알몸으로 그곳에 들어가 있으니, 암컷 오리가 품은 오리알이 된 기분이 든다. 그래서 너무 따뜻하다.

미닫이문 열리는 소리에 잠이 깼다. 좋은 꿈을 꾼 것 같았다. 깨는 순간 기억은 사라졌지만 좋은 기분은 오래 남았다. 방바닥이 따뜻했다. 해녀가 밥상을 들고 들어왔다. 세숫대야 만한 냄비에 탕이 끓고 있었다. 뚜껑을 열자, 냄비 안에 전복과 오리고기가 익고 있었다. 방안 가득 따뜻한 김이 가득 찼다.

"우리 민박집이 자랑하는 오리전복탕이란다. 먹어보렴."

"오리고기는 먹지 않아요."

"그래서 건강이 좋지 않구나, 몸도 야위고, 먹어보렴. 닭고기라고 생각하고."

고개를 좌우로 흔들었다.

"어쩔 수 없네, 후회하지 마라."

해녀가 상을 들고 일어나려고 했다.

"군말 없이 먹겠습니다."

상을 들고 일어나려는 해녀를 붙잡고 숟가락으로 국물을 떴다.

입김을 불어서 국물을 식히고 천천히 입에 넣었다. 따뜻한 국물이 갑상선을 타고 흘러 심장, 간. 위, 췌장, 소장을 데워줬다. 저절로 눈이 감겼다.

배롱나무에 새싹이 올라오는 영상이 떠올랐다.

좀 늦었지만, 나에게도 봄이 왔다.

텅 빈 남자

정가을

　눈을 떴는데 실제로 눈을 뜬 게 맞는지도 아리송한 느낌이었다. 숙취로 지끈거리는 관자놀이를 짚을 새도 없이 새 소리가 울렸다. 찌르르르르! 찌르르르르! 무시하고 물을 따라 마시는데 이게 웬걸. 생각해보니 이건 이 집의 초인종 소리가 아닌가. 아내가 떠난 후론 잡상인조차 얼씬한 적이 없어 잊어버린 소리가 뜬금없이 울려대고 있었다.

　그러나 잠시 후 나는 확인조차 하지 않고 벌컥 현관문을 연 것에 대해 깊은 후회를 하고 있었다. 숙취와 그로 인한 구토의 흔적을 제대로 숨기지도 못한 채 흠 잡을 데 없이 잘 차려입은 상대를 마주하는 건 생각보다 위축되는 일이었으니까. 멍하니 자기 넥타이 무늬를 세고 있는 내게 놈이 말했다.

　"아주 폐인이 다 됐구만, 폐인이."

　그 말은 사실이었다. 눈치로 먹고 살던 나는 이제 놈이 비꼬는 건지 걱정하는 건지도 분간이 안 되는 천치가 되어있었다.

　"너도 임마, 어? 니가 나처럼 돼봐라, 어?"

　말을 해본지가 까마득한 목에서 가래가 들끓었다. 듣기 싫고 무안해 말을 멈추니 느낌이 탁한 침묵이 계속되었다. 불편했다. 사실 놈과 나는 그렇게 좋은 사이가 아니었으나 퉁명스레 굴 생각조차 들지 않았다. 그냥 일종의 방전이었다. 나는 숨을 쉬고, 술을 마시고, 그저 눈을 꿈뻑거리며 살아있는 것조차 힘이 들었다. 그게 몇 년 동안 좀처럼 나아지지 않았다.

"태안에 카지노."

엉망으로 어질러진 집구석을 훑어보던 놈이 툭 말을 꺼냈다.

"뭐 새꺄. 내가 도박할 주제냐?"

"도박 말고 일해라."

"……."

"이번에 그쪽에 카지노, 호텔, 리조트 해서 특급 관광시설이 들어설거다."

"카지노 빼고는 원래 있잖아."

"내가 짓는 것도 아닌데 낸들 아냐. 사실 중요한 건 카지노지. 제일 문제가 많은 것도 카지노고……. 알잖냐."

"알긴 알지……."

놈은 곧 돌아갔지만 나는 어쩐지 앉은 자리에서 꼼짝도 할 수 없었다. 심장이 쿵쿵 거리는 소리가 너무 커 불온한 느낌이 들 정도였다. 다시 일을 할 수 있을까? 이제는 물보다 익숙해진 이놈의 술을 끊고 다시 예전처럼, 나도 그 놈처럼 멋들어진 양복을 입고, 사람들 앞에 설 수 있을까. 재기하려면 이번 기회밖에 없다는 마음 속 외침이 강해졌다. 설마 거절하진 않겠지, 이렇게 말하고 놈은 자리를 떴다. 그래, 내가 어떻게 이런 기회를 박찰 수 있을까.

몇 년 전 나는 한 고아원 아동 성폭행 사건을 담당하고 있었다. 사건 자체가 워낙 민감한 사안인 탓도 있지만 당시 사회적 약자의 인권에 대한 관심이 거셌던 영향이 더해져 전 국민과 언론이 사태의 추이를 지켜보는 사건이었다. 나는 민사재판에서 원고 측 변호사였다. 윤리적으로 보나 법적으로 보나 도저히 패배할 수 없는 사건이라 재판이 끝나기도 전인데 사무실에 축제 분위기가 감돌고 있었다. 솔직히 자만하지 않았다면 거짓말이다. 그 탓일까? 법정에 들고 간 최종 서류들이 바뀐 걸 눈치 채지 못한 건?

결론부터 말하자면 나는 그야말로 참패를 맛봤다. 서류 가방에서 꺼낸 자료들의 수치, 날짜, 단어들이 조금씩 바뀌어 전혀 다른 내용이 되어 있었다.

재판 당시 음모에 휘말렸다는 생각 때문에 머릿속이 하애졌다 까매지길 반복했다. 나는 제대로 된 변호를 하지 못했고, 그래서 패했으며, 대중들은 진노했다. 고아원 원장에게 선고된 형량이 사회적 파장에 비해 너무나도 가벼운데 대한 분노까지 고스란히 내가 감당해야했다. 내겐 피고측에서 거액의 뇌물을 받고 일부러 재판을 망쳤다는 혐의가 씌워졌으나 나는 그 부분에서만큼은 하늘을 우러러 한 점 부끄럼이 없었다. 오히려 나야말로 금고에 넣어둔 서류가 도대체 누구에 의해, 어떻게 바꿔치기 될 수 있었는지 몰라서 미칠 지경이었다.

그러나 나쁜 일은 겹쳐서 오고 악몽엔 예고가 없는 법이라 했던가? 나는 결국 아내와도 헤어지게 되었다. 범국민적 악질이 되어버린 내 옆에 있어 달라고 어떻게 잡을 수 있었을까? 나는 아내 뱃속에 있던 첫아이에 대한 의논조차 없이 아내를 보낼 수밖에 없었다. 보통의 낙오자들이 그렇듯 그 후 내 생활은 오로지 술과 담배로 점철되어 있었다. 마약이 불법이 아니라면 그것도 했을지 몰랐다. 입맛이 쓰다는 말을 길다면 긴 인생 처음으로 통감하게 된 나날이었다. 온갖 인터넷 커뮤니티에 그 사건 변호사는 그 때 받은 뒷돈으로 해외에 별장을 사 유유자적 살고 있다느니 새로 생긴 패밀리 레스토랑 체인의 주식을 내가 상당수 가지고 있으니 불매운동을 하자느니 별별 루머가 다 떠돌았다. 죽으라는 말들은 정말로 애교스러운 수준이었다.

처음엔 신문을 끊었고 그 다음에는 인터넷도 끊었다. 전화마저 끊으려던 차에 아내의 출산을 알리는 장모의 전화가 왔다. 그러나 출산일로부터 계산한 아내의 임신 시점에 나는 몇몇의 동창들과 해외여행을 가 있었다. 아내는 내 아이일 수 없는 아이를 낳았다. 장모는 나에게 알리지 말라는 아내의 신신당부를 무시하고 전화를 건 모양이었다. 차라리 장모가 알고 내가 모르는 편이 좋았을 걸. 그러나 되돌릴 수 있는 것은 무엇도 없었다.

내가 입도 뻥긋거리지 않았음에도 아내의 부정이 소문을 탔다. 감 좋은 동창생들 중 누군가가 나와 같은 계산을 해 보았겠지 싶었다. 그러나 지독한 불행은 아직도 나를 놓아주지 않았다. 며칠 후 친하게 지내던 친구가 급하게 나를 찾아와 이혼을 예감한 아내가 후일을 위해 피고 측에 돈을 받고 자료를 바꿔치기 했다는 사실을 말해주었다. 땅 끝까지 추락하는……. 그 느낌은 지금도 말로는 설명할 바가 없다. 배신감 따위는 너무나 가벼운 단어니까.

아내에게 따지고 원망하고……. 마음속에서는 수십 번도 더 죽인 여자에게 실제로는 어떤 연락도 취하지 않았다. 그럴 에너지조차 없었다는 표현이 더 옳겠다. 시간이 지날수록 사건의 파장은 옅어졌지만 나는 여전히 그 자리에 고여 있었다. 살고 싶지 않았지만 죽어서도 안됐다. 다시는 뉴스나 인터넷에 오르내리고 싶지 않았다. 어떤 일로든.

그런 내게 다시 한 번 기회가 온 것이었다. 다시, 다시 한 번 사람처럼 살 기회. 사실 구차한 일이긴 했다. 일을 물어온 놈 역시 업계에서는 날린다는 변호사였으나, 쟁쟁한 사람들로만 구성된 사단에 나를 억지로 끼워 넣기가 여간 어렵지 않았을 것이다. 내가 종용한 일이 아니었으나 모두들 그렇게 생각할 게 뻔했다.

예전, 소위 잘나가던 시절에 입던 양복들은 살이 너무 많이 빠지는 바람에 모두 볼품이 없었다. 밖으로 나가 옷도 사 입고 행색을 좀 다듬었다. 바깥나들이가 도대체 얼마만인지 햇빛이 눈부셔 그아밀로 안구가 터질 것 같았다. 그래도 거울을 보면 초췌하지만 말끔한 남자가 서 있다. 어쩐지 모든 것이 잘될 것만 같은 느낌이었다.

그러나 느낌은 정말 느낌일 뿐이라, 실제로 잘되는 것은 하나도 없었다. 일단 굳어버린 머리가 제일 문제였다. 아닌게 아니라 이번 일이 끝나면 변호사 사단에겐 거액의 보수가 약속되어 있었는데, 나는 내가 받는 돈이 기필코 정당한 보수이길 바랬다. 받지 말아야 할 돈을 받았다는 소리를 다시들을 바엔 그냥 지금 확 죽어버리는 게 나았다.

나를 비롯한 변호사들은 거처를 태안으로 옮겼다. 건축 실무자는 아니지만 그래도 부지를 둘러보고 땅에 대해 알아야 할 필요성이 있었다. 투자자가 모든 건물에서 바닷가가 보이기를 강력하게 희망했기 때문이었다. 나는 어쩐지 다른 변호사들과 잘 어울리지 못했다. 일단 필요한 경비를 개인이 충당하고 나중에 청구해 돌려받는 형식인데, 나는 호텔에 묵을 사정이 안 되어 혼자만 민박을 잡았다는 이유가 제일 컸다. 다들 숙소와 식사를 같이 정해 움직이는데 난 가랑이가 찢어지도록 걸어 겨우 정해진 업무시간에 합류하는 수준이니 친해지는 게 더 이상한 실정이었다. 그래도 불만은 없었다. 나는 아직 사람과 부대끼는 것에 거부감이 들었고, 태안 해안가를 혼자 거니는 것도 참 마음에 들었다. 고작 몇 년 만인데도 식물, 동물, 모래, 바닷물 같은 것들이 모두 요술처럼 신기하고 반짝여 보였다.

살짝 낡은 민박집은 누추하다기보다는 운치가 있는 느낌이었다.
"좋다."
비수기라 다른 손님이 없는 민박집 마루에 누워있으니 절로 그런 말이 나왔다. '좋다'는 말을 해본지가 얼마만인지 가늠할 수조차 없었다. 고되고 피곤한 나날의 연속이었으나 해야 할 일이 주어졌다는 것만으로도 나는 빠르게 생기를 되찾고 있었다. 지금 하는 업무는 곁다리에 불과하므로 곧 더 힘든 날들이 이어질 것이었지만, 그래도 괜찮았다. 나로서는 이 이상 괜찮을 수가 없었다.

하지만 그런 기분은 오래 가지 않았다. 업무가 본격화 될수록 뭔가 이상하다는 느낌이 들었기 때문이다.
"내국인 출입 허용을 추진하겠다니, 카지노 자체로도 말이 많은데 이게 말이나 됩니까?"
"지금 이 사업에 꼴아박은 돈이 얼만데 안되겠습니까. 이러니저러니 해도 결국엔 될 겁니다. 그게 우리가 여기 투입된 이유 아닙니까?"
"주민들도 다 반대하고, 강원랜드만 봐도 그것 때문에 폐인 된 사람이 몇인데……."
"참나, 주민들이 누가 '다' 반대한답니까?"

순간 우리 민박집 주인 할아버지가, 라고 말하려다 관두었다. 말을 멈춘 내 얼굴을 바라보던 실장이 픽 실소를 흘리며 말했다.

"오래 쉬신 건 익히 알지만, 너무 감을 잃으셨네요. 우리 목적은 카지노 건설이지 카지노 운영이 아니지 않습니까. 일단 시설을 지어 놓으면, 그걸 어떻게 이용하든 알 게 뭐겠습니까."

감을 잃으셨네요.

감을 잃으셨네요……. 그 말에 어찌나 자존심이 상했던지 꿈에서도 실장의 말이 메아리칠 정도였다. 나는 안 그래도 부족한 수면 시간을 더 줄이고 일에 매진했다. 아니, 할 수 밖에 없었다. 이 일로 인해 재기를 노리는 만큼 개인적인 생각은 접어두는 게 옳다고 애써 나 자신을 다독였다. '소신껏'과 '눈치껏' 사이에서 내가 취해야 할 처신을 생각했다.

다음 날, 점심식사가 끝나자마자 호텔 부지에 살고 있는 주민을 만나러 갔다. 해안가에서 멀지 않은 곳에 단 한 채 서있는 집은 무척 남루했다. 뚝 떼어다 우리나라 어느 달동네에 얹어놔도 이상하지 않을 집에 등이 굽은 노부부와 개 두 마리가 살고 있다 했다. 대문을 들어서기도 전에 개들이 맹렬한 속도로 달려 나와 다리에 얼굴이고 등을 비벼댔다. 바다에서 놀다 왔는지 발에 있는 털만 진흙으로 물들어있었는데, 그 모습이 꼭 장화를 신은 것 같아 웃음이 났다. 쪼그려 앉아 개들을 쓰다듬는데 같이 온 실장이 질겁을 하며 개들에게 발길질을 했다. 한소리 하려는데 그보다 먼저 등 뒤에서 쩌렁쩌렁한 고함 소리가 들렸다.

"이 놈! 태순이, 태식이! 늬들 사는 집 빼앗으려는 것들이 뭐가 좋다고 들러붙어 부비고 있어!"

돌아보니 피부가죽이 쥐포 같은, 집만치 행색이 남루하면서도 눈빛만은 형형히 빛나는 노인이 손에 그물 뭉치를 들고 다가오고 있었다. 실장이 재빨리 개들을 쓰다듬으며 예뻐하는 척을 했으나 노인장의 싸늘한 눈빛을 덥히지는 못했다. 웃음을 참지 못한 채로 노인장에게 정중한 인사를 건넸는데 마치 인사를 하지 않은 것처럼 무시당하고 말았다.

우리는 잘못을 빌러 선생님을 찾아온 꼬마 개구쟁이들처럼 주춤주춤 집 안으로 발걸음을 옮겼다. 마루에 걸터앉아 들고 온 그물을 정리하던 노인은 여전히 우리를 본 체도 하지 않았다. 참을성 없는 실장이 먼저 말을 걸었다.

"어르신, 저희가 마뜩치 않으신 것은 물론 백 번 이해합니다. 그래도 이야길 한 번 들어보시면 어르신께도 그렇게 나쁜 이야긴 아닐 겁니다. 저희는 최대한 주민들을 배려한 보상 체계를 구축……."

"보상 같은 소리! 멀쩡히 잘 사는 노인네들 쫓아내고 어디다 감히 도박장을 짓겠다고……."

"어르신, 카지노만 들어서는 게 아닙니다. 여기 특급호텔 지어 놓으면 관광객도 늘 거고, 그러면 지역경제 살아나고. 결국 누이 좋고 매부 좋은 일 아니겠습니까." "어디서 말대답이여, 요 싸가지 없는 놈이! 그렇게 사는 거 아니여. 늬들 환장하는 회니 게니 하는 게 다 어디서 나오는 지도 모르고. 너들 같은 놈이 꼭 바다는 바다대로 밀어버리고 해산물은 해산물대로 신선한 것만 쳐먹지. 돈 비린내 역하니까 내 집에서 썩 꺼지지 못해!"

"그러지 마시고, 여기 이 도표를 한 번 보시면……."

"누구한테 약을 팔어 지금! 이 도둑놈들아. 너들이 누군지도 모르고 비벼대던 저 개들 보라고. 쟤들 어미, 그 어미의 어미 때부터 여기 이 자리서 나고 자랐다고. 나한텐 돈 준다 치고 쟤들한텐 뭘 줄거여, 어? 그러면 쟤들뿐이여? 여기가 집인 모든 것들한테 보상 해줄 거냐고?"

결국 우리는 더 이상 버티지 못하고 철수할 수밖에 없었다. 흐드러지게 욕을 얻어먹은 실장은 의외로 기분 나빠하는 기색 없이 결연했다. 나를 차로 데려다주는 와중에 실장이 말했다.

"아까처럼 그렇게 가만히 있으면 안 됩니다. 말하는 게 직업인 사람이 왜 한마디도 못하고 있습니까?"

"말해봤자 씨알도 안 먹히잖습니까. 영감님 말씀도 틀린 게 없고……."

"지금 장난합니까. 그래도 말하다보면 씨알 정도는 먹히고, 그러다가 씨알보다 큰 것도 먹히고 그러는 겁니다. 무안해하다 보면 끝도 없습니다.

이런 일 셀 수 없이 많으니까."

그날 저녁, 씻고 나서 하릴없이 마루에 걸터앉아 별을 보고 있었다.
'저건 금성이고, 저건……. 북두칠성.'
그래도 신나지가 않는 게 어쩐지 의욕이 점차 줄어들고 있었다. 일을 계
속할수록 회의감이 드는 걸 막을 길이 없었다. 건설 예정 부지에는 오늘
방문했던 영감님의 집 같은 사유지뿐만 아니라 국유지도 포함되어 있어
어지간히 복잡한 문제가 아닐 수 없었다. 게다가 카지노 건설 반대 시민단
체가 투자 유치 과정에서의 불법 로비를 눈에 불을 켜고 찾고 있는 실정이
었다. 꼬리를 잡히면 돈으로 막고, 결탁한 정치인들이 권력으로 막아내는
악순환이 계속 되고 있었다. 결코 일의 청결함을 따질 입장이 아닌데도 자
꾸 마음 한 쪽이 텁텁해졌다.
"오늘 김씨 집에 갔다며?"
민박집 주인 할아버지였다.
"예."
"욕만 얻어 쳐먹구 쫓겨났다던데. 원래 그 영감 목청이 장난이 아니거
든."
노인이 악의 없이 웃으며 막걸리를 한 잔 따라주었다. 전혀 힐난하는 기
색이 없는데도 왠지 대답할 말이 떠오르지 않았다.
"자네 빌아준 짓 때문에 동네 사람들이 나한테도 난리어. 잘해, 그러니
까."
"……죄송합니다."
"내가 여기서 민박을 놓구 있지만서두. 이걸로 부자 되려고 이러는 건
아니거든."
"예."
"그렇지 않겠어? 아까 그 김씨 같은 사람들 봐. 아니 이 동네 사람들이
다 그래. 여기가 좋아서, 이 바다가 좋아서 살고 있는 사람들이지, 물고기
잡을라구 여기 살겠어? 여기 살고 싶어서 물고기 잡는 거지. 민박도 놓구."
"……."

"자네들두 자네들 사정이 있겠지만. 이 바다가 어떤 바단데……. 기름때다 걷어내고 물 맑아진지 얼마나 됐다구 코쟁이들 끌어들여 도박판을 만들어. 어디 그런 사람들이 걸어 다녀? 깜장 차 지나다닐 도로 내고 그러다 보면 끝이 없는겨. 앞길이 구만리인 젊은이들 여기서 인생 망치구, 다신 이 좋은 데를 쳐다두 보지 않겠지."

"……."

"자네들이 또다시 이 바다에 죄를 짓고 있는겨……."

어쩐지 잠을 이룰 수 없는 밤이었다.

'자네들이 또다시 이 바다에 죄를 짓고 있는겨…….'

밤바람에 흩어진 노인의 말이 신경을 붙잡고 놓아주지 않는 탓이었다. 어느덧 태안에 내려온 지 한 달이 지나고 있었다. 나는 절름거리는 다리로 맹렬히 코스를 달리는 마라토너에 나를 투영하곤 했다. 교묘히 법망을 피하는 방법을 찾아내고, 사탕발린 말로 주민들을 설득하는 것이 그만큼 고결한 일인지에 대한 생각은 전혀 하지 않은 채로.

나는 불현듯 몇 년 전의 실패를 떠올렸다. 내 인생을 찢어발기고 떠난 여자의 얼굴, 나를 비난하는 사람들, 나로 말미암아 범인에게 푼돈을 보상받게 된 고아원 아이들의 눈빛이 차례로 눈앞을 스쳐갔다. 부, 명예……. 결국 언제든 나를 떠날 수 있는 것들을 쫓아 다시 이 곳까지 왔다는 말인가. 그 사실을 왜 지금에서야 깨닫게 된 것일까. 후회와 회한이 바닷물처럼 밀려들어 떠내려갈 줄을 몰랐다. 마음속에 그 물들이 가득 차, 빨리 내보내지 않으면 익사체가 되어버릴 것만 같은 느낌이었다.

결국 며칠 후 나는 사표를 제출했다. 실장이 알이 얇은 안경 너머로 돌았냐는 눈빛을 보냈으나 미련은 없었다. 이미 일의 진척사항을 꽤 알고 있는 내게 듣도 보도 못한 높은 사람이 직접 찾아와 눈치를 주었다. "선생께서도 이미 잘 알고 있겠지만~."으로 시작하는 무언의 협박을 한 귀로 흘리고 사무실을 나오는 기분이 그렇게 홀가분할 수가 없었다.

민박집으로 돌아와 짐을 꾸리는데 저 멀리 해변에서 빨갛게 지는 노을이 아름다웠다. 오늘의 끝은 내일의 시작을 예고하기에 나는 더 이상 해가 지는 것이 불안하지 않다. 민박집 할아버지께 감사 인사를 드리고 돌아서 는 발걸음이 날개가 달린 듯 가볍게 느껴졌다.

공간의 기억

정예솔

할아버지를 강에 뿌렸다. 엄마는 마른 얼굴로 내 손 끝을 바라볼 뿐이었고, 아빠는 그저 고개를 숙이고만 있었다. 이모들 또한 마찬가지였다. 할아버지를 손끝에서 영영 떠나보내는 이 순간까지, 우리는 너무나 조용했다.

조금 전까지 할아버지의 유골이 담겨 있던 상자를 덮고 몸을 돌렸다. 메마른 표정으로 나를 바라보는 가족들의 얼굴이 보기 싫어 고개를 숙이고 그곳을 도망치듯 빠져나왔다. 사실 나도 그곳에 서있던 가족들과 다를 것이 없었다. 나도 그저 하나뿐인 손자로 '해야 할 일'을 했을 뿐이었기에. 하지만 나 또한 그 사실을 알고 있음에도 불구하고 그 표정들을 바라보는 것이 너무 싫었다. 그 얼굴들을 마주하다보면 나까지 메마른 사람이 되어버릴 것 같아서였다. 할아버지 댁에 돌아오자마자 빠르게 옷을 갈아입었다. 군 제대 후 간간히 아르바이트를 하며 지내고 있던 차에 할아버지의 부고 소식을 듣고 부랴부랴 내려온 이곳에서 내가 일주일간 한 것이라곤 예의 슬픈 표정을 지으며 말라버린 입을 꽉 다물고 있는 것뿐이었다. 정신이 피폐해질 것만 같았다. 얼른 이곳에서 벗어나고 싶었다. 친구들과 가벼운 농담을 주고받으며 걱정없이 술을 마실 수 있는 서울이 그리워졌다. 다함께 모인 것이 얼마만인지 기억도 나지 않는 가족들 걱정은 나중 문제였다.

"버스 터미널이요."

택시를 타고 멍하니 창밖을 내다보았다. 창밖으로 낯선 풍경들이 스쳐 지나갔다. 정말 조용한 곳이라고 생각했다. 길에는 매서운 겨울바람에 옷 깃을 여미는 노인들만이 간간히 보일뿐이었다.

"관광하러 오셨나?"

택시 기사가 물었다.

"아니요, 할아버지 댁에 잠깐."

"딱 보니까 서울 사람이구만."

"네. 급한 일이 있어서……"

"나도 서울에서 살다가 내려온 지 한 오 년 됐나. 서울보다 훨씬 살기 좋지, 태안이. 암. 사람들도 좋고. 요새는 관광이다 뭐다해서 사람들도 많이 찾아."

"네. 좋죠, 태안."

쉴새없이 말을 하는 택시 기사의 말을 한 귀로 흘리며 스치는 풍경들을 눈에 담았다. 초등학교 6학년 겨울 방학. 그 때부터 정확히 10년이 지난 24살의 겨울, 지금. 그동안 나는 얼마나 많은 것들을 버리고 또 담아왔을까.

"할아버지 댁에는 처음 와보는 건가?"

"아니요. 어렸을 때 잠깐 지냈었어요. 두 달 정도."

"얼마 안 지냈구만. 낯설겠어."

13살의 나는 참 감상적이었다. 그리고 그 때문에 할아버지 댁에서 지내는 동안 스스로를 힘겹게 만들곤 했다. 나는 그곳에서 말없이 TV를 보고, 밥을 먹고, 잠을 잤다. 그리고 어느 순간부터 머리카락이 한 뭉치씩 빠지기 시작했다. 그 때가 아마, 그런 생활을 한지 보름쯤 지났을 때였다.

태안에 처음 오던 날, 엄마의 손에 이끌려 억지로 태워진 버스 안에서 나는 한참이고 울었다. 초등학교 6학년 겨울방학이었다. 한창 변화에 예민할 시기였음에 나는 할아버지 댁에 도착해서도 꽤 말을 안 들었던 걸로 기억

한다. 친구들과 실컷 놀 수 있는 방학을 이곳에 빼앗겼다고 생각했다. 이곳에 도착하기 전까지는 얼굴도 몰랐던 할아버지가 살고 계시는 외갓집에서 내가 할 수 있는 거라곤 방에 앉아 멍하니 TV를 보는 것뿐이었다. 그때가 아마 엄마와 아빠가 별거를 시작했을 무렵이었다. 당시 엄마에게나 아빠에게나 거슬리는 존재였던 나는 겨울방학 두 달여 간을 태안에 갇혀 지냈다. 둘 사이에 정리할 것이 많다는 핑계로 할아버지에게 억지로 나를 떠넘긴 엄마는 할아버지 댁에 도착하자마자 뒤도 돌아보지 않고 도망치듯 서울로 올라갔다. 혼자서 갈 수 있던 데라곤 동네 슈퍼와 할아버지 댁밖에 없었던 내게 태안은 감옥과도 같았다. 태안에 도착하고 보름간 나는 로빈슨 크루소가 된 기분이었다. 그 순간이 내게는 인생 최대의 시련과도 같이 느껴졌다.

  바람이 매섭게 창을 때렸다. 철컹철컹하는 소리가 시끄러워 TV볼륨을 평소보다 10이나 올려서 보고 있던 참이었다.
  나와 봐라.
  삐그덕 거리는 문소리와 함께 할아버지가 방으로 들어왔다. 나는 상체를 일으켜 엎드렸던 몸을 바로 했다. 새벽 6시가 다 되어가던 참이었다.
  왜요?
  갈 데가 있다.
  자기 할 말만 한 후 뒤돌아선 할아버지의 뒷모습을 바라보다가 몸을 일으켰다. 나는 외투를 챙겨 입고 할아버지를 따라 나섰다. 할아버지는 마당에 있는 오토바이에 키를 꽂고 나를 기다리고 있었다. 식사를 챙겨주는 것 외에 아무런 간섭도 않던 할아버지의 행동이 의아하게 느껴졌지만 무슨 일을 시키려나보다, 싶어 아무 말도 하지 않고 할아버지의 뒤에 앉아 허리를 꼭 껴안았다. 그렇게 울퉁불퉁한 시골길을 달리는 오토바이 뒤에서 차가운 바람을 맞으며 도착한 곳은 바다였다. 머릿속까지 시릴 정도로 차가운 바람이 불던 그 바닷가. 바닷가 입구에 있는 낡은 표지판에는 '만리포 해수욕장'이라고 쓰여 있었다. 사람은 한 명도 없었다. 나와 할아버지, 그리고 오토바이 뿐이었다. 너무 이른 시각이라 식당 문도 다 닫혀 있었다.

이 시각에 나를 이곳에 데려온 할아버지의 저의가 궁금했으나 아무 말도 하지 않았다. 오랜만에 시원한 공기를 마시니 기분이 좋아졌기 때문이었다. 사실 금방이라도 바다에 뛰어들어 놀고 싶은 마음이 굴뚝같았으나, 할아버지 앞에서 그런 행동을 한다는 것도 창피했고, 얼음장 같은 바다 속에 들어갔다가 나왔을 때 나의 모습이 눈앞에 선명해서 꾹 참았다.

여기서 잠깐 기다려라.

반짝거리는 눈으로 바다를 바라보고 서있던 내게 할아버지가 말했다. 할아버지는 입고 있던 외투를 벗어 내 어깨위로 덮어주고는 말없이 오토바이를 몰고 사라졌다. 요란한 소리를 내며 사라져가는 오토바이는 신경도 쓰이지 않았다. 할아버지가 언제 돌아올 것인지도 걱정되지 않았다. 그저 기분이 좋았다. 나는 어둑한 새벽이 깔린 모래사장에서 혼자 장난을 치며 놀았다. 동이 틀 때까지 그 근처를 추운 줄도 모르고 뛰어다니며.

"아저씨."

"응?"

"만리포는 여전하죠?"

"아유, 거기 말도 마. 얼마나 좋게 변했는데. 무슨 해안길인가 조성한다고 이름도 새로 붙이고. 그것 때문에 관광객도 많이 늘었다니까?"

"해안길이요?"

"응. 만리포는 아마…… 바라길이던가."

여전할 것만 같았던 그곳이 변했다는 소리를 듣자마자 심장이 마구 뛰었다. 내 13살의 겨울방학을 지배하고 있는 그곳이 문득 보고 싶어졌다.

"아저씨, 차 좀 돌려주세요."

바다, 내게 바다는 조금 이상한 의미다. 남들에게는 그저 무더운 여름에 찾는 관광 장소에 불과할지 모르겠지만, 내게 바다는 하나의 탈출구와도 같았다. 새벽에 밭에 가기 전 나를 바다에 데려다주던 할아버지 덕분에 나는 하루도 빠짐없이 그곳에 들러 바다와 함께 시간을 보냈다.

그리고 그곳에서 그녀를 처음 만났다.

아침을 먹기 전 다시 바다에 들러 나를 집으로 데려가던 할아버지와 그 같은 생활을 얼마나 반복한지는 잘 기억이 안 난다. 다만 그것이 일상처럼 느껴질 무렵이었다. 까무잡잡한 피부에 광대뼈가 도드라져 보이는 얼굴이었다. 선한 인상은 아니었으나, 왠지 모르게 시선이 가는 얼굴이었다. 나이는 아마 고등학생 정도. 딱 보기에도 두툼한 외투를 입고 한 허름한 횟집 앞에 그녀는 앉아 있었다. 바람 때문에 뒤로 날리는 새까만 머리 사이로 드러난 양 볼과 귀는 새빨개져 있었다. 그러나 그녀는 미동도 하지 않았다. 새벽녘, 문도 열지 않은 횟집 앞에 쭈그려 앉아있던 그녀의 눈은 바다 너머를 향해 있었다. 그냥 보고 있었다, 바다를. 보고 있어도 자꾸 그리운 마냥.

나는 어린 나이였지만 사람의 주변을 감도는 분위기 정도는 파악할 수 있었다. 그녀의 상태가 좋은 상태는 아님. 나 또한 이 답답한 공간에서 바다를 보며 해방의 기분을 느끼고 있었으니, 그녀 또한 비슷한 상황이라고 추측할 뿐이었다. 분위기 때문에 사람이 아름다워 보인다는 것을 13살의 겨울, 그 때 나는 처음 알았다. 단순히 누군가를 좋아하고 설레서 그 사람이 아름다워 보이는 것이 아니라 그 사람이 갖고 있는 분위기에 매료되어 반한다는 느낌. 지금 생각해보면 내게 탈출구와 같았던 바다를 하염없이 바라보는 그녀가 나 이상으로 바다를 원하고 있어 더 안타깝고 쓸쓸해 보였다.

그녀를 처음 본 날, 나는 할아버지가 나를 데리러오기 전까지 모래사장에 쭈그려 앉아 하염없이 그녀를 훔쳐보았다. 찬바람에 얼음이 되어버린 것 같은 그녀의 옆얼굴을 바라보다가 흠칫 놀라다가 이러기를 여러 차례였던 것 같다. 크나큰 할아버지의 외투를 어깨에 두르고 동이 들 때까지 나는 그 자리에 앉아 내게는 시선조차 주지 않은 그녀에게 엇갈린 시선을 보냈다.

하늘에서는 비가 부슬부슬 내리고 있었다. 이슬비가 내 얼굴 위로 가볍게 떨어졌다. 멀리 보이는 빨간 등대를 눈에 담다가 어두워진 하늘을 올려다보니 먹색의 구름이 바다 위에 잔뜩 껴있었다. 터미널을 가던 택시를 돌려 다시 돌아온 만리포는 많이 변해 있었다. 전에 없던 식당들과 안내 표지판, 다양한 구조물들이 만리포 주변을 가득 메우고 있었다. 내 옆으로는 바다를 향하는 가느다란 물줄기가 천천히 흐르고 있었고, 관광객들로 보이는 무리들이 소리를 지르며 해변을 내달리고 있었다. 내 앞에 펼쳐진 광경은 친숙했으나 낯설었다. 오롯이 나와 그녀만의 공간이라고 생각했던 그곳이 사라진 기분이었다. 그 때 그 분위기도, 바람도, 공기도, 그리고 그녀도 모두 사라지고 없었다. 태안에 돌아와 기대할 곳이라고는 이곳 한 곳 뿐이었는데…… 이상한 기분이 들었다.

아즈매 들었소? 그 최 씨네 딸 자살했대유.
그 가시나 심상치 않더만 결국 그랬댜?
겨어. 지 엄니는 베락 맞았지유. 뭔 놈의 가시나가 그래 독한지.
아서. 누가 들음 또 숭본다고 뭐라 하냐.
깝깝스러워서 그랬쥬. 누가 숭을 본다고…….
그 때가 아마 감기가 심하게 들어 바다에 나가지 못한지 일주일이 되던 때였다. 할아버지를 조르는 것도 포기하고 방에서 산 송장마냥 누워 있다가 겨우 몸을 추스르고 동네 슈퍼 앞을 서성이고 있을 때, 대파를 잔뜩 담은 소쿠리를 이고 지나가던 아줌마들의 대화 소리가 내 귀에 와서 박혔다.

그녀에게 바다는 어떤 의미였을까. 그녀와 함께 했던 그곳을 감옥 같은 이곳에서 유일한 위로가 될 수 있는 곳이라고 여겼던 나에게 그녀의 소식은 충격이었다. 삼일이었다. 그녀와 함께 했던 시간은 고작. 그 삼일이 내게는 태안에서 지냈던 날들의 전부였다. 다른 건 아무것도 기억나지 않았다. 그녀가 바다에 나온 날이면 그녀의 얼굴을 바라보는 것으로, 그녀가 바다에 나오지 않은 날이면 언제쯤 그녀를 볼 수 있을까 애타는 기다림의 마음으로. 내게 바다는 그런 장소였다. 얼마만큼 바다를 동경해야 그곳에 뛰어들 수 있는지 나는 짐작도 하지 못했다. 열병을 앓고 난 후, 나는 다시 예전처럼 바다에 나갔으나 그녀의 얼굴은 볼 수 없었다. 아줌마들이 그렇게 떠들어대던 최 씨네 딸이 그녀라는 것을 부정하고 싶었으나, 부정할 수 없었다.

　다시 돌아온 이곳에서 나는 그 때의 기억을 떠올렸다. 지금도 눈앞에 선하게 그려지는 그 때 그 새벽. 단지 바다가 아니던 그녀를 담고 있던 공간. 그러나 그녀를 떠올릴 것이 하나도 남아있지 않게 된 이 공간. 며칠을 바다에 더 나가던 나는 더 이상 그녀를 볼 수 없음을 깨닫고 더 이상 바다에 나가지 않았었다. 할아버지 또한 내게 그 이유를 묻지 않았다. 신이 난 얼굴로 따라나서던 내가 이불 속에 틀어박혀 식음을 전폐하고 누워있는 것을 보고는 밥조차 권하지 않았다. 그로부터 얼마 지나지 않아 엄마가 나를 데리러 할아버지 댁에 찾아왔을 때까지도 나는 아무런 말을 하지 않았다. 자살한 최 씨네 딸이 내가 보았던 그녀의 인상착의와 같은지, 어떤 사람이었고, 어떤 식으로 생을 마감한 것인지 궁금하긴 했지만 묻고 싶지는 않았다.

　서울에 올라가 중학교, 고등학교, 대학교를 다니며 수없이 많은 바다를 보러 다닐 때마다 그녀를 떠올리지 않으려 노력했지만 나도 모르게 바다를 마주보고 앉은 그녀를 떠올렸다. 지금 생각해보면 그것도 하나의 공포가 아니었을까, 생각한다. 나와 같은 눈으로 바다를 본다고 생각했던 그녀가 사실은 다른 눈으로 바다를 바라보고 있었다는 사실이, 그리고 그것이 죽음을 향한 눈동자였다는 사실이 어린 내게 공포로 다가왔던 것이다. 그녀는 환상도 사랑도 아니었다. 그저 죽음이었다. 바다를 보며 죽음의 기억을 떠올리게 만든 장본인이었다.　내가 어려서 그러했던 것인지, 만약 지금의 내가 그녀를 본다면 그녀의 죽음을 막을 수 있었을 지, 지금의 나는 어리석게도 이런 생각을 하고 있지만 이제는 아무래도 괜찮다는 생각을 했다.

　다만, 이제 이곳이 나에게 여느 다른 바다와 다름이 없게 보이는 까닭이었다.

출항

조수빈

할머니가 방문을 두드렸다. 어김없이 새벽 네 시였다. 나는 온기가 퍼져 있는 바닥을 짚으며 이부자리에서 일어났다. 할머니는 어느새 옷을 걸쳐 입은 채 멀찍이 대문 앞에 서 있었다. 할머니의 손을 잡고 마당을 가로질러 나섰다. 어둑한 골목 끝에서 어선의 출항을 알리는 소리가 들려왔다. 할머니의 걸음이 조금씩 빨라지기 시작했다. 바쁜 걸음으로 항구에 다다랐을 때, 이미 길을 튼 어선들은 꽁무니를 보이며 점점 멀어지고 있었다. 스산한 가을바람이 바다내음을 머금은 채 부스스한 머리칼을 흔들었다. 할머니의 가쁜 숨소리는 쉽게 사ㄴ라시시 않았다.

한평생 꽃게잡이 일을 했던 할아버지는 내가 태어났던 스무 해 전 가을, 어선에 몸을 싣고 나선 채 지금껏 돌아오지 않았다.

"그날 어찌나 파도가 사나웠던지, 나뭇배 위에 선 영감이 꼭 물속으로 고꾸라질 것만 같았는디 내가 붙잡지를 못했어 내가……."

입버릇처럼 되뇌는 할머니의 기억들이 동이 터오는 골목길에 낮게 깔렸다. 불어오는 바람에 할머니의 바짓단이 물결처럼 흔들리고 있었다. 나는 말없이 할머니의 작은 손을 그러쥐었다.

어머니가 아침상을 차릴 때야 할머니와 나는 다시 방에서 고개를 내밀었다. 어느새 해가 지붕 위에 걸려 있었다. 할머니는 느릿한 걸음으로 상

앞에 앉았다. 할머니와 내가 수저를 손에 들 때였다.

"어머니, 틀니는 어디에 두셨어요?"

주름진 할머니의 입술 안은 텅 비어 있었다. 할머니는 수저를 다시 상 위에 올려둔 채 앉은 자리를 손으로 더듬거리기 시작했다. 나는 어머니를 따라 할머니 방 안으로 들어섰다. 이불을 들추고 농 밑을 살펴보았지만 틀니로 짐작되는 어느 것도 찾을 수 없었다. 도시에서 직장을 다니는 아버지가 몇 달 전 큰돈을 들여 장만해준 것이었다. 어머니는 어두운 얼굴로 다시 상 앞에 앉았다.

"잘 생각해보세요 어머니, 그게 한두 푼도 아니고……."

할머니는 양 손을 주무르며 고개를 가로저었다. 나는 아무런 말도 하지 못하고 어머니와 할머니의 얼굴을 번갈아 바라보기만 했다. 어머니의 한숨소리가 상 위로 할머니와 내게 고스란히 전해졌다.

"도통 기억이 안나. 근처에 빼 두고 잠든 것 같은데, 그게 어디로 갔는지……."

"얼마 전에 신발도 한 짝 잃어버리시더니……. 옆집 장씨 할머니도 그렇게 물건 하나씩 잃어버리다가 지금은 자기 이름 석 자도 기억 못 하신다잖아요. 네?"

할머니가 상을 짚고 자리에서 일어났다. 등 뒤로 어머니의 한숨 섞인 푸념이 해일처럼 밀려왔다.

항구 근처 횟집에서 일을 하는 어머니는 아침에 집을 나서 늦은 밤에야 집에 돌아왔다. 나는 올 해 고등학교를 졸업한 뒤부터 종일 할머니 곁에 있는 것이 일과가 되었다. 그 이후에도 할머니는 물건을 하나씩 잃어버렸다. 리모컨이나 옥반지부터 손거울까지 사소한 것이나 귀중한 것을 가리지 않고 하루에 두어 개씩 방 안에서 사라져갔다. 어느 것은 가구 밑이나 서랍 깊숙한 곳에서 찾아내기도 했지만 어느 것은 물살에 쓸려간 듯 감쪽같이 사라져 찾을 수 없었다.

할머니는 내게 할아버지에 대한 이야기를 들려주는 것을 좋아했다. 내가 아주 어렸을 때부터 였다. 나는 한 번도 할아버지를 만난 적이 없지만 할머니의 이야기로 전해진 할아버지는 아주 오래전부터 내 속에 단단히 자리를 잡고 있었다. 할아버지와 할머니는 한평생을 이곳 태안에서 지내셨다. 태안의 작은 마을 중에서도 채석포항이 바로 두 분의 터전이었다. 할아버지는 지금의 내 나이에 꽃게잡이를 시작해 할머니를 만났다. 비가 오면 일을 하지 못하고, 배에 들이는 수리비나 관리비가 만만치 않아 빚을 떠안고 살아가야 했지만, 할머니는 그저 행복했다고 말했다. 매일 새벽부터 온종일 할아버지를 기다렸을 할머니는, 아직도 돌아오는 어선을 기다리는 사람처럼 보였다.

"영감은 네 아비도 뱃일을 하기를 원했더랬지. 뱃일이 아니고서는 일터가 흔치 않아서 하는 수 없이 배에 올랐던 자들과는 달랐어. 그이는 진정 바다를 동경했단다. 작은 나뭇배 위에 몸을 싣고 바다 한 가운데에 놓일 때면 수많은 욕심들이 물살을 타고 흘러간다는 게야. 그물을 끌어올리는 자신이나, 걸려 올라오는 꽃게나 바다 위에서는 별반 다를 게 없다면서 껄껄 웃어재꼈지. 뱃일 하는 다른 양반들이 얼빠진 놈이라며 손가락질 할 정도였으니……."

할아버지의 바람대로 아버지는 서른 살 즈음 뱃일을 시작했다. 하지만 채 두 달도 넘기지 못한 채 어선에서 내려와야만 했다. 어머니의 극심한 만류가 그 이유였다. 도시에서 나고 자란 어머니에게 할아버지의 사고는 곧, 바다에 대한 공포심으로 기억되어지고 있었다. 아버지에게도 뱃일은 단지 생계수단에 불과했고, 어머니의 불안한 마음을 달래주는 것이 무엇보다 중요했다. 수차례 다른 일거리를 찾아 헤매던 아비지는 결국 직장을 찾아 도시로 향할 수밖에 없었다.

해가 지자 할머니는 그물을 끌고 마루에 앉았다. 낡고 헤진 청색 그물이 할머니의 손아귀에 거미줄처럼 얽혀 있었다. 초저녁부터 자정이 가까워질 때까지, 할머니는 종종 홀로 그물을 손질하곤 했다. 꽃게를 잡기 위해서는 전날 그물을 손질해두어야 했던 스무 해 전이나 다름없었다. 이재는 그물을 쓸 사람도 그물이 쓰일 일도 없다는 것을 할머니는 나보다 더 잘 알고 있을 것이었다. 그물을 덮은 채 마당 한 구석에 쪼그려 앉은 할머니는 산호가 붙은 작은 바위처럼 보였다. 나는 할머니의 곁으로 다가섰다. 바위 등처럼 굴곡진 할머니의 굽은 등이 손끝에 와 닿았다. 할머니는 그제야 손에서 그물을 놓은 채 뒤돌아 나를 올려다보았다.

"성환아, 너는 이곳의 바다가 얼마나 넓게 느껴지더냐?"

그물 위에 가지런히 놓인 할머니의 손을 바라보았다. 마치 바다 위에 떠 있는 낡은 어선 두 척처럼 보였다. 할머니의 시선은 아무런 미동도 없이 넌지시 나를 향하고 있었다. 나는 한참의 뜸을 들이고 나서야 천천히 입을 뗐다.

"모르겠어요. 이상하게도 키가 크고 몸집이 불어나면서 이 집도, 그 안의 할머니와 어머니도 모두 작게 보였지만 바다는 언제나 같아요. 그저 내가 한없이 작게 느껴질 뿐인걸요."

할머니는 작게 고개를 끄덕이며 나를 바라보다가, 다시 그물을 손질하기 시작했다.

내 키는 더 이상 자랄 기미가 보이지 않았다. 하지만 할머니는 쉬지 않고 작아졌고, 또 어려지고 있었다. 한 번도 하지 않았던 반찬투정을 하기 시작했고 하루에도 몇 번 씩 방 안의 물건을 새로 배치했다. 할머니의 낯선 모습에 놀란 기색을 하던 어머니도 조금씩 무덤덤해지고 있었다. 나는 할머니의 나이와 이름을 몇 번이나 되물었지만 어느 것 하나 또렷한 대답을 들을 수는 없었다. 온전한 것은 할아버지에 대한 기억뿐이었다. 어둠에 드리운 바다 위를 비추는 등대처럼, 할아버지만이 할머니의 머릿속에서 밝게 빛나는 것만 같았다.

이젠 너도 집안에 보탬이 되어야 하지 않겠니? 어머니가 조심스레 말을 꺼냈다. 할머니는 어린 아이처럼 새근대며 잠들어 있었다. 방 문 틈새로 들려오는 할머니의 숨소리가 귓전을 맴돌았다. 나는 빈 집에 홀로 남아 있을 할머니를 떠올렸다. 혼자 남은 할머니는 수면 위로 떠오른 주인 없는 배 한척처럼, 할머니는 어디로도 향하지 못하고 깊이 가라앉을 것만 같았다. 나는 대답 없이 어머니에게서 등을 돌린 채 할머니의 곁에 누워 눈을 감았다.

새벽 네 시가 되었을 때도 할머니는 여전히 깊은 잠에 빠져 있었다. 한 번도 제 시간에 일어나지 않은 적 없는 할머니였다. 나는 할머니의 작은 어깨를 흔들었다.

할머니, 항구 다녀올 시간에요. 배 떠나는 거 보셔야지요.

"거기가 어디야. 나 안 가, 안 간다구……."

할머니는 어린 아이처럼 투정을 부리며 이불 속을 파고들어갔다. 방문을 열었다. 먼저 나갈 채비를 마치고 다시 할머니를 깨울 셈이었다. 그때 마루 구석에 놓인 쓰레기통에 시선이 향했다. 잘 개어져 있던 그물이 함부로 뭉쳐진 채 박혀 있었다. 그물을 다시 꺼내기 위해 손을 뻗었다. 주방에서 어머니의 목소리가 들려왔다.

"그냥 놔둬라. 어머니는 이제 다 잊으실 거야. 네 할아버지에 대한 기억이라고 별 수 있겠니. 우리가 애쓴다고 해결 될 게 아니야. 어쩌면 아주 자연스러운 건지도 몰라."

구겨진 신발 끝에는 희뿌연 모래가 얼룩처럼 묻어있었다. 나는 천천히 발을 집어넣고 대문을 나섰다. 가을바람은 할머니의 빈자리만큼 차갑게 살갗에 와 닿았다. 골목을 빠져나오자 바다를 향해 고개를 내밀고 있는 어선들이 보였다. 수백 마리의 꽃게를 싣고 돌아올 어선이었지만 내겐 그저 하나의 부표처럼 한없이 작게만 느껴졌다. 여기저기에서 들려오는 말소리가 어두운 항구를 소란스레 에워싸고 있었다. 평소의 고요한 항구 풍경과는 사뭇 달라, 마치 처음 발길을 들인 곳처럼 낯설게 다가왔다. 어선 앞에 줄지어선 남자들 중에서는 내 또래로 보이는 소년도 있었다.

"자자, 일단 배 멀미가 심하시면 지금이라도 포기하쇼. 하루 이틀 돕는 서래도 일도 못하고 토악질만 해내는 사람 우리 쪽에서도 사양이니께. 게다가 오늘 물살이 심할턴디 배에 올라서 뒤늦게 딴 말할 생각도 집어치우시고 말이여."

선장으로 보이는 남자가 장화를 구겨 신으며 말을 이어나갔다. 그의 말에 몇몇 사람들은 굳은 얼굴로 항구를 등지며 걸어갔다. 남은 사람들의 얼굴 역시 긴장으로 어두워져 있었다. 선장은 사람들의 머릿수를 대충 파악한 뒤, 어선에 몸을 싣기 위해 서둘러 발을 움직였다.

"뭐요, 댁도 오늘 일 하실라고?"

선장의 어깨는 내 손에 단단히 붙잡혀 있었다.

"네, 배에 오르고 싶습니다."

선장은 대수롭지 않은 듯 나를 이끌고 어선 안으로 들어섰다. 포구에 묶인 어선들이 하나둘 씩 바다를 향해 움직이기 시작했다. 지평선 위로 떠오르는 아침 해에 수면 위에는 서서히 붉은 빛이 번지고 있었다. 함께 오른 선원들의 얼굴에도 하나둘씩 빛이 드리워졌다. 그 빛을 등진 채, 나는 멀어져가는 항구를 바라보았다. 낡은 포구에도, 어선의 빈자리에도 어느새 아침이 찾아와 있었다. 어선이 물살을 가르는 소리가 마치 할머니의 가쁜 숨소리처럼 들려왔다. 어디선가 할머니가 잔잔한 물결처럼 묵묵히 손을 흔들고 있을 것만 같았다.

| 소설 |

태안연가(泰安戀街)
— 오버랩 2008

조인

파도리 해수욕장의 바람은 거셌다. 차에서 내리기 무섭게 몰아닥친 바닷바람은 현우의 머리카락을 사정없이 휘날리게 만들었다. 몇 번 머리카락을 진정시키려는 시도 끝에 현우는 헛된 노력을 하고 있다는 사실을 깨닫고 바람에 머리카락을 맡긴 채 해변으로 걸어갔다.

해안에는 바람에 뒤지지 않을 정도로 파도가 몰아치고 있었다. 쉼 없이 대지를 향해 밀려드는 하얀 포말을 보며 마치 흰 말떼가 달려오는 것 같다고 생각하고 있자니 잘그락거리는 소리가 현우의 발치에서 울려 퍼졌다. 소리의 진원지를 바라보자 굵은 모래와 몽돌들이 현우의 검은 구두 아래 깔려있었다. 현우는 목에 걸고 있던 카메라를 들어 해변 곳곳을 찍기 시작했다. 몽돌과 굵은 모래, 새하얀 포말, 해안바위에 다닥다닥 붙어있는 따개비들, 거센 바람을 타며 해수욕장의 하늘을 날아다니는 새들…….

사람이 없어 편하게 사진을 찍은 현우는 사진이 잘 찍혔는지 확인하다가 한 사진을 보고 미소를 지었다. 그 사진은 검은 기름의 흔적이 없는 새하얀 몽돌과 따개비들이 찍힌 것이었다.

현우가 대학에 입학했을 당시 가장 큰 이슈는 태안기름유출이었다. "모르면 간첩이다"라는 말이 이럴 때 쓰이는구나, 할 정도로 국민적인 관심과

참여였다. 사회이슈에는 별 관심이 없던 현우는 심드렁했었는데 과에서 MT를 태안으로 가기로 결정했다. 술 퍼마시고 놀지 말고 봉사하면서 인생을 배우라는 당시 학회장의 말에 현우는 날벼락을 맞은 기분이었다. 한창 대학생활의 꿈에 젖어있던 3월, 현우는 태안으로 2박3일 일정의 봉사여행을 오게 되었다. 그리고 그 여행의 첫 장소가 바로 이 파도리 해수욕장이었다.

해수욕장에서 어느 정도 떨어진 곳에서 학생들이 내리자 군청직원이라는 사람들이 와서 회색 방제복과 고무장갑, 흰 마스크를 나눠주고 순식간에 사라졌다. 이어 각자가 챙겨온 장화를 신고 집행부가 나눠주는 흡착포까지 손에 들자 순식간에 수십 명의 방제요원들이 탄생했다. 현우를 비롯한 학생들은 서로를 가리키며 웃기에 바빴다.

그러나 그 웃음은 해변이 가까워질수록 점점 사라지기 시작했다. "봉사하러 와주셔서 감사합니다."라고 적힌 플랜카드를 지나 새까만 해변과 그곳을 가득 메우고 있는 봉사자들을 보자 웃을 수가 없었던 것이다. 어떻게든 빠질 생각만 하다가 소심한 성격 탓에 끌려오다시피 해 짜증이 가득하던 현우는 불평이 쑥 들어가는 것을 느꼈다. 대지는 물론 바다까지 기름으로 가득한 새까만 해변의 풍경과 아직 거리가 있음에도 코를 찌르며 머리를 띵하게 만드는 압도적인 기름 냄새 앞에서 불평하는 것은 죄악감마저 느껴졌기 때문이었다.

그때를 떠올리자니 당시에는 언제 다 없앨지 아득하기만 했던 기름들이다 제거되고, 검은 바위들이 자신의 색을 찾은 것이 현우에게는 그저 놀라울 따름이었다. 다만 이 아름다운 해변을 보면서 어딘지 쓸쓸함과 황량한 느낌을 받는 것은 해변을 가득 메운 사람들을 보았던 기억 때문일까. 그때와 같은 3월의 해변임에도 현우는 무언가 다르게 느껴졌다. 알 수 없는 안타까움에 텅 빈 해안을 한 번 더 찍은 현우는 차로 돌아가 시동을 걸며 창으로 파도리 해수욕장을 마지막으로 바라보았다. 그리고 미소를 지었다. 어찌 되었든 본모습을 찾은 자연의 풍광은 아름다웠다.

파도리 해수욕장을 떠나 30분쯤 운전한 현우는 천리포 해수욕장에 도착했다. MT 당시 첫날 오전은 파도리, 오후는 천리포에서 봉사활동을 했었다. 천리포 해수욕장은 파도리 해수욕장과는 달리 고운 모래사장이 펼쳐져있었다. 당시와 달리 모래사장 끝에 검은색의 방풍망이 쳐져있고 방풍망 아래의 모래는 주위보다 높게 솟아있었다. 신기해하며 방풍망이 박힌 미니사구를 넘은 현우는 구두가 모래 속으로 푹푹 빠지자 MT 때 신었던 장화가 그리워지는 것을 느꼈다.

장화는 없었지만 모래사장을 뒤덮은 기름 역시 없었다. 현우가 시험 삼아 모래를 발로 차올리자 하얀 모래만이 드러났다. 흙을 퍼내면 기름이 고여 있던 것에 비하면 장화가 없는 정도는 견딜 만한 일이라고 현우는 생각했다. 다만 모래를 차올린 탓에 구두에 모래가 들어가 버렸다. 현우는 머리를 벅벅 긁은 뒤, 구두와 양말을 벗어 양손에 들고 차갑고 고운 모래의 감촉을 느끼며 해변을 걷기 시작했다.

파도리 해수욕장과 달리 천리포 해수욕장의 바람과 파도는 그리 심하지 않았다. 머리카락이 휘날리지 않는다는 사실에 만족하며 현우는 바다를 바라보았다. 해변에서 얼마 떨어지지 않은 곳에 나무가 빽빽이 자란 작은 육계도가 방파제처럼 튀어나와있었다.

해변을 따라 걷던 현우는 익숙한 장소에 도착했다. 모래사장이 끝나고 아스팔트가 시작되는 정박장이었다. 배들이 늘어선 정박장 앞에는 민박과 횟집도 늘어서있었다. 이곳이 익숙한 이유는 태안주민들이 이곳에서 커다란 솥에 낙지와 바지락을 넣고 수제비를 끓여주었기 때문이었다. 당시 3월의 찬바람과 찬 바닷물에 젖어 덜덜 떨던 현우는 허겁지겁 몇 그릇을 비웠었다. 그때 먹은 해물수제비가 얼마나 맛있었는지 몇 년이 지난 지금도 잊지 못하고 가끔 떠올릴 정도였다.

그런데 민박은 물론이고 횟집도 문을 닫은 상태였다. 아침을 거른 상태라 배가 고팠던 현우가 근처 백리포나 만리포로 가야할지 고민하고 있자니 한 할아버지가 다가와 말을 걸었다.

"어디서 왔슈?"

주름이 깊고 까맣게 탄 얼굴을 지닌 할아버지의 얼굴을 보며 현우는 입을 열었다.

"경기도에서요."

"경기도 사람이 여그는 뭐하러 왔디야?"

"일도 있고 오랜만에 태안도 보고 싶어서요."

현우의 말에 할아버지는 흥미를 감추지 않으며 물어왔다.

"태안 살았는가?"

"아뇨. 몇 년 전에 왔었어요. 기름유출 때."

"아…… . 기여."

현우의 대답에 할아버지의 안색이 눈에 띄게 어두워졌다. 현우가 당황
해서 뭐라고 말이라도 해야겠다고 생각하는데 할아버지는 표정을 풀었다.

"그럼 내 그냥 보낼 수는 없지."

그러면서 할아버지는 현우의 팔을 끌었다. 현우가 거절하려고 해도 막
무가내였다. 배도 고프고 여기 온 목적이 지역주민을 만나는 것이라 마침
잘 됐다 싶어 현우가 따라가자 할아버지는 바로 앞의 민박으로 현우를 데
리고 들어갔다. 민박 바로 앞에서는 나무건조대 위에 물고기들을 널어 말
리고 있었다. 난생 처음 보는 물고기라 현우가 뭐냐고 물어보자 할아버지
는 박대라고 대답하고는 현우를 앉힌 뒤 안쪽으로 들어가 버렸다.

아직까지 맨발이었기에 현우는 화장실에 가서 손발을 씻고 양말과 신발
을 신었다. 현우가 화장실에서 나오니 할아버지가 백반에 구운 돼지고기
를 차려놓은 참이었다. 정오가 갓 지났는데 이미 소주병까지 올려져있는
것을 보고 현우는 자신도 모르게 쓴웃음을 지었다. 물론 배가 고팠기에 현
우는 감사인사를 한 뒤 허겁지겁 젓가락을 움직였다. 현우는 상을 거의 비
운 뒤에야 여유를 찾았다.

"잘 먹었습니다, 어르신. 정말 맛있네요. 아, 그러고 보니 기름유출 때
이 앞에서 낙지랑 바지락 넣고 끓여주신 수제비를 먹었었는데 그것도 참
맛있었어요."

마주 앉아 술잔을 기울이던 할아버지는 현우의 말에 한숨을 쉬고는 유
리벽 쪽을 가리켰다. 현우가 그 손가락을 따라 시선을 돌리자 정박된 배들
이 보였다. 할아버지는 의아해하는 현우에게 말했다.

"요즘 배가 뜨질 못햐."

"예? 배가요? 무슨 문제라도 있습니까? 어획량은 늘었다고 들었는데요."

얼마 전 태안에서 꽃게가 풍년이라는 인터넷기사를 보았던 것을 떠올리며 현우가 물었다. 할아버지는 그런 현우를 보며 기가 차다는 얼굴로 혀를 차더니 이야기를 시작했다. 현우는 재빨리 안주머니에서 녹음기를 꺼내들었다.

할아버지의 이야기에 따르면 기름유출 이후 태안의 어획량은 급감한 상태였다. 그마저도 최근에나 먹을 만한 게 잡히지 기름유출 직후에는 아예 잡히는 게 없거나 잡아도 기름 때문에 못 먹을 것뿐이었다. 낙지, 바지락, 굴 등등……. 해산물이란 해산물은 다 기름에 오염됐으니 뭘 어떻게 할 수가 없었다. 보상이라도 받았다면 모르지만 당국에서는 맨손어업 보상규정이 어쩌네, IO 뭐시기 하는 쪽에 문의해야 한다네 하며 차일피일 미루기만 하더니 결국 보상은 없었다. 심지어 기름을 싸지른 놈들은 돈을 냈다는데 정작 피해를 입은 자신들은 그 돈은 구경도 못해 봤다는 것이다.

"어, 그래도 기름을 다 걷어낸 뒤에는 시차원에서 종묘를 풀어서 어획량을 늘리려고 하는 걸로 아는데요. 게다가 튤립축제다 쭈꾸미 축제다 해서 지역경제를 실리려는 시도도 많은 것 같던데. 조금만 더 버티민 어떻세 되지 않을까요?"

"개뿔. 당장 먹고 살 게 없는데 뭘 버티란 기여. 이놈저놈 들어와서 태안을 살리네 뭐네 하지만 정작 기름 터지기 전에 살던 사람들은 거의 다 타향으로 떠났어. 반평생을 물고기만 잡던 사람들한테 이제 와서 뭘 하라고 해봐야 할 수가 없는 거여. 남은 사람들은 나기를 어부로 났으니 배를 타지만 잡히는 것도 없고 뭘 잡아도 태안에서 잡혔다하면 사람들이 일단 손부터 내젓는겨."

분통을 터트린 할아버지는 소주를 따라 연거푸 두 잔을 입으로 털어 넣었다.

"게다가 기름 좀 없어져간다 하니 곤파슨가 뭔가 하는 태풍이 불어 다 쓸어가 버리더만. 그저 고향집, 고향배만 보고 살아가는 사람들인데 그것마저 부서지니 살 맘이 생길까. 제 목숨 끊은 게 한둘이 아니여. 모진 목숨 못 끊은 사람들만 남아서 죽지 못해 살아가는 게지."

그렇게 말하는 할아버지의 얼굴은 깊게 주름이 져있고 어두웠다. 비유가 아니라 진짜로. 현우가 주위를 돌아보자 민박 안도 컴컴해져있었다. 놀란 현우가 자세히 살펴보니 이야기를 하는 사이 유리벽 밖, 천리포 하늘 위에 회색구름이 가득 끼어있었다. 그 때문에 이제 2시가 겨우 지난 시간임에도 어두워졌던 것이다.

식사를 마치고 할아버지의 이야기도 다 들은 현우는 한사코 돈은 됐다는 할아버지에게 감사인사를 하고 민박을 나왔다. 어둑해진 모래사장을 걸어 차로 향하던 현우의 발에 뭔가가 치였다. 무엇인가 해서 집어드니 불가사리였다. 물가에서 멀리 떨어져 바싹 마른 불가사리를 보니 할아버지의 이야기가 떠올라 현우는 마음이 무거워지는 것을 느꼈다. 크게 한숨을 내쉰 현우는 불가사리를 바다로 던진 뒤 사진기를 꺼내 어두워진 해변과 정박한 배 등을 찍었다. 하얀 포말과 하늘을 나는 새들은 파도리 해수욕장과 같았음에도 파도리 해수욕장에서와는 달리 안타까운 기분이 들어 현우는 억지로 발걸음을 빨리했다.

천리포 해수욕장을 떠나 도로를 타고 달리며 현우는 추억을 떠올렸다. MT 첫날 오전에 파도리 해수욕장에서 방제작업을 한 현우네 과는, 오후에는 천리포 해수욕장으로 이동했다. 그때 다른 대학이 합류해 팀을 이루었다. 그 대학은 여대였는데 봉사자들 대부분이 회색 방제복을 입었던데 반해 새하얀 방제복을 입고 있어 인상적이었던 기억이 있었다. 현우네 과는 남자가 많은 편이라 여대생이 합류하니 봉사는 뒷전이고 여대생들에게 다가가 말을 걸고 난리도 아니었다. 왠지 거기에 끼면 자기도 도매금으로 넘어갈 것 같아서 현우는 여대생에게 다가가고 싶은 마음을 참고 묵묵히 방제작업에 매진했다.

그러다 어느 순간, 현우는 코를 찌르는 기름 냄새에 머리가 띵해지는 것을 느꼈다. 휴식도 없이 너무 오래 기름유출지역에 있었던 것이다. 흡착포는 몇 개나 썼는지 모르겠고 기름은 끝이 없었다. 게다가 돌에 묻은 기름은 어떻게 닦아내도 흙이 파일 때마다 기름이 솟아나니 언제부터 한국이 산유국이 되었냐고 묻고 싶을 정도였다.

결국 현기증과 구역질이 난 현우가 비틀거리는데 누군가가 그를 지탱해주었다. 현우가 살펴보자 작은 체구에 마스크를 쓴, 하얀 방제복의 여자였다. 그녀는 그나마 하얀 부분이 드러난 모래사장으로 현우를 부축해 데려갔다.

현우를 편하게 앉힌 여자는 현우의 마스크와 방제복 모자를 벗긴 뒤 자신도 마스크와 모자를 벗었다. 그러자 오밀조밀한 이목구비에 눈가가 쳐져 부드러운 인상을 한 여자의 얼굴이 드러났다. 기름 냄새에 취해 멍한 상태에서도 현우는 여자가 부럽다고 생각했다. 눈이 쫙 째져서 인상 사납다는 소리를 자주 듣는 현우는 눈매가 콤플렉스였다.

땀에 젖어 얼굴에 달라붙은 자신의 머리카락을 넘긴 여자는 현우에게 손으로 부채질을 해주었다. 워낙 손이 작아 그다지 바람이 일어나진 않았지만 현우는 그 손에서 에어컨바람이라도 나오는 듯한 시원한 기분을 느꼈다. 물론 기분뿐이었고 현우는 연신 헛구역질을 했다. 현우의 상태가 쉽게 나아지지 않자 여자는 현우에게 잠깐 기다리라고 말하고는 어딘가로 가더니 음료수를 가져왔다. 그걸 마시자 현우는 그제야 좀 정신이 들었고 난생 처음 보는 여자에게 도움을 받았다는 사실에 민망함과 낯김함이 뒤섞여 어벙하게 여자의 얼굴만 바라보았다. 그러자 여자가 살풋 웃으며 현우에게 이름을 물어보았다.

"박현우요."

하필 대답하는 목소리가 튀었다. '삑사리'였다. 현우는 얼굴이 불타는 것 같다고 생각했다. 여자는 웃으며 이현, 이라고 말하고 자신이 24살이라고 말했다. 현우는 충격을 받았다. 여자, 이현은 체구며 얼굴이며 고등학생이라 해도 믿을 것 같았기에 충격은 더했다. 현우가 재수해서 21살이었으니. 3살이나 누나였다.

여자와 이야기하는 것이 서툰 현우였지만 이현은 상대방이 이야기를 하기 편하게 만드는 분위기가 있었다. 거기에 아직 정신이 덜 깬 탓도 있어 현우는 이현과 이것저것 이야기를 나누게 되었다. 이현은 현우네 대학과 합류한 여대의 사회복지과에 재학 중이었다. 과가 과이다 보니 기름유출 사건을 알게 되자 과차원에서 봉사활동을 온 것이었다. 현우는 국문학과 였다. 이현은 "그러면 작가님?"하고 웃으며 물었다. 과에 대한 이야기를 할 때면 으레 듣던 말이라 국문학과라고 꼭 작가가 되는 건 아니라는, 으 레 하던 대답을 할까 했던 현우는 평소와 달리 조금 고민했다. 작가가 되 고 싶다는 생각도 있었기 때문이었다. 그리고 이현 앞에서는 왠지 멋있어 보이고 싶었다. 결국 현우는 고개를 끄덕였다. 그리고 속으로 허세 한 번 쩐다고 절규했다.

다행히 이현은 "멋있네."라고 말했다. 이어서 뭔가 이야기를 더 하려는 찰나, 두 대학사람들이 다른 팀과 교대하고 둘에게 다가왔다. 현우의 과사 람들은 휘파람을 불거나 야유를 날리고 여대생들 사이에서도 웃음소리나 소곤소곤거리는 소리가 들려왔다. 과도한 관심집중에 현우가 몸 둘 바를 모르는데 이현은 피식 웃더니 현우의 머리를 헝클어트리고는 자리에서 일 어나 여대 쪽으로 합류했다. 현우는 그저 멍하니 바라볼 수밖에 없었다.

그렇게 과거를 떠올리며 운전을 하자니 현우는 신두리 해수욕장 근처의 리조트촌에 도착했다. 그곳에 차를 세우고 내린 현우는 웬 공룡조각상들 이 있는 것을 보고 의아함을 느꼈다. 초록색 공룡들의 모습에 난감해하면 서도 시선을 떼지 못하고 좀 걷자 현우는 신두리 해수욕장의 해변에 도착 할 수 있었다. 파도리-천리포에 이은 MT 여정의 마지막 장소였다. 당시 에도 현우에게 깊은 인상을 주었던 사구는 여전히 그 자태를 뽐내고 있었 다.

신두리 해수욕장은 갯펄과 사구로 나뉘어졌다고 볼 수 있는데 당시에 모래사장은 완전히 기름으로 뒤덮여 검은색 일색이었다. 그것이 사구의 하얀색과 대비되어 현우의 뇌리에 강하게 남아있는 장소였다.

당시에는 고되고 정신없어서 의식하지 못했는데 오늘 와서 보니 갈대가 무성하게 자란 사구는 굉장히 아름다웠다. 현우는 사구를 보며 우리나라라기보다는 어딘가의 외국, 반지의 제왕 같은 걸 찍어야할 듯한 장소라는 생각이 들었다. 사구 입구에는 당시에는 보지 못했던 표지판 에 난생 처음 보는 동·식물들의 사진과 이름, 효능 등이 적혀있었다. 현우는 표지판을 보며 오히려 귀한 걸 캐가라는 건 아닌가 싶었다. 몸에 좋다면 일단 주머니로 넣고 보는 게 한국사람 아니던가.

현우가 그렇게 생각하며 사구의 곱고 새하얀 모래를 밟으며 걷고 있자니 파도리 해수욕장에 뒤지지 않을 정도로 거센 바람이 불어왔다. 현우의 머리카락은 또다시 중력을 무시하고 거친 비행을 시작했다. 바람은 강할 뿐 아니라 매우 차가워 현우는 코트를 여미고 어깨를 움츠리며 걸음을 재촉했다. 마침내 목적했던 사구 가장 높은 곳에 도착하자 현우는 사진을 찍기 시작했다. 셔터 누르는 소리가 바람소리 사이로 울려 퍼지며 갈대로 가득한 사구와 사구 뒤편의 습지, 한 화면 안에 담기엔 너무 넓은 신두리 해변의 모습이 카메라에 차곡차곡 담겨갔다.

리조트촌이 있기 때문일까. 파도리나 천리포와는 달리 신두리 해변에는 사람들이 꽤 있었다. 글라이딩을 하려는 장년들, 해안가를 산책하는 부부와 그들의 앞쪽에서 뛰노는 아이들 등. 기름유출 당시에 해변을 가득 메웠던 방제복차림 사람들에 비하면 턱없이 적지만 태안에 사람들이 있는 것을 보자 현우는 기분이 좋아졌다.

그렇게 한참이나 사진을 찍던 현우는 사구를 내려가 모래사장에 들어섰다. 친리포 해수욕장과 같이 사구와 모래사장 사이에 방풍망이 쭉 쳐져있었는데 색깔이 녹색이었다. 방풍망을 지나 물에 젖어 색이 짙어진 모래사장을 걸었다. 모래사장에는 고둥이 움직인 자국들이 가득했다. 기름에 쩔어 버려야만 했던 고둥들이 제 모습을 찾아 이토록 많은 수로 늘어났으니 감개무량하기까지 했다. 현우는 추억을 떠올렸다.

MT 둘째 날은 신두리 해수욕장에서 방제작업을 했는데 전날에 흡착포로 기름을 닦아내던 것과는 달리 기름이 스며든 모래를 퍼내는 작업을 하게 되었다. 3인 1조로 작업을 했는데 남자는 삽으로 모래를 퍼 담고 여자들은 포대의 주둥이를 열고 있는 역할이었다. 현우네 대학과 여대인원을 섞어서 조를 짰는데 전날의 일 때문인지 현우는 이현과 한 조가 되었다. 또다시 놀림이 시작되어 현우는 얼굴을 붉혔지만 이현은 어깨를 으쓱하며 미소를 지을 뿐이었다.

처음에는 설레기도 했지만 막상 일이 시작되자 그런 생각은 사라졌다. 인문학도의 여린 육체는 금세 삽을 휘두르는지 삽에 휘둘리는 건지 모를 상태가 되었던 것이다. 거기에 그래도 남자라고 오기를 부리며 포대까지 혼자 나르니 안 그래도 적은 체력은 급격히 소모되었다. 결국 점심시간이 되었을 때 현우는 건전지 다된 인형마냥 움직이지 못한 채 팔다리만 파들파들 떨게 되었다.

움직일 힘도 없는 현우 대신 조의 다른 여자조원이 자처해서 배식줄에 섰다. 그동안 이현은 사구에 드러누워 휴식을 취했는데 옆에는 다른 여자 조원의 만류로 이현이 앉아 있었다. 현우는 마스크를 벗어 배에 올려놓은 채 장화를 벗을 힘이 없어 손만 이따금 꿈틀댔다. 그런 현우를 미소 지으며 바라보던 이현은 땀에 젖어 현우의 얼굴에 달라붙어있는 머리카락을 쓸어 넘겨주었다. 이현의 손은 서늘했다. 현우는 등골을 타고 전류가 흐르는 기분을 느끼며 이현을 바라보았다. 대체 어떤 표정이었는지 이현은 머쓱하게 웃으며 손을 치웠다. 지쳐 있기도 했기에 둘은 배식이 올 때까지 말없이 어색한 분위기를 유지했다.

늦은 점심식사가 끝났지만 다들 워낙 지쳐 있는 탓에 오후까지 쭉 휴식이 이어졌다. 두 대학의 학생들은 어디서 그런 힘이 났는지 서로에게 다가가 이야기꽃을 피우기 시작했다. 그리고 현우와 이현도 사구에 나란히 앉아 이야기를 나누었다. 이야기 도중 잠시 짬이 생겨 해변을 관찰하던 현우는 과연 없어지기는 할 것인지 의심되는 엄청난 양의 기름들을 보며 말했다.

"막막하네요."

"하다 보면 되지 않을까? 뉴스에서 그러는데 벌써 50만도 넘게 봉사자가 왔대."

이현의 말에 현우는 해변을 가득 채운 사람들을 새삼스럽게 바라보게 되었다. 50만. 실감이 안 나는 숫자였다. 인문대생은 숫자엔 약했다. 어울리지 않는 짓을 했기 때문일까. 바람이 휙 불며 50만이란 숫자를 어떻게든 실감해보려고 끙끙대던 현우의 눈에 모래가 들어갔다. 놀란 현우가 눈을 비비는데 이현이 그의 손을 잡아 치우더니 자신의 손가락으로 현우의 눈을 벌리고는 후, 하고 불어주었다. 놀랍게도 모래는 단번에 빠졌다.

현우는 여러 가지 놀람을 담아 눈물이 고인 눈으로 이현을 바라보았다. 뭐라고 말해야할지 모르겠는 기분이었다. 그런 현우의 생각은 아는지 모르는지 이현은 밝게 웃으며 "빠졌지?" 하며 물었다. 그렇게 말하는 이현의 머리카락은 바람에 휘날리고 있었다. 현우가 아무 말 없이 바라보고만 있자 이현은 눈을 크게 뜨며 현우를 올려다보았다. 그 순간, 현우는 가슴이 말도 안 되게 커다란 소리를 내며 두근대는 것을 느꼈다. 이 소리가 안 들릴 리 없어. 그렇게 생각한 현우는 당황해서 벌떡 일어나 달리다시피 자리를 떴다. 어디 가느냐는 이현의 물음에 "화장실!"이라고 대답하며. 그리고 현우는 속으로 자신에게 욕을 퍼부었다.

어색한 분위기가 될 것 같아 현우는 다시 방제작업에 참여했지만 노을이 지기 시작하자 그마저도 어려워졌다. 인근 부대에서 나온 군인들이 조명을 설치하기 시작했던 것이다. 밤에는 봉사자들 대신 군인이나 업자, 공무원들이 작업을 한다고 했다.

결국 다시 사구로 돌아오던 현우는 감탄했다. 노을이 비친 사구는 너무나도 아름다웠다. 봉사자들은 남녀노소를 가리지 않고 사구의 풍광에 취해 김단사를 넘기거나 사진을 찍거나 했다. 그리고 또다시 이현과 나란히 앉게 된 현우가 사구의 아름다움과 두근거리는 가슴 사이에서 갈팡질팡하는데 이현이 해변 쪽을 바라보며 말했다.

"너도 군대 가야겠네."

이현이 바라보는 곳에서는 군인들이 조명 설치작업에 열심이었다. 그 모습을 본 현우는 두근거림이 싹 가시며 우울한 기분이 밀려드는 것을 느꼈다. 현우는 대한민국남자로서 군대를 가야 한다는 사실에는 동의하지만 그것을 즐거이 감수할 수는 없었다. 현우가 한숨을 쉬자 이현은 어깨를 두들겨주었다.

그렇게 군대 이야기로 말꼬가 트인 두 사람은 서로에 대한 이야기를 나누게 되었다. 현우는 이현의 아버지는 학교 선생님이시고 어머니는 어린이집을 운영하신다는 것을 알게 되었다.

"나는 사회복지사든 선생님이든 어린이집 선생님이든, 아니면 다른 일이든. 사람을 도울 수 있는 일이면 뭐든 하고 싶어. 사람을 대하는 일을 좋아하기도 하고 부모님 직업도 있어서 그쪽에서 일하게 될 것 같기는 하지만 말야. 근데 이번에 여기 와서 기자가 되고 싶다는 생각이 들지 뭐야. 이 광경, 이 아픔……. 이곳에 오지 않은 사람들에게도 전해주고 싶어."

뭐, 글은 못 쓰니까 무리지만. 하며 덧붙인 이현은 웃음으로 이야기를 끝냈다. 그러나 그 이야기를 들으며 현우는 뭔가가 가슴속을 스쳐지나가는 기분을 느꼈다. 굉장히 중요한 것이 분명한 느낌이었다. 하지만 섣불리 그것을 말로 하는 대신 현우는 기름으로 가득한 검은 해안을 눈에 담아두는 데 열중했다. 덤으로 이현의 옆모습도.

작업을 마치고 숙소에 돌아가자 동기들이 현우와 이현을 엮어 놀리기 시작했다. 어느새 여대생과 친해진 동기가 여대 쪽 소식통에 따르면 이현 쪽도 마음이 없는 건 아닌 것 같다며 바람을 잡았다. 물론 그 때문에 놀림의 방향은 현우 대신 그 동기에게로 자연스럽게 넘어갔다. 한 발 빠질 수 있게 된 현우는 이현을 생각하기만 해도 가슴이 두근거리는 것을 느끼며 고심했다.

이현의 웃는 모습, 눈을 크게 뜬 모습, 노을을 받은 모습, 방제복을 입고 기름과 땀에 뒤덮인 모습까지. 예뻐 보이지 않는 모습이 없었다, 가슴이 두근거리는 건 그 때문일까? 그러나 현우는 내심 고개를 저었다. 외모도 그렇지만 그 생각의 깊음과 배려심이야말로 마음에 드는 면이었다. 현우에게 이현은 너무 멋진 사람이었다. 그와 동시에 현우는 고민할 수밖에 없었다. 그런 사람이 과연 나처럼 눈 찢어지고 못 생긴데다 숫기도 없고 성격도 안 좋은 녀석을 좋아할까? 하는 의문이 들었기 때문이었다. 눈매를 만지며 고민하던 현우는 피곤을 이기지 못하고 기절하듯 잠들었다.

다음날, 현우네 과는 정오가 되기 전에 태안을 떠났다. 이현과 이렇다 할 이별인사도, 번호교환도 하지 못한 채 그냥 그렇게 헤어지게 된 것이다. 돌아온 뒤, 한동안은 이현 생각에 밤잠을 설쳤지만 시간이 흐르며 대학의 바쁜 일정과 사건 속에서 현우는 그녀를 잊게 되었다.

아니, 사실 잊지는 않았다. 연락하려면 할 수도 있었다. 이현이 다니는 대학도, 과도 알고 그 대학생과 사귀는─현우 대신 놀림 받던─동기도 있었기에. 그러나 현우는 연락하지 않았다. 용기가 없었다. 스스로에게 자신이 없었다. 이후에 몇 번 연애를 하기는 했지만 쉽게 깨져버렸다. 현우가 시들한 태도를 보였기 때문이었다. 다른 여자와의 연애에서는 태안에서 느꼈던 그 가슴의 두근거림이 없었다.

찬바람이 뺨을 날카롭게 스치고 지나가자 현우는 정신을 차렸다. 생각이 길었던지 이제 태양은 수평선에 가까워져있었다. 신두리 해변은 마치 불타는 것처럼 주황빛으로 가득했다. 이제는 습관에 가까워졌는지 현우는 반사적으로 카메라 파인더를 노을빛 바다로 들이대고 연신 셔터를 눌렀다.

이윽고 만족할만큼 바다사진을 찍은 현우는 바다에서 몸을 돌려 사구 쪽으로 파인더를 가져갔다. 사구에는 노을을 보는 이들이 꽤 있었다. 그들의 입가에는 하나같이 미소와 웃음이 지어져있었다. 덩달아 미소를 지으며 해변을 지나 사구를 잡아가던 현우의 카메라가 어느 순간, 멈추었다. 현우의 입가에 지어지던 미소 역시 그대로 굳어버렸다.

멈춰진 파인더 안에는 한 사람이 비춰지고 있었다.

사구가 모래사장보다 높고 노을빛까지 겹쳐 얼굴을 확인하기가 어려웠다. 그러나 현우는 왠지 알 수 있었다. 방금 전까지 생각하고 있었기 때문만은 아니었다. 바보처럼 파인더를 얼굴에 가져다댄 채 한 걸음, 한 걸음 나아가던 현우는 카메라를 던지듯 놓고 걷기 시작했다. 놓아진 카메라가 가슴을 때렸지만 아픈 것도 느끼지 못했다. 처음엔 천천히 떼어지던 발걸음이 자신도 모르게 빨라졌다. 그는 속으로 연신 정말? 정말? 설마? 진짜? 하는 물음을 미친듯이 중얼거리고 있었다.

그야말로 날듯이 모래사장에서 사구 가장 높은 곳까지 올라간 현우는 그의 파인더가 잡았던 그 사람 앞에 설 수 있었다. 여전히 자그마한 체구. 당시보다 길어진 머리카락은 겨드랑이까지 자라있는 것만이 세월의 흐름을 느끼게 했다. 그때와 별반 달라지지 않은 얼굴을 한 그녀는 눈을 크게 뜬 채 현우를 올려다보고 있었다. 그 눈동자에 어린 놀람은 모르는 사람을 보는 것이 아니라 아는 사람을 생각지 못하게 마주친 사람의 그것이었다.

두 사람 사이에 말이 없었다. 바람만이 둘 사이를 불고 있었다.

현우는 고민했다. 무슨 말을 해야 할까. "만나고 싶었어요." "애인은 있나요?" "오랜만이죠?" "저는 당신이 되고 싶다던 그 직업을 가지게 되었어요." 수없는 질문이 그의 머릿속에 떠오르고 사라졌다. 벅차오르는 감정이 오히려 입을 막아왔다.

크게 떠져 있던 그녀의 눈동자가 호선을 그렸다. 그리고 살짝 벌려져있던 그녀의 입술이 움직이기 시작했다. 현우는 가슴이 미친듯이 두근거리는 것을 느끼며 그 입을 바라보았다.

바라

최예지

1

오랫동안 비가 오지 않았다. 공중에 누런 먼지가 풀풀 날렸다. 해영은 푸진 볕만 그득한 학교 운동장을 몇 시간째 돌고, 또 돌았다. 사람들이 모두 돌아가고 난 후의 학교는 조용해서, 아이는 아무 방해도 받지 않고 운동장 가에 그어진 흰 선을 따라 지나다녔다. 비뚤고 엉성한 것이 누군가 장난삼아 그어놓은 듯 싶었다. 선에서 벗어나지 않으려고 비틀거리던 해영이 문득 걸음을 멈추고 한숨을 푹 내쉬었다. 바라에게 빗물을 구해다 주겠다고 약속한 게 벌써 사흘 전 일이었다.

바라는 해영의 앞마당에서 자라고 있는 해바라기 꽃의 이름이었다. 해영은 바라가 처음 말을 걸어온 날을 선명하게 기억하고 있었다. 전교생이라고 해봐야 스무 명 남짓한 초등학교에서 해영이 오 년째를 맞이했을 무렵이었다. 개학을 하고서 얼마 지나지 않아, 담임선생은 아이들에게 꽃씨를 나누어주었다. 으레 있는 행사였고, 8월생인 해영이 받은 것은 늘 그렇듯 해바라기 씨앗이었다. 잘 키우면 생일 무렵에는 꽃을 볼 수 있다는 여선생의 말에 아이는 건성으로 고개를 끄덕였다. 꽃씨는 무슨.

해영은 집으로 돌아오자마자 받아온 꽃씨를 마당가에 대충 묻었다. 그리고 어느 날인가, 저녁이었다. 세숫대야에 담긴 물을 화단에 쏟아 버리려던 때였다. 아버지가 발을 닦고 남은 물이었다.

"너, 그거 나한테 뿌리면 가만 안 둬."

아이는 자리에 우두커니 서서 땅바닥만 내려다보았다. 두 손에 든 대야에서 물이 쏟아져 앞섶을 적시는 줄도 모르는 채. 놀란 탓이었다. 일주일 전 아무렇게나 심었던 해바라기 씨에서 싹이 돋아 있었다. 해영은 어렵게 입을 떼고 그것에게 말을 붙였다.

"넌, 해바라기? 저번에 선생님한테 받아 온 그거?"

해영의 말이 끝나기가 무섭게 앙칼진 목소리가 달려들 듯 아이의 말을 되받았다.

"너 지금 나한테 그거라고 했어? 죽어볼래?"

해영은 본래 새로 돋아난 풀은 말이 험한 것인가를 생각했다. 그 와중에도 새싹은 많은 이야기를 했다. 여태까지 혼자 힘들었지만 이제는 도움을 받아야겠다는 것이 주장의 골자였다. 네가 우릴 아무 데나 심는 바람에, 다 죽고 나만 살아남았어! 라고, 새싹은 말했다. 해영의 작업은 우선 새싹을 좀 더 좋은 장소로 옮겨 심는 것부터 시작되었다.

해영은 마당에서 가장 볕이 좋고, 또 가장 안락한 장소를 골라 새싹을 옮겨 주었다. 그 일이 끝나고 나자, 새싹은 해영에게 새로운 요구사항을 전달했다. 자기에게 이름이 필요하다고 했다. 바라는 해영이 자신을 두고 '꽃'이나 '해바라기'라고 칭하는 것을 몹시 싫어했다. 새싹의 끊임없는 면박 끝에 나온 이름이 '바라'였다. 바라는 그 이름이 딱히 마음에 들지는 않지만, 그래도 '꽃'이나 '해바라기'보다는 낫다며 해영을 칭찬했다. 그 날부터였다. 해영이 바라의 수발을 들게 된 것은.

과연 바라는 햇볕을 좋아했다. 비가 오지 않는 날에는 반드시 여덟 시간 이상 햇빛을 맞은 물을 마시길 원했다. 바라는 거기에 세숫대야는 싫어, 너희 아버지 발은 더러워, 라고, 덧붙이는 것도 잊지 않았다. 또 발치에는 융단같이 곱고 밝은 빛깔의 모래를 깔아주길 원했다. 바닥으로 쏟아지는 볕을 반사할 수 있어야 한다고 했다. 그러니까, 바라가 원하는 것은 놀이터에 깔린 모래가 아니라 백사장에서나 볼 수 있는 그런 모래였다.

해영의 집은 바다와 멀었다. 가장 가까운 파도리까지도 차를 타고 가야 했다. 아직 한 번도 바다에 가 본 적이 없던 해영은 별 수 없이 운동장의 흙을 퍼다 키질을 했다. 이사를 오던 해, 어머니가 이불에 오줌을 싸면 소금이 어쩌고 하면서 부엌 벽에 걸었던 키를 아이는 몰래 꺼내다 썼다. 처마 아래 깊이 웅크리고 앉아 고운 모래만 남을 때까지 키질을 하다가도 해영은 바라가 있는 쪽을 흘금거렸고, 바라는 아이에게 흙에 햇빛이 충분이 녹아들려면 그늘 밖으로 나와야 한다고 성화를 부렸다. 그럴 때마다 아이는 턱밑까지, 네가 해 보라는 말이 차올랐으나 꾹 참았다.

형제가 없이 자란 해영은 바라가 말을 걸어 주는 게 그리 싫지 않았다. 세 달 여의 시간을 함께 지내고 나서, 드디어 바라가 활짝 피어난 모습을 보았을 때는 그렇게 기쁠 수가 없었다. 바라는 해영이 매년 다섯 개씩 다섯 번 선물 받았던 해바라기 씨앗 중에서 유일하게 살아남아 꽃을 피운 셈이었다.

바라는 해영으로 하여금, 뿌리 있는 것들의 생리는 도무지 알 수가 없다는 생각이 들게 만들기도 했다. 특히 꽃을 피우고부터 바라는 더 까다롭게 굴었다. 어느 날은 휑한 화단에 버려지듯 심겨 있는 게 싫다면서, 얼룩 없이 깨끗한 조약돌을 주위에 둘러 달라고도 했다. 그래서 해영은 바라의 요구대로 흰 조약돌들을 구해 가지고 왔다. 바라는 마당으로 들어서는 아이에게 대뜸 말했다.

"나, 바다에서 온 빗물이 마시고 싶어. 구해다 줘."

"무슨 소리야. 빗물은 비가 와야 구하지."

"그런데 비가 안 오잖아."

해영이 바라를 보며 고개를 끄덕였다. 바라는 천천히 덧붙였다.

"그러니까 네가 내리게 해줘야지."

해영은 어처구니가 없다는 듯, 바라를 멀거니 쳐다만 보았다. 오랫동안 비가 오지 않았기 때문에 힘이 들고 지치는 것은 이해가 가지만, 그래서 저 좋다는 하루 여덟 시간 이상 볕에 내놓았던 물도 꼬박꼬박 가져다 바치고 있는데, 아빠가 발 닦는 세숫대야가 아닌 다른 물통을 구하느라 정말 힘들었는데, 뜬금없이 바다로부터 온 빗물이 마시고 싶다니, 귀신이라도 이건 못 들어줄 부탁이라고, 생각했다. 하지만 바라는 개의치 않았다.

"반드시 바다에서 온 비여야 해. 바다에서, 비는 큰 구름이랑 함께 와. 큰 구름은 큰 바람이 몰고 오지."

"산에서 온 건 안 돼?"

아이의 질문에 바라는 성질부터 냈다. 해영은 아무 말 없이 바라의 주위에 둥글게 돌을 놓았다. 아이는 바라가 우선 화를 다 내고 나면, 더 자세한 설명을 해 올 것이라는 사실을 이미 알고 있었다. 이미 알고 있었기 때문에, 아이는 느긋하게 기다렸다. 바라는 해가 바다에서 잠들기 때문이라고 했다. 그래서 바다에서 오는 구름이 자기한테는 제일 좋다고도 덧붙였다. 바라의 말이 끝나고도 한참 동안 해영은 하던 일에만 신경을 쏟는 척했다. 멀리서 불어오는 바람에 바라의 노란 꽃잎이 파르르 떨렸다.

"소금물이라도 좀 타다 줄까?"

"야, 이 멍청아, 소금은 볕이 죽어서 생기는 거야. 그게 섞인 물은 나한테 독약이야!"

날 죽일 셈이니? 라는 말을 끝으로, 바라는 입을 다물었다. 해영은 바라의 마지막 말에 다시 마음이 약해졌다. 이럴 줄 알았으면 학교에서 씨앗을 받을 때마다 정성껏 심어서 기를 걸 그랬다. 괜히 바라 같은 게 딱 하나 살아남아가지고, 신경을 안 쓸 수가 없다고도 생각했다. 해영은 마지못해 알겠다고 말했다.

그 일이 있던 것이 사흘 전이었다. 해영은 발끝에 걸린 돌을 툭, 찼다. 큰 구름을 몰고 오는 것이 바람이라니 일단 바람을 만나서 이야기를 들어야 할 것 같은데, 바람이라는 것들은 원체 빠르고 조용해서 만나는 일이 쉽지 않았다. 어떻게 하면 바람을 만나 이야기를 나눌 수 있을지를, 먼저 생각해야 할 것 같았다.

2

해영은 연을 샀다. 저금통에서 동전 몇 개를 되는대로 꺼내 찾아 간 문구점에서, 아이는 독수리가 그려진 가오리연과 꽃빛으로 물들인 치마연을 두고 고민했다. 치마연은 바라와는 달리 조용하고 얌전해 보이는 팬지꽃을 닮아 있었다. 치마연을 한 손에 들고 문구점을 나설 때는 벌써 해가 저물 무렵이었다. 해영은 학교 운동장으로 향했다. 내일은 다시 월요일이었다. 바람을 만나려면 오늘 밖에는 시간이 없었다.

혼자 연을 날리는 일은 생각보다 어렵지 않았다. 연줄을 바투 쥐고 운동장을 달리면서 손에 쥔 줄을 슬슬 놓아주기만 하면 되었다. 운동장을 가로질러 달리는 해영의 푸닥거리에 구석에서 졸고 있던 작은 바람이 깨어날 정도였다. 작은 바람은 투덜거리며, 해영의 치마연을 툭툭, 손끝으로 건드렸다. 아이는 연줄을 두어 번 잡아당기는 것으로 화답했다. 바람과 악수를 하는 기분이었다. 무슨 일인데? 하고, 작은 바람이 물었다. 해영은 얼레를 풀어 연을 좀 더 멀리 놓아준 뒤, 작은 바람에게 사정을 설명했다.

"큰 바람님은 파도를 타고 오시는데, 나도 요즘 그 분을 통 못 뵈었다. 요즘 파도리의 흰늑대가 웬 일로 풀이 다 죽었다곤 하더라만. 나와 함께 가 볼 테냐?"

해영이 작게 고개를 끄덕였다.

"그럼, 밤이 되면 다시 와. 낮에는 바람 다니는 길이 땅으로 트여 있어서 못 간다."

작은 바람은 아이가 연을 올리면 파도리에 데려다 주겠다는 말을 끝으로 어디론가 사라졌다. 해영은 얼레를 감았다. 어차피 곧 어두워질 것도 같았으나, 이대로 집에 돌아가지 않는 것도 문제였다. 깊은 밤에 다시 오는 것이 좋을 듯싶었다. 아이는 운동장을 가로질러 교문이 있는 방향으로 나아갔다.

해는 느리게 가라앉았다. 몸집을 잔뜩 부풀린 해는 교정의 가로수 끝에 걸려 있었다. 벌써 발치에 꽃을 잔뜩 떨군 것을 보니 동백나무인 것 같았다. 하늘은 붉었고 동백의 매끄러운 이파리는 금빛이었다. 그래도 주변의 빛은 벌써 많이 옅어진 느낌이었다. 멀리로 측백나무 두어 그루가 선 것이 보였다. 가지를 휘감듯 잎이 하늘로 치솟은 측백나무의 생김새는, 해질녘의 노을빛을 받아 불에 타고 있는 듯도 했다.

바라는 이 시간이 되면 언제나 작게 몸을 떨었다. 해가 지는 쪽으로 잔뜩 고개를 돌리고 선 바라는 입버릇처럼 쓸쓸하다고 말했다. 아이는 쓸쓸함이 무엇인지 알지 못했다. 다만 그럴 때의 바라를 생각하면 가슴 속에서 차가운 바람이 부는 것이, 어쩌면 바라의 감정과 닮아 있을지도 모르겠다는 생각만 했다. 아이는 어서 집으로 돌아가 바라에게 이 소식을 전해주고 싶었다. 그럼 바라는 외롭지 않게 될까. 바라를 볼 때마다 마음이 허전하지 않게 될까. 이런 저런 생각을 그림자에 길게 매달고, 해영이 동백나무 근처를 지날 때였다.

"애, 춥지 않니?"

이제는 가지 속에 붉고 둥근 해를 모두 품은 동백나무가, 해영에게 말을 붙였다. 나무가 가지를 흔들 때마다 이파리는 초록색으로도 보이고, 지는 해의 붉은 빛을 반사하기도 했고, 또 금빛으로도 보였다. 혼자 마당가를 지키고 섰을 바라 생각에 마음이 급해진 해영은 다만 종종걸음으로 그 자리를 벗어나려고 했다. 그러자 동백나무는 다시 큰 소리로 아이를 불렀다. 그의 목소리는 다급했다. 해영은 별 수 없이 그 앞에 가 섰다. 동백은 아이가 작은 바람과 나누는 이야기를 들었다며 말문을 열었다. 너 같은 아이는 처음 봐, 하고 동백이 말했다. 목소리가 곧 꺼질 듯이 가냘팠다.

"나도 너를 응원하고 싶어. 내 꽃 몇 송이를 들고 가렴."

동백의 말에 의아해진 해영은 꽃이요? 하고 되물었다. 동백은 작게 웃으며 말을 이었다.

"내 꽃은 지는 해의 볕을 먹고 자랐단다. 해가 질 때마다 내가 피운 꽃도 한 송이씩 떨어지지. 가지고 가면 도움이 될 거야."

해영은 동백나무의 발치에 떨어진 꽃 세 송이를 주웠다. 고맙다는 인사도 잊지 않았다. 주위에서 잠시 서성이던 아이는 문득 생각났다는 듯 동백에게 말을 걸었다.

"내 꽃도, 아니, 바라 말이야……, 여기에 옮겨 심으면 행복해 할까?"

동백은 해영의 질문에 잠시 머뭇거리다, 대답해 주었다.

"우리처럼 뿌리 달린 것들은 너를 부러워 해. 떠나는 게 두려워서 그렇지."

해영은 동백의 말을 이해할 수 없었다. 어려운 이야기였다. 하지만 별다른 부언이나 질문 없이, 아이는 다만 고갯짓으로 동백에게 인사했다. 꽃 덕분에 연을 날리느라 얼었던 손이 서서히 녹는 것 같았다. 아이의 등 뒤로 그림자가 길게 늘어졌다. 하늘은 온통 붉었다.

언덕배기에 있는 집까지 해영은 쉬지 않고 달렸다. 골목 위쪽으로 파란 플레이트 지붕을 얹은 집이 보이기 시작했다. 아이는 처마가 깊은 자신의 집을 좋아했다. 마당에서 지는 해를 바라보고 있을 바라를 떠올리자 발걸음이 더욱 빨라졌다. 곧이어 마당을 아무렇게나 가로지르는 빨랫줄이 보였다. 해영은 대문을 열고 마당 안으로 뛰어 들어갔다.

"드디어 갈 수 있게 됐어. 결과는 아직 잘 모르겠지만."

해영의 말에도 지는 해 쪽으로 고개를 틀고 선 바라는 대답이 없었다. 쓸쓸해하는 중이구나, 하고 아이는 생각했다. 바라의 발치에 동백꽃 한 송이를 내려놓았다.

"이거, 학교에서 받아 온 거야. 동백이라는 나무가 준 건데, 아주 따뜻해. 나는 오늘 밤에 갈 거야. 흰늑대를 만나서 빗물을 구해 올게."

너를 위해서, 라는 말은 부러 하지 않았다. 바라는 작게 끄덕이며, 좋겠구나, 한 마디만을 덧붙일 따름이었다. 해영은 동백에게 들었던 이야기를 떠올렸다. 조금, 화가 나고 분했다. 동백의 말과는 달리, 바라는 정말로 덧정이 없는 꽃인 것 같았다. 지금이라도 바라를 우리 집보다 좀 더 나은 곳에 옮겨 심는 것이 좋지 않을까, 생각했다. 해영은 우두커니 바라를 쳐다보고 서 있었다. 전보다 많이 시들해진 것 같았다. 해처럼 환하게 빛나던 노란색 꽃잎도 예전만 못한 것 같았고, 이파리 끝도 누렇게 말라붙었다. 정말로 빗물을 오랫동안 마시지 못했기 때문일까, 싶었다.

해영은 신발을 벗고 집 안으로 들어섰다. 부모님이 모두 잠들고 나면 몰래 밖으로 나올 요량이었다. 오기로라도 가서 빗물을 구해 올 거라고 다짐했다. 빗물을 마시면 바라는 전처럼 건강해질 테니까. 그리고 더 이상 쓸쓸해하지 않아도 될 테고. 어디론가 가겠다는 생각도 안 하겠지. 해영이 이런저런 다짐을 두는 사이 해는 완전히 저편으로 가라앉았다. 해가 지고 나자 어둠이 더욱 짙어졌고, 그림자는 점점 옅어졌다.

3

하늘은 이제 완전히 검었다. 부모님이 잠에서 깨지 않도록, 한껏 낮춘 목소리로 해영은 바라에게 인사했다. 바라는 아무 말도 하지 않았다. 고개를 푹 숙인 채인 것을 보니 잠이 든 것도 같았다. 해영은 대문을 조금 열어 두고 밖으로 나왔다. 사람들이 모두 잠든 곳에서 나무며 풀숲, 벌레들 따위는 더욱 크고 솔직한 소리를 냈다. 해영은 몸을 작게 움츠리고, 그림자를 따라 걸었다.

이윽고 도착한 학교 운동장 가운데에서 해영은 동백이 준 꽃이 잘 들어 있는지 주머니를 확인했다. 아이는 곧 연을 띄웠다. 낮에 만났던 작은 바람이 다가와 왔구나, 하며 연을 두어 번 휘저어 놓았다. 얼레를 꼭 잡고 섰던 해영은 비틀거리며, 바람에게 눈을 흘겼다. 바람은 큰 소리로 웃으며 아이의 연을 높이 들어올렸다.

"꼭 잡아. 파도리까지는 금방이지만, 도중에 떨어지거나 하면 안 되니까."

해영은 고개를 끄덕이는 것으로 대답을 대신했다. 입 밖으로 말을 내뱉는 순간 아무 것도 못 하게 될 것 같아서였다. 깊은 밤을 타 멀리 간다는 것이 낯설었다. 아이는 입술을 앙다물었다. 작은 바람은 해영의 치마연을 더욱 높이 들어올렸다. 해영 역시 공중으로 둥실 떠올랐다. 아이는 연줄이 더 이상 풀리지 않도록 얼레를 오른다리에 꼭 묶었다. 이대로 작은 바람이 이끄는 연을 타고, 해영은 흰늑대를 만나러 갈 것이었다.

바람도 물처럼 흐른다는 사실을 해영은 새롭게 깨달았다. 연에 실려 바다로 가는 일은 다소 힘들었지만, 온갖 곳에서 온 바람들에 맞부딪치며 나아갈 것이라는 예상은 맞지 않았다. 외려 아주 시원하고, 쾌적했다. 동백이 준 꽃 덕분인 듯도 했다. 해영이 매달린 연을 끌고 가는 작은 바람이 힘에 겨운 듯, 숨을 고를 때에만 아주 약간 몸이 흔들릴 뿐이었다. 힘드세요? 하고, 해영은 작은 바람에게 말을 붙였다. 작은 바람은 다소 무안한 듯 어깨를 한 번 으쓱거렸다.

"다들 예전 같지가 않아. 파도리의 흰늑대는 앓아누웠지, 큰 바람님은 소식이 없고, 달빛도 시들해. 나만 해도, 오늘 종일 솔밭에서 뒹굴었는데 몸에 붙은 먼지가 여전하고, 그래서……."

작은 바람은 끙, 하는 소리를 내며 연을 고쳐 잡았다.

"나도 너에게 거는 기대가 커. 네가 비를 불러와 줬으면 좋겠다."

작은 바람의 말에 시선 둘 곳을 몰라 당황한 해영은 무심코 아래를 내려다봤다. 발 아래로 깜박거리는 불빛들, 구덩이 같은 어둠들이 지나갔다. 위에서 본 나무들은 가지들이 유독 뾰족해 보여서, 자꾸만 떨어질 일을 생각하게 되었다. 저절로 무릎에 힘이 들어갔다. 연줄을 말아 쥔 손을 다시 한 번 단단히 고쳐 쥐었다. 해영은 가급적이면 아래는 보지 않아야겠다고 다짐했다. 멀리 보이는 가로등 불빛, 창문으로 새어 나오는 주홍빛들이 무서움을 조금이나마 가시게 해 주었다.

앞쪽으로 검은 것이 보이기 시작했다. 그것은 몸을 잔뜩 웅크리고 누워 간헐적으로 움찔거렸다. 움직일 때마다 그의 몸은 별빛을 받아 반짝거렸다. 하지만 얼핏 보아서는 하늘과 구분이 가지 않을 정도로 검어서, 해영은 그것이 하늘인지 바다인지 확신할 수 없었다. 아이의 동요를 눈치 챈 작은 바람은 눈앞에 보이는 것이 파도리의 흰늑대임을 알렸다.

"저건 전혀 희지 않은데."

"그가 흰늑대로 불리는 이유는, 몸을 뒤챌 때마다 해안으로 밀려오는 그의 털빛 때문이야. 하지만 확실히……, 좀 이상하군. 전혀 움직이지 못하고 있잖아."

아이는 작은 바람의 말에 고개를 끄덕였다. 바다를 보는 것은 처음이었으나, 책이나 영화를 통해 해영은 바다를 좀 더 시끌벅적하고 요란한 것으로 기억하고 있었다. 하지만 멀리에서 본 바다는 잠이 든 듯 고요했다. 또 그는 온 곳을 다 덮고도 남을 만큼 넉넉해 보였다. 해영은 저렇게 거대한 것을 도울 힘이 자신에게 있을지를 생각했다. 아이는 고개를 가로저었다. 바라를 위해서 움직이기로, 바라를 돕기로 작정했다.

작은 바람을 타고 움직이는 해영의 발치로 풍광은 흐르듯 밀려오고, 급하게 밀려났다. 해영은 어느새 커다란 소나무 숲을 지나고 있었다. 숲을 지날 때는 모양보다도 냄새가 먼저 달려들었다. 콧속이 싸해지는 소나무 냄새가 하늘을 뒤덮고 있기 때문이었다. 작은 바람 역시 솔숲을 지나는 일에 기분이 좋아진 듯 노래를 흥얼거렸다.

숲이 끝나는 지점에서, 해영은 거대한 돌산과 자갈밭을 보았다. 하지만 이번에는 떨어질 것을 두려워 할 여유가 없었다. 돌산과 자갈밭을 온 몸으로 밀어낸 듯, 흰늑대는 광활한 땅 위에 큰 몸집을 드러내놓고 있었다. 그는 숨을 바투 쉬었다. 그의 숨소리가 온 땅과 온 하늘을 울리는 것만 같았다. 그가 내뿜는 숨결은 해영이 몸을 가누기가 힘들 정도로 거셌다. 큰 숨이 아이의 몸을 밀었다가, 다시 잡아끌었다. 멀리까지 닿았다가 돌아오는 그의 숨들은 자꾸만 아이의 등을 떠밀었다. 작은 바람 역시 그의 들숨과 날숨을 따라 휘청거렸다.

해영은 용기를 내 흰늑대에게 말을 걸었다. 해영의 목소리에 그는 길게 찢어진 눈을 조금 뜨고 해영을 올려다보았다. 해영의 이야기를 다 들은 그는 이윽고 말문을 열었다. 생각보다 나지막한 목소리였다.

"내가 움직여야 큰바람이 오는 것은 알고 있다. 나도 몇 번이나 시도했지."

별안간 그가 거센 기세로 몸을 일으켰다. 하지만 그의 무릎은 곧 꺾였다. 그의 몸체에는 잔 파랑만 몇 번 일었을 뿐 이내 가라앉았다.

"보시다시피, 몸이 무거워졌다. 나는 파도리의 흰늑대야. 그 이름을 자랑스러워했다. 하지만 이젠 몸을 일으키려고만 하면 끈적끈적한 것이 달라붙는다. 옆구리엔 쇠붙이가 와 박혔어."

그 후 한참의 시간이 지나도록 셋은 아무 말도 하지 않았다. 해영은 가슴이 답답했다. 그를 돕지 못한다면 바라가 원하는 것을 가져다 줄 수 없었다. 이대로 비가 오지 않는다면 바라는 다른 곳으로 떠나기를 희망할 것이었다. 해영은 기억을 되짚었다. 분명 아주 성가시기는 했지만, 바라가 있어 마음에 전구 하나가 켜진 듯 따뜻했던 날들이 더 많았다. 아이를 똑바로 응시하던 그가 다시 눈을 감으려 할 때였다.

"누군가, 흰늑대님을 끌어낸다면?"

흰늑대의 눈이 커다래졌다. 그러나 곧 수심에 잠긴 표정을 지었다. 작은 바람 역시 고개를 저었다. 그의 몸집은 거대해서, 작은 바람이 해영을 옮기듯 손쉽게 그를 끌어낼 수는 없었다. 해영은 그의 옆구리에 달라붙은 검은 것들을 보며 생각에 잠겼다.

4

보름달은 여느 달들 중에서도 가장 움직임이 느렸다. 해영은 작은 바람이 끌어주는 방패연에 매달린 채 달이 산 너머에서 완전히 떠오를 때까지 기다려야 했다. 달은 굼뜨고 더딘 동작으로 산 하나를 넘었다. 그리고 한참을 더 기다려서야 달은 흰늑대가 사는 파도리에 도착했다. 달에 의해 생긴 산 그림자는 달의 움직임을 따라 함께 기울었다. 바닷가의 둥근 돌들도 달빛을 맞아 희게 빛났다. 흰늑대의 몸빛 역시 달이 가까워짐과 함께 서서히 드러났다. 검푸른 몸피와 바람을 따라 일렁이는 그의 흰 털은 몹시 아름다웠다. 군데군데 검은 그림자가 그의 몸을 에워싸고 있는 것 또한 잘 보였다.

작은 바람은 더 기다리기 힘들다는 듯 해영을 보름달 앞으로 데리고 가주었다. 달은 연에 실려 날아오는 아이는 처음 보았다는 듯 두 눈을 동그랗게 뜨고 바라보았다.

"무슨 일이기에 그렇게 급히 다니니?"

궁금증을 참지 못한 딜이 물었다. 숨이 딕까지 차오른 작은 바람은 입 속으로 툴툴거리는 소리를 냈다. 해영은 작은 바람이 쓸데없는 소리를 해 달의 기분을 망쳐놓지 않도록, 서둘러 인사를 했다. 안녕하세요? 하고 운을 뗀 아이는 달에게 부탁할 말을 고르기 위해 잠시 머뭇거렸다.

"흰늑대님하고는 잘 아는 사이시지요? 몸에 검은 얼룩인지, 그림자인지, 진창 같이 엉겨 붙어서 움직이질 못하고 계세요. 달님께서 좀 도와주시겠어요?"

해영의 말에 보름달은 조금 곤란하다는 듯, 어색하게 웃었다. 해영이 부탁하는 일이 그리 어려운 일은 아니었으나, 달 역시 스스로의 사정 때문에 곤란한 지경이었던 것이다. 달은 부끄럽다는 듯, 몸을 배배 꼬며 말했다.

"사실, 내가 있잖니, 요새 식사를 통…… 배가 고파서 힘이 없지 뭐니. 그래서 오늘도 산을 넘는데, 글쎄, 기운이 하도 없어서…… 내가 원체 몸이 무겁긴 하지만, 그래도 이 정도는 아니었는데."

달의 이야기가 길어질 기미를 보이자, 해영은 서둘러 그의 말을 잘랐다. 남은 시간이 얼마 없었기 때문이었다. 아침까지는 집으로 돌아가야만 했다.

"달님께선 무엇을 드시는데요?"

"나야 뭐, 볕을 먹고 살지. 사실 우리 중에서 햇빛의 영향을 받지 않는 이가 있겠니. 저 대단한 흰늑대도 밤중에는 해를 품고 잠드는 것을? 나는 해를 만날 일이 거의 없어서, 바람들을 통해 전달받곤 했는데."

달은 말을 잠시 멈추고는 연을 부둥켜안고 선 작은 바람을 힐긋거렸다.

"요새 바람들은 씻지를 않는 건지, 아니면 해에게 무슨 문제가 생긴 건지. 먹으라고 전해오는 것마다 죄 상하고 더러운 것들뿐이니, 내가 힘을 낼 수 있겠니?"

달의 말에 작은 바람은 억울하다는 듯 공중을 한 바퀴 휘돌았다. 그 바람에 연줄에 매달린 해영은 크게 휘청거려야 했지만 작은 바람을 나무라지는 않았다. 작은 바람 역시, 자신의 몸이 더러운 것은 사실이었으므로, 달에게 내 놓고 따지지 못하고 있는 눈치였다.

확실히 가까이에서 본 달은 얼굴빛이 몹시 창백하고 희었다. 해영은 머릿속에서 이 일들을 차근차근 정리해보았다. 달이 제대로 된 식사를 하지 못하는 건, 작은 바람이 몸을 씻어내지 못하고 있기 때문이고 작은 바람이 몸을 씻지 못하는 건, 큰바람이 오지 못하고 있기 때문이었다. 큰바람님이 오질 못하니 비가 안 오고, 비가 오려면 큰 바람이 와야 하고……. 누군가 말이 든 컵을 엎지른 것처럼, 이런저런 이야기들로 머릿속이 시끄러웠다. 해영은 도리질을 쳐 급하게 달려드는 생각들을 몰아냈다. 어쨌거나 모두를 위해서라도, 흰늑대를 구해야만 했다. 아이는 주머니에 넣어둔 동백꽃 두 송이를 꺼냈다.

"저기, 이게 도움이 될지는 모르겠지만…… 햇빛을 먹고 자란 꽃이라고 들었어요. 그래서 하늘이 깨끗한 겨울에 오히려 더 많은 꽃을 피운대요. 드시고 힘을 좀 내 보세요."

해영의 손에서 동백꽃을 받아 든 보름달의 얼굴이 환해졌다. 그는 기쁜 목소리로 노래하듯 말했다.

"햇빛을 충분히 받은 꽃송이는 훌륭한 음식이고말고. 이거라면 충분해."

아이가 건넨 꽃송이를 한 입에 털어 넣은 달은 끄트머리에서부터 금빛으로 화색이 돌았다. 해영은 주머니에 넣어 두었던 꽃송이가 없어지자 몸이 조금 추워졌지만, 달의 밝은 표정을 보자 덩달아 기쁜 마음이 들었다. 또 이제야 비로소 흰늑대를 도울 수 있게 되었으니 잘 된 일이기도 했다. 야, 이제야 기운이 좀 드는데, 말하며 보름달은 좀 전과는 비교도 안 되게 빠른 속도로 흰늑대를 향해 움직였다.

그와 거의 닿을 만큼 가까운 거리에 선 보름달은, 두 팔을 길게 내뻗었다. 멀리서 달의 두 팔은 햇빛만큼이나 밝은 빛줄기로 보였다. 달이 흰늑대의 앞발을 잡고 끌어당기자, 바다는 무서운 기세로 몸부림쳤다. 그의 몸피에는 좀 전과는 비교도 할 수 없을 만큼 큰 파랑이 일었다. 흰늑대가 울부짖었다. 그의 숨소리, 고함소리를 따라 작은 바람과 해영은 이리 저리 쓸려 다녀야만 했다. 두 눈을 꼭 감고 연줄에만 매달려 있을 수밖에 없었다. 이윽고 커다랗게 철썩거리는 소리가 들렸다. 실눈을 뜨고 앞을 바라보았다. 아이는 그제야 흰늑대의 진짜 의미를 알게 되었다.

흰늑대는 몸피의 털들을 잔뜩 곤두세운 채, 육지를 향해 고함을 질렀다. 그가 몸을 움직일 때마다, 물들은 육지로 와 부딪쳤고 흰 거품이 되어 부시졌다. 물은 멀리 밀려났다가 뭍을 모두 쓸어 엎을 듯이 딜러들었다. 그가 일으키는 바람은 자갈밭에 남았던 검은 덩어리들을 모두 쓸어갔다. 그의 몸을 휘감고 달빛으로도, 햇빛으로도 떨어지지 않던 검은 그림자 역시 흔적도 없이 그의 몸속으로 빨려 들어갔다. 그동안의 수모를 되갚듯 한참 동안 난동을 부리고서야 그는 잠잠해졌다.

5

비 냄새가 풍겼다. 차고 축축한 바람이 멀리서부터 불어왔다. 곧이어 수평선이 일그러졌다. 수면의 끝에서부터 작은 파란이 이는 것이 보였다. 큰 바람이 몰고 오는 비는, 흰늑대의 몸에 부딪혀 자갈이 구르는 소리를 내면서 왔다. 오랜만에 빗방울을 맞고 기분이 좋아진 흰늑대는 파도리의 절벽에 제 멋대로 몸을 부대꼈다. 보름달 역시 오랜만에 몸을 씻겠다며 기뻐했다. 해영은 비가 오는 광경을 넋을 놓고 바라보았다. 작은 바람이 다급하게 말했다.

"돌아가야 돼! 이러다간 네 연도 나도 다 찢겨 사라지고 말겠다."

작은 바람은 치마연을 몰고 육지 쪽으로 도망치면서 아이에게 말했다.

"네가 정말 해낼 거라곤 상상도 못 했어. 바라라고 했던가? 그 애가 정말 좋아하겠다."

해영은 등 뒤로 몰아치는 거센 바람 속에서 중심을 잃지 않으려고 노력하면서도, 자랑스럽게 고개를 끄덕였다. 아이는 소리를 높여 작은 바람에게 말했다.

"덕분이에요! 정말 감사드려요!"

작은 바람은 큰 소리로 웃었다. 그의 웃음소리와 함께 치마연이 위아래로 크게 출렁거렸다. 등 뒤로 빗줄기가 바투 따라붙었다. 작은 바람은 빠른 속도로 연을 안고 날았다. 발 아래로 펼쳐진 풍경들은 급하게 멀어졌고, 그마저도 빗줄기보다 앞서 몰려가는 바람들 때문에 흐릿했다. 이윽고 지평선 끝으로 파란 플레이트 지붕이, 그늘이 깊은 처마가, 칠이 반쯤 벗겨진 대문이 차례로 보였다. 몇 그루의 나무들, 바람에 흩날리는 빨랫줄들도 함께 보였다. 동네 어귀까지 온 듯싶었다. 해영은 연줄을 두어 번 당겨 작은 바람의 주의를 끌고는, 손을 들어 집이 있는 방향을 가리켰다. 작은 바람이 알았다는 표시로 서서히 아래로 내려갔다. 그 때였다. 툭, 하는 소리와 함께 연줄이 끊어졌다. 작은 바람은 연과 함께 저 멀리 날아가 보이지 않게 되었다. 해영은 발밑이 아득해짐을 느끼며 눈을 꼭 감았다.

풀숲 위로 구른 덕분인지 생각보다 통증이 심하지는 않았다. 무릎이 까져 피가 났지만 해영은 개의치 않았다. 뒤따라 온 비가 곧 아이의 몸을 적셨다. 아이는 집까지 달렸다. 달리면서는 자꾸만 입 밖으로 웃음이 새나와 애를 먹었다. 집 앞 골목길에 도착해서야 멈춰서 숨을 골랐다. 사방에서 빗소리가 났다. 빗방울에 묻어 온 바다 냄새가 골목길을 가득 메운 것도 같았다. 빗물에 푹 젖은 아이의 몸에서 흰 김이 피어올랐다. 바라는 자고 있을 것이었다. 아니, 어쩌면 비가 오는 소리를 먼저 듣고 깨어있을지도 몰랐다. 해영은 고개를 들어 하늘을 보았다. 먼 하늘부터 서서히 밝아오고 있었다. 그새 동 틀 무렵이 된 모양이었다. 밤사이 있었던 일들이 전부 거짓말 같았다.

시간이 지나 가빴던 숨이 점차 가라앉고 나서야, 비로소 젖은 몸이 춥게 느껴졌다. 해영은 대문 여는 소리에 부모님이 깨지 않도록 조심하며 천천히 문을 밀었다. 열린 문 틈 사이로, 바라가 서 있었다. 동이 트고 있었음에도 바라는 고개를 땅으로 깊이 숙인 채였다. 언제나 해 뜰 무렵에는 동쪽 하늘을 보고 섰던 바라였다. 해영은 조금 이상하다는 생각이 들었다. 하지만 젖은 옷을 갈아입고 이부자리 속에 들어가 있는 것이 우선이었다. 집에 돌아오고 나서야 긴장이 다 풀린 모양이었다. 깊고 무거운 잠이 아이를 짓눌렀다. 쏟아지는 졸음 속에서, 아이는 아침이 되면 바라가 깨어나리라 생각했다. 바라의 고개가 떨구어진 곳에서는 비를 머금은 동백꽃만 붉게 빛나고 있었다.

출조(出釣)

최윤병

1

사구 언덕 위에 누운 노인은 하늘을 올려다보았습니다. 아직도 별들은 무수히 떠서 각기 다른 별자리 모양을 가지고 있었습니다. 유독 밝은 별을 유심히 쳐다보던 노인은 이내 눈물을 흘리기 시작했습니다.

"이제 너무 나이를 먹었나보구려."

혼자 말하는 노인은 이제 웃고 있었습니다. 노인의 몸이 점점 사구 아래로 내려가기 시작했습니다. 가뿐이 미끄러져 내린 노인은 굽은 허리를 붙들고 점점 바다를 향해 걸었습니다. 파도소리 이외에는 무엇도 들리지 않았습니다. 노인의 뒤로 발자국이 이어졌고 점점 작아졌습니다. 노인의 그림자 역시 점점 굽어지기 시작했습니다. 노인은 이제 네 발로 바다를 향하고 있었습니다. 등이 혹처럼 굽더니 단단한 물체가 되었습니다. 배를 끌면서 어느새 바닷물에 몸이 반쯤 잠겼지요. 노인의 흔적은 찾을 수 없었습니다. 단지 한 마리의 동물만이 눈을 껌벅이며 바닷물 위로 몸을 맡겼습니다. 어두운 바닷물 사이로 검은 그림자만이 가끔 보였지요.

해가 뜨기 전, 한 소녀가 찾아왔습니다. 사구를 바라보더니 이내 사뿐히 사구 아래로 뛰어내려 가뿐하게 주위를 둘러보았습니다. 그리고 무척 빠르게 바다와 가까워졌습니다. 주위를 둘러보던 소녀의 눈에 유독 빛이 나는 돌조각이 눈에 띄었습니다. 소녀의 손에 들린 돌조각은 강한 빛을 뿜어서 소녀는 자신도 모르게 눈을 감고 말았습니다. 그리고 소녀에게 목소리가 들렸습니다.

"그것은 진실이 아니란다."

소녀의 눈앞에는 처음 보는 풍경이 보였습니다. 소녀는 그곳이 바다 아주 깊은 곳이라는 것을 알게 되었지요. 점점 깊은 곳으로 내려가는 것 같더니 바다 깊숙이 자리 잡은 궁궐이 보였습니다. 정적이 흐르던 궁 주변이 소란스러워지더니 문이 열렸습니다. 휘황찬란한 음악소리가 울려 퍼졌습니다. 소녀의 몸이 자연스럽게 궁 안으로 빨려 들어가듯 움직였지요. 소녀가 고개를 돌렸을 때 거대한 바다거북 한 마리가 옆을 지나쳐갔습니다. 소녀는 그 거북이 왠지 낯설지 않았습니다. 두 개의 감정이 교차되어 소녀의 안에서 맴돌았습니다. 아주 그리운 느낌과 증오스러운 느낌이었습니다.

바다거북은 가볍게 물살을 가르고 몸을 틀며 궁 안으로 들어갔습니다. 소녀의 몸 역시 바다거북이 지나간 자리를 지나갔습니다. 궁 안은 황금빛으로 가득했습니다. 고래서부터 돌고래, 가자미, 우럭이 우측에 줄지어 있었습니다. 좌측으로 상어, 가오리, 광어, 복어가 줄지어 있었고 가운데에는 황금빛 옥좌가 있었습니다. 옥좌 우측으로 홍어가 머리를 숙이고 있었고 수염이 긴 용이 옥좌 위에 똬리를 틀고 앉아 있었습니다.

바다거북은 한가운데로 가더니 바닥에 엎드렸습니다. 음악소리가 울리고 다금바리들이 빙글빙글 바다거북의 주위를 돌았습니다. 구석에는 조개들이 입을 열었다 닫으며 타악기 소리를 냈고 해마들이 입을 움직여 나팔소리를 냈습니다. 다금바리들의 춤이 끝나자 음악소리도 그쳤습니다.

옥좌 뒤에서 멸치가 나오더니 외쳤습니다.

"별주부는 들어라. 용왕님께서 병에 걸리셨으니 약을 구해야 하느니라. 병이 나으려면 지상에서 가장 예쁜 토끼의 간을 먹어야 하느니라. 그러니 지상에 가서 토끼를 데려 오거라."

별주부가 고개를 들어 멸치를 노려보았습니다. 멸치는 몸을 움츠리더니 이내 헛기침을 하고는 한 가닥 난 수염을 지느러미로 어루만졌습니다. 가만히 똬리만 트고 앉아있던 용이 몸을 일으켰습니다.

"짐이 몸이 허하니 정사를 제대로 돌볼 수가 없구나. 지상으로 나갈 수 있는 것은 그대와 짐 뿐이나 이리 몸이 허해서야 갈 수가 없지 않은가. 그러니 공에게 부탁하는 것이네."

바다거북은 한숨을 쉬더니 고개를 끄덕이고는 돌아서서 용궁을 나왔습니다. 바다거북이 나간 용궁 안에서는 갑자기 비웃는 웃음소리가 퍼졌습니다. 눈치를 살피던 멸치 역시 바다거북이 나간 것을 확인하고는 배를 잡고 웃었습니다.

"역시 순진한 것들을 이용하는 능력이 타고나십니다요."

멸치의 아부에 용은 온몸을 뒤틀며 말했습니다.

"사실. 그 토끼 처자가 그렇게 예쁘다는 소문이 있어서 말이지. 내 한 번 품어보고 싶었지."

멸치는 용왕의 옆에 찰싹 붙어서 지느러미를 비비고는 계속 웃었습니다. 소녀는 그런 멸치가 얄미워서 다가가 손을 휘둘렀으나 허공을 휘두를 뿐이었습니다. 멸치의 웃음소리가 사방을 울렸습니다.

갑자기 주위의 환경이 바뀌었습니다. 어두운 바다 속, 바다거북 혼자 헤엄쳐 갔습니다. 소녀는 그런 거북의 등에 있었습니다. 바다거북의 목소리가 들렸습니다.

"쯧쯧. 저러니 하늘에서도 쫓겨났지. 제 버릇 못 고친다고. 답이 없구만, 답이 없어."

한숨을 내쉬는 거북의 모습이 점점 사라지기 시작했습니다. 그리고 소녀의 귀에 소리가 들렸습니다.

"내 기억의 조각들을 모아서 지금까지 알고 있던 오해를 풀었으면 좋겠구나."

강한 빛에 의해 소녀는 눈을 감았습니다. 소녀가 다시 눈을 떴을 때 사구의 풍경이 눈에 들어왔습니다. 소녀는 멍하니 바다를 보았습니다. 그러더니 주먹을 쥐고는 떨었습니다.

"거짓말. 거짓말이야."

혼자 중얼거리던 소녀는 사구 위를 달리기 시작했습니다. 해변을 지나 어느새 사구로부터 제법 멀어졌습니다. 바다가 보이지 않는 길을 쉬지 않고 달렸습니다. 소녀의 발은 매우 빨랐습니다. 보이지 않던 바다가 다시 보이기 시작했습니다. 그리고 굉장히 작은 바다가 보였습니다. 백리포 해수욕장이었습니다. 소녀는 바다에 도착해서야 달리기를 멈추었고 곧 숨을 몰아쉬기 시작했습니다. 숨이 가라앉자 바다를 향해 소리 질렀습니다.

주위에는 아무도 없었습니다. 바다는 잔잔히 펼쳐져 있었습니다. 바다와 하늘이 맞닿은 검은 선과 같은 곳을 바라보던 소녀는 자리에 주저앉았습니다. 지난 기억이 떠올랐습니다. 소녀의 두 눈에 어른거리는 지난 과거들이 하나씩 하나씩 스쳐지나갔습니다. 깜박이는 기억의 조각들을 하나씩 붙잡으려는 듯 소녀는 손을 앞으로 뻗었습니다. 허공을 헤매던 손이 소녀의 무릎 위로 떨어짐과 동시에 작은 물방울들이 그 위에 튀었습니다.

"네 아버지란다."

소녀의 손에 쥐어진 사진에서 덩치가 제법 있는 중년의 아저씨가 웃고 있었습니다. 병원 안은 조금 소란스러웠습니다. 싸움이 났는지 그 소리는 점점 커지고 있었습니다. 시끄러운 주위의 소리가 소녀에게는 들리지 않았습니다. 손에 쥐어진 사진을 보며 멍하니 있었습니다. 침대 위에 누워있는 여자가 꺼질 듯한 숨을 몰아쉬었습니다. 소녀는 그런 여자의 손을 쥐었습니다. 여자의 숨소리는 점점 빠르게 들려왔습니다. 동시에 기계에서 선들이 빠르고 작게 움직였습니다. 소녀는 다급하게 여자의 손을 놓고신 문 밖으로 달려 나갔습니다. 홀로 남겨진 여자의 손이 침대 아래쪽으로 늘어졌습니다. 삐. 경고음은 병실 안을 장악했습니다. 그리고 다시 돌아온 소녀는 문 앞에서 멈춰 섰습니다. 소녀를 지나쳐 병실 안으로 들어온 의사는 기계를 바라보더니 소녀를 바라보며 고개를 흔들었습니다. 소녀의 눈이 커진 것처럼 보이더니 눈물이 흘러내렸습니다. 소녀의 손에 쥐어진 사진은 점점 구겨졌습니다.

지난 기억이 떠올라서 소녀는 주머니를 뒤졌습니다. 꼬깃꼬깃한 사진을 꺼내든 소녀는 사진을 다시 들여다보았습니다.

"용서할 수 없어."

소녀의 손에 의해 사진은 점점 둘로 쪼개어졌습니다. 더 찢어내려던 것을 멈추고는 다시 주머니에 넣었습니다. 소녀는 그 남자를 잊지 않겠다고 다짐하며 자리에서 일어났습니다. 사구에서 주웠던 돌조각을 주머니에서 꺼내고는 해변을 둘러보았습니다. 그곳에서도 반짝이는 돌조각을 발견할 수 있었습니다. 소녀가 돌조각을 주워 가지고 있던 돌조각과 맞추었습니다. 어긋난 부위가 정확히 일치했습니다. 다시 강한 빛이 뿜어져 나와 소녀는 눈을 감을 수밖에 없었습니다.

"진실은 이런 식으로 전해졌어야 했단다."

해변으로 올라온 바다거북은 계속 지상으로 기어 올라갔습니다. 소녀역시 바다거북의 뒤를 따랐습니다. 산을 오르는 바다거북의 모습이 그리익숙하지만은 않았습니다. 느릿느릿 오르는 바다거북을 보며 소녀는 자신이 밀어 올려주고 싶다는 생각을 했습니다. 제법 오랜 시간을 올라가서야정상에 도착했습니다. 이미 바다거북은 토끼들이 사는 마을을 알고 있었습니다. 산꼭대기의 한 동굴에 토끼들이 모여 산다는 것을 말이죠.

바다거북은 항상 자신이 숨어 지켜보았던 바위 뒤에서 토끼들을 엿보았습니다. 소녀도 그런 거북의 모습을 뒤에서 지켜보았지요. 바다거북은 한참 토끼들을 바라보았습니다. 자유롭게 뛰어다니는 토끼들. 그 틈새에서홀로 앉아 하늘만 올려보는 토끼에게서 시선이 멈춰 있었습니다. 소녀가바라보기에도 유독 다른 토끼들과는 달라 보였습니다. 저녁이 다 되어서야 토끼들은 집안으로 들어갔습니다. 그 토끼만이 남았습니다. 소녀는 토끼에게 가까이 갔습니다. 밤바다처럼 빨아들이는 듯한 눈을 가지고 있었습니다.

소녀의 눈에 거북이 바위 뒤에서 토끼에게 다가가는 모습을 보았습니다. 무언가 홀린 것처럼 거북은 점점 토끼에게 가까워졌습니다. 거북은 멍하니 있는 토끼에게 다가가서 입을 열었습니다.

"아름답습니다."

깜짝 놀란 토끼는 그 자리에서 위로 솟구쳤습니다. 토끼의 눈에 거북은들어오지 않았습니다. 주위를 한참 살피더니 몸을 떨었습니다. 놀란 가슴을 쥐고는 안도의 숨을 내쉬었지요. 거북의 두 번째 말에 토끼는 아래를 내려다보았습니다. 거북의 모습이 이제야 눈에 들어오기 시작했습니다.

"휴. 돌이 말하는 줄 알았네."

토끼는 거북의 모습을 보고는 신기한 듯 주위를 뛰어다니며 관찰했습니다. 그리고 거북의 등 위로 올라갔습니다. 거북은 가만히 있었습니다. 심지어는 숨소리조차 약하게 참으며 몸을 최대한 움직이지 않으려고 안간힘을 썼습니다.

"여기 정말 편하네."

토끼의 말에 거북은 대답했습니다.

"언제든 제 등에 오르는 것은 환영입니다."

토끼는 그런 거북의 등에서 듣는 둥 마는 둥 팔짝팔짝 뛰어보기도 하고 누워서 하늘을 올려다보기도 했습니다.

"지루하던 참인데 정말 새로운 경험이네."

등 위에서 토끼는 누운 채 눈을 감았습니다. 거북의 등이 편해서인지 어느새 잠이 들었습니다. 거북은 토끼의 숨소리를 듣고 있다가 미동이 생기지 않도록 천천히 움직였습니다. 소녀 역시 천천히 거북의 뒤를 따랐습니다. 거북은 천천히 아래로 내려갔습니다.

산을 다 내려왔을 때까지도 토끼는 거북의 등에서 잠들어 있었습니다. 거북은 해안가에서 멈추었습니다. 소녀가 보기에 거북은 고민을 하고 있는 것 같았습니다. 바다를 바라보며 멈춰있던 깃도 지나고 별이 무수히 뜬 하늘을 바라보며 눈을 껌뻑였습니다. 소녀도 거북을 따라 하늘을 올려다보았습니다. 하늘에는 그동안 한 번도 본 적이 없었던 별들이 수놓고 있었습니다. 마치 무수한 다이아가 하늘을 메운 것처럼 보였습니다. 소녀의 눈에 점점 그 별들이 가까워지는 것 같았습니다. 그러더니 이미 주위에 별들이 있었습니다. 소녀의 옆에서 밝은 빛이 뿜어지는 것을 느꼈습니다.

소녀가 고개를 돌리자 달이 떠 있었습니다. 아주 큰 보름달이었습니다. 그 안에서 토끼는 기분이 좋은 듯 잠들어 있었습니다. 거북의 모습은 보이지 않았습니다. 주위를 둘러보아도 소녀의 눈에는 별들만이 보일 뿐이었습니다. 소녀는 아래를 내려다보았습니다. 보일 듯 말 듯한 지상이 어지러

윘습니다. 아찔한 높이에 소녀는 자기도 모르게 몸을 떨었습니다. 아래에 무언가 형체가 뚜렷해지기 시작했습니다. 바다거북의 존재는 거기에 있었습니다. 목을 길게 뻗어 잠든 토끼를 바라보고 있었습니다. 갑자기 주위가 어두워졌습니다. 소녀는 몸이 아래로 떨어져 내리고 있다는 느낌을 받았습니다. 소녀는 눈을 감았습니다.

떨어져 내리는 기분이 사라지자 소녀는 다시 눈을 떴습니다. 소녀는 돌조각을 주운 해변에 서 있었습니다. 바람이 얼굴을 훑고 지나갔습니다. 시간은 얼마 지나지 않은 것 같았습니다. 소녀의 손에는 주웠던 돌조각들이 서로 붙어 있었습니다. 돌조각을 통해 소녀의 모습이 비쳐졌습니다. 소녀는 기운이 빠진 듯 그 자리에 주저앉았습니다.

"대체 무슨 얘기를 하고 싶은 거야."

소녀는 돌조각을 향해 물었습니다. 하지만 돌조각이 대답을 해줄 리가 없다고 생각했지요.

"진실."

돌조각에서 조용히 들려온 것 같았습니다. 소녀는 놀라서 돌조각을 바닥에 떨어뜨렸습니다. 돌조각은 모래바닥에 박혔습니다. 소녀는 뒤돌아서 자리를 뜨려고 했습니다. 하지만 갑자기 발걸음이 떨어지지 않아서 다시 뒤를 돌아보게 되었습니다. 그 때 산 너머부터 태양이 떠올라 돌조각을 빛으로 비추기 시작했습니다. 돌조각을 통해 뿜어져 나온 빛이 토끼의 눈과 같다고 느껴졌습니다. 소녀는 다시 돌조각을 주워 올렸습니다. 손에 돌조각을 쥐고 나서야 소녀는 정신이 들었습니다. 손에 든 돌조각을 다시 버릴 용기가 나지 않았습니다. 오히려 돌조각에 공포를 느끼기 시작했습니다. 햇살을 맞으며 소녀는 걸었습니다. 계속 아래로 내려가야만 한다는 생각이 들었습니다.

소녀의 걸음은 어느새 다른 해변에 닿았습니다. 천리포 해수욕장. 조금 넓어진 바다에서 소녀는 정신없이 바다를 훑어보기 시작했습니다. 그토록 쉽게 찾았던 돌조각이 눈에 띄지 않았습니다. 점점 소녀는 마음이 급해지기 시작했습니다. 꼭 찾아야 할 것 같은 공포가 소녀의 몸을 움직이고 있었습니다. 어디선가 섬뜩하게 거북이 훔쳐보고 있을 것만 같았습니다. 바다 쪽으로 고개를 돌렸을 때 제법 물이 빠져있는 것이 이제야 눈에 들어왔습니다. 그러나 지금 소녀에게는 감상에 젖어있을 정신이 없었습니다. 물이 멀어진 저편에서 육지와 이어진 섬이 눈에 들어왔습니다. 소녀는 섬을 향해 달리기 시작했습니다.

"저기라면 있을 거야."

소녀는 바닷물이 빠져 열린 길을 따라 달렸습니다. 섬에 도착했을 때 소녀는 꼭대기에 빛을 뿜는 것을 볼 수 있었습니다. 조금 가파른 섬 위로 기어올랐습니다. 겨우 도착한 꼭대기에서 소녀가 발견한 것은 홀로 빛을 뿜고 있는 돌조각이었습니다. 소녀는 돌조각을 다시 손에 쥐었습니다. 돌조각을 포개었을 때 맞은 편에 있는 섬이 점점 가까워지는 것 같더니 땅이 울리는 기분에 소녀는 자리에 주저앉았습니다. 이후에는 아래로 계속 빨려 내려가는 기분에 정신이 집중되었습니다.

아래로 떨어지는 기분이 없어져서 고개를 들었습니다. 해변이었습니다. 바다거북이 눈에 들어왔습니다. 소녀는 순간 뒷걸음질을 쳤습니다. 거북에 등에는 토끼가 누워 있었습니다. 햇살이 바닷물에 빛을 더해주고 있었습니다. 눈이 부시게 빛나는 바다 속으로 바다거북은 천천히 걸음을 옮겼습니다. 토끼는 물속에 들어가서도 깨어나지 않았습니다. 소녀도 용기를 거북의 등에 있는 토끼 옆에 앉았습니다. 몸이 벌써 물속에 잠겼습니다. 물속에서 어찌나 편하게 자고 있던지 소녀는 토끼가 죽은 줄 알았습니다. 그러나 도끼의 숨소리를 들으며 도끼가 살아있음을 일 수 있있습니다.

잠시 후 토끼가 잠에서 깼습니다. 눈을 몇 번 비비더니 어리둥절하게 쳐다보았습니다.

"여기가 어디지?"

거북은 토끼에게 말을 걸었습니다.

"바다 깊은 곳. 모여주고 싶었어."

바다거북의 등 위는 넓어서 편히 누워 있을 수 있었습니다. 토끼는 물속의 풍경을 유심히 지켜보았습니다. 위로는 태양이 희미하게 일렁거리고 아래로 내려갈수록 짙은 푸름과 함께 형형색색의 물고기들이 돌아다니고 있었습니다. 토끼는 모든 것이 신기한 듯 주위를 열심히 살폈습니다. 아래로 계속 내려갔습니다. 어두운 곳에서는 스스로 빛을 내며 돌아다니는 물고기도 있었습니다. 바닥에는 분홍색의 벚꽃길이 연상되는 산호들이 끝없이 이어져 있었습니다. 산호를 따라 계속 나아갔습니다. 분홍빛의 산호들이 노란색으로 바뀌더니 더 나아가자 하얀색으로 바뀌었습니다. 다시 녹색으로 바뀌더니 파란색으로 바뀌었다 붉은 색으로 바뀌었습니다. 주변의 경관이 바뀌는 것을 바라보며 한참을 나아가던 거북은 물고기들이 잔뜩 몰려있는 곳에서 멈추었습니다. 물고기들은 서로 모여 무언가 하고 있었습니다. 거북이 가까이 다가가자 그들의 대화가 들렸습니다.

"이번엔 진 사람이 이걸 무는 거다."

"진짜 나 올라가기 싫은데."

물고기들은 한숨을 내쉬더니 지지 않겠다는 듯 결의에 차서 지느러미를 내밀었습니다.

"가위 바위 보!"

서로 내민 지느러미를 보더니 한 물고기만 한숨을 내쉬었습니다. 광어였습니다.

"하아. 내 인생도 이걸로 끝이구나."

광어는 입으로 위에서부터 드리워진 실을 물었습니다. 그리고 실에 이끌려 금방 위로 솟구쳐 올랐습니다. 곧 물고기들은 사방으로 흩어졌습니다. 거북은 멍하니 보고 있던 토끼에게 이야기하기 시작했습니다.

"인간이 먹는 물고기들은 저렇게 순서를 정해서 식량이 되어 주지."

"흠흠. 그래도 나는 저렇게 죽는 것은 싫어."

거북도 역기 고개를 끄덕였습니다. 소녀 역시 끄덕이고 있었습니다. 다시 헤엄을 치기 시작했습니다. 헤엄쳐나가는 거북은 계속해서 말했습니다.

"인간들이 말하는 출조 날은 우리들이 개체수가 너무 늘어나서 수를 줄이기 위한 용왕의 정책 때문에 생긴 것인데 누구도 원하지 않았던 일이지."

토끼는 그 말에 아무런 표현도 하지 않았습니다. 주변의 경치에 정신이 팔려 있었습니다. 소녀 역시 바다 속 풍경은 처음이었습니다. 그렇게 감상에 젖어 있을 때 뒤에서 부르는 소리가 났습니다.

"어디 가는 겐가. 토끼를 데려왔으면 얼른 용왕님께 가지 않고."

돌아보았을 때 멸치가 있었습니다. 지느러미로 한 가닥 밖에 없는 수염을 쓸어내리며 사극에서 볼 수 있는 간신의 목소리를 내며 말했습니다. 거북은 멸치를 노려보았습니다. 그러자 멸치는 조금씩 뒤로 물러났습니다. 겁을 먹은 듯 작은 자신의 몸을 더 웅크려서 초라해 보였습니다. 그렇게 있던 멸치가 갑자기 허리를 펴고 당당히 있었습니다. 거북의 뒤에 상어가 있었습니다. 상어는 날카로운 이를 드러내며 말했습니다.

"설마 용왕님께 데려가지 않으려는 것은 아니겠지?"

거북의 눈이 떨렸습니다.

"지금…… 가려던 참이었네."

거북은 멸치의 뒤를 따랐습니다. 상어가 뒤에서 이를 드러내며 간간히 위협을 했습니다. 오래 지나지 않아 용궁이 보였습니다. 황금색 용궁마저 토끼에게는 신비한 볼거리였습니다. 소녀는 외쳤습니다.

"들어가면 안 돼! 제발 멈춰줘."

소녀의 간절한 외침에도 결국은 용궁 안으로 들어가고 말았습니다. 소녀는 있는 힘을 다해 토끼를 밀어내려 했지만 토끼의 몸을 통과해버리고 말 뿐이었습니다. 이대로 가면 별주부전의 이야기처럼 되어버리는 것이었습니다. 소녀가 알고 있던 별주부전의 이야기는 아니었지만 소녀는 간절히 거부했습니다. 소녀의 바람은 끝내 이루어지지 않았습니다. 용왕 앞에 선 거북은 움직이지 못했습니다. 소녀는 용왕의 웃는 모습이 비열하다고 생각했습니다. 그러나 소녀는 간섭할 수 없었습니다.

"역시 별주부공은 약속을 잘 지키는 군요."

용왕이 조롱이 섞인 말투로 이야기하였습니다. 바다거북은 몸을 부르르 떨었습니다. 소녀는 그런 거북의 모습을 보았습니다. 여전히 토끼는 어떤 일이 벌어지고 있는지 모르는 듯 주위만 둘러보고 있었습니다.

"그럼 이제 토끼를 잡아 내 앞에 바쳐라."

용왕의 말과 함께 상어가 나서서 토끼를 끌어냈습니다. 토끼는 빤히 용왕을 올려다보았습니다. 용왕이 잠시 동안 말을 하지 않았습니다. 점점 토끼의 눈을 바라보며 토끼에게 가까워졌습니다. 소녀는 토끼의 깊은 눈이 떠올랐습니다. 잴 수 없는 만큼의 깊이. 그 속으로 빨려들 것 같았던 기억에 용왕 역시 반응을 못하고 있었습니다. 용왕을 바라보던 토끼가 눈을 감자 용왕은 정신이 돌아온 듯 헛기침을 한 번 하고는 말했습니다.

"짐이 그대를 범하면 영생을 살 수 있다. 나와 함께 영생을 함께 하겠는가?"

토끼는 그런 용왕을 향해 웃더니 말했습니다.

"싫어."

주위가 정적에 휩싸였습니다. 어느 누구도 숨소리조차 내지 않았습니다. 용왕은 조용히 몸을 떨고 있었습니다.

"짐을 조롱거리로 만들었겠다. 원래 계획대로 간을 뽑아버리겠다."

그러자 거북이 말했다.

"제가 실수로 간을 두고 온 토끼를 데려왔습니다."

용왕은 흥분해서 격하게 말했다.

"간 없이 어떻게 살 수 있는가. 어느 안전이라고 거짓을 고하는가."

용왕의 말에 토끼도 말했습니다.

"우리 토끼들은 간 없이도 하루는 살 수 있습니다. 제가 무얼 믿고 거북을 따라왔겠습니까?"

그러자 용왕은 얼굴을 붉히며 말했습니다.

"상관없다. 그냥 몸 안을 열 것이다."

토끼에게 다가가는 용왕에게 거북이 갑자기 몸을 날렸습니다. 둥그렇게 말린 몸이 원반처럼 날아가 용왕의 몸에 부딪치자 용왕은 주춤거리며 뒤로 밀려나더니 왕좌에 부딪치며 넘어졌습니다. 거북은 등에 토끼를 태운 뒤 빠르게 용궁 밖으로 빠져나갔습니다. 쫓아가려는 병사들을 고래가 막아섰습니다.

"놔줘라."

고래의 몸을 피해서 유일하게 쫓아간 상어는 거북의 뒤를 맹렬하게 쫓기 시작했습니다. 물살을 가르며 지상으로 빠르게 갔습니다. 갑자기 거북의 표정이 고통스럽다는 듯 변하더니 속도가 줄었습니다. 뒤에서 쫓아온 상어가 거북의 다리를 물고 있었습니다. 거북의 다리에서 피가 바다에 사방으로 퍼져나갔습니다. 토끼는 그런 상어의 눈을 바라보았습니다. 상어는 토끼의 눈을 보자 물고 있던 거북의 다리를 놓고는 그 자리에 멈췄습니다. 거북은 있는 힘을 다해 위로 올라갔습니다. 해변에 다다르자 거북은 토끼에게 말했습니다.

"어서 가!"

토끼는 거북을 바라보더니 곧장 산으로 뛰어올라갔습니다. 거북은 그 자리에서 피가 흐르는 다리를 끌고 해변 위에 올라왔습니다. 그리고 바닷가를 바라보았습니다. 멀리서 고래의 등이 보였습니다. 고래의 머리 위에서 물이 뿜어져 올라갔습니다. 무언가가 하늘에 맞닿을 만큼 뿜어졌습니다. 거북은 다친 몸을 이끌고 옆에 있는 절벽을 향했습니다. 피를 너무 많이 흘려서인지 거북은 가쁜 숨을 몰아쉬며 절벽 위로 올랐습니다. 절벽 위에 선 거북은 하늘을 소리를 지르고는 그 자리에 늘어졌습니다.

소녀는 울고 있었습니다. 거북의 모습을 보고 있으려니 계속 심장이 아픈 것 같았습니다. 소녀는 거북이 늘어진 절벽으로 올라갔습니다. 절벽 위에서 보는 바다는 끝이 보이지 않았습니다. 해가 서서히 지고 있었습니다. 점점 붉어지는 하늘과 더불어 거북의 몸마저 포근히 감싸는 것 같았습니다. 노을은 바다에 붉은색의 길을 만들고 있었습니다. 늘어져버린 거북의 입가에 미소가 어려 있는 것 같았습니다. 소녀는 지금의 모습을 강하게 부징하고 싶었습니다.

"거짓을 보여주지 마."

그런 거북의 뒤에 용왕이 나타났습니다. 용의 모습을 한 용왕은 거칠게 숨을 몰아쉬더니 거북을 내려다보았습니다. 꼬리로 거북의 몸을 밀쳐 절벽 아래로 떨어뜨렸습니다. 그리고 여전히 분이 풀리지 않는다는 듯 소리를 질렀습니다. 갑자기 하늘이 어두워지기 시작했습니다. 검은 먹구름은 붉은 노을의 빛을 삼켜버리고는 하늘에서 빙글빙글 돌기 시작했습니다. 번개 한 줄기가 용왕의 앞에 떨어졌습니다. 용왕은 놀라서 뒤로 조금 물러섰습니다. 하늘에서 소리가 들려왔습니다.

"아직도 반성을 못한 게로구나. 한 번 그 자리에서 꼼짝도 못한 채 반성을 하여라. 마지막 기회를 네 발로 차버린 것이니."

용왕은 반성은 하지도 않고 하늘에 소리를 질렀습니다.

"물속에서 이 정도로 조용히 살았으면 됐잖아요!"

하늘에서는 한숨소리가 들리더니 우렁찬 소리와 함께 한 줄기 빛이 용왕의 머리 위로 떨어졌습니다. 용왕의 몸이 조금씩 변하더니 바위의 모습이 되었습니다. 그 모습은 마치 거북의 모습이었습니다.

"더는 구제할 길이 없구나. 내 너를 내치도록 하겠다. 평생을 그곳에서 돌이 되어 있어라."

돌이 된 용왕은 더 이상 말이 없었습니다. 소녀는 바위 아래를 내려다보았습니다. 거북의 모습이 보이지 않았습니다. 조금 멀리서 갑자기 고래가 위로 모습을 드러냈습니다. 고래의 등에는 거북이 얹어져 있었습니다.

"옥황상제여. 분부하신 대로 하였습니다."

하늘이 다시 밝아지더니 해가 비치는 붉은색으로 주위가 바뀌었습니다. 다시 하늘에서 소리가 들려왔습니다.

"그대에게 이 바다를 맡기도록 하겠다. 모두 내 불찰로 생긴 일이니 거북에게도 그에 합당한 보상을 해주어야 하겠지."

목소리가 멈추고 고래의 모습이 변하여 용의 모습을 가졌습니다. 그리고 거북이 눈을 떴습니다.

"별주부공의 염원이 이루어질 때까지의 수명을 주겠다고 약속해 주었소. 이제 가서 그대가 살고 싶은 삶을 살도록 하시오."

거북을 남긴 채 용왕이 된 고래는 물속으로 사라졌습니다. 거북은 하늘을 올려다보더니 눈물을 흘리며 감사하다는 말만 반복할 뿐이었습니다. 소녀는 거북의 모습을 보고 자신도 모르게 미소를 짓고 있었습니다.

노을을 바라보다가 정신을 차려보니 돌조각을 찾으러 왔던 섬이었습니다. 손에는 돌조각이 합쳐져서 하나가 되어 있었습니다. 합쳐진 돌조각은 반달 모양이 되어 있었습니다. 섬에 조금씩 물이 차오르고 있었습니다. 소녀는 뛰어내리다시피 섬에서 내려왔습니다. 계속 달렸습니다. 철리포를 빠져나와 만리포에 다다랐을 때 제법 시끄러웠습니다. 정신없이 이어진 가게들과 해변을 거니는 사람들이 보였습니다. 이따금 가게 안에서 손짓하며 식사를 하고 가라는 사람들도 보였습니다. 바닷가를 향하는 사람들은 소녀에게 시선 한 번 주지 않았습니다. 소녀는 많은 사람들 사이에서 자신이 혼자라는 생각이 들었습니다. 서로에게 관심이 없는 이 넓은 바다 앞에서 어디로 가야 하는지 알 수가 없었습니다. 혼자라는 것. 소녀는 자신에게 거북이 말하려고 하는 것이 무엇이었을지 감을 잡을 수 없었습니다.

쓸쓸히 해변의 끝에서 끝으로 도착했을 때 소녀의 옆으로 한 줄의 발자국이 더 있는 것을 볼 수 있었습니다. 그 발자국은 소녀보다 먼저 지나간 듯 앞으로 더 뻗어 있었습니다. 소녀는 발자국에 시선을 맞추며 걸어갔습니다. 많은 사람들 속에서 자신의 존재는 아무것도 아닌 것처럼 각각 자신들끼리 뭉쳐서 다른 이들은 신경조차 쓰지 않는 모습. 지금까지 해변을 따라 홀로 왔던 길들이 외롭게만 느껴졌습니다. 해는 머리 위에 떠 있었습니다.

2

배고픔도 지친 것도 잊은 채 정신없이 걸었습니다. 행여나 눈앞에 이어져 있는 발자국을 놓쳐버릴까 봐 계속 걸음을 옮겼습니다. 그렇게 걸어서 도착한 곳은 방파제로 둘러싸인 항구였습니다. 발자국이 끊긴 것은 모래가 사라진 시멘트로 이어진 길이었습니다. 소녀는 시멘트 길 위로 걸었습니다. 다리는 소녀의 의지와 상관없이 앞으로 나아갔습니다. 감각조차 느껴지지 않는 다리로 터벅이며 걸었습니다. 방파제 위로 난 길을 따라 등대 앞까지 갔습니다. 등대 근처에 도착하니 한 사람이 있었습니다. 그 사람은 낚싯대를 드리우고 앉아서 졸고 있었는데 옷차림은 아무리 봐도 낚시꾼 복장이 아닌 정장 차림이었습니다. 소녀는 방파제 한 구석에 주저앉았습니다. 다리가 저려서 열심히 손으로 두드렸습니다. 그대로 자리에 누웠습니다. 태양이 눈으로 들어와서 감을 수밖에 없었습니다. 잠시 동안 그대로 멈추었습니다.

얼마나 시간이 지났는지 모르겠습니다. 소녀는 누군가가 흔드는 바람에 눈을 떴습니다. 정장 차림의 낚시꾼이었습니다. 낚시꾼은 손에 든 물건을 건넸습니다. 따뜻한 꽃게탕이 담겨 있었습니다. 낚시꾼은 소녀를 보고는 웃더니 마시라는 손짓을 했습니다. 소녀는 한 모금 마시더니 이내 정신없이 들이켰습니다. 다 먹고 주위를 둘러보았을 때 정장 차림의 낚시꾼은 사라지고 없었습니다. 소녀는 그릇을 옆에 내려놓고 자리에서 일어났습니다. 다리가 계속 후들거렸습니다. 소녀는 낚시꾼이 낚시하던 장소에 갔습니다. 그 자리에서 돌조각을 찾을 수 있었습니다. 소녀는 돌조각을 집어들었습니다.

"이건 동화 속 이야기가 아니라 진실이란다."

소녀의 눈에 전쟁하는 사람들이 눈에 들어왔습니다. 갑옷을 입고 서로가 서로를 죽이는 잔혹한 광경이 눈에 보였습니다. 그리고 금세 주변의 환경이 바뀌더니 처음 보는 항구가 보였습니다. 모든 배들은 나무 색깔로 오래된 모습이었습니다. 조그마한 배가 한 척 들어왔습니다. 배 위에는 어디선가 본 듯한 중년의 사내가 노를 젓고 있었습니다. 그리고 그 배 위에는 소녀가 항상 가까이 하고 싶었던 여인이 있었습니다. 익숙한 모습. 소녀의 어머니였습니다. 한복을 입은 그 사내가 누구였는지는 잘 기억이 나지 않았습니다. 사내는 소녀의 어머니, 여인의 손을 잡고 배에서 내려주었습니다.

장면이 바뀌고 성안이었습니다. 사내는 여인과 함께 성 안으로 들어갔습니다. 많은 궁녀들 사이에 왕이 왕좌에 앉아 있었습니다. 왕좌에서 여인을 부른 왕은 여인을 품에 안았습니다. 중년의 사내는 왕 앞에서 고개만 숙이고 있었습니다. 왕에게 다가가려 하자 주변의 병사들이 달려들어 사내를 밖으로 끌어내기 시작했고 여인도 사내를 향해 나가려 했지만 왕의 손에 붙들려 나갈 수 없었습니다.

"의자왕이시여."

사내는 계속해서 왕의 이름을 불렀지만 점점 멀어져만 갔습니다. 여인의 배는 점점 시간이 갈수록 불러졌습니다. 주변이 바뀌더니 여인의 비명소리가 들려왔습니다. 고통에 찬 목소리 끝에 아기 울음소리가 울려왔습니다.

"딸입니다."

여인은 그대로 탈진한 듯 자리에 늘어졌습니다. 여자아이는 여인의 품에 안겼습니다. 다시 주위의 환경이 바뀌었습니다. 사방이 불타고 있었습니다. 사람들의 비명소리가 울려 퍼졌고 절벽 끝이었습니다. 여인들이 차례로 물속으로 몸을 던졌습니다. 그 안에 여인도 있었습니다. 절벽 아래로 떨어진 여인들의 몸이 떠오르지 않았습니다.

사내의 모습이 나타났습니다. 사내는 물속에서 시신들을 건져내기 시작했습니다. 한참을 건져내다 여인의 시신을 안았을 때 사내는 울고 있었습니다. 여인의 시신을 안고 길을 나섰습니다. 주위의 환경이 산과 들판으로 계속 바뀌더니 해변이 나타났습니다. 사내는 등에 업은 여인과 함께 바다 속으로 들어가기 시작했습니다. 사내의 몸이 점점 변하더니 바다거북의 모습으로 바뀌었습니다.

다시 주위가 바뀌더니 아기 울음소리가 들렸습니다. 병사들이 다 무너진 집의 잔해들을 치워내고는 궤짝 하나를 꺼냈습니다. 궤짝 문을 열자 안에는 한 아기가 울고 있었습니다. 한 병사가 아기를 안고는 갑옷을 벗어던지며 어딘가로 길을 걸었습니다. 아기의 모습이 점점 성장하여 소녀가 되고 여인이 되었습니다. 그리고 주위가 어두워졌습니다.

소녀는 어지러움에 중심을 잃었습니다. 눈에 바다가 가까워지는 것 같더니 차가웠습니다. 그리고 정신을 잃었습니다.

소녀가 다시 정신을 차렸을 때 무언가 평평하고 편한 곳에 있다는 생각이 들었습니다. 주위를 둘러보니 온통 바닷물뿐이었습니다. 아래가 평평하기에 내려다보니 거북의 등껍질 위였습니다. 흔들림조차 없이 거북은 소녀를 태우고 파도를 헤치며 어딘가로 향했습니다. 파도가 유독 심했습니다. 해변이 보이고 거북은 소녀를 안전하게 해변 위로 올려놓았습니다. 거북이 내려준 자리에서 돌조각이 눈에 들어왔습니다. 소녀는 돌조각을 집어 들었습니다.

돌조각이 꼭 맞게 남은 틈새에 들어갔습니다. 원래 하나였던 것처럼 원형의 모습을 갖추었습니다. 소녀의 손 위에서 색이 조금 변하더니 금속의 느낌이 났습니다. 그리고 목소리가 들렸습니다.

"이제야 이야기할 수 있게 되었구나."

고개를 돌려보니 거북이 말을 하고 있었습니다. 그 자리에 주저앉은 채 소녀는 말했습니다.

"거짓말쟁이."

거북은 눈을 껌뻑이더니 고개를 저었습니다.

"내 이야기를 들어주렴."

"당신하고 더는 할 이야기가 없어요."

거북은 그런 소녀의 말을 못들은 것처럼 자신의 이야기를 시작했습니다.

—내 진짜 모습은 지금 보이는 모습이란다. 오랜 시간동안 살아오면서 네 어머니만을 만나기 위해 이렇게 기다려왔지. 처음 태어난 곳은 지금 별주부 마을이라 불리는 곳이란다. 아주 오래전에 태어났지. 그 시간동안 인간의 모습으로 지금의 모습으로 변해가며 살아왔단다. 네 어머니를 만나야 한다는 일념 하나로 살아왔지. 그리고 결국 내 소원은 이루어졌단다. 지금 내가 이 자리에 남아있는 것은 마지막으로 전해주고 싶은 것이 남아서이지. 네 어머니는 원래 바다 건너 중국 땅에서 왔단다. 나는 그녀를 사랑하게 되었지. 백제 시절. 잃어버린 그녀를 찾을 수 있도록 하늘이 소원을 들어준 것이란다. 내 부족 중 살아남은 것은 나 혼자뿐이고 이제 네가 내 마지막 자손이란다. 우리 부족의 특징은 백 년간 거북으로 살면 그 다음 백 년을 인간으로 살 수 있는 능력을 받았단다. 그렇게 오랫동안 사랑한 그녀는 중국의 묘족 출신이었기 때문에 별주부전의 이야기가 이루어진 것이지. 의자왕의 이야기가 동화처럼 전해진 것이란다. 나는 그녀가 없다면 존재할 이유조차 없지. 그리고 겨우 이룰 수 있었단다. 내 딸아. 너를 한 번 안아보고 싶었다만 지금 모습이 이래서야. 이제 마지막이구나. 이 못난 아비의 마지막 부탁을 들어주지 않겠니? 네 손에 있는 청동거울은 우리나라가 세워질 당시에 하늘에서 온 물건이란다. 그것으로 나를 비춰주렴. 계속 고생시켜서 미안하단다.

소녀는 거울을 거북에게 비추었습니다. 거북의 몸이 점점 희미해지더니 한 줄기의 빛이 되어 하늘로 올라갔습니다.

"보름달이 뜨는 밤에 이곳에서 네 어머니와 나를 볼 수 있을 거야."

소녀는 웃었습니다. 해가 지고 있었습니다. 붉은 노을이 주위를 집어 삼키고는 소녀마저 따뜻하게 감쌌습니다. 소녀는 자리에서 일어났습니다.

"또 찾아올게. 엄마. 아빠."

소녀의 손에 들려있던 청동거울에서 소녀의 엄마가 웃고 있었습니다. 그리고 소녀의 손에서 청동거울은 서서히 사라졌습니다. 소녀는 뒤돌아서 힘차게 뛰어갔습니다.

거기에 있는 것

최은혁

긴 방조제 둑 전체에는 수많은 벽화가 그려져 있었다. 둑을 따라 걸으면서 눈은 벽화를 따라 걸었다. 벽화 사이에 무수히 많은 손도장들의 모습이 보였다. 손도장 밑에는 손의 주인의 이름이 있기도 했고 이름과 함께 짤막한 글귀가 있기도 했다. 이 나라의 최고 통치자의 손도장도 있었으며 이름이 알려진 수많은 사람들의 손도 보였다.

그리고 그보다 훨씬 많은 평범한 이름을 가진 평범하지만, 평범하지 않은 일을 이루어낸 사람들의 손들.

그곳에 손을 대보았다. 맞지 않는다. 다시 한 번, 다른 손도장에 손을 대보았다. 역시 맞지 않는다. 부질없다는 생각이 들었다. 나는 지금 무엇을 하고 있는 걸까. 몇 번을 반복한 그 행위에도 내 바람을 들어주지 않는다. 어느 손바닥도 내 손바닥과 맞지 않았다.

바닥에 주저앉아 바다를 바라보았다. 이곳에서는 분명 찾을 수 있을 것이라고 생각했는데. 결국 없는 모양이었다. 나는 내가 유일하게 속했다고 생각했던 이곳에조차 버림 받은 것일까. 여기도 내가 존재하지 않았다면 나는 어디에 존재했던 것일까.

방조제에 부딪혀 거품이 되어 사라져 버린 파도처럼. 나도 그저 사라지는 거품의 일부였을까. 해는 벌써 서쪽으로 기울어 사라지기만을 기다리고 있었다. 나는 그 모습을 멍하니 바라보고만 있었다.

처음은 파도해수욕장이었다. 파도리에 속해있는, 파도가 강해서 파도해수욕장이라는 이름을 가진 곳이었다. 자갈로 이루어진 모래사장과 갯바위가 공존하고 있는 모양은 어디서도 볼 수 없는 모습이었다. 하얀 모래사장과 검은 갯바위의 조합은 전혀 안 어울릴 듯이 조화로웠다.

내가 처음으로 발견했고, 내 자리를 마련했다고 생각한 이곳. 이곳이라면 흔적을 찾을 수 있을 것이라고 생각했다.

바람에 밀린 파도가 백사장 위로 미끄러져 들어왔다. 겨울, 서해바다에 사람의 모습은 보이지 않았다. 4년 만의 태안은 예전에 봤을 때와는 전혀 다른 모습을 하고 있었다. 마치 바다로 명명 되어진 이래로 지금까지 한 번도 변한 적이 없는 것처럼. 파도는 내가 앉아 있는 곳까지 다다르지 못하고 자갈이 반쯤 섞인 모래 밑으로 스며들었다.

그런 파도가 왠지 모르게 부럽다고 생각했다.

이 해변 어디든 스며들어, 아무런 제약도, 고통도 없이 그저 쉽게 들어갈 수 있는 장소가 있다는 것이. 나에게는 스며들 곳이 있지 않았으니까.

파도가 다시 한 번. 이번에는 제법 큰 파도였는지 발을 감싸고 있는 운동화를 살짝 적셨다.

자리에서 일어니, 다리를 움직이기 시작했다. 아직 해는 하늘 높이 떠 있었다. 쓸데없이 너무 좋은 날씨가 아닌가하는 생각이 들었다. 그렇다고 촉박할 일은 없었다. 천천히 해변을 걸었다.

파도가 강한만큼 바람도 거셌다. 눈앞에 검은 갯바위가 보였다. 검은 색 바위에는 조개껍데기 같은 것들이 태초부터 돌의 일부로 만들어졌던 것처럼 촘촘히 박혀있었다. 조금 강한 파도소리가 났다. 파도가 갯바위에 부딪혀 부서지는 모양이었다. 검은 갯바위. 아마도 이 바위는 예부터 저런 색을 가지고 있었겠지만 과거를 떠올리게 하는 검은 빛이었다.

사람은 아무도 없었다. 4년 전에도 그랬다. 누구나 알만한 곳에서는 사람이 넘쳐났다. 기름을 닦는 사람들도 그런 사람들에게 자신의 이익을 취하려는 사람들도. 그런 사람들은 대개 자신이 해야 할 일을 아는 사람들이었고, 자신의 소속이 분명한 사람들이었다. 유독 이곳은 사람들의 기억에 떠오르지 않았다. 태안에서 유명한 백리포, 천리포, 만리포 등에는 이미 누가 더 끼어들어도 티나지 않을 정도의 사람들이 몰려 있었고, 그에 비해서 이곳 파도리 해수욕장에는 누구의 발길도 닿지 않았다. 누구의 기억에도 속해있지 않은 것처럼.

그래서 더욱 이곳에 끌렸던 것이었을까.

검은 기름이 태안의 바다를 뒤덮었을 때. 굳이 태안을 찾아올 이유는 없었다. 봉사라는 단어만큼 나와 거리가 있는 단어도 그리 많지 않았다. 떠올려보면 남을 위해서 무언가를 해본 적이 있었던가. 스스로를 위해 살기에도 바쁜 인생이었다. 남들을 배려하고 위해주기에는 나의 인생이 너무 팍팍했다. 그런데 굳이 유출된 기름을 닦아내는 번거롭고 귀찮은 일을 하려 했던 것은, 아마도 그 검은 바다 앞에서만큼은 누구에게나 공평했기 때문은 아니었을까 하는 생각이 들었기 때문이었을 것이다.

4년 전 대학생일 때 역시 나의 자리는 존재하고 있지 않았다. 그런 만큼 더욱 치열하게 살아왔고, 그런 만큼 더 멀어져갔다.

기름이 유출되었고, 많은 사람들이 봉사를 위해서 태안으로 몰려들었다. 그렇다면, 이곳 태안에서라면 나도 그들과 같은 사람이지 않을까. 검은 바다 앞에서는 모두가 죄인이었고, 모두가 가해자였으며, 순례자였다.

나 역시 그들과 편승해서 이 기름을 걷어낸다면, 그 순간만큼은 바다에 늘러 붙어 본질을 잃게 하는 오염물질이 아니라 그들과 같은 순례자가 될 테니까.

그런 주제에 아무도 없는 파도 해수욕장으로 갔던 것은 일종의 동질감 때문이었을 것이다. 분명 그곳에 존재하고 있지만 다른 것들에 묻혀 누구에게도 인식되지 못하는 고독. 조금은 나와 닮았다는 생각이 들었다.

사람은 금세 불어나갔다. 그제서야 그 존재를 인식한 듯. 사람들이 하나둘씩 몰려들기 시작했고 어느새 작은 해수욕장에서 검은 기름때가 사라져갔다. 그들의 얼굴에는 만족감과 성취감이 가득한 표정이 떠올랐고, 나는 처음으로 누군가와 섞였다는 느낌을 받았다. 비록 그것이 그들과 다른 목적으로 쌓아올린 모래성이었지만, 무언가를 위해서 행동을 했다는 행위는 분명 나의 삶 어딘가에 변화를 가져왔다.

비록 역겨운 기름 냄새로 머리가 어지러웠고, 질퍽한 기름 위를 걷고 닦아내느라 팔다리가 무거웠지만 기분은 생각보다 몰캉하고, 간지러웠다.

"이제 이곳은 예전처럼 돌아가겠죠."

누군가 나에게 그런 말을 했다. 내가 이곳에서 처음으로 기름을 제거했기 때문에 응당 그런 말은 나에게 해야 될 것이라는 듯이.

기름이란 그렇다. 사실은 지하 어딘가에서 잠자고 있어야 했다. 그것을 땅 위로 끌어올려 그것의 자리를 빼앗았으니, 분명 어딘가에 매달리고 섞이고 싶었을 것이다.

나도 그렇다. 누군가에 의해서 긴 잠에서 깨어나 어딘지 모를 곳을 부유하고 있다. 어디에도 섞이는 것은 불가능했다. 나는 순수한 액체의 형태가 아니므로. 그래서 나는 단지 어디든 흡착하고 싶었다고 생각한다.

바람이 불어왔다. 바다 특유의 짠내가 코를 통해서 들어왔다. 여기 어디에도 코를 찌르던 기름의 혹취는 남아 있지 않다. 그 기름들은 모두 어디로 갔을까. 자신의 기원으로 되돌아갔을까.

기름이 사라져서 바다가 원래대로 돌아간다면, 사라진 기름은 어떻게 해야 원래대로 돌아갈 수 있을까.

그렇다면 나는 어디로 돌아가야 할까.

몸을 돌렸다. 아직 가보고 싶은 곳은 많았다. 슬슬 이동하기로 했다. 4년 전의 흔적을 다시 찾아보고 싶었다. 바람은 차가웠지만, 여전히 날씨는 좋았다. 돌린 시선 끝에 사람의 모습이 걸렸다. 약간 굽은 허리. 두 손은 허리 뒤춤에 대고 있었다. 노인은 나의 시선을 눈치 챘는지 한 손을 들어 이쪽으로 오라는 손짓을 했다. 나는 순순히 그의 손짓에 따랐다. 그가 서있는 곳이 이 해수욕장에서 빠져나가는 길이니 딱히 그의 의지에 반할 필요는 없었다.

"손님이유?"

노인의 앞에 서있을 때, 그렇게 물어왔다. 그의 뒤에는 횟집이라고 쓰인 간판이 보였다. 어딘지 모르게 촌스럽게 대충 쓴 듯한 그 글씨 밑에는 자연산 취급점이라고 작게 쓰여 있었다.

나는 고개를 가로저으려다가 문득 배가 고프다는 생각이 들었다. 그러고 보니 아침부터 아무것도 먹지 못했다. 식사를 해야 한다는 생각이 들지 않았기 때문이었는지, 의욕이 사라져서 인지는 모르지만 바닷가에 왔으니 회를 먹는 것도 예의라는 생각도 들었다. 사실은 그보다 누군가가 나를 인식해 주었다는 사실이, 어쩌면 이 파도리에 나의 자리를 조금이나마 허락받았다는 생각을 들게 하기도 했다.

횟집 안은 생각대로 조용하고, 작았다. 손님이 있을 리도 없었다. 애당초 이런 날에 가게 문을 연다는 것 자체가 신기했다. 가게 안을 두리번거리는 나를 보고 내 생각을 대강 알아챘는지 노인이 말을 건네 왔다.

"겨울에는 장사안혀도 가끔 나오는디. 내 그저 오랜 만에 사람을 뵈니 회라도 한 접시 해줘야 하는 게 아닌가 해서유."

그렇게 말하고는 노인은 주방으로 들어가 버렸다. 물고기를 손질하는지 칼로 물고기를 써는 소리가 났다.

"이런 날씨에 이곳에 혼자오는 사람은 드문디, 뭣하러 이런 바다에 오셨대유? 얼굴을 뵈니 사진 찍고허는 자도 아닌거 같아 뵈는디."

노인은 지루했는지 말을 걸어왔다. 나는 무어라 대답해야 할지 잠시 고민하다가 사실대로 이야기했다.

"회사에서 짤리고, 딱히 할 것도 없어서요…."

왠지 그 이야기가 머쓱해서,

"이곳도 원래대로 돌아왔네요."

흘리듯 그런 말을 덧붙였다. 노인의 대답이 바로 돌아왔다.

"그러게 죽으라는 법은 없는 모양이유. 퍼렇던 바다가 컴컴해지고 괴기들도 죄다 어데로 가버려서 이제 꼼짝없이 뒈져불겠구나 허는디, 어째 그 많은 사람덜이 기름 딱으러 올기라고 생각이나 했겄시유."

그렇게 말하며 회를 한 접시 들고 나왔다.

"아 혹시 걸어댕기려고 오신 분이유? 요즘엔 길인가 뭐시긴가 해서 여가 뭐시기 길이라고 하던디."

노인은 느긋한 걸음으로 카운터로 가서는 작은 리플렛을 꺼내서 건네주었다.

"여기 이장님이 손님덜이 가끔 와서 길 물어보믄 주라꼬 준긴디, 필요하면 가져가 보시유."

나는 얼떨결에 리플렛을 받아들고 다시 어색하게 회를 집어먹었다.

메뉴판에 쓰인 가격의 절반만을 받으려는 노인에게 겨우겨우 정가를 쥐어주고 나와 파도 해수욕장에서 빠져나왔다.

리플렛을 펼쳐보니 태안의 해변 길에 대한 정보가 쓰여있었다. 지금 있는 파도 해수욕장은 바라길의 끝에 걸쳐 있었고, 위로 신두리 앞까지 2코스 신두리에서 학암포까지가 1코스로 나뉘어져있었다. 약 28km가 되는 긴 거리였다. 무작정 걸어가기에는 조금 긴 길이었지만, 어차피 할 일도 없었고, 바람만 제외하면 날씨도 좋았기 때문에 괜찮았다.

만리포 역시 사람의 모습은 거의 보이지 않았다. 간혹 멀리서 대충 보아도 단단하게 챙겨 입고 걸어 다니는 사람들이 보이기도 하였다. 그들은 그저 이곳의 배경인 듯, 먼 곳까지 펼쳐진 백사장 위를 느릿하게 흘러가고 있었다. 예전의 이곳을 가득 채웠던 검은 기름들도, 그 기름 이상으로 더욱 빽빽하게 이곳을 덮고 있던 검은 머리의 봉사자들도, 모두 신기루처럼 흔적조차 남아있지 않았다.

4년 전에 이곳에서, 대안의 모든 지역에서 기름이 벗겨질 때끼지, 나는 이곳에 머물러 있었다. 자신도 알기 힘든 열의에 차있었다. 아마 누군가의 의지가 아니라 나의 정신 어딘가에서 흘러나오는 그 흥분에 따라서 행동을 했던 것은 그 때가 처음이 아니었을까. 그래서 솔직한 심정으로 기름을 닦아내는 행위가 영원히 지속되길 바랐던 것도 사실이다. 이곳을 떠나면 나는 다시 어디에도 섞이지 못하는 처지가 될 것이 분명했기 때문에.

만리포는 최대의 격전지였다. 아무리 닦아도 기름은 끊임없이 밀려들어왔고, 다시 바다와 해변에 늘러 붙었다. 처량하고 슬픈 모습이었다. 그런 생각과 상관없이 누구보다 더 열심히 그것들을 닦고 지워내고 있었다. 마치 그것만이 나를 증명할 길이라고 생각했으니까. 그런 만큼 그 시간들의 흔적조차 지워버리고 망각해버린 만리포의 모습에서 나는 자리를 잃은 느낌이 들었다. 마치 그 시간을 바다가 지새온 긴 세월 속에서 살짝 덜어낸 느낌을 받았다.

백사장을 걸어 바다 바로 앞까지 걸어갔다. 만리포라는 이름만큼 넓고 긴 해변이었다. 양옆으로 발달한 지형은 이곳이 마치 육지에 둘러 쌓여있는 느낌을 주었다. 정면으로는 한없이 앞으로 뻗어있고, 양쪽은 가둬놓은 것 같은 기형적인 모습이었다. 물이 빠져서 그런지 모래들은 모두 젖어있었다. 그 해변을 따라서 아까 멀리서 보였던 사람들이 걸어가고 있었다. 등에는 꽤 커 보이는 배낭을 메고 몸에 달라붙는 옷을 단단하게 여민 일련의 사람들은 얼핏 보면 고행을 하는 순례자 같기도 했다. 어쩌면 서역만리로 향하는 여행자들이 그런 모습일까.

더 이상 그들에게 시선을 주지 않고 백사장에 앉았다. 바지가 축축해지는 느낌이 들었지만 그다지 신경 쓰지 않았다. 푹신한 모래는 왠지 모르게 안락한 느낌을 주기도 했다.

파도는 크게 밀려오지 못하고 발밑에 닿기도 전에 모래 속으로 사라져 버리기 일쑤였다. 거대한 덩치에 비해서 초라한 모습이었다.

먼 바다에 고기잡이배의 모습이 보였다. 그렇게 저 거대한 바다 위에서 멈춰있는 듯, 혹은 조금 움직인 듯 보였다. 저 배에 타고 있는 사람들은 어떤 사람들인가.

아버지는 뱃사람이었다. 라고 하지만 그에 대한 기억은 내 머릿속에는 들어있지 않다. 어느 날 배를 타고 나갔다가 태풍을 만나 돌아오지 못했다는 이야기는 진부해서 딱히 누군가에게 말할 것도 못되었다. 병든 어머니는 나를 돌볼 여력이 안 되었고, 결국 나는 고아원에 보내졌다. 이렇게 말하지만 이것은 내 기억이 아닌 고아원을 나올 때, 원장에게서 들었던 이야기이다. 그러니까 내 기억은 고아원에서 시작해서 이곳에서 끝나는 것이었다. 어머니의 납골당에 대한 이야기도 들었지만 한 번도 찾아가 본 적은 없었다.

저 바다 속에 아버지가 잠들지 않았더라면, 내 인생이 조금은 달라졌을까.

그런 생각은 이제 너무 많이 들춰보아서 이제 해질대로 해진 낡은 가정이었다.

고아원에서의 생활은 나쁘지 않았다. 솔직히 말하면 그 생활이 나쁜 것인지 좋은 것인지 비교할만한 대상이 없었던 것이지만. 부모에 존재가 없다는 것에서 오는 차별도 금방 익숙해졌다. 남들보다 뛰어나도 인정받기 힘들다는 것도 익숙해졌다.

그러니까, 나는 남들을 위해서 살아가기에는 너무 바빴다. 남들만큼 인정받으려면 그보다 더욱 많은 노력이 필요했다. 그저 그들만큼 인정받고 그 사이에 섞여 들어가고 싶었는데, 그렇게 나를 위해서 노력하면 할수록, 그들과 점점 섞이기 어려워졌다. 원장도 대견스러워했고, 학교 선생들도 대견스러워했다. 하지만 그뿐이었다. 나는 더욱 노력했고, 더욱 멀어져갔다. 그래서 일류대학을 가고, 좋은 회사에 취직을 해도, 나는 여전히 어디에도 속하지 못했다. 나는 땅 속에 파묻혀 있었어야 했는데 억지로 꺼내져 타의에 의해서 휘둘리다가 어디에도 섞이지 못하고 부유해서는, 결국 닦아내어지게 될 기름과 같은 존재였다.

그래서 가끔은, 부럽다는 생각이 들었다. 노력하지 않아도 저곳에 섞여 있는 것들이.

아까 멀리서 보였던 일련의 사람들이 내 앞을 지나가고 있었다. 문득 한 사람이 내 앞에 서서 나를 뚫어지게 쳐다보았다.

"오랜만이네요."

왠지 낯이 익었다. 예전에 파도리에서 봤던 그 사람이었다. 나는 얼떨결에 일어서서 그에게 인사를 했다. 그 역시 반갑게 인사를 했다. 그는 일행들에게 쉬었다가자는 제스처를 하고는 모래사장 밖으로 나를 데려갔다. 바다의 반대 쪽 끝에 깔린 보도블럭에 앉아 그의 이야기를 들었다.

그는 기름유출 사건 이후 회사를 그만두고 이곳에 정착했다고 했다. 그리고 이곳, 바라길을 조성하는데 기여한 인물 중 한 명이었다. 그리고 주기적으로 동호회 사람들을 모아서 이곳을 걷는다는 이야기를 했다.

"사실은 그 유조선과 충돌해서 기름 유출시킨 회사를 다니고 있었거든요. 직접적으로 관련되진 않았지만 왠지 무언가 해야 될 것 같다는 생각이 들었어요. 그래서 누구보다 열심히 기름제거작업을 도왔다고 생각해요. 하지만 그것만으로는 흡족하지 않았어요. 왠지 모르겠지만 이곳을 원래대로 돌려놓고 싶다는 의무감도 들었다고나 할까. 이 바다에서는 인간 누구나가 죄인이니까. 그래서 이곳에서 지내면서 지켜보기로 했어요. 이곳이 원래의 모습으로 되돌아가는 것을."

그의 눈빛은 어딘지 모르게 반짝거리는 것 같았다. 그것은 분명, 인생의 길을 찾은 사람이 지을 수 있는 표정이었다.

"하지만 이제는 원래대로 돌아갔잖아요. 마치 처음부터 그런 적이 없던 것처럼. 어디에도 과거의 흔적은 남아있지 않더군요."

나의 중얼거림에 가까운 말에 그는 웃으면서 대답했다.

"바다도 사람도 아무도 그 일을 잊지 않았어요. 단지 흉터가 눈에 띄게 보이지 않을 뿐이지."

나는 그저 할 말이 없어 고개를 숙일 뿐이었다.

"바라길의 바라는 바다의 고어인 아라에서 따온 것이에요. 하지만 단순히 그런 의미보다는 바라다 할 때 바라와 비슷하지 않나요? 단순히 바닷길을 의미하는 것이 아니라 무언가를 바라는 길. 4년 전, 100만이 넘는 사람들이 이곳에서 기름을 제거할 때, 그들 모두 한 마음으로 바다의 치유를 바라고 있었다고 생각해요. 그러니까 이 길은 모든 사람들이 바랄 수 있는 곳이라는 생각을 했어요."

그는 이곳에서 자신이 바라는 것을 찾았던 것일까.

"저는 이곳에 기름이 유출되기 전까지 하고 싶은 것보다는 해야 되는 것을 하면서 살았거든요. 남들이 좋다고 하는 것을 맹목적으로 하면서 살아오고 그것이 행복하고 즐거운 일이라고 생각하면서 제가 진짜 바라는 것은 묵살시키고 살았더라구요. 그래서 그런 것들을 버리고 이곳에 정착했을 때, 마음이 편했어요. 아직 내가 진짜 원하는 것을 찾지는 못했지만 우선은 내가 지금 하고 싶은 일을 하면서 사는 것만으로도 만족하고 있어요."

그는 거기까지 말하고 손목에 찬 시계를 한 번 들여다보고는 자리에서 일어났다.

"시간이 너무 많이 지났네요. 이제 가봐야겠어요."

그는 그렇게 말하고 가려다가 문득 무언가 생각난 듯 고개를 돌려서 말했다.

"그러고보니 이원방파제에 가보셨나요? 바라길은 아니지만, 그곳에 한 번쯤 가보는 것도 좋을 거에요."

그 말을 끝으로 그는 일행들 사이로 사라졌다. 나도 엉덩이를 털며 일어났다. 문득 몸과 함께 돌린 시선 끝에 시비(詩碑)가 잡혔다.

누가 검은 바다를 손잡고 마주 서서 생명을 살렸는가.

그렇게 도착한 이원방조제였다. 그곳으로 향하는 동안 그의 말이 머릿속을 맴돌았다. 생각해보면 내가 태안에 온 이유는 이곳이 유일하게 나 스스로 존재하게 했던 공간이기 때문이다. 나는 다시 찾고 싶었다. 내가 온전하게 나로서 존재하고 부유하다 어딘가에 흡착하는 것이 아닌, 나라는 사람 그 자체로 다른 사람들과 섞였던 이곳에서의 기억을. 그리고 앞으로 남은 삶 동안에 그들 사이에 있기를 바라고 있다.

하지만 어째서인지 나의 손도장은 찾을 수 없었다.

퇴사 권고를 받았을 때, 전혀 당황스럽지 않았다. 억울했다거나 화가 나지도 않았다. 어쩌면 마음 어딘가에서 그 일을 당연한 일로 생각하고 있었기 때문일 것이다.

당연한 것. 배가 고프지 않아도 시간이 되면 의무적으로 밥을 먹는 것처럼. 생존이라는 굴레에서 자연스럽게 이어지는 것. 퇴사도 그랬다. 물에 들어간 기름은 섞이지 못하고 물 위로 떠오른다. 그 기름은 파문이 되지 않는 그저 오염. 그러니까 제거하는 것은 당연한 것이라고. 그렇게 생각했다. 하지만 분명 부유하는 삶이지만, 그들과 섞이길 바랐고 그들과 함께 손잡고 마주 섰던 기억이 있다. 그리고 그 흔적은 분명 남아있을 것이었다.

다시 자리에서 일어났다. 어딘가에는 분명 있을 것이다.

해의 모습이 바다에 가려져 반 토막 정도밖에 남지 않았을 때, 많은 손바닥 사이 어딘가에서 익숙한 이름이 눈에 보였다. 발걸음을 멈췄다. 그리고 그 이름 위에 찍힌 그다지 크지 않은 손도장. 그 손 위에 나의 오른 손을 대보았다. 조금의 빈 공간이나 남는 부분 없이 정확히 일치했다. 마치 오래 전에 부서져서 이제는 반이라는 것조차 잊었던 목걸이의 반쪽인 것처럼.

이곳에 있는 이 손도장은 섞이지 못하고 부유하다가 이곳에 흡착한 오염물질이 아니었다. 이 100만이 넘은 사람들 속에서 자리를 비우면 빈공간이 생기게 하는, 없어서는 안 되는 귀중한 일부분이었다.

바다도 사람도 아무것도 잊지 않았다. 파도는 모래 밑으로 사라진 것이 아니라, 모래에도 나의 몸에도 흡수되고 일부가 되어있는 것이었다. 나는 더 이상 어디에도 속하지 않는 것이 아니었다. 아니 생각해보면 나는 처음부터 어딘가 혹은 누군가의 일부였다.

파도와 함께 따뜻한 바람이 불어왔다. 해는 서쪽 바다 어딘가로 사라져 붉은 그림자를 남기고 있었다.

나는 여기에 있다.

봄을 찾아서

최진형

　3월, 아직도 봄은 찾아오지 않았다. 그러나 그는 봄을 기다렸다. 종종 손목을 들어 시계를 들여다보거나 혹은 팔짱을 끼고 혀를 차면서, 마치 약속 시간에 늦는 친구를 기다리듯 그는 그것을 기다리고 있었다.

　봄은 어디까지 왔을까. 그는 고개를 돌려보았다. 버스가 달리고 있는 해안도로 옆에는 푸른 물결이 눈이 시릴 정도로 가득했다. 그의 시선은 그 물결의 끝을 향했다. 하늘과 맞닿아있는 수평선 어딘가에서 그토록 기다리는 봄이 오고 있으리라고, 그는 그렇게 믿었다. 반쯤 열어놓은 차창 틈으로 바닷바람이 들이쳤다. 비리고도 낯설은 그 내음이 그는 싫지 않았다.

　버스는 파도리의 어느 시골길 어귀에서 멈춰섰고, 그곳에서 내려 작은 분교를 지나고 언덕을 넘어서, 그는 마침내 바다를 만났다. 넓은 해변을 사이에 두고 그는 바다와 단둘이 마주하고 있었다. 조용한 바닷가에서는 오로지 파도만이 바위에 몸을 부딪히며 소리를 내고 있었다. 그것은 깊고 먼 바다에서부터 조용히 흘러오는, 그리하여 마침내 뭍으로 올라오고야 마는 크고 무거운 소리였다. 그 소리 끝에 하얗게 부서지는 포말이 그에겐 슬프게만 느껴졌다.

　바다를 등지고 낡은 버스는 밭과 소나무숲을 지나며 느직하게 달렸다.

이곳의 밭과 숲은 내륙의 그것들과는 사뭇 달랐다. 바다에 맞서지 못하고 한 걸음 뒤로 물러나 앉은 바닷가의 밭과 숲에선 단출하고 소박한 자태가 보였다. 그런 풍경을 보며 그는 왠지 모를 이질감을 느꼈다. 그리고 그것에 깊이 빠져서인지, 혹은 덜컹거리는 낡은 버스의 소음이 너무 시끄러워서인지, 그는 자신을 부르는 목소리를 두어 번 놓치고 말았다.

뭐라구요? 그의 조금 늦은 반문에 여자는 목소리를 좀 더 크게 내었다. 여행작가 아니시냐구요. 그는 무어라 말하려다 말고 여자를 가만히 바라보았다. 이 여자가 나를 놀리는 것일까? 그는 카메라는 고사하고 배낭조차도 짊어지고 있지 않았다. 배낭 하나 없는 그를 여자는 어째서 여행작가라고 생각했을런지. 그는 여자가 장난을 치는 것인지 의심해보았지만 그렇다기엔 여자의 얼굴에 걸린 호기심이 무척이나 진솔해보였다. 그가 고개를 가로젓자, 여자는 금방 서운해했다. 아니, 겉으로 드러나지는 않지만 속으로는 분명 서운해할 것이라고 그는 생각했다. 그가 그녀의 옆좌석으로 자리를 옮기자, 때 맞춰 버스는 밭과 숲 사이를 벗어나 바다를 따라 길게 늘어선 해안도로로 들어섰다. 바다에 빠져서는 반짝거리는 햇살을 귓가로 받으며, 그는 여자에게 물었다. 제가 작가처럼 보이나요? 그의 물음에 여자는 머쓱한 웃음을 지었다. 그 웃음은 정면의 햇빛을 받아 곱게 빛나는 웃음이었다. 아뇨, 외지에서 오신 것 같은데 여행객 같지는 않아서요. 뭐 하시는 분이세요? 여자의 말에 입을 열던 그는, 그러나 선뜻 답하지 못한다. 그는 지금까지 무엇을 했던가.

과거의 그. 항상 남들보다 열심히 했고 때문에 남들과의 경쟁에 설 때는 늘 한 발자국 앞서있었다. 가끔 지칠 때도 있었고 그럴 때는 자신에게 그어진 선을 아슬아슬하게 넘나들며 놀기도 했었다. 아무려나 그에게 마지막에 찾아온 결과는 썩 좋았고, 졸업식 때 그는 대학 합격 통지서와 고교 졸업장을 모두 거머쥘 수 있었다. 그는 그 순간 인생의 봄을 맞이한 것이라 생각했다. 그 순간, 때 맞춰 그에게 바람이 불었다. 따뜻하고 부드러운 바람이었고, 그가 느낀 첫 봄바람이었다.

대학에 들어와서도 그는 쉽게 허물어지지 않았다. 아니, 오히려 더 단단해졌다. 남들보다 노력하는 것으로는 만족할 수 없었다. 자신이 노력하는 모습을 남들에게 보이지 않기를, 해서 다른 사람들이 자신을 천부적인 재능이 있는 사람으로 봐주기를 그는 바라고 있었다. 그가 남들과 똑같이 놀고, 그 뒤에서 몇 배로 노력하기 시작했던 것도 대략 그 무렵부터였다.

그런 그와 늘 함께 다니며 옆에서 지켜보던 동기가 있었다. 그 동기는 그와는 달리 남들 앞에서나 뒤에서나 노력을 하지 않았고, 항상 남들과 어울리고 즐기기를 좋아했다. 그럼에도 불구하고 그 동기의 성적은 결코 나쁘다 할 수는 없었다. 그는 그 동기를 부러워했고, 한편으로는 이해하지를 못했다. 저 정도의 능력을 가지고도 왜 노력하지 않는가? 그가 동기에게 그렇게 물으면, 그 동기는 도리어 그에게 이해할 수 없다는 듯한 표정을 지었다. 그렇게 살면 대체 너한테는 무엇이 남는거냐? 넌 지금 네 삶을 이해하지 못하고 있는거야. 사람에게 필요한 것은 개미의 일년이 아니야. 베짱이의 봄이라고. 동기는 그렇게 말했고 그런 동기에게 그는 별달리 해줄 말이 없어졌다. 아니, 그는 자신의 말이 저 친구의 귀에는 들어오지 않을 것이라 확신했다. 자신이 이미 만끽하고 있는 봄을 노력도 하지 않고 찾으려는 동기가 한편으로는 뻔뻔스러워보이기도 했다. 어쨌거나 둘은 결코 서로를 이해하지 못했다.

얼마 지나지 않아 그의 동기는 돌연 휴학을 신청했고 그는 그 동기가 없는 몇 년 동안에도 꾸준히 노력하여 마침내 만족스러운 결과를 안고 대학을 졸업했다. 학사모를 쓰고 기념 사진을 찍을 때, 그 때에도 그에겐 바람이 불었다. 예전과 같은 따뜻한 봄비람이었디. 히지만, 그 바람에는 그가 결코 이해할 수 없었던 일말의 찝찝함이 남아있었다.

만리포에서 만난 바다는 파도리에서 만난 것과는 또 다른 모습을 하고 있었다. 깊고 무겁게 들어와 바위에 거칠게 부딪히는 파도리의 그것과는 달리 만리포의 바다는 잔잔하고 고적했다. 백사장마저도 바다를 닮은 듯 곱고 단정할 뿐이었다. 모든 것이 차분한 이곳에서는 시간마저도 걸음을 늦춘 것 같았다. 때문에 백사장을 걷는 그와 그녀의 발걸음도 차차 느려졌던 것일까.

아까 저한테 무슨 일 하냐고 물어보셨죠? 대뜸 입을 열며 그를 그녀를 외면했다. 그 외면에는 긴 침묵을 깬 자의 책임 회피와 쑥스러움이 엿보였다. 그녀는 분명 그를 보고 있을 것이라 그는 짐작했고, 그러므로 그의 말은 헛되이 돌지 않고 계속 이어졌다. 전 이곳에 봄을 찾으러 온 사람입니다. 그의 말에 그녀는 걸음을 멈추고 웃었고, 걸음을 멈춘 그녀보다 몇 발자국 앞에 선 그는 몸을 돌려 그녀를 마주보았다. 그녀는 지금 그 앞에서 푸근하게 미소짓고 있었다. 화장기 없는 얼굴에 옅게 띤 그 미소가 그녀의 옷차림처럼 수수하면서도 정갈함이 있어 아름다웠다. 그 아름다움은 온기가 있는, 따뜻한 아름다움이었다.

혹시 그녀가 봄인 것은 아닐까? 문득 그는 그런 생각을 했다. 아직 온전히 가시지 않은 겨울의 말미에서 조금 빨리 첫 걸음을 내딛은 봄은, 사람이라면 정말 그녀와 같은 모습을 하고 있을 것만 같다고 그는 거듭 생각했다. 그러므로 그가 그녀에게 다가가 머뭇거리며 그녀의 손을 잡은 것은, 어쩌면 그런 생각들의 확신이었을지도 모른다.

그가 그녀의 손을 잡았을 때, 점차 걸음을 늦추던 만리포의 시간은 끝내 멈춰버리고 말았다. 찰나의 순간을 그려내는 파도와 노을에 붉게 물든 백사장을 그는 앞으로도 잊지 못할 것 같다. 그리고 마침내 그녀의 손이 힘주어 그의 손을 마주잡은 순간, 멈춰있던 시간은 다시 흘렀고 봄을 만난 그는 비로소 웃었다. 그녀 역시 따라 웃어보였다. 그녀의 웃음은 봄의 웃음이었다. 그는 모처럼 따뜻함을 느꼈다. 바다 위를 스치던 바람이 불어닥쳤다. 그마저도 따뜻한 봄바람이었다.

지금의 그. 이력서를 쓰고 면접을 보았다. 적당한 고배와 적당한 좌절, 그리고 그 끝에 찾아온 가느다란 기회 한 줄기. 하지만 그때부터 그는 점점 지치기 시작했다. 세상이 얼마나 변칙적이고 불공평한지를, 그제야 그는 실감했다. 그는 더 이상 위에 있지 않았다. 열심히 달려도 결국 서 있는 곳은 쳇바퀴의 어느 부분에 불과했다. 그리고 세상에는 그런 그와 같은 사람들이 무수히도 많았다.

어느 날, 밤 늦게 집에 들어온 그는 현관의 센서등이 켜졌을 때 신발장 앞의 거울을 보고는 멈춰서버렸다. 거울 속의 남자는 몹시도 지치고 피곤한 기색을 하고 있었다. 그리고 그 남자는 그를 마주보며 짜증을 냈다. 내가 이게 무슨 꼴이라지? 거울 속의 남자의 물음에 그는 대답하지 못한채 우두커니 서있었다. 곧 센서등이 꺼지고, 어두운 현관 앞에서 그는 결국 소리없이 눈물만 흘렸다. 대학 시절의 그 이해할 수 없던 동기가 자꾸만 생각나는 것은 그로써도 어쩔 수가 없었다. 그리고 그 날 밤을 꼬박 세웠던 그는, 다음 날 아침 회사에 사직서를 내고 집에 돌아와 휴대폰의 전원을 껐다. 그리고 그는 태안으로 향했다. 더 이상 그에게 봄바람은 불어오지 않았다. 아니, 이제껏 봄바람이라 여겼던 그 모든 바람이 차디찬 겨울바람이었음을 그는 그제야 깨달았다.

신두리 해변에 도착한 그와 그녀는 바다가 내려다보이는 어느 민박에 방을 잡았다. 둘은 방에서 소주와 매운탕을 시켰다. 하지만 시간이 지날수록 그들은 술에 취하지 않고 서로의 이야기에 취해갔다. 대개 그가 말하고 그녀가 듣는 식이었다.

그 쪽은 무슨 일 하세요? 오랜 그의 이야기가 끝나고 질문의 방향이 바뀌자 그녀는 머쓱하게 웃었다. 그 웃음 뒤에 오는 이야기는 현실의 흔한 신데렐라 이야기. 동생들 챙기며 살다가 상고를 나와서 기술을 배우고, 일찍이 회사에 다니다가 지금은 정리 해고를 당해 그마저도 못한다고, 집에만 있기 너무 죄스러워서 바람이나 쐬러 왔노라고 그녀는 담담하게 말했다. 그녀의 이야기를 돌으며 그는 그녀의 이야기 끝에 나타날 왕자를 기대했지만, 이야기가 끝나도 왕자가 나타나는 대목은 없었다. 그는 허탈함을 느꼈다. 세상은 드라마보다도 더 불우한 주인공들이 산다. 왕자도, 재벌도 나타나지 않는 현실을 사람들은 어떻게 버텨나가는건지 그는 무척이나 의문스러웠다.

그녀가 취해 잠들자 그는 상을 치우고 자리를 깐 뒤 그녀를 눕혔다. 이상하게도 그는 욕정을 느끼지 못했다. 취해 잠든 그녀가 그에겐 여자로써 느껴지지 않았다.

혹시 이게 봄인 것일까? 그는 그녀를 물끄러미 쳐다보았다. 오늘 우연히 만났지만 오랜만에 만난 친구처럼 편하게 이야기를 나누며 동행했던 이 낯선 여인. 어쩌면 자신에게 필요했던 봄이란 것은, 지친 자신을 위로해줄 어느 누군가의 존재인 것일지도 모르겠노라고 그는 생각했다.

그는 창 밖을 바라보았다. 어두운 탓에 경계선이 모호한 하늘과 바다에는 각각 하나씩의 달이 뜨고 잠겨 있었다. 어느 것이 진짜인지 그는 선뜻 판단하지 못했다. 이제까지의 그의 삶이 진실된 삶이었는지도 그는 선뜻 확신하지 못했다. 모르는 것이 많았고, 세상이 너무나 감쪽같았기 때문이리라고 그는 겨우 생각을 매듭지었다. 그리고 그는 더 이상 생각하지 않았다. 생각이 없기에 남은 것은 아무 것도 없었다. 그와 그녀가 찾아온 신두리 해변엔 오로지 달빛과 밤바람만이 남아 있었다.

날씨가 좋을 때 이른 아침에나 볼 수 있다는 안개 속의 신두리 해변. 그 속에는 그가 홀로 걷고 있었다. 그리고 그녀는 저 건너편에서 그를 기다리고 있었다. 그녀의 머리는 안개가 거두었고 그녀의 다리는 바다가 받아두고 있었다. 그가 오자 그녀는 그와 발을 맞추며 나란히 걷기 시작했다. 그의 발은 모래를, 그녀의 발은 바다를 밟고 있었다.

봄을 찾으셨나요? 그녀의 물음에 그는 고개를 끄덕였다. 나의 봄은 날 이해해줄 수 있는 사람이었어요. 그의 말에 그녀는 미소를 지었지만, 그녀의 고개는 좌우로 움직이고 있었다. 아니에요. 당신은 아직 봄을 찾지 못했어요. 당신이 찾는 봄은 아주 작고, 사소한 것에 있을 거예요. 그녀의 말에 그는 무어라 반박하려 했으나, 그녀는 그럴 틈도 없이 말을 마치고는 그의 반대편으로 걷기 시작했다. 그녀의 발목을 적시던 바닷물이 무릎을 거치고, 허리를 거쳐 마침내 목 언저리까지 닿았다. 그때 그녀는 비로소 돌아서서 그를 바라보며 말했다. 꼭 봄을 찾기를 바라요. 그리고 그녀는 앞으로 한 걸음 더 내딛었다. 그렇게 그녀는 사라졌고, 그는 그녀가 사라진 하얀 안개와 바다 사이에 홀로 남아 있었다. 갈 곳 잃은 아이처럼, 그렇게 그는 오랫동안 그렇게 남아 있었다.

만리포의 여운은 그곳에서 끝나지 않고 북쪽으로 길게 이어졌다. 천리포를 지나고 백리포를 지난 그 여운은 마침내 신두리까지 닿고 있었다. 하지만 신두리의 침묵은 만리포의 소박한 침묵이 아니었다. 경건하게 바다를 맞이하는 보다 크고 진중한 침묵. 그것이 신두리의 참모습임을, 그는 오후의 신두리 해변에서 깨달았다.

그녀는 그가 잠든 사이에 사라졌다. 테이블에는 전날 그가 부담했던 식사비용의 절반과 함께 짧은 메모가 남겨져 있었다. 이전에 면접을 본 회사에 합격해 와서 일찍 올라가봐야한다는 내용의 그 메모는, 기쁨에 겨운듯 세세하게 떨린 필체로 써져있었다. 정오가 다 되어서야 일어난 그는 뒤늦게야 그것을 보고 그 자리에서 잠시 동안 그녀에게도 봄이 찾아오기를 기도했다.

메마른 사구의 곳곳에서는 푸른 싹들이 돋아나고 있었다. 사구 끄트머리의 덤불에는 이름 모를 봄꽃들이 봉우리를 피워올리는 중이었다. 그는 그 작은 시작들을 보며 봄을 어렴풋이나마 느끼고 있었다. 그가 찾는 봄. 그것은 그를 녹여주는 따뜻한 온기를 말하는 것이 아니었다. 새로 싹을 틔우고 꽃을 피우는 것, 한번 주저앉았던 그녀가 다시 한번 털고 일어나게끔 하는 것. 그것이 바로 봄이었다. 그리고 그 봄이 바로 그가 찾던 봄이었다.

그의 여행은 이제야 끝을 보이고 있었다. 지난 날의 그가 찾지 못했던 것, 그의 동기가 바라던 그것을 그는 이제야 조금씩 알 것 같았다. 그때, 어디선가 다시 한 번 바람이 불었다. 바다를 달려온 매서운 바람이었지만 그 역시도 새로운 봄바람이었기에, 그는 그 바람을 온몸으로 맞으며 모처럼 크게 웃었다.

바다를 만나는 방법

황현욱

성구 녀석이 바다를 보러 가자고 처음 이야기했을 때는 단칼에 거절했다. 굳이 핑계를 대자면 너무 바빠서였다. 일을 새로 시작할 때에 바다나 보러가자는 조카의 부탁을 들어주는 건 쉽지 않다. 녀석은 알겠다고 하더니 한 시간도 지나지 않아 다시 전화를 걸어 왔다. 밑도 끝도 없이 세상 끝난 것처럼 꺽꺽거리며 자기 이야기 좀 들어달라고 말했다. 어린 것들은 곤란하다. 때를 쓰면 되는 거라고 믿으니까. 그러나 그 앞에 장사는 없다. 이유도 없고, 달랠만한 다른 방법도 떠오르지 않으니까. 무리해서 휴가를 냈고, 녀석을 불러냈다.

성구 녀석의 얼굴은 말이 아니었다. 부르튼 입술에 가칠해진 피부, 그리고 퀭한 눈가. 외모만으로 사람의 심적 고통을 가늠할 수 있다면 그간 적잖은 마음고생을 했으리라. 기왕 바다에 가기로 했으나 운전은 순전히 내 몫이었다. 꾀를 부려 가장 가까운 인천으로 가려했건만 녀석은 굳이 사람이 없는 곳이어야 한다고 칭얼댔다. 적한 곳에서 흉금을 털어 놓고 싶다는 게 녀석의 주장이었으나 딱히 아는 곳은 없다고 했다. 사람이 없는 곳이라. 한참을 생각하다가 몇 해 전 들렀던 태안의 한 해변이 맞춤하겠다 싶어 그쪽으로 핸들을 꺾었다.

태안에 도달하니 감회가 새로웠다. 서늘한 3월 초의 바닷바람을 맞으며 성구 녀석과 소주 한 병을 깠다.

"임마. 뭐가 그리 고민이냐."

한 잔을 넘치지 않을 정도로 쭈욱 부어줬다. 불혹의 나이에 걸맞은 말을 해주고 싶었다. 책임감과 긴장에 어깨에 힘이 들어갔다. 성구 녀석에게 말을 걸었다. 차를 타고 오는 와중에도 창밖만 바라보며 입을 한 번도 떼지 않던 녀석은 잔을 받을 때도 묵묵부답이었다. 소주 한 잔을 게 눈 감추듯 들이키더니 잔을 탁자에 딱 소리 나게 내려놓는다.

얼씨구, 술 깨나 마신다는 작자들이랑 얼추 비슷하구먼.

성구는 빈 잔을 내 얼굴 앞에 대고 흔든다. 다시 한 잔을 채워준다. 성구가 거푸 두 잔을 비울 때쯤 포장마차 아주머니가 먼저 시킨 오징어회에 해삼을 두어 마리 썰어서 가져왔다.

"천천히 드슈. 남은 건데 나쁘진 않을거유."

젓가락을 들며 아주머니께 감사 인사를 건넸다. 해삼을 한 점 집어 올려 입으로 가져다대며 성구 녀석을 쳐다보았다.

"뭔 일이냐?"

성구 녀석은 또 말없이 한 잔을 비웠다. 그 몰골이 딱 5년 전 거의 패가 망신을 하고 난 내 꼴이었다. 성구 녀석은 소주잔을 또 딱 소리 나게 내려 놓았다.

"삼촌… 삼촌, 있잖아……."

성구 녀석이 해삼을 오물오물 거리면시 힌 침을 뜸을 돌었다.

"숙모 맘에 들어?"

성구의 질문에 헛웃음이 난다. 참으려고 했는데 피식, 바람 빠지는 소리도 났다. 연애문제인 거다.

"그럼. 맘에 안 드는 사람이랑 결혼하는 인간으로 보이냐?"

성구는 고개를 끄덕였다. 성구가 다시 잔을 채우고 비웠다.

"맞아. 누가 엮어준 사람인데. 삼촌."

성구의 말에 고개를 끄덕이며 흐뭇하게 웃었다. 성구는 다시 말 없이 술 잔을 들어올렸다. 제지하기 위해서 손을 뻗자 내 손을 뿌리치면서 다섯 잔째를 비웠다. 싹수없는 녀석의 행동에 울컥했다. 그러나 녀석의 마음이 이

해가 갔다.

　5년 전, 가을이 거의 끝났을 무렵 연인과 친구, 회사를 동시에 잃었다.. 말 없는 술병만 굴러다니는 차압된 내 집을 나와서 나와 연년생인 강호 형의 집으로 옮겨왔다.
　"수야. 성구랑 교회 캠프 좀 다녀와."
　형은 술만 마시던 내가 안쓰러웠던 모양이었을 것이다. 그러나 배알이 뒤틀릴 대로 뒤틀린 내가 그 말을 곱게 받아들일 리가. 고위급 공무원에 사회적 지위도 있고 재산 많은 마누라도 얻고 보옥 같은 자식새끼들도 갖고 있는 건지. 무조건 형의 말을 듣지 않으려 했다. 강호 자식이 하는 말은 듣지도 않으려 했다. 성훈이가 애교를 부리지 않았더라면 그 더럽다는 강씨 고집이 꺾이지 않았을 거다.
　형의 명령에 따를 수밖에 없다는 게 찜찜했지만, 귀여운 조카의 부탁이라고 위로하면서 다니지도 않던 교회의 봉사활동 캠프에 따라갔다. 2007년 당시 태안에서 있었던 유조선 침몰 사고에 봉사 활동을 하는 것이 그 캠프의 주된 목적이었다. 성훈이는 자기 또래의 아이들과 즐겁게 봉사활동을 했다. 나는 아니꼬운 표정으로 기름포들을 발로 툭툭 차며 시간을 흘려보냈다. 그곳의 공기는 역했다. 하기 싫은 일과 피부에 달라붙는 것 같은 공기 때문에 담배 생각이 간절했다. 주머니 속에서 날 부르는 담뱃갑이 느껴졌다. 불이 날 수도 있다는 막연한 불안함만 아니었으면 나는 불을 붙였을 것이다.
　"삼촌!"
　캠프 쪽으로 되돌아오자 성훈이 녀석이 날 불렀다. 헤실대는 성훈이 뺨이 왜 그렇게 꼬집어주고 싶었는지. 성훈이는 자기가 한 일을 주저리주저리 늘어놓았다. 칭찬을 바라는 어린아이 같은 모습에 웃음이 흘러나왔다.
　"어이구 우리 조카. 장하다 장해."
　그 웃음은 다시 쓸쓸함으로 잦아들었다. 성훈이가 환하게 웃을수록 내쪽은 짙은 찌푸림이 늘어났다. 장한 조카의 삼촌 노릇도 못 할 만큼 초라한 자신이 한심해서 한숨이 나왔다. 성훈이 녀석은 멋도 모르고 아이들이랑 떠들썩거렸다. 빚과 친구의 배신, 반려자라 생각했던 연인과의 결별. 애초에 모래밭에서 집을 짓고 있었다는 것을 모르진 않았다. 사실 모르는 척을 했다. 그녀가 무슨 목적으로 내게 다가왔고, 별로 친하지도 않던 그 친구가 무슨 연유로 내게 동업을 권유했는지. 그리고, 잘 나신 형은 나의 불찰을 서슴없이 쑤셨다. 그래, 잘 나시면서 동시에 빌어 쳐 먹을 놈인 우리 형님께서는 나를 걱정한답시고 불러낸 거다. 그 방구석 폐인 같은 짓을 그만두게 만들려했던 모양이다. 난 방구석 폐인이 차라리 낫다고 생각했었다. 리스크를 생각하지도 않았다. 오로지 이익만을 생각했다. 조언을 해주는 친구들을 무시했다. 불이 붙은 다이너마이트를 몸에 품고 있었다. 멍청한 내 행동 때문에 이렇게 되었다. 그 사실이 떠오르기 때문에 맨 정신으로 있는다는 것이 이렇게 지옥 같을 줄은 몰랐다. 맨 정신으로 있는다는 것 자체가 기적이니까. 정신이 없는 것이 좋았다. 한마디로 나는 구제불능에 멍청한 놈에 안 될 놈이고, 병신에 오합지졸이었다. 한심하다는 말 따위로 그 때의 나를 모두 얘기할 수 없다.

1일 차 봉사활동이 끝이 나고, 기름 냄새가 몰려오는 바닷가에 서서 담배를 하나 꼬나물었다. 휘발유가 섞인 공기 때문에 담배를 못 피웠었다. 언제 이렇게 담배가 고소했던가. 입에 모인 멀건 연기를 후 하고 내뱉었다. 바닷바람은 내가 내뱉는 연한 연기를 갈가리 찢어버렸다. 그 찢겨나가는 형상이 마치 내 처지 같아 팬스레 눈물이 찔끔하고 나왔다.

궁성을 떨고 있는데 누군가 나타났다. 달빛에 비치는 그 여자는 상당히 미인이었다.

"여기요."

그녀는 냉랭한 얼굴로 손을 뻗었다. 그녀의 손에 들려있는 것이 무엇인지 보았다. 캔커피. 그건 아마도 수고했다는 의미에서 지자체에서 지원해주는 음료였다. 그녀는 무척 불쾌하다는 표정을 지으면서 팔을 있는대로 뻗어 최대한 내게서 간격을 유지하려 들었다. 그녀의 그런 행동에 불쾌감을 갖고 그녀의 손에서 캔커피를 빼앗듯이 받아갔다.

"고맙습니다."

기분이 나빠져서 퉁명스럽게 대답했다. 그녀는 내 대답에 반응을 하지 않았다. 빼앗기며 맞은 손을 만졌다. 나를 한 번 쏘아보고 그 자릴 떠났다. 캔커피는 차가웠다. 입으로 욕지기를 머금으며 뭐 이런 걸 가져다 주냐면서 투덜거렸다.

"삼촌! 일어나요! 아침이에요. 삼촌!"

"삼촌!"
성구 녀석이 혀가 꼬부라진 목소리로 말했다.
"삼촌! 무슨 생각을 그리 골똘히 해! 내 고민거리부터 들어 달라고, 삼촌!"
혀까지 돌아간 성구 녀석을 보며 혀를 찼다.
"삼촌도 날 멍청하다고 생각해? 아빠처럼? 사랑에 목숨 거는 게 뭐가 어때서!"
성구 녀석이 고래고래 고함을 질렀다. 성구 녀석이 갑자기 소리 내어 울기 시작했다.
"다 큰 놈이 울긴 왜 울어."
"왜! 다 큰 놈은 울면 안 돼? 삼촌은 서러워도 안 울어? 씨발, 다 좆같애!"
성구 녀석이 욕까지 툭툭 내뱉는다. 성구 녀석은 또 술 한 잔을 비웠다. 말리고픈 생각이 들었지만 동시에 그냥 마시게 하고픈 마음도 들었다.
"나 말이야. 생각과 마음이 따로 노는 것 같아. 어떡하지?"
조용한 포장마차에서 다 큰 청년의 울음이 터져 나왔다.

"삼촌, 울어요?"
성훈이 녀석 목소리가 들려왔다.
"아, 아니. 졸려서."
밤새 꾼 지독한 꿈에 눈물이 났다. 흉기를 들고 아는 사람들을 모두 죽이는 꿈. 제발 그만두라고 내게 소릴 질렀다. 무시하면서 계속 사람들을 찔렀다. 그 꿈속에서 성훈이가 나오지 않았다는 것이 한편으론 다행이었다.
"아침 먹으러 가자."

식사를 하면서 어째서 이런 일을 해야 되는 건지 곰곰이 생각해 보았다. 평소에 십일조만 냈다. 더군다나 태안 유조선 기름 유출 사건은 거대 기업의 이익을 위한 추구가 부른 화이다. 이 사건이 일어나게 된 이유도 그들에게 있다. 그런데 어째서 그들에게 책임을 묻지 않는 것인가.

"삼촌, 삼촌. 저 누나 이쁘지? 저 누나가 우리 교회 전도사님이다?"

성훈이가 어제 보았던 그 여자를 가리킨다. 확실히 예쁘다. 성훈이의 삿대질에 따라 무심코 옮긴 눈이 그 여자의 눈과 마주쳤다. 그 여자는 불쾌한 표정으로 고개를 홱, 돌렸다. 성훈이는 그것을 보지 못하고 밥을 깨작거리고 있었다.

"밥이나 먹자."

성훈이의 말에 관심이 없는 척 숟가락질을 했다. 배를 두어 번 두드리며 성훈이를 다시 아이들 속으로 보냈다. 다시 궁상을 떨었다. 기름포들을 발로 툭툭 차면서 차오른 분노를 거대 기업에 풀고 있었다.

"빌어먹을 새끼들 지들이 싼 똥은 지들이 처리해야지."

입으로 툭 던진 말에 주변에서 열심히 기름포로 닦던 사람 중 하나가 갑자기 기름걸레를 내던지고 다가왔다.

"당신 여기 뭐 하러 왔어?"

신경질적인 어투가 귀를 때렸다. 난데없이 얻어맞은 소리의 통각에 치를 떨었다. 뱃속부터 부글부글 올라오는 기분이었다. 얼굴은 심각할 정도로 일그러졌다. 눈앞에 있는 지 작자를 때려눕히고 싶다는 생각 외엔 들지가 않았다. 그 때가 내 생각과 마음의 서로 호흡이 맞은 몇 안 되는 시기 중하나였다고 생각한다. 그 둘의 궁합이 그렇게 맞아떨어지자 자연스레 주먹이 올라갔다. 정신을 차리자, 피떡이 된 사내가 웅크리고 있었고, 어제 본 그 여편네가 있었다. 뺨이 후끈거렸다. 여편네의 오른쪽 어깨는 몸보다 앞으로 나와 있었고, 당연히 팔과 손과 손목은 더 뻗어 나와 있었다. 그리고 그 여편네의 손바닥은 내 왼 뺨의 허공에서 그 날렵한 자태를 뽐내고 있었다.

"허?"

놀라움과 통증이 사그라들자 허탈함이 찾아왔다. 후끈후끈한 뺨을 만지며 어리둥절한 표정을 지어보였다. 그 여편네의 눈빛은 매우 표독스러웠다. 나는 그 표독스러움을 의아한 표정으로 맞받아쳐주었다.

"뭐하는 짓이에요!"

말의 선수를 빼앗겼다. 그 여편네는 빽! 하고 소릴 질렀다. 그 소리에 움츠러들었다. 먼저 말을 건 그 자식의 말투가 기분 나빴다는 고등학생의 대답이 목구멍까지 올라왔다. 그래서 입을 뻐끔거리다가 욕지기와 침을 탁 뱉고 그 자릴 벗어났다.

"그. 러. 니. 까!"

확실히 많이 돌아간 성구의 혓바닥이 걱정이 되기 시작했다. 벌써 세 병째다. 그래도 성구 녀석은 병나발을 내려놓을 줄을 몰랐다.

"내가 그 애가 좋다는데. 왜! 아니 난 왜 그딴 식으로밖에 대답을 못 한 거냐고! 그리고 아직 사귀지도 않는데. 왜! 왜! 아버지는 반대를 하시는 거냐고! 왜!"

성구는 악을 썼다. 목에 핏대가 솟고 얼굴은 벌겋게 달아올랐다. 씩씩거리며 소주 한 잔을 더 비웠다. 성구는 눈물이 그렁그렁한 눈으로 나를 쳐다보았다.

"삼촌은 숙모가 좋아서 결혼한 거잖아요!"

"그래."

"나도 걔가 좋다는데 왜! 뭐가 안 되는 거예요!"

어리다는 말밖에 떠오르지 않았다. 그러나 이 상황에서 할 순 없는 말이다. 입맛을 다시며 내 술잔을 술을 가득 부었다. 성구 녀석은 흐느끼면서 중얼거렸으나, 알아들을 수는 없었다.

펑펑 울었다.

사람이 자신을 한심하게 보는 것도 정도가 있다. 나는 그 정도가 없는 모양이다. 생각과 마음이 오로지 본능적인 데에서만 통하는 것이 혐오스러웠다. 헛구역질이 나왔다. 이전에는 그 새끼와 여자 때문에 이 모양이 되었다고 한탄을 할 수 있었다. 이번 일은 오로지 내 탓으로만 보였다. 형의 호의도 불쾌하게 받고, 좋은 일을 하러 와서 투덜거렸으며, 남 탓만을 했다. 모든 생각을 단단하게 굳힐 수 있다는 이립의 나이에 들어서서도 나는 단단하게 굳히지 못 하였다. 썩어빠진 과일처럼 물러지고 터지는 그런 인간이 되어버렸다. 뺨까지 얻어터지다니. 방 한구석에서 이불을 말아 쥐며 세상이 다 끝나 더 이상 앞길이 보이지 않는 인간처럼 울었다.

울음이 잦아들자 갖가지 생각들이 엄습했다. 생각이 뒤엉켰다. 풀었다가 다시 묶은 실타래처럼 자기 멋대로 뒤엉켰다. 자기 비하를 하다가 남 탓을 하다가, 강호를 옹호하다가 욕하다가, 뺨을 때린 여편네에게 씨알거리다가 내 자신의 뺨을 다시 때렸다가. 머릿속에서 자잘하고 복잡하고 서로 반대인 것들이 얽혔다.

숨이 막혔다. 찬 공기가 필요하다. 냉랭한 밤공기는 혼자서 과열된 내 머릿속을 차갑게 식혀주었다. 시간이 지날수록 오늘 일이 어이없고 웃겼다.

"내가 웃긴 건 알아. 근데 말이야."

성구가 울먹거리며 네 병째 소주의 절반을 동냈다. 손을 휘저으며 말하는 꼴을 보는 것이 서글펐다. 눈가가 촉촉해 지는 것을 느끼며 한없는 한을 끌어내어놓는 성구 녀석의 얼굴을 바라보았다. 내가 이랬었다. 그녀가 있었기에 회복이 빨랐다. 성구 녀석을 위로하고 싶었다. 하다못해 녀석의 눈물만이라도 멈추게 하고 싶었다.

찬 바닷바람을 맞으며 보이지 않는 수평선이 있을 만한 곳을 쳐다보았다. 별이 빛나는 밤일 테지만 구름이 낀 듯 사방이 컴컴했다. 가냘프게 흘러나오는 가로등의 빛을 제외하면 기름띠로 둘러진 태안반도는 퍽이나 조용했다.

옆에서 발소리가 들렸다. 고개를 돌렸다. 몸이 뻣뻣하게 굳는 것을 느꼈다.

"늘 그래요?"

여자가 돌연 싸늘한 말투를 내뱉었다. 말문이 턱하고 막혔다. 변명거리도 없거니와 그녀의 말이 틀리지도 않아서 아무런 대답도 하지 못했다. 그냥 멍청히 그녈 쳐다보고 있을 뿐이었다.

"봉사활동을 하러 오셨으면 기왕이면 기분 좋게 하셔야죠."

그녀는 싸늘한 눈초리로 나를 쏘아보았다.

"죄송합니다." 내가 일으킨 사건이 나의 멍청함에서 비롯되었다는 것을 알기에 곧장 사과를 했다. 그러자 그녀는 콧방귀를 뀌었다.

"뭐가 죄송한지 말씀해보시던가요."

전형적인 레퍼토리지만 딱히 대꾸할 말이 없었다. 해가 뜰 때 있었던 일을 달이 뜰 때까지 고민을 하다니. 참 하루를 부끄럽게 사는구나.

"좋은 일을 하시는데 왜 그렇게 불만이 많으세요?"

기관포마냥 쏘아져오는 그녀의 질문 공세에 나는 묵묵부답이라는 벙커로 수비하는 수밖에 없었다. 벙커가 있다고 방어전에서 승리하라는 법이 없다.

"이 사회구조, 세상 모든 게 불만입니다. 왜 똥 싸는 놈 따로, 치우는 놈 따롭니까? 있는 놈은 더 퍼주고 없는 놈은 더 벗겨 먹잖아요. 없는 놈 되고 보니 알겠습디다."

그녀는 말을 하는 대신 나를 처음 보는 물건을 보듯 찬찬히 살폈다. 결정적인 한 방을 날리기에 적기라고 생각했다.

"없는 놈이 없게 사는 것도 서글프니 없는 놈들을 도와주자고 봉사단체 따윌 만들었겠지요. 그런데 없는 놈들이 없는 놈들을 도와주는 것이니까 결국은 없는 것을 나눠야 될 것이죠. 안 그래도 없는데 없는 것을 나누는데. 그 없는 것마저 이딴 식이니 화가 날 수밖에요."

"허. 그래서 인상을 쓰고 계셨고, 싸우셨다고 말하실 생각이신건가요? 당신이 어린 아이인가요?"

드디어 괴전법의 승승장구가 끝이 났다. 합죽이 상태로 돌아가는 것에는 시간이 별로 들지 않았다. 그녀도 재정비가 필요한 듯 마지막의 한 방의 보복을 끝으로 조용히 있었다. 기름 냄새가 바람에 섞여오는 것을 맡았다.

잠시 동안 조용히 있던 성구가 입을 달싹거렸다. 녀석은 테이블 위에 널

부러진 여섯 병의 소주처럼 퍼졌다.

"삼초온."

성구가 알아듣기 힘들 정도로 꼬인 혀로 말했다.

"삼촌도, 이렇게 힘들었지? 아니, 좀 달랐겠지만……. 그지? 어떻게 했었는데? 응?"

너무 울어 눈까지 부은 성구는 정말로 안쓰러웠다. 말문이 막히고 안쓰러움이 저 밑에서 끓어올라 성구를 껴안고 울고 싶은 마음이 생겼다. 하지만 성구는 따스한 조언이 필요할 것이다. 내가 그랬으니까.

"삼촌!"

잠에서 깬 성훈이가 날 불렀다. 나는 한숨을 크게 내쉬고 성훈이를 바라보았다.

"삼촌? 뭐 안 좋은 일 있어요?"

성훈이의 말에 눈물이 왈칵 쏟아질 것 같았다. 저런 말을 누군가에게서 듣고 싶었는데, 그게 성훈이가 될 줄이야. 쏟아질 것 같은 눈물을 참으며 말했다.

"응. 안 좋아. 삼촌이 말이야, 딱 봐도 비디오인데 자꾸 디브이디로 착각을 했거든. 근데 고칠 수도 없을 거 같아. 이럴 줄 알았으면 처음부터 잘 살펴 볼 걸. 철부지 어린애도 이렇게는 안하는데, 그치?"

애를 붙들고 뭔 짓을 하는 긴지. 자신이 한심스러워졌다. 그래서 또 다시 한숨을 쉬었다. 성훈이와 눈높이를 맞춘다고 쪼그려 앉아있었는데 갑자기 성훈이가 내 목을 끌어안더니 끌어당겼다.

"뭐야 왜?"

거기에 저항하다가 성훈이가 안간힘을 쓰는 것을 보고 그냥 성훈이의 팔에 딸려갔다. 성훈이는 내 상체가 자신의 상체보다 낮은 위치에 있자 내 어깨를 툭툭 두드려주었다.

"응, 삼촌은 나만도 못 한 어린애야! 그러니까 아버지가 같이 보냈겠지?"

성훈이의 말에 실소를 금치 못 했다. 그리고 영악한 녀석의 뺨을 결국은 꼬집어주었다. 아프다고 칭얼대는 성훈이를 데리고 숙소로 향했다.

"성훈아 너는 절대 삼촌처럼 되지 마라."

그 말을 하면서 모퉁이를 돌다가 그 여자를 보았다. 서로의 시선이 마주쳤고 데면데면 하게 그냥 목례만 하고 지나치려 했다.

"전도사님!"

성훈이가 그 여자를 불러 세웠다. 여자는 성훈이를 바라보며 활짝 웃었다. 성훈이 여자에게 매달리며 여태까지 자기가 한 봉사활동을 주저리주저리 자랑했다. 그 둘을 보며 난 옆에서 멀뚱히 서 있기만 하였다.

"전도사님, 저 오늘 대단한 일 했어요!"

"무슨 대단한 일?"

성훈이는 잠시 말을 멈췄다. 나를 돌아봤다. 히죽 웃었다. 나는 의아한 표정을 지어보였다. 성훈이가 다시 그 여자에게 고개를 돌렸다. 활짝 웃더니 비밀이랜다. 자신 또래 아이들이 지나가는 것을 보고 그쪽으로 성훈이가 달려갔다. 그 여자는 의아한 표정을 지었다. 그녀와 나의 의아한 표정이 서로 마주쳤다.

"삼촌! 내가 싫을 리가 어딨겠어!"

성구가 소리쳤다. 나는 암 그럼 그렇지 하며 성구의 어깨를 툭툭 두드렸다.

"짜식, 역시 니가 나보다 더 어리네."

내 말에 성구가 의아해 했다. 나는 히죽 웃으며 성구를 바라보았다.

"좋다는 거잖아! 좋으면 뺏기면 안 되지! 무조건 무슨 일이 있더라도 붙잡아! 설령 강호 형이랑 싸운다고 하더라도 붙잡아! 삼촌은 별 힘이 되지 못 할 거 같다마는 말이다."

내 말에 성구 녀석이 고개를 끄덕였다. 태안의 바닷바람도 고개를 끄덕이는 것 같았다.

"그래, 싫을 리가 없으니까. 내민 손을 꼭 잡아야지."

기름 냄새가 없이 말간 바람이 우리 사이를 머물다가 지나갔다.

제 3 부 _ 수필

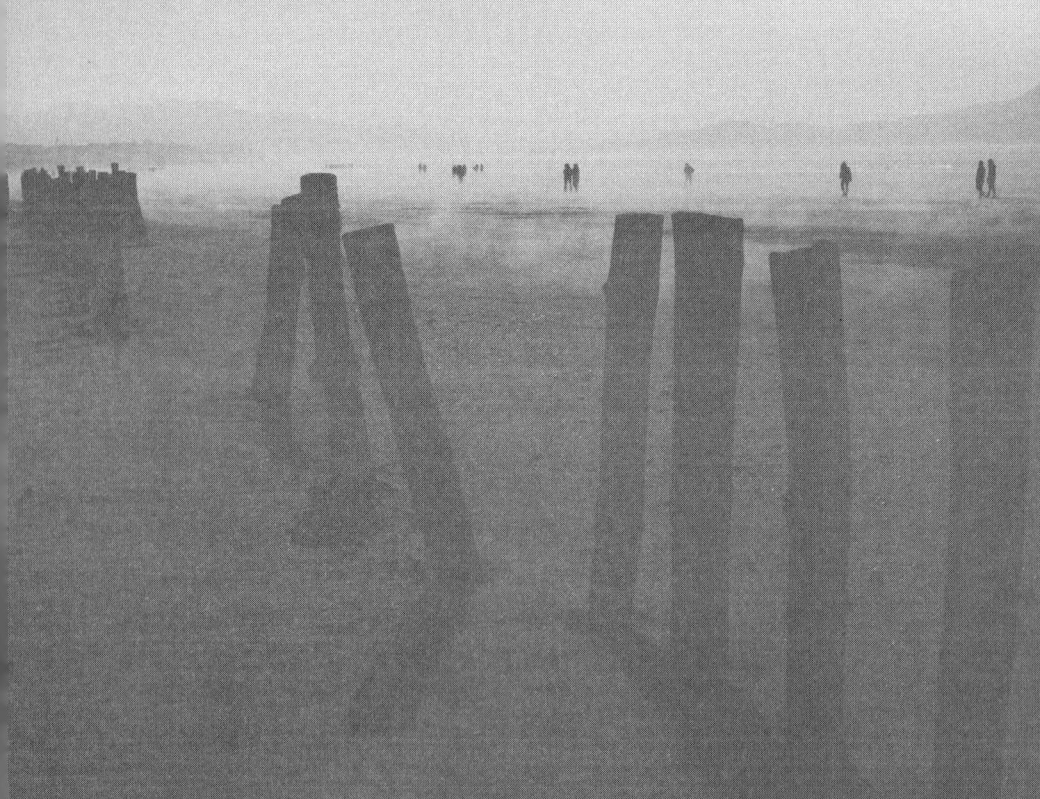

해무의 길

이미진

사 년 전부터 태안에 가고 싶었다. 한창 태안에 기름이 유출되었다는 보도가 연이어 보도되던 시절이었다. TV에 비친 화면들을 아직도 생생히 기억한다. 검은 기름띠를 두른 바다, 절망과 피로에 찌든 어민들의 표정, 얼굴에 기름때를 묻힌 채 쭈그려 앉아 바닷가에서 돌에 긴 기름을 제거하는 자원봉사자들의 모습들은 어디선가 늘 보아왔던 것처럼 낯설지 않았다. 매일 접하게 되는 뉴스가 늘 어디선가 보고 들은 듯이 낯익은 느낌을 주는 것처럼. 태안은 어느 날 문득 꿈에서 발견하는 낯익은 곳과 같이 느껴졌다. 그리고 그 곳에 가고 싶어졌다.

태안에 가본 적은 없었다. 그래서였을까? 태안에 가는 길이 멀었다. 쉽게 닿을 수 있으리라는 기대만큼이나 멀게 느껴졌다. 아침 일찍부터 부산을 떨며 나온 터라 눈이 자꾸만 감겼다. 버스에 난 창으로 햇살이 쏟아졌다. 아침에 얼굴을 마주치자마자 사람들과 나눈 대화들이 생각나서 피식 웃음이 났다. '오늘 비온대'라고 누군가 운을 띄우면 '우산 챙겼어?'라고 누군가 장단을 맞추듯 얘기하고, '난 안 챙겼는데'라는 대답이 돌아오는. 늘 하게 되는 대화. 하지 않아도 됐을 대화.

꾸벅꾸벅 졸다가 눈을 뜨면 버스는 여전히 논밭을 지나고 있었다. 같은 곳을 계속 달리는 꿈을 꾸고 있는 것 같았다. 잠에 적당히 취할 무렵에 태안에 도착했다. 햇살이 따끈따끈하게 땅을 덥히고 있었다. 간간히 바람이 불었다. 바다가 가까이 있다는 걸 알 수 있게 해주는 청량한 바람이었다. 나른했다.

땅에서 한 삼 센티미터 뜬 느낌을 유지한 채 해변을 거닐었다. 바람이 불어 올 때마다 옷을 여미는 대신 바람에 제멋대로 휘날리게 내버려두었다. 그런 계절이었다.

생각해 보니 봄에 가까운 계절에 바다를 찾은 건 처음이었다. 그 사실을 인지함과 동시에 복잡한 기분이 되었다. '이렇게 붕 뜬 느낌으로 계속 걸어도 되는건가? 이렇게 나른해도 되는건가? 이 계절에, 이렇게 붕 뜬 느낌으로, 나른하게 이곳을 거닐어도 될까?'부터 시작되는 질문들은 불안감에서부터 생겨나는 것 같다. 불안감이 늘 현재를 지배하고 있었다.

매일같이 부서져 내렸다가 다시 생겨나는 섬처럼 나, 그리고 나를 둘러싼 세계는 늘 들어본 듯한 이야기, 어디선가 본 듯한 얼굴, 언젠가 가본 적이 있는 듯한 공간 속에 갇힌 느낌이었다. 낯익은 것들 속에 이렇게 안주해버려도 되는 것인가 하는 불안감이 늘 존재하는 것이다. 꿈에서조차 낯익은 길이나 상황에 유쾌함을 느끼며 깨지 않고 싶어하는 나를 발견하곤 한다. 하지만 한편으로는 같은 꿈이 계속 될까하는 또다른 불안감을 가진다. 어떤 식으로든 불안해하고 있는 내가 해변가를 한없이 걷고 또 걷고 있었다. 어디가 어딘지도 모른 채. 꿈 속에서 늘 그랬던 것처럼.

피도 소리가 유난히 크게 들렸다. 햇실은 더더욱 따가워졌다. 모든 것이 엿가락처럼 늘어지고 있었다. 파도도, 사람들의 걸음걸이도 2배속 느리게 감기를 한 듯 했다. 유일하게 현실의 시간대로 움직이는 것들은 작은 게들과 바닷가 모래를 칠판삼아 연인의 이니셜이나 이름을 적고, 파도에 그 이름이 떠밀려 갈 새라 카메라로 찍고 전송하는 손길들 뿐이었다. 이번에도 피식 웃음이 났다. 그 손길과 작은 게들의 부산한 움직임이 한 세트처럼 보였기 때문이다.

여러 해수욕장을 거닐었으므로 모든 해수욕장을 다 기억하지는 못하지만 유독 인상에 남았던 곳은 신두리 해안 사구였다. 그 곳에서 그 어디에서도 보지 못했던, 들어 본 적이 없는 장면을 보았던 것이다. 파도가 치는 가운데 드라이아이스와 같은 안개가 하늘하늘 피어오르고 있었다. 낮이었음에도 불구하고 전방 삼십 미터의 사람의 모습이 검은 실루엣으로 보일 뿐이었다. 밤에 피어오르는 안개를 본다면 얼마나 더 환상적인 느낌일까 궁금했다. 안개 속에 있자니 어느 정도 충동적인 행동을 해도 무리가 없었을 것이다. 형체를 잘 확인할 수 없으니 마음 내키는 대로 춤을 춘다거나 바닷물로 뛰어든다거나 하는 행동을 할 수도 있을 것 같았다. 그 당시엔 왠지 바닷물이 해수온천탕처럼 따끈따끈할 것 같아서 뛰어들고 싶었다. 그리고 오래도록 바다 속에 몸을 뉘이고 싶었다.

어느덧 해가 지고 있었다. 바닷바람에 발등이 시렸다. 어느새 시간은 4배속 빨리 감기를 하기라도 한 듯 주변이 빠르게 어두워졌다. 돌아갈 시간이 가까워졌다. 유쾌한 꿈에서 깨기 전의 예감처럼 모든 것이 그립고 서러워졌다. 꿈결같은 그 무엇으로부터 멀어지고 있었다. 강한 여운과 이미지 뒤에 갑자기 사라져 며칠이 지나면 완전히 잊고 마는 그런 꿈처럼. 그런 꿈이나마 기시감으로 남아 꿈과 기억 그 중간 선상에서 큰 파도가 일 때면 불현듯이 떠오르는 부표처럼 떠오를 것이다.

신두리 해안 사구를 다녀오다

이영숙

　태안반도로 문학의 영감을 얻으러 새벽같이 일어나 청정한 마음으로 목욕재계하고 길을 나섰다. 비가 온다고 우산을 준비하라는 일기예보도 그런 마음을 읽었는지 날씨는 너무도 청명하였다. 풍신(風神)이 도와 준건가? 태안에 도착하여 그곳의 특산물인 간장게장과 우럭젓국으로 식사를 하며 옛사람들의 체취도 느껴보았다. 담백하고 구수한 맛이 입맛을 돋우었다. 음식은 그 고장사람들의 생활을 알게 하고 전통으로 이어오는 삶의 연속선 같은 것이다.

　낯설지 않은 길, 듬성듬성 인가가 있는 어촌 마을, 폭이 좁은 에움길을 달려 신두리사구포구에서 발길을 멈추었다. 충청남도 태안에 위치한 신두리 해안 사구는 오랜 세월을 거쳐 만들어진 모래언덕이다. 태안의 해양국립공원 대부분이 사구지역이었지만 많은 곳이 모래로 채취되어 신두리만 천연기념물로 지정되어 보호되고 있다. 신두리 해안은 강한 북서풍의 영향으로 사구가 형성되기에 좋은 조건을 지니고 있다. 해풍이 만들어낸 물결처럼 퍼져있는 사구는 사막의 어느 모래 언덕을 보는 것 같았다. 해안 주변은 해송이 빙 둘러져 있고 또한 소나무 숲길이 있어 그 길을 따라 걸으면 작은 해변들과 계속 이어진다.

　신두리는 아직 개발되지 않아 해변이 자연 그대로 있어서 아름다운 그 모습에 감탄을 하였다. 또한 신두리 해변은 이른 봄철이기도 하였지만 무엇보다 상업적인 시설이 많지 않아 조용하고 한적한 해변에 마음이 이끌렸다. 백사장에 가까이 갈수록 갈대숲들이 모래와 더불어 한가로이 누워있다. 해안가의 길은 완만하고 평탄하여 가족단위로 산책하기에는 아주 적합하였다. 갈대 숲길을 지나 백사장으로 걸어가니 꽃샘바람도 잠재우고 부드러운 해풍이 옅은 안개에 싸여 마중 나왔다. 봄 꽃샘바람은 매섭고 변덕스럽기로 유명한데 바람신(風神)이 도와주었는지 중무장하고 나선 나그네를 무색하게 할 정도로 바다의 햇살이 따뜻하여 웃옷을 벗게 만들었다.

바닷가에는 유구한 세월을 거쳐 왔을 해안의 검고 납작한 돌들이 햇빛을 받아 반짝반짝 눈이 부셨다. 해무와 동무하여 걷는 백사장은 모래의 입자가 아주 고와서 채에 받쳐 흩뿌려 놓은 것 같다. 모래가 얼마나 부드러운지 맨발로 달려보고 싶은 강한 충동을 느꼈다. 푸른바다는 파도도 잔잔하여 끝없이 펼쳐진 수평선이 한 눈에 들어왔다. 바닷물은 어찌나 맑고 맑은지 여름이었다면 풍덩 하고 바다에 뛰어들어 수영을 했을 것이다. 수면 또한 깊지 않아 아이들이 놀기에도 안성맞춤 이었다.

물이 빠져나간 해변에는 한 폭의 아름다운 풍경화가 그려져 있다. 그것은 바람과 해수와 조개, 게 등이 만들어 놓은 무늬들이 아주 환상적이었다. 실처럼 가는 길, 둥근 원을 그린 원길, 조개들의 크기만큼 무게만큼 비례하여 길을 여러 가지 모양으로 만들어 놓았다. 또한 바람의 세기에 비례하는지 파도의 높이에 비례하는지 잘은 모르지만 파도처럼 생긴 물웅덩이가 넓은 해변에 펼쳐져 있어 해변의 운치를 한껏 돋보이게 하였다. 그런가 하면 잔가지들이 뻗어나간 나무 밑 둥이 있는 나무처럼 생긴 무늬는 산을 옮겨 놓은 것 같았다. 자연의 아름다움이란 언제 보아도 감탄사를 연발하게 한다.

먼 길을 한달음에 달려온 보람이 있었다. 아마도 해신(海神)이 도와준 것일까! 그러니까 이른 봄에 바람도 잔잔하고 햇볕 또한 따뜻하여 나, 여기서 지금! 마음의 평화를 얻고 있다면 이곳이 바로 천국이 아닐까? 거기다 같은 정서로 같은 동질감을 갖고 함께한 학우와 한담(閑談)을 나누며 걷는 해안 길은 그동안 삶에 지친 심신을 위로하여 주었다. 바다는 그렇게 태초

때부터 있어온 것처럼 웅장하고 유연하게 자애로운 모습으로 먼 길을 달려온 우리네를 포근하게 감싸 안아 주었다.

여기서 옛시조 한 편을 떠올려본다. 퇴계 이황의 '고인(古人)도 날 못보고 나도 고인(古人) 못뵈, 고인을 못봐도 녀던 길 앞에 있네. 녀던 길 앞에 있거니 아니녀고 어쩔꼬.' 옛 성현도 날 못보고 나도 옛 성현 못 뵈었지만 옛 성현은 못 뵈어도 성현들이 행하던 일 앞에 있는데아니 행하면 어쩔거냐. 조상들의 숨결을 느껴보려고 눈을 감아 보았다. 굽이쳐온 세월만큼 옛 모습은 달라져 있을 지라도 하늘이 열리고 바다가 열리고 산천이 생기고 길들이 하나 둘 늘어감에 그 길 따라 함께 하였을 선인(先人)들이여 나! 여기 당신들을 만나려 왔다. 당신들의 전통이 없었다면 아마도 우리의 삶은 불안했을 것이다. 바다를 생명의 젖줄이라 부르는 것도 조상들뿐만 아니라 현재까지도 인간은 바다에서 우리의 삶에 필요한 것들을 헤아릴 수 없이 얻어내고 있다.

영감을 얻으러 왔다가 해변경치에 푹 빠졌다. 여행을 하다 보면 다시, 또 찾고 싶은 여행지가 있다. 그런가하면 다시는 가고 싶지 않은 여행지도 있는데 그것은 누구와 얼마만큼 좋은 추억을 만드느냐에 따라 달라지기도 한다. 그러나 여행지 자체가 아름다운 곳은 오랜 세월이 흘러도 그리움과 추억으로 남아 있어 언젠가 꼭 다시 찾게 된다. 그런 의미에서 신두리는 가족과 함께 연인과 함께 데이트장소로 적극 추천하고 싶은 곳이 되었다.

도시에서 찌든 삶의 무게를 바다와 숲과 해무와 해풍, 그리고 시구기 어우러진 이곳 신두리에서 모두 내려놓고 잠시라도 자연과 함께 노닐다 보면 에너지가 샘솟을 것 같다.

제4부 _ 아동문학

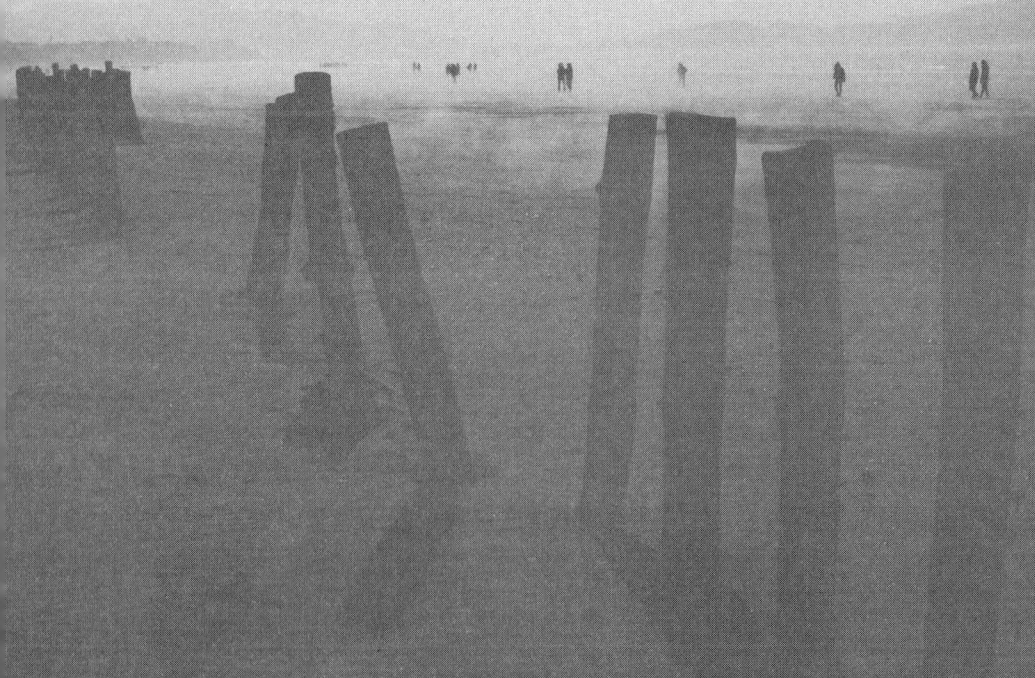

부부 바위

백재경

마을에 소문난 잉꼬부부
서로를 아끼고 아껴서 집에서도 밖에서도
언제나 부둥켜안고 계셨나보다
먼 길 떠나는 할아비 배웅 나온 할미
그 자리에 앉아 기다리셨나 보다

굽은 등까지도 닮은 할미바위
떠난 할아비 몹시도 사랑하셨나 보다
할미 몸 단단해져 가는 것도 모르고
바보마냥 할아비 데려간 바다만 보신다

할아비도 혼자 남은 할미 걱정되셨나 보다
한 발 한 발 떼는 걸음마다 뒤돌아보니
용왕님 가엾다 하시며 헛기침으로 바다를 깨우고
외로운 할미 옆에 제 짝 데려다주셨나 보다

예전처럼 부둥켜안을 수는 없지만
나란히 앉아 기다린 시간만큼 잘 익은 태양을
바다가 끌어안는 것을 바라보며
할미 할아비는 오늘도 단단히 사랑하시나 보다

아라 바라

박은진

"소나무의 뜻은 용기, 용감이라고 합니다. 그렇기에 높게 뻗은 소나무
는, 보는 이로 하여금……."

모처럼 가족 여행을 왔는데 수목원이 웬 말인가요. 아직 이른 봄이라 그
런지 수목원에는 푸른 잎보다 구경 온 사람들이 더 많았습니다. 우리 가족
중에 나무를 좋아하는 사람은 언니랑 엄마뿐이었습니다. 그래서 그런지
동생은 아까부터 연못에 있는 낡은 배 위에서 해적 놀이 중이었고, 아빠는
엄마 옆에 붙어서 하품을 하며 해설을 듣는 척하고 있었습니다.

"어라, 아빠, 이세 무슨 냄새지?"

어디선가 아주 기분 좋은 냄새가 흘러왔습니다. 아빠는 검지를 입에 갖
다 대며 조용히 하라고 신호를 주었습니다. 나는 눈물이 그렁그렁하게 맺
혔으면서도 열심히 듣고 있는 척하는 아빠 몰래 냄새 나는 쪽으로 빠져 나
왔습니다.

'마취 나무…….'

옛날에는 마취할 때 쓰던 나무라고 설명 되어 있었습니다. 여러 종류의
마취 나무를 지나자 소나무 숲이 이어졌습니다. 해설사 아줌마의 목소리
가 점점 옅어져 갔지만, 솔가지에 조각조각 난 햇빛이 바람에 출렁일 때마
다, 이리오라고 손짓하는 것 같아 걸음을 멈출 수 없었습니다. 어렴풋이

아빠의 목소리가 들리는 것 같다가 그마저도 사라지자 주변이 너무나 고요했습니다.

"응? 왜 아무도 없지?"

정말 아무도 없었습니다. 다만 높게 뻗은 나뭇가지에 가려졌던 햇빛이, 저 멀리 조그만 들판에 내려 앉아 있었습니다. 아까 본 마취 나무 때문인지 눈이 침침해져서 자꾸만 벅벅 눈을 비비게 되었습니다. 벅벅 눈을 문지르며 걸어가다가

"으악!"

분명 들판이었는데 발을 잘못 디뎠나봅니다. 정신이 들었을 때는 언덕을 한참이나 굴러 내려와 있었습니다. 흙 묻은 몸을 털며 주위를 살펴보았습니다.

흰 거품을 얹은 물결이 밀려왔다 밀려가는 해변이었습니다. 천리포라고 적힌 팻말만 있을 뿐 역시 아무도 없었습니다. 물에 젖은 자갈들이 햇빛에 부딪쳐 반짝이다가 파도가 밀려가자 어느새 자갈길을 이루고 있었습니다.

"여기로 가면, 저 섬으로 갈 수 있는 건가?"

수목원에서부터 눈에 띄던 섬이었습니다. 파란 푸딩에 초록 쿠키를 얹어 놓은 것 같았기 때문이었습니다. 달그락달그락 자갈들 수군거리는 소리가 걸음마다 따라왔고, 자갈길 끝은 솔잎으로 카펫을 깔아 놓은 섬 안으로 이어졌습니다.

"바라야, 이제 오는 게냐? 할 일이 많이 밀렸구나. 어서 준비를 해야겠어."

"네? 저, 저는 바라가 아닌데요?"

노란 곱슬머리에 노란 수염을 기른 할아버지 한 분이었습니다.

"이 녀석, 바깥 구경 못 가게 했다고 아직도 심통이 나 있었던 게냐? 그래도 결국 몰래 나가서 구경하고 왔으니까 되지 않느냐. 옷도 예쁜 것으로 갈아입었으니 그만 기분 풀어라. 늦지 않게 온 것은 참 잘했다. 자 이제 어서 준비를 하자꾸나."

할아버지는 자기 할 말만 하고 섬 안 쪽에 있는 낡은 집으로 들어가버렸

습니다. 소나무 무늬를 그대로 갖고 있는 지붕이었습니다. 창틀에는 해당화 두 송이가 붉은 얼굴을 들고 있었고, 바람이 파고들 때마다 간지럼 타는 녹색 커튼이 달려 있었습니다.

할아버지가 집 안에서 내게 소리쳤습니다.

"어서 마당으로 가 보거라!"

집을 오른 쪽으로 두고 있는 마당이었습니다. 두 그루에 큰 나무가 어깨동무 중인 곳을 지나면 햇빛이 얇게 널려 있는 들판이 펼쳐졌습니다.

"어라, 저게 뭐지?"

마당 한 가운데에 아주 커다란 단지가 있었습니다.

'뿌, 콩, 콩, 펄럭 펄럭, 뿌우, 뿌뿌우, 펄럭 콩, 펄럭 콩콩.'

단지 근처에 다다르자 들리는 소리였습니다. 절구 찧는 소리 같기도 하고, 바람이 지나가는 소리 같기도 하고, 이상한 경적 소리 같은 것도 들려왔습니다.

"올라가서 잘 되나 보고 오너라. 서둘지 않으면 때를 놓치겠어!"

"저보고 올라가라고요? 저 높은 데를요?"

창문에 얼굴을 내밀고 소리치는 할아버지에게 되물었습니다. 할아버지는 바람이 불자 한 마리 사자가 되어 나를 쳐다보고 있었습니다.

"아이고 녀석, 매번 하던 일인데 왜 이렇게 새삼스럽게 구는 것이냐. 그럼 이 늙은이가 올라가야겠냐! 서둘러라!"

마냥 어이가 없다가도 할아버지가 서두르라고 하면 가슴이 쿵, 내려앉았습니다. 이상한 일이었습니다. 정말 안 하면 안 될 것 같고, 정말 늦으면 큰일이 날 것 같았기 때문입니다.

나는 올라갈 곳을 찾아보았습니다. 단지를 뺑 두르며 돌아보고 있는데, 단지 옆면에 계단 모양으로 파진 것이 보였습니다.

"저기인가 보다. 내가 도대체 무슨 일을 하고 있는 거야? 여긴 어디? 나는 누구?"

엄마 아빠는 내가 걱정도 안 되는지 핸드폰은 계속 시계 역할만 하고 있었고, 계단은 오르고 올라도 끝이 보이지 않았습니다.

"아이고, 죽겠네. 어디까지 올라가야 하는 거야?"

"뿌뿌!"

또 경적 소리 같은 게 뒤에서 들려 왔습니다. 고개를 돌리자 날개를 퍼덕이는, 아니 귀를 펄럭이는, 흰 코끼리, 분명 흰 코끼리가 날고 있었습니다.

"뿌뿌!"

"뿌, 뿌?"

"뿌우!"

도대체 뭐라는 것인지, 뭐라고 하긴 하는 것인지 이해가 되지 않았습니다. 흰 코끼리는 나를 쳐다보며 눈을 두 번 껌벅이더니 내 바지춤을 잡아당겼습니다.

"으헉, 뭐야? 놔줘! 떨어진단 말이야. 하, 한국말 몰라? 뿌뿌! 뿌뿌뿌!"

하늘을 나는 코끼리가 내 말을 들은 체도 않고 계속 나를 끌어 당겼습니다. 자기 쪽으로 끌어당기고는 위로 쭉, 올라가는 것이었습니다.

"으아악, 놓으면 안 돼! 놓으면 나 죽어! 알겠지? 뿌뿌! 펙! 오케이?"

코끼리는 발버둥을 치는 내 머리 위로 콧바람을 흥, 끼고는 나를 단지 위에 내려놓았습니다. 어느새 단지 꼭대기에 올라가 있었습니다. 단지는 보이는 것보다 훨씬 컸습니다. 그리고 이상했습니다.

'펄럭펄럭, 스르륵, 콩, 좌르륵 펄럭펄럭, 펄럭, 콩콩콩'

단지 안을 보고 나는 내 눈을 의심해야 했습니다. 분명, 뭔가 잘 못 된 것이라고, 아까 마취나무 때문에 내 눈에 이상이 생긴 게 분명하다고. 아님 내가 지금 수목원 들판에서 자고 있는 것인가?

"아야."

꿈이라고 하기에는 너무나 생생하게 꼬집은 볼이 아팠기에 꿈은 아니었습니다. 그럼 지금 저 파란 토끼들은 뭐지? 파란 토끼들이 젖은 모래를 스르륵 단지에 부으면, 때 맞춰 다섯이나 되는 코끼리들이 귀를 펄럭이며 모래를 말리고, 한쪽 발만 크고 흰 토끼들이 박자에 맞춰 흙더미를 두들겼습니다. 내가 너무 놀라 헉, 소리를 내니 희한한 동물들이 하던 일을 멈추고 나를 쳐다보았습니다. 그러고는 나를 향해 일제히 오른쪽 앞발을 들었습니다.

"아, 그래. 안녕!"

흰 발 토끼 중 제일 큰 녀석이 의자에 앉아 발을 둥둥 굴렀습니다. 왕좌처럼 크고 빨간 천으로 감싼 의자였습니다. 엄마가 가끔 입는 벨 뭐시기 치마하고 같은 재질이었습니다. 흰 발 토끼는 나를 보며 코를 벌름벌름하며 또 발을 둥둥 굴렀습니다.

"응? 나 거기 가라고? 알겠어, 자, 여기에 앉으면 돼? 이렇게?"

토끼는 내가 자리에 앉길 기다렸다가 작은 주머니를 건넸습니다. 주머니 안에는 모래가 들어 있었습니다.

"이걸 왜 나한테?"

"요?"

"요라니?"

토끼들과 코끼리들이 하던 일을 멈추고 나를 쳐다보았습니다.

'이 분위기는 뭐지? 요는 또 뭐야? 자기들이 한 것을 봐 달라는 것인가? 아, 알아듣겠는 건 또 뭐지? 도대체 나 여기서 뭐하는 거야……'

"조, 조, 좋, 좋은 모래네. 너희가 만든 것이구나. 좋다. 좋아!"

"요!"

토끼들이 다시 한 번 오른쪽 앞발을 들어 보였습니다. 뭔가 만족해하는 느낌이었습니다. 그러더니 흰 코끼리 한 마리가 또 나를 들었습니다. 나는 눈을 질끈 감고 코끼리 코를 붙잡았습니다. 붕 떠서 곧 떨어질 것 같았지만, 코끼리 코 촉감은 물컹하니 그럭저럭 괜찮았습니다.

"다 된 것이냐. 오늘은 왜 이렇게 소란스러웠던 것이냐. 어서 준비해서 출발 하는 게 좋을 것 같구나. 바라 네가 모래를 보았으니 안심이다. 조심히 다녀오너라. 오늘이 지나면 다시 일 년을 기다려야 한다. 부디, 부디……"

"아니, 할아버지, 그게 제가……."

아니 여기는 도대체 내가 무슨 말을 할 틈을 안 주는 곳인 것 같습니다. 말이 다 끝나기도 전에 할아버지는 내게 배낭을 쥐어 주고는 다시 집으로 들어갔습니다. 하는 수 없이 배낭을 메었는데 토끼 한 마리가 가방 끈을 어딘가로 연결했습니다. 그 끈은 웬일인지 단지의 손잡이로 연결되어 있었고, 단지 위에는 아까보다 훨씬 큰 코끼리 여덟 마리가 귀를 펄럭이며 단지 나를 준비를 하고 있었습니다.

북쪽으로 바람이 거세게 불자, 몸이 붕 뜨는가 싶더니, 섬을 빠져 나갈 준비를 마치고 있었습니다.

"아니, 어디로 가는 건데? 난 뭘 해야 하는 거냐고! 좀 알려주고 가면 안 될까?"

코끼리들은 한참 위에 있어 말이 안 들리는 것 같았고, 토끼들은 어디론가 사라지고 두 마리만 남아 있었습니다. 발이 땅에서 십 센치 정도는 뜬 것 같았습니다. 남은 두 마리 파란 토끼는 입을 오물오물 거리다가 찰싹, 하고 내 발등으로 올라탔습니다. 그러더니 내 발을 감쌌습니다. 입은 여전히 오물거렸으나 몸은, 맞습니다. 분명 본 적이 있습니다. 몸은 겨울 털실 내화가 되어 내 발에 신겨 있었습니다. 내 몸은 이미 섬 밖으로 나와 있었고, 무슨 일인지 아까보다 조금씩 더 바닷물과 가까워지는 것 같았습니다.

"뭐하는 거야, 더 올라가야지!"

들리길 바라는 것이 무리었습니다. 결국 토끼인지 토끼 신발인지, 내가 신은 것인지 나를 태운 것인지 모를 파란 덩어리는 물에 반쯤 잠겼습니다. 그렇게 한참을 하늘을 나는 것도, 물 위를 떠가는 것도 아닌 것처럼 바다를 지나고 있었습니다.

"어라? 저기는?"

저 멀리 나와 가족이 머물고 있는 숙소가 보였습니다. 어느덧 저녁놀이 퍽, 하고 퍼진 계란 노른자가 되어 이곳저곳으로 퍼지고 있었습니다.

해변에 다다르자 토끼 두 마리는 너울거림으로 사라져 벼렸고, 코끼리 역시 나를 단지 속, 모래 더미 위에다 올려놓고는 바람이 되어 흩어졌습니다. 모든 것이 꿈만 같았습니다. 자꾸 꿈타령 하는 것 같아 그렇지만, 꿈이라는 말 말고는 도대체 표현할 방법이 없었습니다.

어쩐지 파도의 일렁임이 자꾸만 토끼의 오물거리는 모습과 겹쳐 보였습니다. 어쩐지 허공에서 자꾸만 코끼리의 뿌, 뿌 거리는 소리가 메아리치는 것 같았습니다. 멍하니 앉아서 무엇을 해야 좋을지 생각했습니다. 해변에

꽂혀있는 팻말을 보니, 여기는 신두리라는 곳이었습니다.

"여기서 뭐하는 거야! 너 도대체 누구야?"

누군가 단지 끄트머리에 서서 소리쳤습니다. 검은 실루엣이 성큼성큼 내게 다가왔습니다.

"아, 내 이름은 아라야."

나와 눈 마주친 사람은 내 또래 아이였습니다. 그 아이는 나를 보더니 흠 칫 놀라며 말했습니다.

"나는 바라야."

"응, 나는 아라야.

"어, 내 이름은 바라라고."

"아, 응, 내 이름은 아라야."

"아 진짜, 그래서 뭐."

"아, 음……. 너 근데 누구 좀 닮았다?"

"아……. 그래? 너도 좀 닮은 것 같은데……."

"그치? 우리 좀 닮았지?"

"……."

말없이 고개만 끄덕이는 바라였습니다. 이게 꿈이 아니면 나는 우리 부모님 자식이 아닌 것이 분명했습니다. 내 눈 앞에는 나와 너무나도 똑같이 생긴, 바라라는 아이가 화내다 말고 수줍어하고 있었기 때문입니다.

"그건 그렇고 난 여기서 그림 뭘 해야 하는데?"

"그 섬에는 어떻게 들어갔는데?"

"그 할아버지는 누군데?"

"모래 상태는 왜 이러는 건데?"

"모래가 어떤데? 좋기만 하더만."

모래를 푹푹 퍼내 이리저리 보더니 바라는 한숨을 푹, 내 쉬었습니다.

"이 모래는 사구를 만들 모래야. 이래가지고는 사구에 뿌릴 수 없어. 오 히려 망가트릴 테니까. 사사 할아버지가 왜 너랑 나랑 착각했는지 조금은 알 것 같은데, 그랬어도 말했어야지! 네가 버텼어야지! 이게 얼마나 중요 한 일인데! 이 게 얼마나 오랫동안 준비한 것인데! 이게 얼마나 기다려 온 일인데!"

사구가 뭔지도 모르겠고, 내가 왜 나랑 똑 닮은 애한테 혼나야 하는지도 모르겠습니다. 오늘은 하루 종일 물음표 세상에 갇힌 것 같았습니다.

"시간이 없다고 하니까, 내가 뭐라도 해야 할 것 같았으니까……."

희뿌연 모래 바람이 일더니 순식간에 사사 할아버지가 되어 있었습니다. 벌겋게 달아오른 얼굴의 할아버지가 바로 우리 옆에 서 계셨습니다.

"아이고, 정말 아니었구나. 그게 장난이 아니었구나?"

할아버지는 모래를 만져보시더니 아까 바라보다 더 크게 숨을 뱉어내었습니다.

"이럴 틈이 없어요. 적어도 달이 뜨더라도, 달이 지기 전까지만 완성하면 되니까 서두르자고요 우리. 아라라고 했지? 도와줘. 부탁해. 정말 중요한 일이라 그래. 저기 저 곳에다 모래 언덕을 만드는 일이거든. 그리고 미안해. 화부터 덜컥 내서."

사사 할아버지는 내 머리를 쓰다듬어 주었습니다. 할아버지 손길에서 쓸쓸함을 지울 수 없어 고개를 들 수가 없었습니다. 모래 언덕을 만드는 일을 내가 서투르게 굴었기 때문에 망칠 수도 있다는 생각이 들었습니다. 아까 아침에 가이드 언니가 했던 말이, 모래 언덕이 정말 중요한 자연의 일부라는 말이 어렴풋하게 떠올라 더 미안해졌습니다.

바라가 무슨 주문 같은 것을 중얼거리자 밀려오던 파도가 수많은 토끼가 되어 껑충거렸고, 뺨을 훑던 바람이 세 마리 코끼리가 되었습니다. 껑충거리던 토끼들 중 일부는 단지 위로 올라오면서 오른쪽 앞발이 희고 크게 변했습니다. 곧 신두리 바닷가에는 섬 위의 풍경이 다시 펼쳐졌습니다.

'쿵쿵, 차르륵, 쏴, 쏴, 펄럭펄럭 펄럭, 콩콩, 쏴, 쏴쏴, 펄럭'

아까보다 더욱 크고 빠른 소리들이 리듬감있게 퍼져갔습니다. 얼마나 시간이 흘렀을까. 바라가 모래를 만지며 고개를 끄덕이자, 코끼리는 뿌, 토끼는 요, 하면서 또 만족한 표정을 지었습니다.

"자 이제, 아라야 네 가방을 열어 봐."

사사 할아버지가 섬을 떠나기 전, 내게 주었던 가방에는 엄청 큰 바가지가 있었습니다. 처음에는 손잡이만 보여서 얼마나 큰지 몰랐었는데, 아니 무슨 가방에서 바가지가 끝도 없이 나오고 있었습니다. 하나를 꺼내고 나서 닫으려고 하는데, 바라가 하나 더 있으니까 찾아보라고 했습니다.

우리 둘은 커다란 바가지를 들고 모래를 퍼서 들었고, 코끼리가 귀로 펄럭이자 고운 모래들은 언덕 위에 살포시 앉았습니다. 그렇게 한참을 하니, 그 큰 단지의 바닥이 보이기 시작했습니다.

"오, 다 해 간다. 다행이야!"

바라가 씩, 웃어 보였습니다. 정말 다행이었습니다.

"아라야, 바라야, 보거라. 봐 두어라. 얼마나 큰 힘을 가지게 될지 봐 두어라."

사사 할아버지는 알 듯 말 듯 한 말을 하시고는 뿌연 바람이 되어, 모래 언덕을 쓰다듬고 사라지셨습니다. 바라를 데리고. 꺄르륵 웃는 바람이 바닷가에 흩날렸습니다.

| 동화 |

파도리에는 파도 왕자가 살아요!

손민정

　　태안의 파도리 마을에 사는 의현이의 가장 친한 친구는 바다예요. 누구보다도 맑은 눈을 가졌고 누구보다도 드넓은 가슴을 가진 아주 멋진 친구지요. 바다는 신기하고 예쁜 물건들을 많이 갖고 있어요. 귀를 대면 바다의 노래를 들을 수 있는 소라 껍데기와 음악시간에 배웠던 캐스터네츠와 똑 닮은 조개껍데기까지. 의현이는 바다에 놀러가면 시간 가는 줄 모르고 혼자서도 신나게 놀아요.

　　하늘에서는 따뜻한 햇볕 줄기가 내리쬐고, 바다는 반짝반짝 눈부신 보석처럼 빛나던 어느 날, 의현이는 색 고운 소라 껍데기를 모으며 바닷가를 따라 걸어가고 있었어요.

　　어디 예쁜 소라 껍데기가 없는지 한참을 헤매다 저 멀리서 번쩍대는 무언가를 발견했어요! 황금빛이 나는 곳을 향해 다가가니 그 곳에는 크고 예쁜 황금색 소라 껍데기가 있었어요.

　　"와! 황금 소라다!"

　　황금 소라는 의현이가 이때까지 본 소라 껍데기 중에 가장 크고 화려한 색을 자랑했어요. 의현이는 황금 소라를 품에 안고 내일 학교에 가서 친구들에게 자랑할 생각에 너무나도 신이 났어요. 또 다른 황금 소라를 찾을 수 있을지도 모른다는 생각에 의현이는 계속해서 바닷가 주위를 거닐었어요. 그러다 어제까지만 해도 보지 못했던 동굴을 발견했어요.

"아니, 이 동굴은 뭐지?"

의현이는 처음 보는 동굴에 눈이 휘둥그레졌어요.

"안에 아무도 없어요?"

동굴에 대고 큰 소리로 외쳐보았지만 아무런 대답도 들리지 않았어요. 의현이는 어두컴컴한데 무섭기까지 한 동굴 안으로 선뜻 들어가지 못했어요.

갑자기 뭔가 '확!' 하고 금방이라도 튀어나올 것 같았지만 의현이는 용기를 내 발걸음을 살금살금 내딛었어요. 너무 어두워 아무것도 보이지 않았지만, 돌을 손으로 더듬으며 안으로 안으로 들어갔어요. 그렇게 얼마나 더 들어갔을까요?

저 멀리서 소라 모양의 전등들이 일곱 빛깔 무지개처럼 길게 늘어져 있는 게 보이기 시작했어요!

"우와…… 정말 예쁘다"

의현이는 눈앞에 진짜 무지개가 펼쳐진 것처럼 느껴졌어요. 이리저리 두리번거리며 무지개 불빛을 정신없이 감상하고 있을 때, 어디선가 큰 목소리가 들려왔어요.

"너는 누군데 내 집에 마음대로 들어온 거지?"

갑자기 들려온 목소리에 의현이는 깜짝 놀랐어요. 너무 놀라 눈만 동그렇게 뜨고 목소리가 들리는 쪽을 향해 고개를 돌렸더니, 의현이와 비슷한 또래의 남자아이가 서 있었어요.

남자아이의 머리카락은 바다색과 비슷했어요. 그리고 넘실대는 파도의 모양에 빛나는 보석들이 알알이 박혀 있는 왕관을 쓰고, 집에 있는 커튼을 떼서 두른 듯 한 모습을 하고 있었어요.

"안……녕……? 나는 파도초등학교 2학년 3반 김의현이야"

"네가 어떻게 여기에 들어온 건지 물었을 텐데?"

겨울바다처럼 차가운 목소리로 말하는 남자아이에게 의현이는 황금 소라를 보여주었어요.

"나는 바다에서 놀다가 황금 소라를 주웠는데 고개를 들어보니 동굴이 여기 있었어. 처음 보는 동굴이라 누군가 있나하고 불러봤지만 아무도 대답을 안 하기에 너무 궁금해서 들어와본거야."

의현이는 손을 펴 보이며 남자아이에게 말했어요. 남자아이는 의현이의 손에 놓인 황금 소라를 보더니 눈이 방울처럼 커졌어요.

"이 황금 소라를 어디서 주웠다고?"

"저기 바닷가를 따라 걷다가 발견했어."

"그 황금 소라 내꺼야. 우리 아빠가 나한테 주신 보물이거든."

의현이는 학교에 가져갈 생각에 들떠 있었지만 다른 사람의 물건을 함부로 가지면 안 된다는 엄마의 말이 떠올랐어요.

"자, 여기 있어. 나도 황금 소라를 갖고 싶지만 너에게는 소중한 보물이니까 돌려줄게!"

파도왕자는 건네받은 황금 소라를 품에 꼭 안았어요.

"고마워 정말로. 그리고 네가 나에게 이렇게 소중한 선물을 찾아준 고마운 친구인줄도 모르고 우리 집에 왜 들어왔냐고 화부터 내서 미안해……."

"아니야. 내가 먼저 허락도 없이 들어왔는걸. 만나서 반가워 파도왕자야!"

파도왕자는 의현이에게 고마운 마음을 전하고 싶다며 자신의 집을 소개해주었어요. 그저 조그만 동굴인 줄만 알았던 곳이 거실과 부엌 그리고 파도왕자의 방까지. 없는 것 없이 모두 다 있었어요.

"우와! 너 되게 좋은 곳에 사는구나. 부럽다!"

의현이는 처음 보는 눈부신 광경에 그저 감탄만 할 뿐이었어요.

"너는 엄마, 아빠랑 같이 살아?"

주위를 둘러보느라 정신없는 의현이에게 파도왕자가 물었어요.

"응! 우리 집에는 엄마, 아빠 그리고 물고기들이 같이 살아!"

"나는 네가 훨씬 부러워. 나도 혼자 사는 것보다 시끌벅적하게 온 가족이랑 함께 지내고 싶어."

의현이는 어두운 목소리로 말하는 파도왕자를 보며 안쓰러운 마음이 들었어요.

"자, 배고픈데 우리 저녁 먹자!"

의현이의 걱정과는 달리 파도왕자는 금세 밝은 목소리로 의현이를 식탁에 앉혀 맛있는 저녁을 대접했어요.

"네가 내 집에 온 첫 손님이야. 입맛에 맞을지는 모르지만 많이 먹으렴."

식탁 위에는 온갖 해산물들이 즐비하게 놓여 있었어요. 의현이가 자주 모으던 소라와 조개, 그리고 미역과 갖가지 산호초들까지.

"와~ 바다를 통째로 식탁에 옮겨놓은 것 같아!"

"다 내가 구해온 것들이야. 아주 싱싱한 것들이지."

의현이와 파도왕자는 서로 도란도란 이야기를 나누며 맛있게 저녁을 먹었어요.

"그런데 너 진짜 파도왕자야?"

"그렇대도. 지금은 내가 이곳에서 혼자 머물고 있지만 언젠가 꼭 너에게 멋진 파도 왕이신 우리 아빠를 보여주지!"

"파도 왕? 아빠는 어디 가시고 왜 지금은 여기에 혼자 있는 거야? 무섭지 않아?"

"무섭지 않아. 우리 아빠가 언제나 날 지켜주고 계시니까."

"아빠가 너를 지켜주고 계신다고? 어디에서?"

"저기 저 바다 속에서. 항상 나를 지켜주셔."

이렇게 말하는 파도왕자의 눈에는 어쩐지 바닷물이 고여 있는 것 같았어요.

"그럼 아빠가 보고 싶어도 볼 수 없는 거야?"

"아니야. 내가 원할 때면 언제든 아빠를 볼 수 있는걸! 얘기했잖아. 우리 아빠는 언제나 날 지켜주고 계신다고."

의현이는 파도왕자의 말을 완전히 이해할 수는 없었지만, 아빠가 보고 싶을 때 볼 수 없다고 생각하니 슬픈 기분이 들었어요.

"그런데 지금 몇 시야?"

"글쎄. 우리 집에는 시계가 없어."

의현이는 파도왕자와 맛있는 저녁을 먹고 이야기를 나누다 문득, 집에 돌아가야 할 시간이 되었다는 것을 알게 되었어요.

"파도왕자야. 나 이만 집에 가봐야 할 것 같아. 지금쯤이면 엄마가 날 찾고 계실 것 같아……."

의현이는 아쉬움이 가득한 목소리로 파도왕자에게 말했어요.

"꼭…… 지금 가야하는거야?"

"엄마는 그냥 내가 바닷가에 잠시 놀러 나온 줄 아실 텐데 이렇게 늦게까지 들어오지 않으면 무척이나 걱정하실 거야. 내가 내일 학교 마치자마자 동굴로 빨리 뛰어올게! 약속해!"

의현이도 파도왕자와 더 이야기를 나누고 놀고 싶은 마음이 아주 컸지만 걱정하실 엄마를 위해 내일 또 놀러오겠다고 약속했어요.

"알겠어! 내일 꼭 와야 돼! 내가 내일은 더 맛있는 저녁을 준비할게!"

의현이는 동굴에서 나오는 길이 여전히 어두컴컴했지만 아까와는 달리 무섭지 않았어요. 동굴 안에 친구인 파도왕자가 있다고 생각하니 마음이 든든했거든요.

동굴에서 나오니 어느새 눈부시던 햇빛은 집으로 들어가고, 푸르스름한 어둠이 바닷가에 깔리고 있었어요. 의현이는 집에 돌아가서 잠을 잘 때도, 그 다음날 학교에 갈 때도, 학교에서 수업을 들을 때도 파도왕자와 함께 놀 생각에 너무나도 설렜어요. 수업이 끝나는 종이 울리자마자 의현이는 실내화 가방을 휘날리며 바닷가로 뛰어갔어요.

"의현아!"

저 멀리 의현이를 부르는 소리가 들려요. 파도왕자의 목소리에요.

의현이와 파도왕자는 함께 바닷가를 거닐었어요. 파도왕자는 의현이에게 예쁜 돌도 찾아주고, 술래잡기도 하며 신나게 놀다가 바위 위에 걸터앉아 이야기를 나눴어요. 도란도란 이야기를 나누다 파도왕자는 자신의 이야기를 꺼냈어요.

"사실 우리 아빠는 많이 편찮으셔. 아빠가 돌아가시면 내가 파도리 왕국의 왕이 되어야 하기 때문에 그 전에 이렇게 혼자 바깥세상으로 올라와 있는 거야."

"왜 왕이 되려면 혼자 바깥세상에 올라와야 돼?"

"나는 파도리 왕국 사람들을 다 책임져야 하니까. 바깥세상에 대한 공부도 많이 하고, 혼자서 무엇이든지 잘 할 수 있는 사람이 되어야 해."

의현이는 파도왕자의 이야기를 들으며 할머니가 늘 '우리 아가'라고 부르시는 모습이 떠올랐어요.

'나와는 다르게 파도왕자는 참 의젓하구나…….'

의현이는 의젓하게 말하는 파도왕자의 모습을 보며 파도왕자가 멋있다고 생각했어요.

"파도왕자야, 넌 분명히 잘 할 수 있을 거야! 파도리 왕국의 훌륭한 왕도 될 수 있을 거고! 그리고 아빠도 금방 괜찮아지실 거야."

파도왕자는 의현이의 말을 듣고 미소를 지었어요.

"내가 정말 잘 할 수 있을까?"

"그럼! 넌 내 친구잖아."

"맞아. 우린 친구야! 아빠가 주신 황금 소라가 나한테 친구를 선물해줬지!"

의현이와 파도왕자는 바위 위에서 마주보고 활짝 웃었어요.

의현이는 학교 수업이 끝나면 매일 바다로 달려가 파도왕자와 재밌게 놀았어요. 날씨가 꽤 더운 날에는 같이 수영을 하기도 하고, 예쁜 조개껍데기도 모으며 신나게 놀았지요.

파도왕자에세 바깥세상 이야기도 많이 해주고, 학교에서 무엇을 배우는지, 친구들과 어떻게 노는지에 대해서도 많은 이야기를 해줬어요.

어느 날, 의현이는 학교가 끝나자마자 또 바닷가로 달려갔어요. 파도왕자와 함께 노는 모습을 그림으로 그렸는데 반에서 1등을 해 상장을 받았거든요. 파도왕자에게 자랑을 할 생각에 신이 나서 어느 때보다도 더 빠르게 달려갔어요. 동굴 앞에 도착하자마자 파도왕자를 부르며 뛰어 들어갔지만, 안에서는 아무런 대답도 들리지 않았어요. 평소 같았으면 환하게 켜져 있을 무지개 불빛들도 어쩐 일인지 꺼진 채로 동굴 안은 아주 어두컴컴했어요. 안으로 들어가자 부엌의 희미한 전등 하나만이 켜져 있었어요. 그리고 식탁 위에는 황금 소라가 놓여있고, 그 옆에는 예쁜 돌들로 '의현'이라는 글자가 만들어져있었어요. 의현이는 왈칵 눈물이 쏟아졌어요. 한글을 몰랐던 파도왕자에게 의현이는 자신의 이름을 가장 먼저 가르쳐줬기 때문이에요. 의현이는 파도왕자가 파도리 왕국으로 떠나갔다는 것을 알 수 있었어요. 소중한 보물인 황금 소라를 의현이에게 선물로 남기고 말이죠. 의현이는 손에 쥔 상장을 식탁 위에 내려놓았어요. 언제든 파도왕자가 다시 온다면 상장을 볼 수 있도록요. 상장을 내려놓고 나니 파도왕자와 이제 매일 같이 놀 수 없는 것이 너무나도 슬프고, 인사도 없이 떠난 파도왕자가 밉기도 했어요.

하지만 의현이는 누구보다도 잘 알고 있어요. 파도왕자는 떠난 것이 아니라 돌아간 것일 뿐이라는 걸요. 그리고 파도왕자가 그 곳에서 어떤 일이든지 잘 할 수 있을 거라는 걸요.

또, 파도 왕자의 아빠처럼 훌륭한 왕이 될 수 있다는 것도요! 의현이가 손에 꼭 쥐고 있던 황금 소라가 의현이의 생각이 다 맞다고 말하듯이 어느 때보다도 더 밝게 빛나고 있었어요.

할미, 할아비 바위처럼

조희제

꽃지는 어느 주말 평소처럼 엄마와 함께 외할머니 댁으로 향했습니다. 친구들은 컴퓨터도, 게임기도 없는 시골은 재미가 없다고 하지만 꽃지는 외할머니 댁에 가는 것이 참 재밌습니다. 바닷가에 나가 배를 타는 것도 재밌고, 할머니가 해주시는 맛있는 식사를 먹는 것도 좋거든요. 그래서 이번 주말에도 엄마가 외할머니 댁을 혼자 가려고 하실 때 기어코 따라 나선 거랍니다.

"여보세요? 나에요, 엄마. 응, 가고 있어. 뭘 또 그렇게 해요? 뭐 반가운 손님이라고⋯⋯."

차 뒷좌석에 앉아 엄마의 통화내용을 들은 꽃지는 고개를 갸웃거렸습니다. 엄마의 말투가 평소와는 달리 화가 난 것 같았거든요.

엄마는 가는 내내 아무 말도 없었습니다. 꽃지는 엄마가 왜 화가 났는지 궁금하긴 했지만 그것보다 외할머니 댁에 가는 것이 즐거워 창밖으로 보이는 풍경들을 보며 즐거워했습니다.

"꽃지 왔니?"

꽃지가 외할머니 댁에 도착했을 때, 할머니는 대문 밖으로 나와 꽃지를 반갑게 맞이해 주었습니다. 꽃지는 얼른 차에서 내려 할머니의 품에 안겼습니다.

"할머니!"

"들어가자. 오는데 배는 안 고팠어?"

할머니가 꽃지의 손을 잡고 얼른 집안으로 들어갔습니다. 거실에는 할머니가 차리신 밥상이 준비되어 있었습니다. 꽃지가 보기에도 평소보다 훨씬 더 정성스러웠습니다.

"무슨 귀한 손님이라고 이렇게 준비했어? 엄마도 참."

엄마는 할머니에게 짜증을 부렸어요. 꽃지는 엄마가 왜 그러는지 이해를 할 수가 없었지요. 할머니는 엄마의 말에 겸연쩍게 웃었습니다.

"꽃지야, 곧 손님 오시는데 인사 잘해야 해."

할머니가 꽃지의 어깨를 잡고 말했습니다. 꽃지는 오늘 오시는 손님이 누군지는 알 수가 없었지만 무척 중요한 손님이라는 것은 알 수가 있었습니다.

"이모랑 삼촌도 와요?"

"이모랑 삼촌도 오지."

할머니는 이미 깨끗한 집안을 다시 한 번 둘러보며 꽃지에게 말했습니다. 얼마나 시간이 흘렀을까요? 대문 밖으로 사람들의 목소리가 들렸습니다.

"어이구, 벌써 왔나보네. 꽃지야, 할미 얼굴 안 이상하냐?"

"예뻐요. 제일 예뻐요, 할머니."

할머니는 평소답지 않게 예쁘게 화장도 하고 계셨습니다. 꽃지의 말에 할머니는 연신 쑥스러운 듯 거울을 보다가 급하게 대문으로 나가 문을 열었습니다. 문을 열자 대문 밖에는 낯선 할아버지 한 분이 서 계셨어요.

"여기구만……. 여기였어."

꽃지가 처음 보는 할아버지는 집안으로 들어서며 눈물을 보였습니다. 꽃지는 누군지 알 수 없는 할아버지를 보며 할머니의 눈시울이 붉어지는 모습을 보았습니다.

"오랜만에 뵙네요."

할머니와 낯선 할아버지는 그렇게 한참을 대문 앞에 서서 서로를 바라보았습니다. 꽃지는 이 상황이 무슨 상황인지는 알 수 없었지만 할머니의 눈물을 보고 마음이 아팠습니다.

"어서 들어와요. 배가 고플텐데……."

할머니는 급하게 눈물을 훔치시고 집 안으로 들어갔습니다. 낯선 할아버지를 모시고 온 삼촌과 이모도 함께 들어왔지요. 꽃지는 이모와 삼촌이 반가워 인사를 나누고 싶었지만 다들 조용히 집안으로 들어서서 꽃지도 아무 말을 할 수가 없었어요.

"아, 얘가 정선이 딸이에요."

할머니는 할아버지가 집으로 들어서자 꽃지를 할아버지 앞에 내보냈어요. 할아버지는 꽃지를 한참 바라보았어요. 꽃지가 낯선 할아버지를 보고 어색해하며 엄마의 얼굴을 바라보았지만 엄마는 낯선 할아버지만 바라보고 있을 뿐이었어요.

"안녕하세요, 박꽃지에요."

꽃지는 할아버지가 낯설긴 했지만 할머니가 말씀하신 대로 예의바르게 인사를 드렸어요. 할아버지는 그런 꽃지를 보며 눈물을 훔쳤어요.

"네가 정선이 딸이냐?"

꽃지는 할아버지의 질문에 고개를 끄덕였어요. 할아버지는 꽃지의 손을 잡고 소리 내어 우셨어요.

"할아버지다, 꽃지야. 내가 네 외할아비야."

"저한테도 외할아버지가 있어요?"

꽃지는 할아버지의 말을 듣고 깜짝 놀랐어요. 꽃지에겐 친할아버지도 계시고, 꽃지의 다른 친구들에게는 외할아버지도 계시지만 꽃지에게는 외할아버지가 계시는 지 몰랐거든요. 한 번도 들어보지 못한 얘기였지요. 그래서 꽃지가 놀라 물어본 건데 꽃지의 물음을 듣고 외할머니가 눈물을 흘렸어요. 꽃지는 자신 때문에 할머니가 우시자 깜짝 놀라 할머니를 쳐다봤어요.

"꽃지야, 이리 와."

꽃지가 어쩔 줄 몰라 하며 서 있는데, 엄마가 꽃지를 불렀어요. 꽃지가 엄마에게 쪼르르 달려가자, 할아버지는 그때서야 엄마의 얼굴을 보았어요.

"정선아."

할아버지는 엄마의 얼굴을 보면서도 눈물을 흘렸어요. 엄마는 그런 할아버지의 얼굴을 보다가 고개를 다른 쪽으로 돌리며 차갑게 말했습니다.

"오셨어요."

할아버지는 그런 엄마의 모습을 보며 고개를 푹 숙였습니다. 할머니는 그런 할아버지를 슬픈 눈으로 바라보다가

"내 정신 좀 봐. 다들 앉아요. 저녁 들어야지……. 국이 다 식었네. 데워 올게요."

숙연한 분위기를 깨고 다들 밥상에 둘러 앉았습니다. 하지만 저녁을 먹는 내내 가족 누구도 입을 열지 않았지요. 꽃지는 그런 분위기가 어색해서 평소 같으면 두 그릇이나 먹을 밥을 한 그릇도 채 먹지 못했습니다.

그 날 밤, 엄마와 함께 누운 꽃지는 잠이 오지 않았습니다. 엄마도 잠을 이루지 못하는 듯 뒤척였지요. 그런 엄마를 보고 꽃지는 궁금한 것을 물어 보기로 마음 먹었습니다.

"엄마, 자?"

"안 자. 꽃지 넌 왜 안 자?"

엄마는 등을 돌린 상태라 표정이 보이지는 않았지만, 아까와는 다르게 화가 누그러든 말투였습니다.

"잠이 안와서. 엄마, 외할아버지면 엄마한테는 아빠 맞지?"

꽃지가 엄마에게 물었지만 엄마는 한참동안이나 말이 없었습니다.

"엄마, 할아버지는 어디 계시다 오신거야?"

꽃지가 다시 다른 질문을 했지만 역시나 엄마는 대답이 없었습니다.

"내가 엄마였으면 아빠를 오랫동안 못 만나다가 만나면 너무 너무 좋을 텐데."

꽃지는 답이 없는 엄마에게 혼잣말을 하듯 말했습니다. 엄마는 그 말에도 대답이 없었습니다. 다만 캄캄한 어둠 속에서 흔들리는 엄마의 어깨를 보고 꽃지는 엄마가 울고 있단 것을 알게 되었습니다.

다음 날이었습니다. 삼촌이 바다를 보고 싶어 하시는 할아버지를 모시고 배에 올랐습니다. 꽃지도 할아버지와 배에 올랐습니다. 시원한 바람이

꽃지의 머리칼을 흩트리고 지나갔습니다. 할아버지는 한참 새파란 바다를 바라보고 계셨습니다.

"꽃지야, 이리 와보렴."

한참 바다를 바라보던 할아버지가 꽃지를 불렀습니다. 꽃지는 할아버지 곁으로 다가갔습니다.

"저기 저 두 바위 보이냐?"

할아버지가 바다 한 가운데 떠 있는 두 바위를 가르키며 꽃지에게 물었습니다. 꽃지가 두 바위를 보며 고개를 끄덕였어요.

"저것이 할미, 할아비 바위다."

"할미, 할아비 바위요?"

꽃지는 두 바위의 이름을 듣고 소리 내 웃었습니다. 어떻게 봐도 할머니, 할아버지처럼 생기지 않은 바위였거든요.

"옛날 옛적에 여기 살던 승언장군이 어여쁜 아내 미도부인을 두고 전쟁터로 떠나게 되었단다. 기약 없는 작별인사를 하고 떠난 승언장군은 한참이 지나도 돌아오지 않았지. 홀로 남은 미도부인은 매일 매일 바닷가 높은 바위에 올라 승언장군을 기다렸지만, 승언장군은 돌아오지 않았어. 몇 년, 몇 십 년을 승언장군을 기다리던 미도부인은 결국 바위가 되고 말았지. 그리고 얼마 후 어느 날 밤, 폭풍우가 몰아치고 천둥이 치더니 그 바위 옆에 또 다른 바위 하나가 생겼는데 그 후에 사람들이 그 두 바위 할미, 할아비 바위라고 불렀던다."

꽃지는 할아버지가 해주시는 할미, 할아비 바위를 귀담아 들었습니다. 할아버지의 얘기를 듣고 할미, 할아비 바위를 보니 꽃지는 슬퍼졌어요.

"할아버지, 승언장군이랑 미도부인이 불쌍해요."

"그래도 이젠 저기 함께 서서 영원히 같이 있으니 얼마나 보기 좋으냐."

할아버지는 할미, 할아비 바위를 한참이나 바라보았습니다. 꽃지도 할아버지 옆에서 할미, 할아비 바위를 오래도록 바라보았습니다. 이제 승언장군과 미도부인이 더 외롭지 않기를 바라면서요.

일주일의 시간이 지나고 할아버지는 가족들에게 작별인사를 했습니다. 꽃지는 일주일동안 정이 든 할아버지가 가신다고 하니 슬퍼졌습니다.

"할아버지 안 가고 여기 사시면 안 돼요? 제가 방학마다, 주말마다 올게요."

꽃지는 이해할 수 없었습니다. 엄마의 아빠고, 할머니의 남편인데 왜 할아버지는 먼 곳으로 가야 할까요? 꽃지는 엄마랑 아빠랑 함께 사는데 말이지요.

"꽃지야. 할아버지는 먼 데 살아서 가야 한단다. 그렇지만 우리 꽃지 보러 또 오마. 꽃지도 할아버지 있는 곳으로 놀러와 다오."

할아버지는 꽃지에게 할아버지가 사는 곳에 있는 신기한 물건들을 선물로 주었어요. 삼촌 말로는 할아버지는 먼 외국에서 사신데요. 꽃지가 한 번도 가보지 못한 곳 말이지요.

"조심히 가세요."

할머니와 엄마는 길게 말하지 못하고 눈물을 보였습니다. 할아버지는 삼촌과 이모, 엄마, 할머니, 꽃지를 차례대로 한 번씩 안아주고 다시 차를 타고 떠났습니다.

꽃지와 엄마도 집으로 돌아가기 위해 외할머니 댁을 나섰습니다. 창밖으로는 할아버지와 함께 본 바다가 끝없이 펼쳐져 있었어요. 창밖으로 바다를 보다가 꽃지가 엄마에게 물었습니다.

"엄마, 왜 할아버지는 할머니랑 같이 안 사시고 멀리 가시는 거야?"

"할아버지가 옛날에, 엄마가 어릴 때 외국에서 터진 전쟁에 나가셨어. 거기서 아주 많이 다치고, 기억도 없어 돌아오지 못하고 거기서 사셨나봐. 이제 기억도 나고, 돌아오고 싶은데…… 그럴 수가 없대."

꽃지는 왜 돌아올 수 없는지 다시 묻고 싶었지만 엄마의 눈이 너무 슬퍼보여서 더 묻지 못했어요. 아무 질문도 하지 못하고 창밖만 보던 꽃지는 할아버지와 보았던 할미, 할아비 바위를 보았어요.

"엄마! 할미, 할아비 바위가 하나가 되었어!"

"물이 빠지면 저렇게 하나가 돼. 물이 빠져 밑동이 보이니까."

꽃지는 해가 저무는 바다에 하나가 된 할미, 할아비 바위를 보며 생각했습니다. 언젠가 할아버지도 함께 모여살 수 있는 날이 오지 않을까 하고 말이지요. 할아버지도 분명 그렇게 생각하고 계실 거예요. 승언장군도 바위가 된 미도부인 곁에 결국엔 돌아왔으니 말이지요. 꽃지는 할미, 할아비 바위가 언젠가 함께 오붓하게 사실 할머니, 할아버지의 모습으로 보이자 함박웃음을 지었습니다.

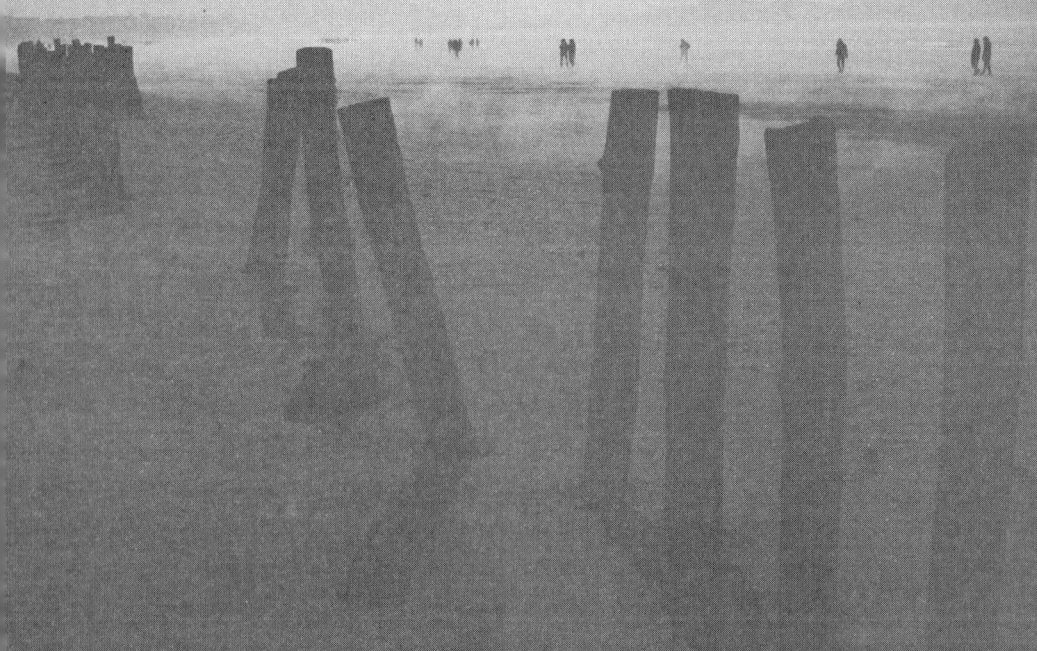

제 5 부 _ 드라마

가온

김유진

■ 등장인물

달포(30대 중반/ 상쇄) 광대패의 수장. 꽹과리를 친다. 달포 만에 가장 어려운 놀음인 어름을 뗐다고 해 붙여진 이름이다. 아무렇게나 기른 머리를 하고 햇볕에 검게 그을린 얼굴에, 묵직하고 진지하다. 그러나 판이 시작되면 그런 모습은 온데간데없고 금세 매호씨가 되어 놀이를 이끌어 간다.

이가(30대 중후반) 징을 친다. 광대패 중 유일하게 양반 출신으로, 이(李)씨의 성을 가지고 있다. 세도 정치기의 몰락 양반을 대표한다. 사회비판적이며 덧뵈기를 할 적엔 늘 도포를 주워 입고 양반 역을 맡는다.

팔도(40대 초반) 북을 친다. 사회상과는 관련 없는 인물. 개인적인 삶으로써 오랫동안 마음의 짐을 안고 살아왔다. 광대놀음 중에서도 재담을 풀어놓아야 하는 덧뵈기는 꺼리고, 땅재주를 보여주는 살판만을 고집한다.

어우진(20대 중반) 여성스러운 광대로, 소고를 친다. 기생처럼 치마폭을 허리춤에 묶고 사뿐사뿐 걷는다. 광대라는 직업에 대해 자부심을 가지고 있으며 언제, 어디서나 놀음이 가능한 인물. 천상광대다.

막둥이(10대 후반) 장구를 친다. 종살이 할 적에 달포를 따라 도망쳐 나왔다. 앳된 얼굴의 막내답게 어리광이 많고 투정을 많이 부린다.

우리는 닭이야. 사람 아닌 닭.

시끌벅적한 소리가 길 한복판에 울려 퍼졌다. 시간이 지나자 차츰 소리는 멎어 들었고, 어느 새 모두의 얼굴엔 피곤한 기색이 역력했다. 오색 깃발을 등진 광대들이 신두리 해안길을 따라 내려오는 중이었다. 토지의 색을 빨아들인 듯 황토로 번진 수풀이 사방으로 듬성듬성 깔려 있고, 걸음걸음마다 잘게 부서진 모래가 발길에 부드럽게 채였다. 바람이 이쪽에서 불면 수풀은 저 쪽으로 넘어지고, 바람이 저쪽에서 불면 수풀은 이쪽으로 몸을 뉘였다. 아직 바람이 바다에서 육지로 부는 것을 몸으로 느끼며 달포는 안심했다. 이미 반나절을 걸었지만 마을에 닿기까지는 조금 더 시간이 걸렸다. 그 사이, 광대패들 중에서도 유난히 앳되어 보이는 막둥이가 힘없이 장구채를 든 손을 아래로 축 늘어놓더니, 입으로는 푸념을 늘어놓았다.

"형네들, 저번 놀이판에서 듣자하니 이번엔 광대들에게도 세를 걷자는 안이 올려졌다지 뭡니까? 내 참, 하루 벌어 하루 먹고 사는 놈들에게 이 무슨 짓이람."

"아니, 사람 취급도 하지 않으면서 세를 걷겠다고?"

팔도가 달갑지 않은 투로 대꾸했다. 조용하여 입을 잘 열지 않는 치였지만 단번에 대꾸히는 걸 보니 이번엔 회기 단단히 난 모양이었다.

"이게 다 용포 입은 허수아비 탓이지 뭐. 안동 사는 개, 풍양 사는 개가 버젓이 용상에 들어앉아 주인 다리 뜯고 있으니."

이가가 입을 비죽거리며 불만을 토하자, 햇볕에 시커멓게 그을린 달포가 묵직하게 입을 열었다.

"우리는 닭이야. 사람 아닌 닭. 하늘과 땅 사이를 잇는 충직한 동물, 왕과 민초 사이를 중재하는 우리, 우인들……."

내 이야기 한 번 들어볼 텐가?

막둥이가 걸음을 멈추고 갑자기 모래바닥에 퍼질러 앉았다. 그러자 그가 길을 막은 탓에 뒤로 걷던 무리들도 자연스레 모두 걸음을 멈추게 되었다.

"형네들, 이러다 내 다리 작살나겠소. 어디 밥 짓는 연기라도 보이면 좋으련만."

"일어나. 해가 지기 전에 가야 해."

달포가 나지막하지만 단호한 목소리로 타일렀다. 그럼에도 막둥이는 움직일 기미조차 보이지 않았다. 그런 그를 내려다보던 달포가 무슨 생각에선지 불현듯 꽹과리를 힘차게 두드리기 시작했다.

"자자, 고된 걸음 탓에 다들 한껏 흥이 떨어진 모양인디! 이쯤에서 숨겨두었던 이야기를 하나 둘 풀어보세."

그는 마치 놀음판에라도 선 양 익숙한 몸짓으로 손을 놀렸다. 금세 매호씨로 변해 있는 것이, 아까와는 다르게 힘이 잔뜩 들어간 목소리다. 그는 먼저 이가에게 손짓했다.

"여보, 이가! 자넨 어이하여 징채를 잡게 되었는가? 내, 내내 궁금했지만 꾹 참느라 가득 고인 침이 내(川)를 이룰 지경일세."

광대들 중 유일하게 성을 가지고 있는 이가(李家)가 입을 열었다. 덧뵈기를 할 때면 늘 도포를 주워 입고 양반노릇을 하던 이였다.

"허면, 샌님네들 내 이야기 한 번 들어 볼 텐가?"

"좋지!"

좁은 길목 뒤로 죽 늘어선 광대들이 저마다 신이 나 악기를 두드렸다. 말하기에 앞서 이가가 징을 한 번 세게 치자, 길고 고운 울림이 텅 빈 모래사장 안을 한 바퀴 휘감았다.

"나 어릴 적엔 이런 비단 도포도 입어보고, '도련님' 하는 호칭도 들어보고, 오첩반상도 받아보고, 아 그랬지. 그러다 열여섯 되던 해 혼기가 차 마음에 두고 있던 대갓집처녀와 혼인을 하려는데, 그 전날 유모가 급히 와

하는 말이, 이제는 이 몸이 아니라 저 몸이 이가(李家)라네?"

"저런! 어째서?"

막둥이가 어느 틈엔가 끼어 추임새를 넣고 있었다.

"이게 무슨 일인고 하니 내 부친 되는 이가 족보를 상놈에게 팔았다지 무언가. 그래 내 마누라마저 그것한테 빼앗기고, 지니고 다니던 호패도 잡 것한테 빼앗기고, 우애 깊던 누이마저 상것한테 빼앗기고. 장날에 가진 것 하나 없이 빈털터리 신세로 터덜터덜 장단 맞추는 소리 따라갔더니 저기 저 보살이 내게 징채를 하나 쥐어주지 않겠나? 빼앗기고 또 뺏기기만 하던 시절이라, 어찌나 감격에 겹던지."

이가가 북을 든 팔도를 보고 한 번 웃었다. 달포가 넌지시 농을 던졌다.

"허허, 해서 이젠 양반이 양반 행세를 하는 거요?"

"별 수 있나. 늦게 배운 도둑질이 더 무섭다고, 늦게 알은 놀음판이 더 신명나는 것을."

"허면 어름은 어때, 좀 할 만 하오?"

"그럼, 좋지. 허궁제비하며 하늘에 몸담는 세상이 이 아사리판보다 백 배, 아니, 천배는 더 살만 한걸. 그러는 달포 자네는 어찌 꽹과리채를 잡게 되었는가? 나 또한 궁금한 입 참느라 모아둔 침이 저기 저 바다를 이룰 지경일세."

달포는 머리위에 걸쳐져 있던 말뚝이 탈을 내려썼다. 탈 껍데기 위로 곰 보자국이 선명했다.

"나로 말하자면, 어릴 적 종살이를 했었지. 어느 날 대갓집 주인이 심부 름을 시켰는데, 그 때 본 광대패들 장단이 어찌나 흥겹던지 나도 모르게 노을 질 때까지 그 자리에 붙박여 있었던 모양이야. 그러니 주인집에서 난 리가 난 것은 당연지사. 몽둥이로 흠씬 맞을 게 두려워 아예 발들일 엄두 조차 못 내고 있었는데 그 앞으로 낮에 구경했던 광대패가 지나가는 것 아 닌가? 해서 그 행렬에 끼어들었던 걸세."

막둥이가 크게 소리쳤다.

"형님. 그 때 나도 형님 따라 왔던거잖수! 설마 내가 물동이 이러 밖에 나가지 않았었더라면 두고 가려 했던 것이오?"

"맞아, 대문 앞에 서성이고 있을 때 같은 집 종이었던 이 녀석을 내가 데리고 나왔지. 나 없으면 아무 것도 못하던 놈이었거든."

입이 한 사발 튀어나온 막둥이가 무어라 종알거리려 하자 달포가 얼른 말을 돌리며 꽹과리를 쳤다.

"자자자, 이번엔 왕형님 나가신다. 다들 조용히 하거라!"

모두의 이목이 집중된 가운데 정작 팔도는 팔을 휘휘 내젓고 있었다.

"내겐 재미난 이야깃거리 없으니 그냥 건너뛰게나."

평소에도 덧뵈기를 꺼리는 팔도가 이번에도 은근슬쩍 빠지려는 심산이었다. 이를 눈치 챈 달포가 눈살을 찌푸렸다.

"누가 살판으로 노는 영감 아니랄까봐. 숨기지 말고 그냥 다아 털어버리시오! 흥이든 한이든 쟁여두었다 언따 쓸 거요? 광대가 놀이판에서 풀어야지."

달포의 핀잔에 팔도는 짐짓 고민에 잠기는 눈치였다. 이윽고 팔도가 다물었던 입을 열었다.

"내 어렸을 때 얘긴데, 어느 날 날 키워준 무당 노파가 시름시름 앓기 시작했지. 지린 내 나고, 매양 미친 소리만 해대는 잡스러운 노인이 드디어 말을 않게 되자 어린 마음에 어찌나 속이 시원하던지. 그렇게 며칠이 지난 후 의원에게 가면 사십 냥이나 하는 약초를 직접 산으로 들로 캐러 나섰네. 의원 양반 하는 말이, 깃꼴로 가늘게 갈라진 잎과 보라색 꽃을 가진 풀의 뿌리를 찾으라네? 그래, 내 그걸 구해다가 탕을 끓여 노파에게 해 먹였지."

그는 잠시 말을 멈추었다가 다시 이어갔다.

"얼마 후 노파가 바닷가에서 발견되었다더군. 혼은 없고 빈 육신만 남은 채로. 실수였다지만 그 탕에 쓰인 풀뿌리가 독초였다는 사실이 새 나가기 전에 어디로든 떠나야만 했네. 한데 갑자기 다리가 떨려오는 것이……"

팔도는 그 시절이 떠오르는 듯 무겁게 침묵하다 입을 열었다. 목소리가 떨리고 있었다.

"그 노파가 살아 늘상 하던 말이 있었는데, 내겐 역마살이 끼어 있다는 것이었지. 내 생전 그 노인 말 들은 적은 없지만 왠지 그 말만큼은 믿고 싶더군. 해서 용기 내어 봇짐 하나 메고 이 길을 나서게 된 걸세."

이리 저리 몸을 눕히지만 뿌리만은 깊게 박힌 수풀처럼.

바람이 불어왔다. 그들의 삶처럼 짠 내음이 가득 퍼진 진득한 바람이었다. 광대들의 발이 언덕 정상에 닿자 저 멀리로 옥색 바다의 기다란 수평선이 펼쳐졌다. 발밑으로는 하얀 거품을 문 파도가 밀물을 안고 서서히 언덕 아래까지 들어오고 있었다. 바람에 머리칼이 헝클어진 달포가 다시 꽹과리를 힘차게 두드렸다.

"이봐, 이봐, 이봐! 예까지 남쪽에서 왔든, 서쪽에서 왔든, 하늘에서 뚝 떨어졌든 그게 무슨 상관인가? 앞으로 우리는 이 길만 쭈욱 걸어가면 되는 걸세!"

"옳소!"

길 위는 금세 신명나는 장단 소리로 떠들썩해졌다. 이가가 마지막으로 징을 세게 쳤다.

"얼씨구, 좋다!"

북, 장구, 나발, 꽹과리 소리가 한데 어우러져 징이 남겨 놓은 울림 길을 따랐다. 여전히 수풀은 바람이 부는 쪽으로 쓰러지고, 모래 위로 쓰러지고, 광대들의 발목을 휘감으며 몸을 눕혔다. 그림에도 그들의 뿌리는 조신 땅 저 밑까지 깊게 내리고 있을 것이었다.

시끌벅적한 소리가 길 한복판을 가득 울린다. 덩실덩실 춤을 추는 그들의 가벼운 발걸음은 단 하나의 길, 광대들의 놀잇길을 향해 한 발 한 발 내디뎠다. 이가의 징소리처럼, 앞으로 새로운 막이 열릴 터였다.

■시나리오

S#1. 어느 마을—대낮
광대들이 잔치판을 벌이고 있다.

누추한 옷을 입은 구경꾼들이 즐거워하며 광대들의 놀음을 보고 웃고 떠든다.

상모를 돌리는 광대, 버나를 하는 광대, 어름 하는 광대, 땅재주를 넘는 광대……

시끌벅적한 놀음 장면이 빠르게 스쳐 지나간다.

S#2. 천리포 해안길 – 아침

수십 명의 광대패들이 신두리 해안길을 따라 내려오고 있다.

맨 앞으로 어우진은 소고, 달포는 꽹과리, 이가는 징, 팔도는 북, 막둥이는 장구를 메고 간다.

뒤편에 있는 광대의 어깨에는 오색 깃발이 메어져 있다.

바람에 펄럭이는 깃발.

S#3. 만리포 해안길 – 이른 낮

길을 걷고 있는 광대들, 지친 듯 조용하다.

막둥이 (불만스럽게) 형네들, 저번 놀이판에서 듣자하니, 이번엔 광대들에게도 세를 걷자는 안이 올려졌다지 뭡니까? 하루 벌어 하루 먹고 사는 놈들에게 이 무슨 짓이람.

어우진 (여성스러운 말투로) 아니, 사람 취급도 하지 않으면서 세를 걷겠다구?

이가 (입을 비죽거리며) 이게 다 용포 입은 허수아비 탓이야. 안동 사는 개, 풍양 사는 개가 버젓이 용상에 들어앉아 주인다리 뜯고 있으니.

달포 (묵직한 어투로 터덜터덜 걸으며) 우리는 닭이야. 사람 아닌 닭. 하늘과 땅 사이를 잇는 충직한 동물. 왕과 민초 사이를 중재하는 우리, 우인들……

팔도, 아무 말 없이 그냥 걷고 있다.

S#4. 신두리 해안사구 길목-낮
광대들의 걸음에 힘이 없다.
이미 먼 길을 걸어왔는지 메고 있던 악기를 다른 쪽으로 옮겨 메기도 하고
무릎을 주무르거나 어깨를 펴기도 하며 피곤한 기색으로 걷고 있다.
막둥이, 고된 걸음을 더 이상 참지 못하겠는지 갑자기 땅에 퍼질러 앉는
다.
자연스레 그 뒤쪽으로 하나 둘 멈추게 된 행렬의 무리들.

막둥이 (투정부리며) 형네들, 이러다 내 다리 작살나겠소! 어디 밥 짓는 연
기라도 보이면 좋으련만.
달포 (나지막하지만 단호한 목소리로) 일어나. 해가 지기 전에 가야 해.

그래도 꼼짝없는 막둥이를 가만 보던 달포, 무슨 생각인지 불현듯 꽹과리
를 힘껏 친다.

달포 (큰 목소리로, 놀음하듯) 자자, (계속 꽹과리 치며) 고된 걸음에 다들
한껏 흥이 떨어진 모양인디! 이쯤에서 숨겨두었던 이야기들 하나 둘 풀어
보세. 먼저 (사이, 둘러보다 이가에 눈이 멎고) 여보, 이가! 자네는 어이하
여 징채를 잡게 되었는가? 내, 내내 궁금했지만 꾹 참느라 고인 침이 내(川)
를 이룰 지경일세.
이가 (뒤 광대패들을 주욱 둘러보며) 샌님네들, 어떠시오? 허면 내 이야기
한 번 들어보실라우?
나머지 (각자 악기를 신나게 두드리며) 좋~지!

광대패들, 하나 둘씩 신명을 내기 시작한다.
막둥이도 장단에 흥에 겨운 나머지 벌떡 일어서 장구를 친다.
말하기에 앞서 징을 한 번 크게 치는 이가.
징소리가 모든 소리를 정리하듯 삽시간에 주변이 조용해진다.

이가 (놀음하는 말투로) 내 어릴 적엔 이런 도포도 입어보고, '도련님' 하는 호칭도 들어보고, 오첩반상도 받아보고, 아 그랬지. 헌데 열여섯 되던 해, 혼기가 차 마음에 두고 있던 대갓집처녀와 혼인을 하려는데 전날 유모가 급히 와 하는 말이, 이제는 (징채로 몸짓하며) 이 몸이 아니라 저 몸이 이가 (李家)라네?

어우진 (안타까운 듯) 저런! 어째서?

이가 이게 무슨 일인고 하니 내 부친 되는 이가 족보를 상것에게 팔았다지 무언가. 그래 내 부인마저 그놈한테 빼앗기고, 지니고 다니던 호패도 잡놈한테 빼앗기고, 우애 깊던 누이마저 상놈한테 빼앗기고. 어느 장날, 빈털터리 신세로 홀로 터덜터덜 장단 맞추는 소릴 따라갔더니 (팔도를 가리키며) 저기 저– 보살이 내게 징채를 하나 쥐어주지 않겠나? 빼앗기고 또 뺏기기만 하던 시절이라, 어찌나 감격에 겹던지. (웃는)

팔도 (너털웃음 지으며) 허허, 해서 이젠 양반이 양반 행세를 해?

이가 별 수 있나. 늦게 배운 도둑질이 더 무섭다고, 늦게 알은 놀음판이 더 신명나는 것을!

달포 허면 어름은 어때, 좀 할만 하우?

이가 그럼, 좋지! 허궁제비하며 하늘에 몸담는 세상이 이 아사리판보다 백배, 아니, 천배는 더 살만 한걸? (껄껄 웃더니) 그러는 달포 자네는 어이해 꽹과리채를 잡게 되었는가? 나 또한 궁금한 입 참느라 모아둔 침이 저기 저 바다를 이룰 지경일세.

달포 나? 나로 말할 것 같으면, (하는데)

어우진 (각시 탈 내려쓰며 톡 쏘듯 간드러지는 말투) 야, 이놈아! 아직 마누라가 말을 않았으면 너도 말을 아껴야지!

달포 (아차, 하는 표정으로) 아차차, 내가 당신을 잊고 있었군! (웃는)

어우진 (비잉 둘러보며 여유롭게) 여보게들! 자네들 혹시 어우동이라고, (사이) 이름 들어보았나?

나머지 허어~ 당연한 소릴!

어우진 (비밀을 말하듯 속삭이는 소리) 황진이라고, (사이) 들어는 보았나?

나머지 (왠지 모르게 기대에 차서) 두말 하면 잔소리!

어우진 내 어머니의 어머니의 어머니의 어머니가 어우동이고, 내 할머니의 할머니의 할머니가 황진이라면 (사이) 자네들 믿겠나?

팔도 (너털웃음 지으며) 예끼, 이년! 얼굴 색 하나 변하지 않고 거짓을 고하는 솜씨가 천상광대로구나!

어우진 (호통치듯) 이놈아! 어디 거짓을 고하는 것이 광대냐? 백성들께 진실을 아뢰어 바치는 것이 광대지! (다시 목소리 바꾸며 태연스럽게) 생각해 보게. 그렇지 않고서야 어찌 내 이름이 어우진이겠나?

달포 (말뚝이 탈을 내려쓰며) 자자, 이번엔 내 이야기 한 번 들어 볼 텐가?

나머지 (각자 악기를 두들기며) 좋지, 좋아!

S#5 신두리 해안사구 길가 – 한낮

삭막한 모래들 위로 누런 수풀이 바람 따라 이쪽으로 쓰러졌다, 저 쪽으로 쓰러졌다 한다.

달포 나로 말하자면, 어릴 적 종살이를 했었지. 어느 날 대갓집 주인이 저 잣거리로 심부름을 시켰는데, 그 때 본 광대패들 장단이 어찌나 흥겹던지 나도 모르게 노을 질 때까지 그 자리에 붙박여 있었던 모양이야. 그러니 주인집에서 난리가 난 것은 당연지사. 몽둥이로 흠씬 두들겨 맞을 게 두려워 아예 발들일 엄두조차 못 내고 있는데 그 앞으로 낮에 구경했던 광대패가 지나가는 게 아닌가? 그래, 천운이다 생각하며 행렬에 끼어들었던 걸세.

막둥이 (소리치며) 형님! 그 때 나도 형님 따라 왔던거잖수! 설마 내가 물동이 이러 밖에 나가지 않았더라면 두고 가려 했던 것이오?

달포 (막둥이를 귀여운 듯 쳐다보며) 아 맞아! 대문 앞에 서성이고 있을 때 같은 집 종이었던 이 녀석을 내가 데리고 나왔지! 나 없으면 아무 것도 못 하던 놈이었거든.

입이 한 사발 튀어나온 막둥이가 뭐라 종알거리려 하자 달포, 얼른 말을 돌린다.

달포 (꽹과리 치며 한껏 신이 난듯) 자자자, 이제 왕형님 나가신다! 다들 조용히 하거라!

입이 막힌 막둥이가 잠시 달포를 흘겨보고, 모두의 이목이 팔도에게 집중된다.

팔도 (팔을 휘휘 저으며) 나는 재미난 이야기가 없소. 그냥 건너뛰게나.

달포, 흥이 깨진 듯 탈을 다시 머리 위로 올려 쓴다.

달포 (눈살을 찌푸리며) 누가 살판으로 노는 영감 아니랄까 봐. 그냥 예서 다아 털어버리시오! 한이든 흥이든 쟁여두었다 얻따 쓸 거요? 광대가 놀이판에서 풀어야지.
팔도 (머뭇거리다 자신 없는 소리로) 그럼…… 어떻소들? 내 이야기 한 번 들어볼 테요?
나머지 그럼!

S#6. 신두리 해안사구 언덕 밑 — 한낮
팔도 (고민하다 이내 결심한 듯) 나 어렸을 때 얘긴데, 날 키워주던 무당 노파가 시름시름 앓기 시작했지. 지린 내 나고 매양 미친 소리만 해대는 잡스러운 노인이 드디어 말을 않게 되자, 아 어린 마음에 어찌나 속이 시원하던지. 그렇게 얼마가 지나고, 내 형편엔 구할 수 없는 약초를 직접 산으로 들로 캐러 나섰네. 의원 양반 하는 말이, 찾을라면 깃꼴로 가늘게 갈라진 잎과 보라색 꽃을 가진 풀의 뿌리를 찾으라네? 그래, 내 그걸 구해다 탕을 끓여 노파에게 먹였지.
어우진 (안타까운 목소리로) 해서?

팔도, 울컥하는지 잠시 말을 멈춘다.

팔도 얼마 후 몸 다 나았다던 노파가 바닷가에서 발견되었다더군. 혼은 없고 빈 육신만 남은 채로. (어이없고 텅 빈 웃음을 흘리더니) 실수였다지만 그 탕에 쓴 풀뿌리가 독초였다는 사실이 새 나가기 전에 어디로든 떠나야만 했지. 한데 갑자기 다리가 떨려오는 것이…….

팔도, 무겁게 침묵하다 다시 입을 떼니 목소리가 떨린다. 눈에는 눈물이 가득 고여 온다.

팔도 그 노파 살아 늘상 하던 말이 있었는데, 내겐 역마살이 끼어 있다네? 내 생전 그 노인 말 들은 적은 없지만 왠지 그 말만큼은 믿고 싶더군.

북채를 든 손으로 눈물을 훔치는 팔도.

팔도 그래 용기 내어 봇짐 하나 메고 길을 나서게 된 걸세. (억지 신명 내며) 해서 앞으로는 전국 방방곡곡! 면면촌촌! 다아 떠돌아다닐 것이다–하여 (북채를 앞으로 디밀며) 조선 팔도의 팔도! 거기서 내 이름 팔도를 따왔지!

숙연하던 광대들, 그런 팔도를 보며 다시 조금씩 생기를 되찾기 시작한다.

팔도 (괜히 멋쩍어져 말을 돌리는) 그건 그렇고, 이 년아! (북채로 어우진 가리키며) 네 년은 엄동설한도 아닌데 어찌 입을 꽁꽁 싸매고 있느냐?
어우진 (여전히 여성스럽고 천연덕스러운 말투로) 나 말인가? 나라면 아까 말했잖은가~?
막둥이 언제?
어우진 내 어미, 그리고 내 어미의 어미가 모두 기생이었다구. 내 어머니의 어머니의 어머니의 어머니가 어우동, 내 할머니의 할머니의 할머니가 황진이! (실망한 투로) 설마 그새 까먹은겐가? 아님, (사이, 눈을 흘기며) 못 믿은겐가?

막둥이 에이, 언니! 어우동과 황진이는 좀 아니잖수!

어우진 (힘 빠지며) 그렇지, 내 어머니와 외할머니는 그저 이름 없는 기생이었지. 그래도 내 보고 자란 게 온통 기생 천지라, 기생들 걸음걸이며, 말씨며, 온갖 맵시를 흉내 내면서 자랐지. 그 탓에 마을 사람들이 계집 같다 하며 앞에서 뒤에서 어찌나 수군댔는지, (귀를 후비는 시늉을 하며) 여태 귀가 가려울 지경이야. (사이, 별 거 아니라는 듯) 어쩌겠는가? 아 내 팔자 양반 팔(八)자 걸음은 안 되어도 재주 팔아먹고 살 팔자라 그런 건데.

달포 (감탄하며) 어허. 참말 타고 났구만!

어우진 얼씨구, 당신이 감탄할 것은 없잖은가? (놀리 듯) 달포라는 당신 이름이 놀음 중에서도 가-장 어렵다는 어름을 달포 만에 뚝 떼었다 해서 붙여진 것인디! (간드러지는 소리로) 내게만 솔직히 털어놔 보게. 정말 오줌 한 번 안 지렸는가?

계속 재잘대는 광대들.

S#7. 신두리 해안사구 언덕 위-늦은 낮

발길이 언덕 위에 닿자, 광대패들 멈춰선다.
멀리로는 옥색 바다의 수평선이 펼쳐지고 조금씩 조금씩 하얀 거품을 문 파도가 밀려들어오고 있는 것이 한 눈에 보인다.
하늘에는 해가 조금 기울어 바다 위로 서서히 붉은 빛이 잠기고 있다.
바람을 맞던 달포, 한참 바라보던 바다 풍광으로부터 눈을 거두고 다시 꽹과리를 친다.

달포 (꽹과리를 힘껏 치며) 이봐, 이봐, 이봐, 이봐! 예까지 남쪽에서 왔든, 서쪽에서 왔든, 혹 하늘에서 뚝 떨어졌든 그게 무슨 상관인가? (꽹과리채를 들고 몸짓을 크게 하며) 앞으로 우리는 이 길만 쭈욱 걸어가면 되는 걸세!

나머지 옳거니! 노릿길이든 놀잇길이든 한 번 신명나게 걸어가 보세!

즐겁게 맞장구치며 춤추는 광대들.

이가 (큰 소리) 얼씨구, 좋다-!

이가, 주변을 정리하듯 징을 크게 한 번 친다.
한 자리에 모여 있던 광대패, 박장대소하며 다시 신명나게 내리막길을 걷
는다.

S#8. 신두리 해안사구 언덕 내리막길 - 늦은 낮
상모를 돌리는 광대들의 뒷모습이 있고, 위에서 아래로 내려다보면 저 멀
리 다섯 광대의 모습도 보인다. 북, 장구, 꽹과리, 나발, 소고 소리가 한데
어우러지고 신명난 걸음으로 덩실덩실 춤을 추며 걷는 광대패의 뒷모습.
굿거리장단이다.
흥겹게 떠드는 모습이 멀리서도 분명하게 보인다.

S#9. 신두리 해안사구 - 아침
광대패가 이미 지나간 자리엔 누런 수풀이 바람 따라 이쪽으로 쓰러졌다,
저 쪽으로 쓰러졌다 한다.
이리 저리 바람에 치여 몸을 눕히면서도 땅 밑으로 깊게 내린 뿌리는 절대
뽑히지 않는 양이 흡사 광대들의 모습 같다.
바람 소리 외엔 아무 소리도 들리지 않는다.
부드러운 모래가 가득 깔려 있고 사방으로 듬성듬성 누런 수풀이 나 있는
해안사구.
멀리로는 고요한 바다가 보이고 맑게 갠 하늘이 있는 평화로운 장면에서,
막이 내린다.

| 드라마 |

고양이 돌아오다

서삼구

■ **등장인물**
  괭이갈매기
  물고기
  사람들

■ **시나리오**

S#1. 바다, 낮
화면이 밝아오면서 괭이갈매기 울음소리가 들린다. 밝은 태양이 잠깐 나
오고 그사이를 갈매기가 날아간다. 갈매기를 따라서 시점이 움직인다. 괭
이갈매기의 위에서 보는 시점으로 바다와 함께 비추어진다.

S#2. 바다와 섬, 낮
갈매기 앞으로 작은 바위가 보이다가 점차 커지면서 섬이 된다. 갈매기가
섬을 향해 날아간다. 바다는 햇빛이 반사되는 투명한 푸른빛 바다이다.

S#3. 바다와 섬 바위, 낮

밑에서 위를 보는 시점으로 화면이 진행된다.

바위에 앉아있는 갈매기들과 하늘을 나는 갈매기를 같이 잡는다. 섬으로 날아가는 갈매기를 보고 바위에 앉아 있던 갈매기들이 그 뒤로 따라 날아 간다.

S#4. 섬, 낮

섬이 점점 다가올수록 점차 많은 갈매기가 무리를 이룬다. 점차 섬이 가까 워질수록 조금씩 사람들이 보인다. 항구에 회색빛 건물과 회색의 사람들 이 밖에 나와 있다.

S#5. 섬, 낮

갈매기가 낮게 사람들의 머리 위를 날면서 사람들의 색이 입혀진다. 사람 들의 색이 입혀질수록 조금씩 환호소리가 커진다. 멈춰져있던 사람들이 움직이며 건물들도 색이 입혀진다. 연쇄적으로 모든 사람이 색을 입게 된 다. 갈매기는 항구를 떠나 바다로 날아간다.

S#6. 바다, 환상

섬을 넘고 바다를 건너서 계속 날아간다. 갈매기는 회색빛 바다 위에서 점 점 작아지고 회색으로 물든다. 주위에 있던 갈매기들도 안개로 번해 시리 진다.

S#7. 바다, 노을

작아진 갈매기의 앞에 커다란 유조선이 나타난다. 유조선의 뒤로 하늘이 붉게 변하고 배는 위협적인 고동소리를 울린다. 갈매기는 놀라서 우회한 다. 유조선은 화면 밖으로 사라진다.

S#8. 바다, 밤

갈매기가 바라보는 방향으로 화면이 보인다.

유조선을 지나고 갈매기는 바위 위에 앉는다. 갈매기가 앉고 하늘이 점차 검게 물들어 간다. 갈매기는 깜짝 놀라 바위를 박차고 날아간다. 검게 변한 파도가 갈매기를 따라온다.

S#9. 바다, 환상
갈매기의 위에서 보는 시점으로 화면이 전개 된다.
갈매기 뒤쪽으로 검은 바다가 따라온다. 갈매기는 검게 변하는 바다를 피해 도망친다. 점점 검은 바다와 간격이 좁아진다. 검은 바다가 쫓아 올수록 음악소리가 빨라진다.

S#10. 검은 바다, 환상
검은 바다에서 이상한 물고기가 뛰어오르기 시작한다. 보라색 물고기가 검은 파도와 함께 갈매기를 공격한다. 몸은 물고기 얼굴은 코가 없는 인간의 모습을 한 보라색 물고기가 처음에는 작았다가 점차 큰 것이 나온다.

S#11. 검은 바다, 환상
갈매기를 뛰어넘는 큰 크기부터 작은 크기까지 검은 파도와 같이 날뛴다. 갈매기는 파도와 물고기를 피해 이리저리 난다. 급박한 음악소리가 고조된다.

S#12. 검은 바다, 환상
화면은 갈매기와 파도 물고기를 옆에서 보여준다.
갈매기와 물고기가 경주를 벌인다. 물고기는 파도를 타고 갈매기는 필사적인 날개 짓으로 날아간다. 음악은 시끄러울 정도로 빠르고 강하게 진행된다. 갈매기는 아슬아슬하게 잡히지 않는다.

S#13. 검은 바다, 환상
갈매기를 뒤쫓는 파도와 물고기의 시점에서 화면이 전개된다.
갈매기는 바위를 좌로 우로 피해가며 날아간다. 물고기도 바위를 피하며 따라간다. 갈매기와 파도가 점점 가까워진다. 결국 막다른 곳에 몰리고 파도가 갈매기의 머리 위까지 따라잡는다.

S#14. 검은 바다, 환상
그림자가 갈매기 위로 점차 덮는다. 갈매기는 파도를 보며 두려움에 떤다. 물고기는 그 큰 입이 턱까지 찢어지면서 갈매기를 덮치고 화면은 검게 물든다.
물고기의 입 찢어지는 모습과 갈매기가 떠는 모습이 교차로 화면을 차지한다. 덮치는 순간 음악은 클라이맥스가 되었다가 화면이 꺼지고 침묵한다.

S#15. 해변
조용한 파도소리와 함께 모래 밟는 소리가 점차 커지다 이내 멈춘다. 뽀득거리는 소리와 함께 검은 화면이 천에 닦이는 효과로 밝아진다.
검은 얼룩이 묻은 하얀 방제 옷과 마스크를 입은 사람이 화면에 잡힌다. 화면은 사람의 모습 뒤로 둥글게 파여진 해변으로 검은 띠를 이룬 모래사장과 검은 바다, 집단 폐사한 보라색 물고기들을 잡는다.

S#16. 해변
화면은 사람을 가까이에서 담는다.
해변의 언덕 위로 트럭이 나타난다. 트럭에서 사람들이 계속 튀어나온다. 계속에서 튀어나와 화면은 점차 뒤로 물러난다. 트럭이 계속 나타나고 사람들도 계속 튀어나온다.

S#17. 해변
화면은 바다에서 해변을 향해있다.
흰옷의 사람이 점차 불어난다. 사람들 삽과 모래주머니를 들고 있다. 사람들은 모래주머니를 나른다. 한 사람은 갈색 모래주머니를 열고 한 사람은 검은 모래를 삽으로 퍼 담는다. 사람들은 그렇게 채운 모래주머니를 트럭으로 다시 나른다.

S#18. 해변
화면은 보라색 물고기들을 향해있다.
보라색의 인면어(人面魚)들은 모여서 꿈틀거린다. 물고기 사이로 페트병과 소주병, 잡다한 쓰레기들이 섞여 있다. 물고기 위로 파리들이 날아다닌다. 그곳으로 흰옷의 사람들이 다가온다.

S#19. 해변
화면은 하늘에서 해변을 내려다본다.
사람으로 이루어진 흰 선이 움직일수록 검고 보라색으로 물들었던 해변이 점차 자기 색을 되찾는다. 색을 찾을수록 경쾌한 음악이 흐른다. 80% 가까이 해변이 자기의 색을 되찾았을 때 사람들이 해변의 한 구석으로 몰려든다.

S#20. 해변
흰옷의 사람이 무엇인가를 품에 안고 있고 그 주위로 사람들이 모여든다. 조금씩 웅성거림이 심해지면서 사람의 품안에서 검게 물든 갈매기를 양손으로 들어 올린다. 주위의 사람들은 웅성거린다. 갈매기 작은 울음소리를 낸다. 갈매기의 눈에서 검은 기름이 눈물처럼 흐른다.

S#21. 환상
갈매기의 입에서 보라색 인면어가 튀어나온다. 보라색 인면어의 입에서 유조선이 튀어나온다. 유조선은 검은 기름을 뿜어낸다. 갈매기의 눈에서 꼬리를 물고 인면어가 흘러내린다.

S#22. 환상
하얀 천이 갈매기의 기름 눈물을 닦는다. 그리고 날개를 닦아낸다. 하얀 천이 움직일수록 갈매기는 원래의 모습으로 돌아간다. 갈매기의 발까지 닦은 하얀 천은 날아간다.

S#23. 환상

하얀 천은 해변을 닦아내고 바다를 닦아낸다. 검게 물든 하늘도 닦아내고 모든 것이 원래 모습으로 돌아온다. 오물을 닦아내고 검게 물든 천은 초록색 고리가 되어 갈매기의 발목에 묶인다.

S#24. 바다, 낮

갈매기의 전채만을 화면에 담는다.
작은 몸집에 회색 갈매기에서 검은 기름이 묻은 갈매기로 다시 흰색과 검은색의 괭이갈매기로 변하고 햇빛을 반사하는 맑은 푸른빛 바다와 초록빛 섬을 향해 날아가는 모습이 화면에 잡힌다. 화면은 환해지면서 F.O.

〈Fin〉

연가

조정화

■ 등장인물

성수라 아름다운 외모, 안조훈의 아내, 약사로 약국을 경영함

안조훈 장애인, 성수라의 남편, 장애인봉사 단체에서 봉사함

■ 무대

태안 바라길 제1코스 (구례포 해수욕장 – 신두리 해안사구 일대)

■ 시나리오

막이 오르면 넓은 바다가 바라보이는 모래 언덕과 물안개 가득한 무한한 바다가 무대 뒤의 배경으로 펼쳐진다.

아름다운 여인이 고급스런 전동 휠체어에 남성을 밀고 있다. 남자의 머리는 희끗희끗한 하얀 머리칼이 보인다. 여인은 늙어가는 모습이지만 우아한 모습으로 아름답다.

성수라 여보! 바람결이 차갑지 않아요?

안조훈 괜찮은데 상쾌한 바람이 마음도 시원해요.

성수라 태안은 많은 고난을 겪었어요.

안조훈 그 때 그 사고는 큰 사고 였지요.

성수라 2007년 7월 7시 15분경이라고 하지요.

안조훈 그렇지요. 태안 해상 약 10Km 지점 7일 오전 7시반경 태안군 만리포 해수욕장에서 서북 족으로 8Km지점을 항해 중이던 홍콩 선적이었지요.

성수라 그래요. 14만 7000톤급 유조선 '허베이 스피릿호' 가 유류 사고를 내었어요.

〈무대〉

무대 뒤 배경에 태안바다의 사고 당시의 모습이 우울한 음향과 함께 영상효과로 거창하게 뒤 벽면에 비추어 생생한 영화의 장면이 펼쳐진다.
관중석은 어둠이 깔려 있고 관중들의 시선은 벽면의 영상효과를 바라본다. 과거 태안 앞바다의 기름을 걷어내고 태안 바다를 살리려고 혹독한 추위와 고난의 바닷바람을 견디면서 봉사하는 모습이 펼쳐진다.

성수라 벌써 지나간 추억이 되었어요. 그때는 너무 캄캄한 모습으로 암담했어요.

안조훈 그때 우리들도 암담한 바다를 바라보면서 봉사 했어요. 당신은 수고하는 교회 딘체사람들에게 먹을 음식과 필요힌 물품들을 많이도 봉사헀어요.

성수라 당신도 기필코 봉사 한다고 함께 물품을 챙겨주고 했어요. 참, 수고 했지요. 밤에 잠든 당신의 얼굴을 바라보면서 간절하게 기도를 하였어요. 눈물이 줄줄 흘려 졌어요. 혹시라도 당신이 몸살감기라도 걸리면 어떻게 할까하고 염려되면서요. 당신의 건강을 기원했어요.

안조훈 현장에서 수고한 사람은 당신이있는데 나야 현장의 일은 하지 못했잖아요.

성수라 여보! 나보다 당신이 더 수고 했어요. 물품 공급자 역할을 했으니요. 이제, 사고 이후 바다는 더 좋은 바다로 변해 질 것 같아요. 1993년 7

월 이후 건조되는 유조선은 이중선체로 의무화된대요.

안조훈 충돌 좌초로 선채가 손상된다 해도 기름 탱크는 뚫이지 않도록 하자는 의도로 제작되겠지요. 두 개의 철판사이에 벌집구조의 지지물을 넣어 건조시킨다고 하네요.

성수라 세월은 많은 고난을 밀고 가면서 더 살기 좋은 세상으로 살길을 열어 주지요.

안조훈 우리의 삶도 당신은 천사였어요. 우리의 고난을 당신은 세월에 실려 보내면서 천사가 되어 살았어요.

성수라 글쎄요. 나는 당신이 나의 천사예요. 당신이 이 세상에 살아 주어서 나는 얼마나 행복한지요. 한 순간도 매일 행복하지요. 이 세상을 삶의 의욕을 가지고 기쁨으로 살 수 있어요. 그때 당신이 사고로 병원에서 의식을 잃고 누워 있을 때 당신의 생명만 살려 준다면 나는 당신과 결혼하여 행복하게 살 것이라고 맹세 하면서요. 하나님과 약속 하면서 기도 했어요.

안조훈 당신은 참, 아름다운 여인이었어요. 사람들이 미쓰코리아 대회에 출전하라고 할 정도로 아름다운 여인이었지요. E대 약대생 이었던 당신이 의식을 잃고 누워있는 나를 위하여 그런 엄청난 기도를 하다니 참으로 분별없는 여인이었어요.

성수라 분별이 없다네요. 그때 우리들은 태양이 작열하는 푸르른 여름에 싱싱한 꿈을 간직한 채 만리포 해수욕장을 찾았지요. 오빠 친구인 당신은 내 마음을 온통 사로잡고 있었던 대단한 청년이었지요. 오빠는 K대 의대생이었지만 당신은 K대에서 축구 선수로 활동할 때 얼마나 멋진 운동선수였는데요.

안조훈 만리포 해수욕장에서 우리들의 청춘은 무루 익었었지요. 작열하는 태양 아래 푸르게 출렁대는 바다의 파도를 타고 우리들은 하모니를 이루는 청춘의 물개였지요.

성수라 오빠도 그때 함께한 여인과 기필코 결혼을 해서 참, 잘 살고 있지요. 의사의 직분을 잘 감당하는 병원 원장으로 능력 있게 지내는 것도 올캐 언니의 심덕이 따뜻해서 오빠가 참, 평화로운 것 같아요. 조카들 남매가 대학을 졸업하고 벌써 결혼하여 손자 손녀까지 있으니 황홀한 모습이지요.

<무대>
뒤 무대 배경은 태안 해수욕장의 여름날 인파들이 해수욕을 즐기는 모습과 젊은 남녀들이 짝을 이루면서 모래판에서 뛰노는 놀이 모습이 한 폭의 그림으로 영상을 비춘다. 관객은 어둠 속에서 배경의 무대를 바라보면서 해수욕장에 온 사람들처럼 취하여 흡수되는 모습이다.

성수라 하나님은 나의 기도를 들어 주셨어요. 당신은 깨여났어요. 의식을 찾았어요. 얼마나 감격하여 감사기도를 드렸는지요. 당신을 살려 주셔서 당신과 이 세상에서 함께 살아 갈 수 있었으니요.

안조훈 당신은 참으로 어리석은 여인이었지요. 나는 의식은 깨어났으나 불구자가 된 몸이었어요. 그 많은 세월을 당신을 성처녀로 만든 사람이니요.

성수라 그래도 우리들에게는 두 남매가 있어서 그 애들을 성장시켜 결혼까지 시켰고 이제는 손자 손녀도 있으니 참, 삶도 빠르게 지나가는 것 같아요.

안조훈 입양한 자식 같지 않게 우리 부부에게 행복을 안겨주는 남매였지요.

성수라 우리 부부는 입양한 자녀도 진심으로 하나님 앞에서 기도 하면서 가슴으로 뜨겁게 성징 시키고 교육을 시켰지요. 이 모든 은혜의 생활은 당신이 이 세상에 살아준 은총 때문에 행복이 이루어진 것이지요.

안조훈 또한 우리 부부는 청소년 합창단을 만들어 많은 보람을 가졌지요. 대회에도 참여시키고 여러 행사를 하여 세상에 보람을 안겨주면서 청소년 소녀들에게는 정서 함양에 덧보탬이 되게 했지요. 아름다운 추억의 시간들이지요.

성수라 여보! 나, 노래 부르면서 당신 휠체어 밀어 드릴게요. 신두리 해안 사구의 생태계를 살펴보세요. 사막처럼 펼쳐진 모래사장 물안개가 신선의 나라처럼 덮여 있어요. 모래가 낮은 구름 모양으로 쌓여서 형성된 모습이어요. 5천 년 전부터 형성된 것으로 추정한대요.

사랑은 영원이어라 (김희경 작사, 황철익 작곡) 노래 부르겠어요.

    1. 그리움이 그리움이 여울져오면

        수정처럼 빛-나는 사랑이 있-오

        아- 침이슬처럼 반짝이는 사랑이 있-오

        반짝이는 사--랑이 있- 오

        창공에 날개 펴는

        사 - 랑이여 하 - 늘 을 날 으 라

        하- 늘 을 날 으라

        날으라 - 하늘은 영 원 사랑은

        영원 영 원- 이 -어라

        영 원 이- 어라

안조훈 2. 그리움 이 그리움이 술렁이면은

        장미꽃 의 새빨간 사랑이 이 있-오

        까-만 산딸기 의 수심 어린 사랑이 있- 오

        수심어린 사-랑이 있-오

        꽃구름 날개 펴는

        사랑이여 하늘을 날-으라

        하-늘 을 날-으라

        날 으 라 -하늘은 영원 -사랑은

        영원- 영원 이-어-라

        영 원 이 - 어 - 라

성수라 3. 그리움 이 그리움 이 아-롱 지 면 은

        무지개 빛 영-롱 한 사랑이 있-오

        새-날 아침 빛 희망 어린 사랑 있-오

        희망어린 사-랑 있 오

        태양빛 피어나 는

        사-랑이여 하-늘을 날으라

        하늘을 날으라

        날으라 --하늘은 영 원 - 사랑은

영원 영원이 –어– 라

　　　영 원 이– 어– 라

안조훈　우리 윗집 성수 어머니가 구례포 해수욕장에서 조개를 캐왔다고 우리집에 가지고 왔었지요.

성수라　이제 당신 차 안으로 들어갑시다. 성수 어머니가 조개를 캐왔다는 그 구례포 해수욕장으로 가서 바다 구경, 모래사장, 바위 등 구경합시다.

〈무대〉

무대 배경 뒤에서는 신두리 해안 사구 일대 모습과 구례포 해수욕장의 모습이 영화처럼 펼쳐진다. 관객의 자리는 어둠으로 깔려 있어 관객들은 영화의 화면을 구경하듯 무대 뒤의 배경을 구경한다. 잔잔한 음악이 흘러나오고 관객은 배경의 영상에 흡수된다. 신두리 해안사구 일대는 물안개의 모습으로 바다의 모습은 신선이 사는 듯 비밀의 전경이 그림되어 펼쳐진다. 사구 언덕에는 갈대숲들이 있고 주위는 산 경치로 아름다운 화폭을 이룬다. 구례포 해수욕장은 바위언저리와 갯벌에서 조개 등을 파내는 사람들이 있다. 바위들은 검은 빛이고 돌들도 세월의 파랑에 견뎌낸 모습이다.

성수라　이곳은 신두리 해안 사구 일대지요. 구례포 해수욕장은 차타고 가야 되겠이요. 대인 바라길 제1 코스의 관광지를 만들면 많은 사람들이 우리 부부처럼 찾아 올 거예요. 태안 바라길에 관광하는 사람들을 부르기 위한 태안주민들의 노력은 많은 기대가 이루어지도록 협조가 대단하리라 기대하지요.

안조훈　(태안읍 동문리 산 5. 소유:국유, 시대:백제시대) 백화산 중턱에 있어 높이 394cm 폭 545cm의 갑실 모양의 양벽에 새겨진 백제시대 마애삼존불도 구례포 해수욕장 다녀오다 가봅시다.

성수라　저녁 식사는 만리포 해수욕장에 있는 횟집에 가서 합시다.

안조훈　당신 입맛 당기는 대로 선택하세요.

성수라　당신은 무엇이든지 나를 우선으로 해 주는 사람이에요. 당신은 저

서해 태안 바다보다도 더 넓은 마음이어요. 당신의 넓은 마음 안에 저 태양처럼 타오르는 사랑은 나를 불처럼 뜨겁게 하지요. 사람의 행복은 마음이 끝없이 사랑으로 가는 사람이 있으면 삶은 행복한 것에요. 나는 이 순간 당신의 휠체어를 끌면서도 당신에게 뜨거운 마음이 가고 있으니 얼마나 행복한 사람이어요. 나는 약국에서도 당신에게 향한 뜨거운 마음으로 약을 조제하고 있어요. 내가 지어주는 약을 먹는 사람들은 모두 다 건강할 것 같아요.

안조훈 태안 사람들도 당신같이 뜨거운 사랑의 마음을 갖고서 지역 발달을 향하여 바다 살린 열정의 빛을 들어내리라 믿어요. 태안 바라 길은 멋있게 형성될 거예요. 우리 부부의 사랑을 만들어준 만리포 해수욕장도 영원히 사랑의 바다가 될 줄 믿어요.

〈무대〉

아름다운 여인 성수라가 남편의 휠체어를 끌면서 부부는 '사랑은 영원이어라' 합창하면서 무대 뒤로 사라져 간다. 태안 바라길 추억의 연가는 막을 내린다.

| 드라마 |

까만 인어비늘

최혜진

■ 등장인물

여경(34/고등학생) 여경은 이혼을 앞두고 딸과 함께 자신의 고향인 태안을 찾는다. 사실, 여경은 이제 자신의 인생이 막바지에 이르렀다고 생각한다.

은숙(44) 여경의 엄마. 직업은 해녀. 하지만 태안기름유출 사고로 인해 살아갈 희망을 잃어버리고 결국 자살을 택한다.

아라(5) 여경의 딸

동우(34/고등학생) 여경의 어린 시절 친구이자 첫사랑

남편

여자

주민1, 주민2, 주민3, 주민4, 주민5

교사1, 교사2

■ 시놉시스

남편의 바람으로 이혼을 앞두게 된 여경은 딸과 함께 바다에 찾아간다. 자신의 고향이기도 하고 죽고 싶은 답답한 마음이 간절하다. 딸과 바다 구경을 하는 여경은 딸을 보며 문득 자신의 과거에 대해 추억하게 된다.

유년시절 남편을 잃은 여경의 엄마는 해녀로 일하며 억척스럽게 여경을 키워나간다. 아버지는 없지만 단란한 가족이다. 그리고 여경은 동우라는 어린 시절 첫사랑이 떠오른다. 남들과 평범하게 살아가던 여경에게 갑작스럽게 기름유출사건이 자신의 일로 다가오게 된다. 결국 이 일로 인해 마을 사람들이 생계를 잃어 자살하는 일이 종종 일어나는데 여경의 어머니마저 자살을 택한다. 그리고 여경의 옆을 지키던 동우. 하지만 동우 역시도 기름유출사건으로 인한 가족들의 이사로 인해 여경과 헤어지게 된다.

여경이 떠난 이후에도 주말마다 태안을 찾아오던 동우, 바다에 찾아온 여경과 만나게 된다. 그리고 여경에게 찾아온 가장 힘든 시기를 겪고 있을 때 다시 만나게 된 친구이자 첫사랑이다. 다시 만난 둘은 추억을 떠올리기도 하며 이야기를 나눈다. 그리고 우정, 우정 이상의 감정을 이어나가고 여경은 자신의 마음을 정리한다.

■ 시나리오

#1. 파도리 해수욕장, 낮 (현재)
파도리 해수욕장 전경. 군데군데 사람이 보이고 깨끗한 자갈밭을 뛰어다니는 아라의 모습과 그 뒤를 뒤따라 걷는 여경의 모습.

여경 (아라를 흐뭇하게 보며) 아라야, 조심해! 넘어지겠다.
아라 (신난 듯 뛰어다니며) 안 넘어져! 엄마도 빨리 와!

웃으면서 아라를 바라보는 여경, 휴대폰을 보자 휴대폰에 '남편 부재중통화 28통'이라 적혀 있다. 그 순간 또 남편에게 전화가 온다. 그저 휴대폰을 바라보고 있는데 아라가 빨리 오라는 손짓을 한다.

아라 (조개를 주워들고) 엄마 이거 엄청 예뻐! 빨리 와!
여경 알았어! 예쁜 거 모아봐!

남편의 전화를 받는 여경. 남편의 전화 소리는 목소리만 들린다.

남편(F) (큰 목소리로 화내며) 너 미쳤니? 애를 데리고 어디를 간 거야! 너 당장 안돌아 올래? 죽으려면 혼자 죽지 왜 애는 데려가는데!
여경 갈 거야. 돌아갈 거야.
남편(F) (여전히 화내며) 서류는 다 준비됐지? 돌아오면 바로 법원 갈 거니깐 그렇게 알고 당장 돌아와!

남편의 전화기 너머에서 여자 목소리가 들린다.

여자(F) 오빠, 이혼 안 해주겠데? 자존심도 없는 년이네…….

여자의 목소리가 들리자 전화를 끊는 여경, 휴대폰 종료를 누른다. 그리고 조개를 줍는 딸에게 달려가 안는다.

여경 (딸을 안으며) 딸! 우리 예쁜 딸.
아라 (조개를 보이며) 엄마, 예쁘지? 아, 엄마! (일어서 바위를 가리켜며) 저 큰 바위 좀 봐! 저 바위는 인어가 앉는 바위야. 그치?

파도가 부딪혀 하얀 거품이 이는 큰 바위.
계속해서 철썩이는 파도.

여경 (딸은 안아 들며) 그러게. 인어 바위네?
아라 엄마, 외할머니는 인어라고 했잖아. 그럼 할머니는 마지막에 저렇게 물거품이 됐어?

#2. 파도리 해수욕장, 저녁 무렵 (과거)
교복을 입고 바다를 둘러보는 고등학생의 여경의 모습이 보인다. 그리고 바다에 검은색 형태가 보이자 기쁘게 웃는 여경.

여경 (신나게 양팔을 저으며) 엄니!

이내 물 위로 올라와 여경을 발견하고 반갑게 검은 그물망을 들고 팔을 휘저어 주는 은숙.
이때 은숙은 검은색 해녀복을 입고 있다. 그리고 그물망에는 키조개나 전복들이 들어 있는 모습이다. 신이 난 여경은 엄마가 있는 바다를 향해 달려간다.

#3. 길, 노을이 지는 저녁 무렵 (과거)
여경은 엄마가 잡은 해산물을 확인하며 그물 안에 있는 것들을 유심히 살펴본다.

은숙 추운데 만리포에서 여기까지 걸어오지 말라니께⋯⋯. 그리고 동우랑은 싸운 거여?
여경 (그물망만 보며) 이게 다여?
은숙 오늘은 쪼매 밖에 못 잡았구먼, 요즘 들어 왜 자꾸 이런다냐.
여경 (웃으며) 먹고 사는 데만 지장 없으면 되지.
은숙 (웃으며) 그렇제. (노을을 보며) 오늘따라 벌겋게 예쁘다냐.

#4. 여경의 집 밖, 밤 (과거)
대문 앞에서 꼬리를 살랑거리며 달려드는 강아지. 그 강아지를 안아들고 뽀뽀하고 쓰다듬어주는 여경.

여경 (강아지를 보며) 아고, 잘 놀았쩌?

여경, 강아지 밥그릇을 보는데 가득 차 있다.

여경 (강아지를 보며) 최동우가 밥 주고 간 거여? 이 시키는⋯⋯.

집이자 가게인 여경의 집, 여경의 엄마는 옷을 갈아입고 나와 가게 일을 시작하고 여경은 도와주기 위해 집 안으로 들어간다.

#5. 여경의 집 안, 밤 (과거)

젓가락을 두들기며 취기에 노래를 부르는 남자, 가게 안은 가족 같은 분위기이다.

남자 (서빙하는 은숙을 부르며) 여경엄니! 한 곡 뽑아 줘야제!
은숙 이 양반 또 그러네, 성이 또 이렇게 취한 거 알면 올 텐디.
남자 걱정 말래도! 내 마누라는 내가 한다니께. 여경아! 엄니 노래 한 곡 듣고 싶제?

빈 테이블을 닦다가 남자의 말에 웃는 여경.

여경 아재배도 한 곡 했으니 엄니도 한 곡 뽑아야 쓰겠네.

여경을 힐끗 노려보는 은숙, 숟가락을 든다.

은숙 그럼, 내 곡 들으면 더 시키기나혀. 음음, 똑딱선 기적 소리 젊은 꿈을 싣고시 갈매기 노래하는 민리포라 내사랑~

은숙의 노래에 박수하고 즐기는 풍경.

#6. 만리포 해변, 밤 (과거)

만리포 모래 위에 다리를 쭉 펴고 앉아 별을 바라보는 여경. 여경의 다리 위에 남자 점퍼가 툭 떨어진다. 점퍼가 떨어진 곳을 바라보는 여경. 동우다. 동우는 여경의 옆에 앉는다.

여경 (동우에게 점퍼를 주며 냉정하게) 이건 뭐여.

동우 (다시 덮어주며) 바닷바람이 차갑다. 덮어.
여경 (드러누우며) 여긴 왜 온 거여. 은혜한테나 가봐라.
동우 (드러누우며) 그냥 반장으로써 도와준 것뿐이여. 난 네가 더 좋다.

동우에게 모래를 한 줌 뿌리고 벌떡 일어서 바다를 향해 달리는 여경.

동우 퉤퉤, 천여경! 죽는다!

동우 역시도 여경을 향해 달린다. 그리고 바닷물을 뿌리는 여경. 둘이 장난치는 모습.

#7. 여경의 집 앞 밖, 낮 (과거)
여경의 집 앞에서 자전거를 타고 기다리는 동우. 드르륵 문을 열고 여경이 나오면 자연스럽게 동우의 뒤에 올라탄다.

동우 다 챙겼어? 도시락 안 빼먹고?
여경 (생각났다는 듯) 아 맞다!

집 안에서 도시락을 들고 나오는 은숙.

은숙 (도시락을 주며) 또 빼 묵은 겨! (동우를 보고 반가운 듯) 동우 왔구먼.
동우 (웃으며) 안녕하세요.
은숙 동우 네가 저 가시나 땜시 고생이 많구먼. 학교 잘 댕겨 오그라.
여경 내가 뭘! (동우를 보며) 가자!
동우 학교 다녀오겠습니다.

#8. 학교 가는 길, 낮 (과거)
바닷가 옆 길로 함께 자전거를 타고 가는 동우와 여경.

#9. 학교 수업시간, 낮 (과거)

여경의 뒷자리에 앉은 동우, 요리조리 눈치를 보다 여경에게 쪽지를 건넨다.

눈을 살짝 돌려가며 눈치를 보다 쪽지를 건내 받는 여경.

순간 선생님이 나타나 쪽지를 뺏는다.

교사 최동우, 천여경 복도 밖으로 나가! 누가 너희 여기서 연애질하래?

동우를 노려보다 복도로 나가는 여경, 그 뒤를 뒤따라가는 동우.

#10. 교실 밖 복도, 낮 (과거)

두 손을 들어 벌을 서던 여경과 동우.

여경 왜 갑자기 쪽지야!
동우 아니……. 그게 난…….

황급히 복도에서 뛰어오는 교사 한 명. 여경과 동우 갑자기 조용해진다. 헉헉 거리면서 다급한 듯이 교실 문을 여는 교사. 그리고 갑자기 교실은 분주해 진다. 동우와 여경을 창문을 통해 교실 안을 바라보고 아이들이 급히게 기방을 싼다.

교사 (동우와 여경을 보며 진지하게) 너희도 빨리 집에 갈 준비해.

의문을 모르고 동우와 여경은 서로를 바라본다.

#11. 길, 낮 (과거)

자전거를 타고 가다가 검은 바다에 자전거를 세우는 동우, 그리고 여경은 자전거에 내려 검은 바다 쪽을 향해 걸어가던 여경은 주저앉는다.

여경 (바다를 보며) 동우야…… 동우야…….

동우 (바다를 보며 넋이 나간 표정)

여경 (멍하니 바다를 보며) 바다 색이 왜 저래? 응?

여경을 감싸 안는 동우.

동우 (여경 눈을 가리며) 보지 마. 집에 돌아가 보자. (여경의 등을 토닥거린다)

#12. 여경의 집 앞 밖, 낮 (과거)
사람들이 분주하게 구급요청을 하는 전화를 하거나 통곡하는 모습.

여경 (주저앉아 있는 은숙을 보며) 괜찮은 거여? (은숙을 흔들며) 나 좀 봐보란께!

은숙 (눈에 눈물이 고이며) 아비 없이도 잘 키웠는데 이젠 우린 어쩐다냐…….

여경 (벌떡 일어나) 믿을 수 없어! 말도 안 되자녀!

바다를 향해 뛰어가는 여경. 그 뒤를 뒤 따라가는 동우.

#13. 만리포 해변, 낮 (과거)
검은 기름이 둥둥 떠 있는 모습. 기름때가 자갈에 낀 모습.

여경 (검게 기름 낀 돌멩이를 집는다) 갑자기 이게 무슨 일인 겨! 이걸 나보고 믿으라는 거여!

서럽게 소리 내어 우는 여경. 묵묵히 여경을 안아주는 동우.

#14. 마을회관 안, 밤 (과거)

함께 뉴스를 보는 마을 주민들 망연자실에 있는 상태, 뉴스에는 태안 기름 유출사건 이야기가 나온다.

주민 1 (손에 쥔 장갑을 집어 던지며) 에잇! 끝났구먼! 저렇게 떠들어 대는 데 이제 모든 건 틀렸구먼!

주민 2 (땅을 치고 울며) 아이고, 우리 생계를 다 끊어 놓는구먼.

주민 3 자원봉사를 지원혀? 참내, 그까짓 거 따위로 이게 될 것 같아 보이는 겨?

여경(E) 엄니……. 정신 좀 차려봐유. 제발 정신 좀 차리라고유!

동우 (여경의 손을 잡아끌며 고개를 젓는다) 그러지 마.

#15. 마을회관 앞 밖, 낮 (과거)

마을회관 앞마당에는 소주병이 가득하고 밥을 먹는 사람들의 모습. 맛있게 먹는 사람은 없다.

다급하게 뛰어오는 마을 주민.

주민 4 (다급하게) 아이고, 이를 어쩜 좋아유! 만리횟집 김씨가…….

#16. 장례식장 인, 저녁 (과거)

사람들 모두가 힘없이 밥을 먹거나 망연자실 앉아 있는 모습.

주민 5 이건, 생계가 달린 문젠디……. 나도 저런 생각 하루에 수천 번을 하는구먼.

은숙 나도 그려……. 거품처럼 사라지고 싶은 때가 한두 번이 아녀. 근데 내가 가면 남겨진 여경이는 어쩐다냐.

주민 5 나도 하나 남은 아들 놈 땜시 가질 못허제.

장례식장 구석에 앉아 있는 여경.

#17. 장례식장 밖, 저녁 (과거)
전화를 하고 있는 동우. 표정이 좋지 않다.

동우 응, 뭐? 그래……. 언제 갈 건데? 꼭 가야만 하는 거야? 다른 방법은?

#18. 교실 안, 낮 (과거)
칠판에 글을 쓰는 교사도 힘이 없어 보이고 아이들도 그저 말없이 칠판을
바라본다.

교사 1 (힘없이) 이해 가지? 그래, 너희들 힘든 거 다 알지…….

고개를 떨구는 학생들, 그리고 교실 문이 열리고 다른 교사 한 명이 들어
온다.

교사 2 천여경, 지금 가방 싸서 나와.

의문의 눈으로 교사를 바라보는 여경. 그런 여경을 걱정스레 보는 동우.

#19. 장례식장 안, 밤 (과거)
텅빈 빈소에 망연자실한 표정으로 멍하게 앉아 있는 여경

동우 마음껏 울어버리고 기운 차리자. 울고 싶은 만큼 울어버려.

한줄기 눈물이 뚝 흐르고 그대로 눈을 감아버리는 여경.

동우 여경아, 지켜주지 못해서 미안해……. 끝까지 옆에 못 있어 줄 것 같
아서 미안해…….

#20. 만리포 해변, 밤 (과거)
여경과 동우는 해변을 걷는다. 그리고 하늘을 보며 서로 눈은 마주치지 않는다.

여경 별에는 기름때가 안 닿아서 좋네.
동우 잘 회복될 거여. 봉사 지원도 많이 되고.
여경 너도 떠날 것이제?
동우 아무래도 부모님은 따라가야지.
여경 그렇제……. 언제 가는 거여?
동우 곧 갈 것 같다. 너한테 편지도 자주 할 테니 너무 염려 말고. 그리고 (편지를 꺼내) 우선 이거.
여경 이게 마지막 편지는 아닌 것이제?

#21. 파도리 해수욕장, 노을이 지는 저녁 (현재)
잠든 아라를 안고 있는 여경. 주머니 속에 편지를 잠시 꺼내 봤다가 다시 주머니 속에 넣는다. 노을을 바라보고 있는데 여경 옆에 남자 신발이 선다.
고개를 돌려 옆을 바라보는 여경.

동우 너…… 여경이 맞지?
여경 누구…… 최동우?
동우 (반갑게 웃으며) 맞구나! 우리 고등학교 때 이후로 처음이지? (아라에게 키를 맞춰 앉으며) 딸이야?

여경, 반가움에 동우를 계속 바라본다.

#22. 식당 안, 밤 (현재)
식당 안에 마주 앉은 동우와 여경.

여경 애 혼자 방에 재워도 되려나 모르겠다. 네 말대로 그러긴 했는데…….

동우 곤히 잠든 것 같더라. 괜찮을 거야. 어때 잘 지내?

여경 그냥 사는 게 그렇지 뭐…….

동우 결혼도 하고 아이도 낳고 단란하네. 남편이랑 같이 오지. 혼자 온 거야?

여경 응……. 남편은 일 때문에 시간이 안 나. 너도 결혼했지?

동우 (머쓱하게 웃으며) 아니, 못했어. 어쩌다 이렇게 됐네. 아, 여기 와서 널 이렇게 만나기를 얼마나 내가 기다렸는지 몰라. 난 거의 주말마다 왔어. 일 때문에 못 오면 한 달에 두 번이라도 어떻게 해서든 왔지. 편지 못 받았지?

여경 편지?

동우 내가 너한테 편지 한다고 한 거 기억 안나? (쑥스럽게 웃으며) 보냈는데…. 너 나 이사 가고 얼마 안 있다가 바로 이사 갔더라? 여기 오니까 내 편지가 수북이 쌓인 걸 너희 앞 집 아주머니가 주시더라. 얼마나 민망하던지. (빨리 말을 돌리며) 아아, 너 전에 살던 집은 가 봤어?

여경 전에 살던 집?

#23. 여경의 집 앞 밖, 밤 (현재)
가로등 빛에 보이는 여경의 집, 여경은 대문을 만지작거릴 뿐이다.

동우 너 이사 가고 꽤 빈집으로 남아 있다가 몇 년 전부터 누군가 살기 시작했어.

여경 (대문만 만지며) 정말 자주 왔었구나. 너…….

동우 너 살던 때 있던 짐들은 거의 다 정리되고 내가 뭐 하나 챙겨두고 차에 가지고 다니는 게 있는데 잠깐만 기다릴래?

#24. 민박집 안, 밤 (현재)
한쪽에는 아라가 자고 있고 방 가운데는 여경과 동우가 마주 하고 있는데 그 사이에는 커다란 선물 상자가 있다.

동우 이젠 이거 네가 잘 보관해둬.
여경 뭔데? (상자를 열고 말없이 바라보다 눈물이 맺힌다)

상자 안에는 해녀복이 담겨 있다.

동우 네 어머니 마지막 유품. 네가 잘 보관해야지.
여경 (눈물을 흘리며) 엄마……. 엄마…….

여경의 등을 토닥이는 동우

여경 (펑펑 울며) 엄마……. 내가 잘 살지도 못해서 미안해. 나도 잘 살고
싶었는데 마음대로 안 되네. 이제야 조금은 엄마의 마음을 이해할 수도 있
을 것 같아.

어느새 일어나 여경의 팔을 붙잡는 아라.

아라 (울면서 여경의 팔을 잡으며) 엄마……. 울지마.
여경 아라야, 이게 힐미니가 마지막에 물거품이 되고 남은 인어 비늘이야.
세상에서 제일 아름다운 까만 인어비늘이야.

방에 있는 동우, 아라, 여경 모두가 운다.

#25. 태안 터미널 안, 낮 (현재)
여경의 손을 잡고 있는 아라, 그 옆에 서 있는 동우.

동우 여경아, 내 번호 알려줬으니까 연락하고 나도 곧 다시 연락 할게.
여경 그래……. 또 보자.

동우 (아라를 보며) 아라도 잘 가. 나중에 또 보자?

아라 네!

여경 (버스를 타기 위해 가며) 운전 조심해서 가. 갈게.

동우 그래.

버스를 타기 위해 줄을 선 여경. 동우 뒤돌아 몇 걸음 가다가 다시 여경을 부른다.

동우 여경아! 힘들면 언제든지 말해. 예전처럼 내 뒤에 자전거 태워 줄 수도 있어! 잘 가!

#26. 버스 안, 낮 (현재)

여경의 옆에는 아라가 잠들어 있다. 창밖을 바라보다 편지를 꺼내는 여경. 편지를 읽으면 화면에는 편지의 글씨가 보이고 어린 시절 동우의 음성이 읽어준다. 편지 글씨 위로 #8의 여경과 동우가 자전거 타는 장면, #9의 여경과 동우가 쪽지를 주고받는 장면이 오버랩.

동우(E) 천여경, 아 이렇게 편지 쓰려니까 진짜 쑥스러운데. 이제 마지막이니까 너한테 헤어지기 전에 꼭 해 주고 싶은 말이 있어. 우선, 지금 아픈 일들을 우리는 겪고 있지만 어느새 우리가 정신을 차리고 보면 다 지나간 일이 되어 있을 거야. 조금 힘들더라도 주저앉지 말자. 그리고 넌 강한 아이니까 잘할 수 있을 거라고 믿어. 내가 지금은 비록 너와 잠시 떨어지지만 난 항상 널 그릴 거야. 그러니까 잊지 마. 그리고 한 번도 너한테 말하지 못했는데. 널 좋아해. 아 부끄럽다. 안녕!

다시 창밖을 보면 바다 풍경이 눈에 들어온다. 그리고 웃는 여경.
편지를 접어 가방에 넣고, 창밖을 바라보면 멀리 해가 지는 바다가 보인다. 그리고 서류 봉투에 도장 찍힌 이혼 서류를 넣는 여경.

#27. 버스 밖, 낮 (현재)
지나가는 버스에 창밖을 흐뭇하게 바라보고 있는 여경의 모습.

지붕 청소

하누리

■ 등장인물

  태석 (29세) 어부. 여인숙을 같이 운영하고 있다. 아버지인 진태의 자살로 어렸을 때부터 집의 가장 역할을 해왔다.

  서연 (25세) 병을 앓고 있는 새침한 서울 처녀. 아버지인 용호와 껄끄러운 관계를 유지하고 있다.

  용호 (52세) 서연의 부. 병을 앓는 서연에게 미안한 마음을 가지고 있다.

  진태 (39세) 태석의 부. 기름유출사건으로 인한 상실감을 이기지 못하고 자살했다.

  태석 모 (38세) 태석의 모. 진태가 죽은 후 홀로 가정을 꾸려가다 세상을 떠났다.

■ 시놉시스

  태안기름유출사고가 일어난 직후. 태석의 아버지인 진태는 상실감을 이기지 못하고 자살한다. 태석의 어머니는 진태의 빈자리를 매우다 병을 이기지 못하고 죽고, 태석은 아버지에 대한 원망과 상처를 안고 살아간다.

  건강이 좋지 않은 서연. 자신을 똑바로 보지 않고, 보더라도 항상 인상을 찡그리고 있는 용호 때문에 서연은 거리감을 느끼며 지낸다. 하지만 용호가 서연을 바로 보지 못하는 이유는 아픈 딸에게 해줄 수 있는 것이 없다는 죄책감과 말라가는 모습을 보고 싶지 않아서이다. 서연의 건강을 위해 마땅한 곳을 찾던 용호는 태안을 찾게 되고, 여인숙을 하고 있는 태석의 집에 일주일 간 서연을 맡긴다. 서연은 용호가 자신을 버리고 갔다는 느낌이 꺼림칙해 계속 툴툴대기만 하고, 태석은 그런 서연의 짜증을 받아내기가 벅차다. 결벽증이 있는 서연은 가장 깨끗한 방을 찾고, 태석은 진태의 방에 들어가는 서연에게 싸늘한 모습을 보이고 만다.

다음 날, 용호의 비밀스런 부탁으로 서연과 태안 곳곳을 돌아다니는 태석. 즐거워하기는커녕 앓는 소리만 내는 서연을 보다 못한 태석은 만리포에 서연을 데려간다. 넓기만 한 바다에 싫증을 내는 서연. 태석은 태안을 죽은 바다라고 부르는 서연에게 참다못해 화를 낸다. 이 바다에 얼마나 많은 사람이 살고 죽는 줄 아느냐고. 간접적으로 진태의 얘기를 꺼낸 태석은 기억하고 싶지 않은 과거에 우울해하며 집으로 돌아가 버린다. 홀로 남겨진 서연은 태석의 집을 찾아 헤매며 태안의 곳곳을 구경한다.

집으로 돌아온 서연 역시 자신을 두고 간 태석에게 화가 나 말없이 방으로 들어가 버리고, 태석은 진태의 기억을 되새기며 이불 속에서 나오지 않는다. 투덜대며 누워있던 서연은 계속 앓기만 하던 자신이 어느 새 쌩쌩해 있음을 느끼고, 오랜 시간 맑은 공기를 쐬며 걸어 다닌 것이 건강에 도움이 됐음을 느낀다.

다음 날, 어떻게든 태석에게 사과와 감사의 말을 전하고 싶은 서연은 마당을 맴돌고, 그런 서연의 눈에 검푸른 지붕이 들어온다. 태석은 서연에게 화를 낸 것이 마음에 걸려 사과를 하려 나오고, 지붕을 탐탁잖게 보고 있는 서연을 보게 된다. 서연의 제안으로 함께 지붕 청소를 하게 된 두 사람. 늘 진태와 함께 지붕 청소를 하다, 진태가 죽은 이후 한 번도 지붕 위에 올라왔던 적이 없던 태석은 뒤섞이는 감정에 적응하지 못한다. 서연은 지붕 위에서 태안의 모습을 둘러보며 좋은 곳이라고 칭찬을 하며 간접적으로 고마움의 마음을 전한다.

지붕 청소를 끝내고 내려온 두 사람은 기름때가 묻은 손을 씻어내고, 어렸을 적 바다의 기름을 손으로 매만졌던 기억이 떠오른 태석은 기름때를 씻어내며 감회에 젖는다. 서연 역시 태석을 통해 용호의 진심을 듣게 되며 용호와 자신의 관계에 대해 다시 생각하게 된다.

　다음 날, 서연의 전화를 받고 용호가 찾아온다. 서연은 용호와 함께 식사를 하러 가고 그곳에서 오랜만에 서로 마주보며 대화를 나눈다. 집에 홀로 남아있던 태석은 오랫동안 가보지 않았던 진태의 무덤으로 향한다.

■ 시나리오

S#1. 겨울, 태안 바닷가 (과거)

파도가 밀려온다. 파도에서 생긴 거품이 개펄 위에 자리한다. 멀리서 헐레벌떡 달려오는 중년의 남자들. 신발을 신지 않아 상처투성이가 된 발이 개펄에 푹푹 빠진다. 급하게 나온 듯 겨울에 맞지 않는 얇은 옷차림인 이도 있다. 발을 잘못 디뎌 넘어진 진태가 네 발로 기어 펄 위에 남은 거품을 손으로 끌어 모은다.

계속해서 밀려오는 파도. 펄 위의 거품이 점점 검은색으로 바뀐다. 절망스런 표정의 진태. 다른 중년의 남자들도 모두 허망한 표정으로 주저앉는다. 멀리서 태석이 달려온다. 품에는 두꺼운 겉옷과 신발들이 들려있다.

태석　아버지, 옷이요. (꿈쩍 않는 진태를 조심스럽게 흔든다) 아버지?

대답은 않고 끅끅대며 울기만 하는 진태. 기름때와 함께 밀려오는 파도를 오열하며 바라본다. 불안한 눈빛으로 진태를 바라보던 태석이 발밑의 까맣게 변한 거품을 만져본다. 기름때가 묻어 검게 변해버리는 태석의 손. 다른 손으로 문질러보지만 잘 지워지지 않는다. 진태의 시선을 따라 바다를 바라보는 태석. 검게 물들어가는 바다가 검은 태석의 눈동자와 겹친다.

S#2. 태안. 태석의 집 근처, 갈래길 (현재)

고기가 담긴 통을 들고 걸어오는 태석. 통 안의 고기는 척 보기에도 양이 적어 보인다. 그러나 환히 웃고 있는 태석. 흐뭇한 표정으로 통 안을 보고 또 본다. 두 갈래로 갈라지는 길에서 잠시 걸음을 멈추는 태석. 굳은 얼굴로 왼쪽 길을 바라본다. 그리고 오른쪽 길로 향하는 태석. 태석이 지나가고 얼마 지나지 않아 왼쪽 길에서 내려오는 승용차 한 대. 시골의 풍경과 어울리지 않는 고급 승용차다. 갈래길에서 잠시 멈춘 승용차가 태석이 간 길로 들어선다.

S#3. 차 안

우거진 소나무 때문에 유리창이 까맣다. 유리창에 비친 서연의 모습. 살 없이 마른 두 뺨과 지나치게 하얀 얼굴은 오히려 창백해 보인다. 두툼한 옷을 여러 겹 껴입었지만 한없이 마른 외형이다. 서연이 유리창에 얼굴이 가까이 대고 자신의 모습을 유심히 살펴본다. 튼 입술이 거슬리는지 인상을 찡그리고 매만진다. 옆에 놓인 가방을 뒤적거리며 립스틱을 꺼낸다. 서연이 신경질적으로 립스틱을 바르고 또 바른다. 붉은 립스틱이 덧입혀져 입술이 새빨갛게 변한다. 미친 듯이 립스틱을 바르다 멈추는 서연. 울상이다.

S#4. 태석의 집, 마당

'여인숙'이라 쓰여 있는 검푸른 지붕의 집으로 들어서는 태석. 음산한 분위기를 풍기는 집이다. 수돗가 근처에 통을 놓고 방으로 들어가는 태석.

낡은 철 대문이 열리는 소리. 손에 가방을 든 용호와 창백한 얼굴의 서연이 들어온다. 서연, 경악한 얼굴로 집을 둘러본다. 용호 역시 탐탁찮은 얼굴이다. 크지 않은 짐을 바닥에 내려놓은 용호가 서연을 보지 않고 말한다.

용호 며칠만 여기서 지내 봐. 바닷바람이 세긴 하지만 그럭저럭 견딜 만은 할 거다. 그래도 서울보다 공기는 좋으니까.

서연 (콧방귀) 좋아? 기름 범벅된 바다가? 나 일찍 뒤지라고 여기 보내는 거지?

용호가 찡그린 얼굴로 서연을 돌아본다. 잠시 고개를 돌려 용호를 쳐다보는 서연. 용호의 찡그린 얼굴에 다시 고개를 돌린다. 마루에 걸려있는 거울이 서연 부녀의 모습을 비춘다. 서로 등을 돌리고 있는 용호와 서연. 서연, 거울을 통해 그 모습을 보다 이내 눈을 감아버린다.

S#5. 태석의 집, 방 안
용호와 서연이 온 줄 모르는 태석. 옷장에서 커다란 액자 하나를 꺼낸다. 태석 모의 사진이다.

태석 (정말 대화를 하듯, 신이 나서) 엄마. 오늘은 스물여섯 마리나 잡혔어요. 아직 어린 물고기가 있어서 그 중의 몇 마리는 놔줬지만 이 정도면 꽤 나아진 편이에요. 얼마 전까진 기름때 때문에 아예 고기가 어떻게 생겼었는지도 잊어버릴 정도였다니까요. (혼자 웃는다) 아! 아까는.

태석이 혼자 주절주절 말을 내뱉고 있는데 문이 벌컥 열린다. 흠칫 놀라며 돌아보는 태석. 용호가 나오라며 고갯짓을 한다. 어리둥절한 표정의 태석. 잠시 고개를 갸웃하다가 아, 하며 뛰쳐나간다.

S#6. 태석의 집, 마당
태석이 헐레벌떡 나온다. 서연, 탐탁찮은 얼굴로 태석을 바라본다. 세련된 서연의 옷차림과는 대조되는 전형적인 어부의 옷차림이다. 순박하게 웃는 얼굴로 자신과 용호를 바라보는 태석에 서연이 한숨을 내쉰다.

용호 전날 전화 드렸던 사람입니다. 한 일주일 정도 묵고 싶다고 했던.
태석 김용호 씨 맞으시죠? (서연과 용호를 번갈아 가리키며) 부녀세요? 두

분이 묵으실 건가요? (집을 돌아보며) 방이 그다지 크진 않은데…….

용호 (지갑에서 명함을 꺼내 건네며) 아뇨. 제 딸아이만 묵을 겁니다. 문제가 생기시면 여기로 전화 주시고요.

태석 아, 그럼, (돌아서는 용호) 저, 저기……!

용호, 태석의 대답을 듣지도 않고 돌아선다. 당황한 태석이 더듬더듬 용호를 부른다. 용호, 들리지 않는다는 듯이 서연의 어깨를 몇 번 두드리고는 밖으로 나간다. 서연, 용호가 손을 댄 부분을 물끄러미 바라본다. 태석이 어색함에 침을 삼킨다. 서연은 여전히 탐탁찮은 눈길로 태석을 바라본다.

태석 (어색한 미소) 안녕하세요, 저…… 유태석이라고 합니다.

서연 (귀찮은 듯 먼 곳을 바라보며) 방 어디예요?

태석 예?

서연 (짜증내듯) 방이요. 내 몰골 안 보여요? 나 여기 요양하러 온 거예요. 아파 죽겠으니까 좀 쉬게 해주세요.

서연, 그렇게 말하고는 성큼성큼 마루로 향한다. 손때가 묻은 듯이 꼬질꼬질한 마루와 문들. 서연, 질색을 하며 그나마 가장 깨끗한 문을 찾는다. 뻑뻑해서 잘 열리지 않는 문. 바닥에 놓인 서연의 짐을 들고 따라온 태석이 우뚝 멈춰 서서 서연을 본다.

태석 (굳은 얼굴) 그 방 쓰시려고요……?

서연 (문을 덜컹거리며) 제가 결벽증이 좀 있어서 더러운 데서 못 자거든요. (열리지 않자 신경질적으로 손잡이를 놓는다) 여기도 더럽긴 한데, 그나마 제일 깨끗하잖아요. (짜증) 근데 뭐 이리 뻑뻑해요?

태석 (여전히 굳은 얼굴) 다른 방 깨끗하게 치워 드릴 테니까 다른 방 쓰시죠.

어눌한 말투였던 태석의 목소리가 낮게 깔렸다. 서연이 태석을 돌아본다.

태석, 서연과 눈이 마주치자 마른기침을 하며 고개를 돌려버린다.

서연 이 방에 귀신이라도 있어요?
태석 …… 그런 거 아니에요. 기다려 봐요. 열어줄 테니까.

서연을 옆으로 밀며 문을 여는 태석. 서연이 열 때보다 쉽게 열리는 문. 방 안은 굉장히 깨끗하나 텅 비어 있다. 짐을 들고 방으로 들어가는 태석.

태석 쉬세요. 식사 준비하면 부를게요.

서연을 지나친 태석이 어두운 얼굴로 부엌으로 향한다. 서연, 당황한 표정으로 태석의 뒷모습을 본다.

S#7. 태석의 집, 마루 (저녁)

서연, 문을 열고 나오다 입을 쩍 벌린다. 마루에 차려진 밥상. 수저를 놓던 태석이 와서 앉으라며 손짓을 한다. 서연, 반찬을 둘러본다. 마음에 안 든다는 표정.

서연 미쳤어요? 이 추운 날에 마루에서 밥을 먹어요?
태석 어쩔 수 없어요. 그냥 드세요. 방안에서 먹으면 환기도 안 돼서 음식 냄새 안 빠져요.
서연 (허탈) 말도 안 돼……. (상 앞에 앉으며) 아, 냄새 얘기 나와서 하는 말인데요. 저 방에서 이상한 냄새 나요. (갸웃) 그걸 뭔 냄새라고 해야 되지?
태석 (밥을 한 숟갈 푸며) 짠내요?
서연 (젓가락으로 밥을 깨작이며) 그걸 짠내라고 해요? 약간 할아버지 냄새 같기도 하고…….
태석 바닷가 마을이니까 바다냄새가 날 거예요. 불편하면 방 바꿀까요? 그

방이 좀 오랫동안 안 쓰긴 했거든요. 삼사년 됐나.

태석이 어두운 표정으로 맨밥만 계속 입에 넣는다. 서연, 젓가락을 태석의 눈앞에 휘젓는다.

서연 저기요. 목 안 막혀요? 맨밥만 먹어요, 왜?
태석 (묵묵히 씹는다)
서연 아까부터 왜 그래요? 넋 나간 사람처럼.
태석 (반찬을 서연의 밥 위에 올려주며) 얼른 먹기나 해요. 내일 한참 돌아다녀야 되니까.
서연 (깜짝 놀라서) 뭔 소리예요, 돌아다니다니? 나요? 내가 어딜 돌아다녀요?
태석 그게……. (말을 하려다 멈칫한다)

S#8. 태석의 집, 방 안 (전날 밤)—회상
전화를 받고 있는 태석. 종이에 메모를 하고 있다.
〈김용호. 3/5~3/12.〉

용호(F) 그리고 부탁드릴게 하나 있는데요.

어리둥절한 표정의 태석.

S#9. 태석의 집, 마루
태석, 곤란한 표정이다. 서연, 불만 가득한 표정으로 태석을 본다. 태석, 눈을 굴리며 변명거리를 찾는다.

태석 (어색한 웃음) 태안에 왔는데 관광은 해야죠.
서연 (질색하는 표정) 싫은데요?
태석 (당황) 예?

서연 싫다고요. (짜증 가득한 표정으로 반찬을 뒤적인다)

태석 (혼잣말 하듯) 안 되는데······.

서연 (중얼) 안 되긴 뭐가 안 돼? (젓가락을 내려놓는다) 반찬은 또 뭐 이래?

서연, 앙칼지게 소리치고 일어나 방으로 들어가 버린다.

S#10. 서연의 방 (아침)

몸을 웅크리고 자고 있는 서연. 이불도, 베개도 없이 가방을 베고 자고 있다. 서연의 옆에는 잘 개어진 이불과 베개가 있다.

방문이 천천히 열린다. 문 사이로 고개를 내미는 태석. 서연을 보고 그럴 줄 알았다는 표정을 짓는다.

태석 (투덜거리듯) 거, 이불 깨끗하다니까······.

태석이 이불을 가져와 서연에게 덮어준다. 가방을 빼고 베개를 베어주려는데 서연이 눈을 뜬다. 태석과 눈이 마주치자 기겁하는 서연. 이불을 걷어내고 베개를 휘두른다.

서연 (베개를 휘두르며) 어딜 들어와!

태석 (당황) 바, 밥! 밥이요!

서연 (문 밖을 가리키며) 안 먹어요! 나가!

태석 (맞은 곳을 문지르며) 먹는 게 좋을 텐데. 걷는 게 쉬워보여도 은근히 힘들어요.

서연 (기겁) 걷긴 누가 걸어요? 안 간다고 어제 말했잖아요!

태석 (곤란하단 표정)

서연 (이마를 짚어보며) 열도 나는 것 같고. 나가요. 잘 거예요.

서연, 기침을 하며 다시 눕는다. 태석, 울상을 하고 이불을 깔아주려 펼치지만 베개로 또 얻어맞고 만다. 결국 도망치듯 방을 나가는 태석. 서연, 피곤한 표정으로 기침을 하며 눕는다. 손에 닿은 베개와 이불을 발로 밀어 구석으로 치워버린다.

S#11. 태석의 집, 마루
혼자 밥을 먹고 있는 태석. 서연의 것으로 보이는 밥공기엔 뚜껑이 덮여 있다. 방안에서 들려오는 서연의 기침소리. 태석, 기침소리가 들릴 때마다 곁눈질로 방을 바라본다. 점점 심해지는 서연의 기침소리. 태석, 안 되겠다는 듯 일어나 방으로 들어간다.

S#12. 태안 천리포 해안 근처 산책길
불만이 가득한 표정의 서연. 태석은 상쾌한 표정으로 몸을 풀며 걷는다.

서연 (버럭) 춥다고요!
태석 (어이없는 표정) 제 옷도 다 뺏어가 놓고 춥다고요?

기본 티 차림의 태석이 허허, 웃는다. 서연, 머쓱한 표정으로 입고 있는 태석의 패딩을 여민다.

서연 (투덜투덜) 아니, 삼면이 바다인 우리나라에서 이런 바다가 뭐가 특별하다고 아픈 사람을 굳이 끌고 나오는 건데요?
태석 태안 바다는 특별해요.

진지한 표정의 태석. 서연, 입술을 삐죽인다.

서연 (칭얼거리듯) 바닷바람 때문에 머리 아파요. 추워요. 기침도 계속 나고. (억지로 기침을 한다) 산책 더 못 하겠어요. 돌아가요.
태석 (한숨) 숨 좀 들이켜도 보고. (숨을 들이쉰다) 공기 좋네! (갈대밭을 가리키며) 저기 갈대밭도 좀 감상해보고 해요. 아예 산책을 즐길 마음이 없어 보이는구먼.

서연 (기침) 애초에 나오기 싫다고 했잖아요!

태석, 앓는 서연을 보며 골똘히 생각에 잠긴다. 서연, 기대하는 표정으로 태석을 바라본다.

태석 그럼 딱 한 군데만 더 가 봐요. 거기 가면 정말 생각이 달라질 거예요.

즐거운 표정으로 앞서는 태석. 서연, 팔다리를 늘어뜨리고 투덜대며 태석을 뒤따른다.

S#13. 태안 만리포 해수욕장
바닷바람에 정신없이 휘날리는 서연의 머리카락. 태석은 흐뭇한 표정으로 만리포를 바라보고 있다. 서연, 머리를 정리하다 성질을 낸다.

서연 (버럭) 똑같은 바다잖아요!

태석 여긴 만리포, 아까 거긴 천리포. 완전 다른데요? (한 손으론 백사장을 가리키고, 한 손은 서연의 어깨에 올리며) 잘 봐요, 이 모래사장이 예전에는.

서연 (어깨에 올린 태석의 손을 치우며) 알아요! 기름 범벅이었던 거. 완전 죽은 바다였잖아요.

태석 (서연의 말에 표정이 굳는다)

서연 (태석의 표정이 굳은 것을 모른 채 말을 잇는다) 지금도 별로 다를 거 없다고 들었는데? 아직도 펄에는 게나 꼬막 같은 거 거의 없다면서요. 그럼 아직 덜 정화된 거잖아요. (휘날리는 머리를 정리한다) 아, 진짜! 이 바닷바람도 다 기름 먹은 거 아니에요? 저 아프다고 했잖아요. 이런 오염된 데에 데려오면 어쩌자는 거예요?

태석 (굳은 표정) 말 다했어요?

서연 (살짝 놀란 표정) 왜, 왜 그래요?

태석, 화난 표정으로 눈썹을 긁적인다. 곧 태석의 표정이 험악하게 변한다.

태석 (버럭) 당신 같이 도시에서만 산 사람이 뭘 알아요? 뭐? 죽은 바다? 말이면 단 줄 알아요? 당신 같은 사람들은 죽은 바다라고 다들 그렇게 쉽게 말하는데, 우리처럼 여기서 나고 자란 사람들은 이 바다 하나에 죽고 살아요. …… 오염된 바다라고요? 그 바다 이렇게 다시 깨끗해지기까지 얼마나 많은 사람이, 얼마나 많은 것들이 죽어간 줄 알아요?

서연 (당황) 아니, 내 말은…….

서연, 당황한 표정으로 할 말을 찾는다. 태석, 표정이 점점 울상으로 변한다.

서연 저기, 미안해요. 그런 뜻으로 말한 게 아니라……. (슬슬 성질난다) 그러게 오기 싫다는 사람을 왜 데려왔어요?

태석 그렇게 여기가 싫으면 그냥 서울로 돌아가요. 받은 숙박비 다 돌려줄 테니까.

돌아서서 걸어가는 태석. 서연, 당황해서 태석을 부른다. 돌아보지 않고 걸어가는 태석. 점점 멀어지는 태석을 보며 울상을 짓는 서연.

서연 미안하다고 하잖아요! (짜증난다) 몰라요, 마음대로 해요!

서연, 토라진 표정으로 태석에게서 등을 돌리고 쪼그리고 앉는다. 손에 잡히는 돌이며 조개껍데기를 던지며 분풀이를 한다. 어쩌다 손에 잡힌 돌멩이 하나를 던지려다 유심히 바라보는 서연. 작고 하얀 조약돌이다. 서연,

조금은 풀린 표정으로 조약돌을 매만진다.

S#14. 태석의 집 근처, 갈래길

잔뜩 화가 난 표정으로 걸어오는 태석. 갈래길에서 멈춰 선다. 원망 어린 눈빛으로 왼쪽 길을 바라보는 태석.

S#15. 갈대밭 무덤가−회상

갈대가 무성한 곳에 위치한 무덤 하나. 태석이 무덤 앞에 진태의 영정사진을 들고 서 있다. 멍한 표정으로 무덤을 바라보고 있는 태석. 태석 모는 진태의 무덤을 끌어안고 오열하고 있다.

태석 모 (오열) 다른 살 길이 어디 없을까……! 어찌 이리 쉽게 목숨을 버린다요. 응? 태석이 아부지!

태석, 울고 있는 태석 모를 바라보다 자신의 손을 들어 바라본다. S# 1에서 기름을 만졌던 손이다. 손을 바라보던 태석의 얼굴이 점점 붉게 변한다. 이를 악 물며 울기 시작하는 태석. 원망으로 가득한 얼굴이다.

울고 있는 태석 모자의 뒤로 기름으로 덮인 바다가 보인다.

S#16. 태안 바닷가, 산책길

코를 훌쩍이며 걷고 있는 서연. 추운지 팔뚝을 문지른다. 울상을 하고 주위를 둘러보는 서연.

서연 (울먹거린다) 여기가 어디야…….

주위를 둘러보던 서연이 갈대밭을 보고 걸음을 멈춘다. 태석과 함께 보았던 갈대밭이다. 서연이 고개를 돌려 바다를 바라본다. 근처에 위치한 횟집 간판에 '천리포 횟집'이라 쓰여 있다. 눈을 감는 서연. 파도 소리와 갈대가 쓸리는 소리가 함께 들려온다. 서연의 입가에 웃음이 번진다.

서연 좋다…….

서연의 손에는 예쁜 조약돌이 가득 들려있다.

S#17. 태석의 집, 마당 (저녁)
방에서 나오는 태석. 지친 표정이다. 빨갛게 언 볼을 문지르며 집으로 막 들어오는 서연과 눈이 마주친다. 웃으며 들어오던 서연의 표정이 점점 변한다. 토라진 표정으로 고개를 돌려버리는 서연. 태석, 무슨 말을 꺼내려다 한숨을 쉬고 방으로 들어가 버린다.

방문이 닫히는 소리. 서연, 어이없다는 표정으로 닫힌 태석의 방문을 바라본다. 신경질적으로 신발을 벗고 방으로 들어가 버리는 서연. 조용히 닫혔던 문을 열어 쾅 소리가 나게 다시 닫는다.

S#18. 서연의 방안
성질을 내며 앉아 어이없어 하며 웃는 서연. 손에 쥐고 있던 조약돌을 바닥에 내려놓는다. 서연이 속상한 표정을 짓는다.

서연 (혼잣말하듯) 사과하면 하나 주려고 했구먼.

서연, 검지로 조약돌을 이리저리 굴린다.

서연 나도 몰라, 이제.

팔짱을 끼고 바닥에 누워버리는 서연. 눈을 살짝 옆으로 흘기니 구석에 밀어버린 베개와 이불이 보인다. 서연이 발을 뻗어 이불을 가져와 덮는다. 눈을 감고 잠을 청하는 서연. 그러다 번뜩 눈을 뜬다. 눈을 동그랗게 뜨고 목을 매만지는 서연.

서연　(놀랍다) 기침을 안 하네…….

서연, 다시 일어나 앉아 몸을 풀어본다. 몸이 가뿐한지 서연의 얼굴에 웃음이 번진다.

서연　우와.

서연, 머쓱한 표정으로 방문을 바라본다.

서연　(혼잣말 하듯) 어쩌지…….

S#19. 태석의 집, 부엌
입을 쩍 벌리고 서 있는 서연. 부엌엔 가마솥과 불을 때는 공간이 있다. 영락없는 시골집 부엌의 풍경이다.

서연　(놀랍다는 듯이) 만날 여기다가 밥을 지은 거야? 이게 뭐야. (가마솥 뚜껑을 열어보며) 어, 밥 남았다!

밝은 표정으로 주위를 둘러보는 서연. 랩으로 감싼 그릇에 담긴 반찬들도 보인다.

S#20. 태석의 집, 마당
저녁을 차린 상을 들고 나오는 서연. 무거운지 끙끙거린다. 투덜거리던 서연이 뻐근한 듯 목을 돌리며 위를 바라본다. 검푸른 지붕이 보인다. 눈을 가늘게 뜨며 자세히 바라보는 서연. 검은 부분은 때가 낀 듯하다.

S#21. 태석의 방안

바닥에 누워 있는 태석. 후회하는 표정을 지으며 바닥을 이리저리 뒹군다.

태석 (중얼거리듯) 얼굴 완전 얼었던데…….

태석, 안 되겠는지 벌떡 일어나 문을 열고 나간다.

S#22. 태석의 집, 마당

뭔가 불만인 표정을 지은 채로 마당에 서서 지붕을 바라보고 있는 서연. 방에서 나온 태석이 놀란 표정으로 서연을 본다.

태석 거기서 뭐해요?
서연 (깜짝 놀라서 우왕좌왕) 아니, 그게, 저기……. (상을 들어 보이며) 바, 밥 드시라고. (어색하게 웃는다)

S#23. 태석의 집, 마루

밥을 한 술 크게 뜨는 태석. 서연, 호기심 어린 눈으로 태석을 보고 있다.

태석 (부담스럽다는 듯이) 왜 그래요?
시연 맛이 어때요?
태석 (어이없다는 듯이) 뭔 '맛이 어때요'예요? 이거 내가 한 거 그대로 가져온 거구만.
서연 (맥이 빠진다) 아, 진짜. 내가 태어나서 처음 차린 밥상이란 말이에요. 눈치 없긴.

서연, 입술을 삐죽이며 식사를 시작한다. 태석, 어색한 듯 머리를 긁적인다.

태석 아깐 미안했어요.

서연 (반찬을 집으며 무심히) 괜찮아요. 나도 심한 말했는데요, 뭐. 당해도 싸요.

미안한 표정을 짓고 있던 태석이 생각났다는 듯이 말한다.

태석 아까는 뭘 보고 있었던 거예요? 인상 잔뜩 찡그리고 있던데. 우리 집이 뭐 마음에 안 들어요?
서연 마음에 안 드는 게 아니라. 지붕이 좀 까매서. 오면서 보니까 다른 집 지붕들은 다 빨갛고 노랗고 알록달록 예쁘기만 한데. 여긴 기름때 낀 것마냥 검어서.
태석 (씁쓸한 표정) 아……. 기름때 맞아요. 아버지 돌아가시고 나서는 지붕 청소를 제대로 못 했거든요. 지붕 청소는 늘 아버지가 하셨으니까.
서연 (아차, 하는 표정) 미안해요.

태석, 괜찮다는 듯 웃으며 고개를 젓는다. 서연, 잔뜩 미안한 표정을 짓다, 좋은 생각이 났다는 듯 손뼉을 친다.

서연 우리 내일 지붕 청소할래요?
태석 청소요?
서연 혼자라서 못했던 거죠? 둘이 하면 쉬울 거예요. 해요, 내일.

서연, 흡족한 듯 웃으며 밥을 입에 넣는다. 태석, 기분이 묘하다.

S#24. 태석의 집, 마당 (아침)
사다리를 타고 지붕으로 올라가는 서연. 탄성을 내뱉는다. 사다리를 잡아주고 있던 태석, 서연의 반응을 보며 자신도 웃는다.

서연 올라와 봐요. 바다가 다 보여요! (멀리 바다를 보며) 경치 되게 좋다. 저게 만리폰가?

태석, 사다리를 잡고 고민하는 표정을 짓는다. 지붕 여기저기를 걸어 다니던 서연이 고개를 내밀어 재촉한다.

서연 (손을 뻗으며) 올라오라니까요?

태석, 주저하다 서연의 손을 맞잡으며 지붕 위로 올라간다. 청소도구가 담긴 양동이를 든 서연이 당찬 표정을 짓는다.

서연 아주 때를 다 벗겨내 버리는 거예요.

S#25. 태석의 집, 지붕 위
쪼그리고 앉아 수세미로 지붕을 닦는 두 사람. 약품을 뿌리고 문지르기를 반복한다. 태석의 표정은 여전히 어둡다. 서연, 태석의 눈치를 살피다 말을 꺼낸다.

서연 (지붕을 문지르며) 어제요, 그쪽한테 버려지고 여기까지 걸어오는데 되게 좋더라고요. 바다도 예쁘고, 갈대밭도 예쁘고. 돌도 주웠어요. (주머니를 뒤지며 조약돌을 꺼낸다) 선물이에요. (하얀 조약돌 하나를 건넨다)
태석 어, 난 답례 없는데……
서연 괜찮아요. 답례 받았어요. (코를 훌쩍인다)
태석 (어리둥절하다) 답례? (망설이다) 그, 어제 데리고 나간 거 말이에요. 그쪽 아버지가 부탁한 거예요. 좋은 공기 좀 쐴 수 있게 해달라고.
서연 (놀란 표정) 아빠요? 우리 아빠요?

서연, 믿기지 않는다는 표정이다. 태석, 서연의 표정을 보며 웃고는 다시 청소를 시작한다. 지붕을 문지르는 태석의 손이 어느덧 주저 없이 움직인다. 태석이 굳었던 표정을 풀고 즐거운 듯이 웃고 있다. 서연이 태석의 풀린 표정을 보며 자신도 따라 웃는다. 거품을 서로에게 튀기기도 하며 노는 두 사람.

S#26. 태석의 집, 지붕 위-회상

지붕 청소를 하고 있는 진태와 어린 태석. 서로에게 거품을 튀기며 웃고 있다.

S#27. 태석의 집, 마당 수돗가

청소도구를 정리하는 두 사람. 흡족한 표정으로 지붕을 올려다본다.

서연 이제 보니까 지붕이 파란색이었네요. 노란 지붕이나 빨간 지붕보다 예쁘네요. 바다 같은 게.

태석 (신기하단 듯이) 그러게요. 파란색이었구나.

서연 검푸르던 게 다 기름때 때문이었잖아요. (기름이 묻어 까매진 손을 들여다보며) 덕분에 손에 기름 다 묻고.

태석이 서연을 따라 제 손을 들여다본다. 기름으로 인해 검게 변한 손. 서연, 세숫대야에 따뜻한 물을 받는다.

서연 손 줘요. 기름 씻게.

태석 ……잘 안 닦일 걸요.

서연 괜찮아요. 기름 같은 건 몇 번만 문지르면 다 지워져요.

서연, 태석의 손을 붙잡고 자신의 손으로 문지른다. 천천히 지워지는 기름때. 태석 신기한 듯이 웃으며 그 모습을 바라본다. 태석의 손이 깨끗해지자, 이번엔 태석이 서연의 손을 잡고 문지른다. 조금씩 지워지는 기름때.

서연 (기름이 지워지는 손을 바라보며) 이따가 전화 한 통만 써도 될까요?

태석 그러세요. 어디다가 하시려고요?

서연 ……아빠요.

태석 (웃으며) 그러세요.

서연, 기름때가 전부 사라진 손을 보며 기분 좋은 웃음을 짓는다.

S#28. 태석의 집, 마루 (다음 날)
예쁘게 꾸며 입고 마루에 앉아 있는 서연. 입술은 연한 분홍색이고 얼굴은 훨씬 생기가 돌고 있다. 불안한 듯이 다리를 흔드는 서연. 긴장한 표정으로 대문을 바라보고 있다. 낡은 철문이 열리는 소리가 들린다. 가벼운 복장을 한 용호가 들어온다.

서연　(어색하다) 오셨어요, 아빠?
용호　(놀란 표정으로 서연을 본다) 건강해 보이는구나.
서연　네. 많이 나아졌어요.
용호　(살짝 웃으며) 그래. 점심은 뭘 먹을까? 뭐가 먹고 싶니?
서연　(잠시 고민하다) 회요. 횟집 가요, 우리.
용호　시동 걸어 놓고 있으마. 천천히 나오렴.

들뜬 듯한 표정의 용호가 나가고, 서연이 막혔던 숨을 내뱉듯 길게 숨을 내쉰다. 방안에 있던 태석이 문을 열고나오며 웃는다.

태석　부녀 대화가 왜 이렇게 어색해요?
서연　어쩔 수 없잖아요. 눈 보면서 얘기했던 때가 인젠지 기억도 안 나는데.
태석　식사 맛있게 해요. 모처럼 데이트 신청 해놓고 어색하게 식사하고 오지 말고.
서연　알았어요. 갔다 올게요.

대문을 열고 나서는 서연. 열린 대문 틈으로 차에 오르는 부녀의 모습이 보인다. 흐뭇한 미소를 짓고 있는 태석.

S#29. 회상. S#8의 **장면 반복.**

용호(F) 그리고 부탁드릴게 하나 있는데요.

태석 네. 말씀하세요.

용호(F) 관광, 이런 것도 좀 시켜주실 수 있나요? 그냥 공기 좋은 곳 몇 군데만 같이 가주시면 되는데. 돈은 따로 지불하겠습니다. 딸아이가 좀 아파서요.

태석 뭐, 지역 살리기에 기여할 겸……. 그러죠, 뭐.

용호(F) …… 이건 좀 비밀로 해주셨음 합니다. 알면 귀찮게 한다고 싫어할 것 같아서. 추위를 잘 타니까 나가기 전에 옷 좀 두툼하게 입혀주세요.

S#30. **태석의 집, 마루**

태석이 주머니를 뒤적거린다. 서연이 선물한 조약돌을 꺼낸 태석이 조약돌을 꼭 쥔다. 결단을 지은 듯한 표정의 태석이 방으로 들어간다.

S#31. **천리포 횟집**

마주보고 앉은 두 부녀. 웃으며 대화를 나누고 있다. 서로 회를 먹여주기도 하고 자신의 음식을 덜어주기도 한다. 횟집에 걸려있는 거울이 두 부녀의 모습을 담아낸다. 서로 마주보고 대화를 하고 있는 모습이다. 거울을 잠시 보고 있던 서연이 웃으며 얘기를 꺼낸다.

서연 실은, 아빠. 아까 지붕 청소를 했는데요.

서연, 즐거운 듯이 태석과 있었던 일들을 얘기한다. 용호, 웃는 얼굴로 서연을 보며 듣고 있다. 두 부녀의 너머로 천리포 해수욕장이 보인다.

S#32. **갈래길**

갈래길에 멈춰선 태석. 정장차림에다 한 손에는 국화꽃을 들고 있다. 옷을 정리하고 심호흡을 하던 태석이 왼쪽 길로 천천히 걸어간다. 왼쪽 길에 있는 갈대밭을 헤치고 들어가니 진태의 무덤이 나온다.

태석 저 왔어요, 아버지.

무덤 앞에 국화꽃을 내려놓는 태석. 태석의 뒤로 푸른 바다가 보인다.

바라

옛길스토리텔링아카데미운영지원사업 작품집

2012년 4월 13일 인쇄 | 2012년 4월 17일 발행

기획 / CRC옛길스토리텔링아카데미운영지원사업 편집위원회
편집위원장 / 설기환, 최수웅
편집 / 강민희
감수 / 충청남도 최상진, 윤정일
　　　충남문화산업진흥원 장성각, 이옥수, 이상훈

발행처 / 단국대학교 예술대학 문예창작과
　　　　(330-714) 천안시 안서동 산 29번지
　　　　☎ 041-550-3770
　　　　http://club.cyworld.com/2000born

　　　　충남문화산업진흥원
　　　　(331-981) 충남 천안시 서북구 광장로 215(불당동 1418) 5층
　　　　☎ 041-620-6400
　　　　www.ctia.kr

　　　　도서출판 청동거울
　　　　(413-756) 경기도 파주시 문발동 파주출판도시 534-4 301호
　　　　☎ 031-955-1816~7

2012ⓒ단국대학교 예술대학 문예창작과
이 책은 충남문화산업진흥원의 'CRC옛길스토리텔링아카데미운영지원사업'으로
선정되어 발행되었습니다.

ISBN 978-89-5749-139-3　　(03810)